LA VIE SECRÈTE DE E. ROBERT PENDLETON

du même auteur
chez le même éditeur

LES ÂMES PERDUES
LA FILIÈRE ÉMERAUDE
LES GARDIENS DE LA VÉRITÉ
LES PROFANATEURS

MICHAEL COLLINS

LA VIE SECRÈTE DE E. ROBERT PENDLETON

Traduit de l'anglais (États-Unis)
par Jean GUILOINEAU

CHRISTIAN BOURGOIS ÉDITEUR

Titre original
Death of a Writer

ISBN 978-2-267-01888-2

À mes parents, ma femme, mes enfants
– Nora, Eoin et Tess

Remerciements à :

Niko Aula
Steve Bamesberger
Gillian Blake
Christian et Dominique Bourgois
Sara Emerson
Rich et Teri Frantz
Helen Garnons-Williams
Don Harmon
Carol Kennedy
Steven Kimball
Maggie McKernan
Jim et Karen Tyler
Mary Van Ness

« Vous savez quel genre d'homme vous êtes selon moi ? Le genre d'homme qui resterait là en souriant à ses tortionnaires en train de lui arracher les entrailles – si seulement il pouvait trouver la foi ou un dieu. »

Fedor Mikhaïlovitch DOSTOÏEVSKI,
Crime et Châtiment

Première partie

Désespoir

1

Par un calme vendredi après-midi, dans le département d'anglais de l'université Bannockburn, E. Robert Pendleton écoutait la rumeur de la vie de l'autre côté de la fenêtre. Il avait essayé de se distraire en corrigeant des copies. Cela n'avait pas marché. Il ôta ses lunettes et essuya les verres de la façon un peu solennelle qu'il avait mise au point des années plus tôt pour faire une pause au milieu de ses cours.

Il regarda une nouvelle fois la pendule, bien qu'il se fût juré de ne plus le faire. Encore une demi-heure à attendre avant de partir à l'aéroport pour aller chercher le romancier Allen Horowitz, dont le dernier livre, une autobiographie, était resté en tête de la liste des best-sellers du *New York Times* pendant presque toute l'année 1985. Horowitz venait faire une conférence dans le cadre de la série de conférences exceptionnelles de l'université Bannockburn, et si le département n'avait pas attendu Pendleton au tournant à cause du fiasco qui entourait cette visite, il aurait bu quelque chose. Mais il resterait sobre au moins jusqu'à la réception qui aurait lieu chez lui ce soir.

Devant la fenêtre de son bureau, les bâtiments couverts de lierre qui entouraient la cour carrée étaient de nouveau devenus une armée de banderoles que gonflait le vent – la fête annuelle, week-end au cours duquel les étudiants exaltaient leur rivalité avec l'université quaker Carleton, un match qui opposait les incroyants aux vrais croyants. Traditionnellement, les étudiants de Bannockburn rappelaient d'anciens scores pendant le match et les quakers de nombreuses références aux Écritures.

Mais aujourd'hui, en cette vingt-deuxième fête annuelle de sa carrière à Bannockburn, les choses étaient différentes, et même lui, fatigué et inquiet comme il l'était, raterait le spectacle, ce mythe de l'université Bannockburn, qui se décrivait elle-même comme le « vénérable berceau du savoir ». En réalité, l'université était le « vénérable berceau de la médiocrité », un amortissement universitaire accrédité, vendu à des prix exorbitants aux rejetons paresseux et peu doués de parents riches et désespérés.

Qu'on puisse encore refiler le mythe de Bannockburn à des gens, Pendleton en restait stupéfait. Dans une certaine mesure, lui aussi avait été séduit par ce mythe, une brochure avec des photos prises dans la lumière dorée de l'automne, la saison des changements, un étudiant adossé contre un arbre en train de lire, une étudiante aux longs cheveux, photographiée à l'improviste, un livre niché entre les seins, l'intérieur d'une salle de classe, cadre d'un séminaire, des étudiants autour d'un professeur lisant à haute voix de façon théâtrale un livre tenu à bout de bras. Qui n'aurait pas souhaité connaître ça ?

Pendleton prit une grande respiration et se rendit compte qu'il regardait chaque chose pour la dernière fois. Il avait devant lui le rapport du conseil de la faculté concernant sa titularisation.

En bas, l'agitation était à son comble avec l'arrivée massive des parents après le déjeuner, les voitures neuves brillaient dans les rayons obliques du soleil, des feux de feuilles dégageaient une odeur de rituel presque païen et de la viande grillait sur les barbecues autour desquels les confréries d'étudiants accueillaient leurs invités.

Des voix lui parvinrent alors qu'il se levait et s'avançait vers la fenêtre. On disputait une partie de football sous l'œil attentif du père fondateur de l'université, un industriel russe émigré, Iosif Zhvanetsky, devenu philanthrope au début du vingtième siècle en imitation d'industriels comme Carnegie. D'après Pendleton, il y avait beaucoup de demi-dieux dans ce pays, des hommes qui s'étaient hissés en haut de l'échelle, puis avaient tout redistribué, des hommes qui voulaient des monuments érigés à leur mémoire. Telle était l'ironie essentielle d'universités comme Bannockburn, créées par des génies intuitifs et illettrés, des hommes sortis de nulle part et qui avaient tout gagné sans avoir ouvert un livre.

Pendleton n'avait jamais considéré qu'une éducation fondée uniquement sur la culture générale puisse être vraiment bénéfique.

En fait, l'histoire de Bannockburn était directement issue de ce genre de rapacité et de contrition.

Pendleton en connaissait par cœur cinquante pour cent. On avait construit l'université sur les ruines d'une fabrique de vêtements installée autrefois sur un méandre d'un demi-mile de la Saint Joe River. Ce méandre était devenu officiellement une île quand l'émigré russe illettré, fondateur de la fabrique, avait fait enlever la mince bande de terre pour créer une sorte de fief féodal. Avant un incendie criminel qui détruisit la fabrique en 1911 et tua dix-huit femmes enfermées à l'intérieur, le Russe avait amassé une fortune. Blanchi de tout soupçon de négligence, il mourut célibataire quelques années plus tard en léguant toute sa fortune pour la création d'une université destinée aux femmes sur l'emplacement des ruines de la fabrique. On avait appris que le nom de Bannockburn avait été choisi par le Russe à cause d'un amour malheureux pour une femme mariée, Lucy Bannockburn, qui avait repoussé ses avances et avait péri dans l'incendie.

L'historien local qui avait révélé ces faits avait réuni les lettres du Russe dans une exposition permanente à la bibliothèque. Une rumeur, selon laquelle des fantômes hantaient le campus, entraîna une baisse dramatique du nombre des inscriptions, mais la cause véritable en fut sans aucun doute la crise de 1929. Le sort sembla s'acharner sur l'université car la bibliothèque se mit à pencher et à s'enfoncer dans le sol. Apparemment, en concevant les fondations, les architectes avaient oublié d'inclure dans leurs calculs le poids des livres. Certains prétendirent qu'il s'agissait d'un acte de malveillance pour protester contre le mouvement des suffragettes.

L'université abandonnée servit de dortoir à la garde nationale pendant la Seconde Guerre mondiale, avant de renaître de ses cendres au début de la guerre froide comme université de littérature et sciences humaines pour accueillir les anciens militaires qui bénéficiaient du GI Bill [1], puis elle se transforma à nouveau pendant la guerre du Vietnam en refuge pour les jeunes Blancs riches qui cherchaient à échapper à la conscription. La construction d'un pont-levis de fortune pour séparer l'île du monde extérieur reste l'image typique du libéralisme de Bannockburn.

Pendleton connaissait cette histoire par cœur maintenant. Il ressentait une étrange mélancolie au creux de l'estomac en se disant que tant d'années avaient passé, et qu'il avait finalement échangé les articles enthousiastes consacrés à *Winterland* contre cet endroit. C'est ainsi qu'il aimait se souvenir de son départ de New York, ville qu'il avait abandonnée pour le charme attirant de ce monde universitaire avec ses années sabbatiques.

En vérité, son arrivée à Bannockburn avait été beaucoup plus rude, même si aujourd'hui encore il répugnait à l'admettre. À l'époque, il n'avait plus d'éditeur et se retrouvait le dos au mur en ce qui concernait sa carrière d'écrivain. Les grandes maisons d'édition de New York avaient refusé sa dernière œuvre. Trois années perdues sur un livre dans lequel il avait mis son âme. Il avait menti lors des entretiens à Bannockburn et, comme tant d'autres

1. Loi attribuant des bourses aux anciens combattants afin de leur permettre de suivre des études universitaires. (*N.d.T.*)

candidats se battant pour l'obtention d'un poste, il avait utilisé un euphémisme en qualifiant son roman de « travail en cours », mais la crise qu'il traversait était bien différente. Il avait terminé son livre, un bon livre en fait, un livre en avance, mais personne ne voulait le laisser avancer.

L'attente l'avait rendu malade. Puis, brusquement, Bannockburn l'avait convoqué. Oh, Bannockburn, là-bas dans les plaines, le dernier bastion de la respectabilité, une institution qui avait ignoré joyeusement son désespoir ou son échec, lors de l'entretien en vue de son engagement, à Chicago, dans un hôtel du centre-ville, pendant la convention annuelle de l'*Association of Writers and Writing Programs.* Ne l'avaient-ils pas percé à jour ? Non ! Il obtint le poste grâce à son dossier et grâce à un tas d'anciens articles, contre pas moins de soixante-dix autres candidats désespérés, une offre qui lui tira des larmes quand arriva la lettre qui confirmait son engagement.

Tels étaient les faits.

En revenant ainsi sur sa propre histoire, Pendleton ne gagnait qu'une chose : il se sentait vieux, inutile et perdu. Trop de temps était passé. Désormais, il avait du mal à être honnête avec lui-même, à comprendre les circonstances exactes de sa vie. Ces interrogations silencieuses duraient depuis trop longtemps.

En vérité, tout n'était qu'apparence ici, le subterfuge tellement énorme, la dissimulation du désespoir si parfaite, l'échec consacré avec un titre et une plaque couleur bronze à son nom sur une porte de chêne ciré. Un cauchemar dans lequel on essayait de courir mais vos jambes refusaient de vous porter, dans lequel on essayait de hurler mais aucun son ne sortait de votre bouche. Il comprenait que ce genre de silence démentait l'aisance avec laquelle ses chers collègues évoluaient dans les longs couloirs.

Combien de fois avait-il voulu se confier à quelqu'un, lui dire la vérité, atteindre au moins un semblant d'honnêteté avec ce qui l'entourait, ou, dans ses moments de plus grande angoisse, hurler vers les parents de passage, pour les mettre en garde quand ils visitaient l'université lors des journées portes ouvertes pour les futurs étudiants. Mais, bien sûr, il n'avait jamais hurlé et, à la place, il avait pris la pose comme l'un de ses heureux collègues enseignants dans un coin des bureaux de création littéraire, en train de lire des manuscrits, de corriger des copies, un de ces professeurs cernés par des bibliothèques remplies de livres reliés cuir écrits par des personnages de l'Antiquité ou des Lumières, avec des noms compliqués comme Rousseau, Descartes et Voltaire, parmi des tomes et des tomes de critique littéraire et de minces volumes de leur propre poésie qu'on pouvait leur pardonner car ils étaient censés contenir des vérités essentielles.

La poésie était *de facto* le genre utilisé par ceux qui écrivaient encore ici, d'anciens romanciers qui pour des raisons philosophiques avaient abandonné le roman bourgeois parce qu'il exigeait une structure narrative, pour une création abrupte de cinq minutes d'exercice acharné, des chrysalides de dysfonctionnement, impénétrables, avec des références personnelles désolantes ou inspirées par d'anciennes civilisations. De telles œuvres étaient publiées par tout un réseau de maisons d'édition confidentielles, de soi-disant débouchés légitimes pour enseignants ayant désespérément besoin de publier pour leur titularisation. Il allait sans dire, même si Pendleton l'avait effectivement dit plus d'une fois, en particulier lors d'une scène désopilante dans une soirée, suite à une semaine de lettres de refus de ce genre de maisons d'édition, que leurs responsables étaient en fin de compte des collègues, chacun publiant ce qui équivalait au saint des saints de gratification mutuelle, où le but de telles œuvres était moins d'être lues qu'interprétées, ce qui créait une sous-espèce littéraire générant toute une machinerie d'analyse critique perpétuelle et autonome.

Être frappé de maladie mentale était la plus haute marque d'approbation de cette prétendue littérature.

Pendleton leva les yeux et écouta le vacarme et les cris des étudiants, étouffés par les fenêtres à petits carreaux colorés de style victorien.

Un gosse avec un sac à dos avait le bras posé sur l'épaule d'une fille portant une veste de chasse orange et un jean moulant. Elle embrassait distraitement la main du garçon. Comment finissait-on par perdre tout contact avec cette jeunesse, cette aisance, avec cette sexualité languissante du temps où l'on faisait des descentes dans les dortoirs des filles, où l'on mangeait et dormait avec quelqu'un, où l'on pouvait rester éveillé toute la nuit pour étudier près de celle qu'on aimait ?

Ces questions lui tournaient dans la tête. Y avait-il un jour précis où les choses changeaient, où l'on se retrouvait de l'autre côté de la vie ? Pendleton respira profondément, pris d'un léger vertige ; le flot des questions continuait sa course tandis qu'il regardait par la fenêtre à claire-voie de son bureau, le réseau des ombres formant comme un masque sur son visage, et qu'il observait la vie en dessous de lui, avec la sensation de ce qu'il avait perdu. N'était-ce pas cela la muse des poètes, l'amour perdu, le temps perdu ?

Alors, pourquoi n'avait-il rien écrit depuis dix ans ?

Derrière la fenêtre, Pendleton avait chaud comme dans une serre. Il savait qu'il n'aurait pas dû mettre cette veste de laine pour travailler, mais aujourd'hui il affrontait son ennemi et compagnon d'autrefois à Columbia, Allen Horowitz. Il avait besoin de se dissimuler derrière une façade, celle d'un professeur qui se consacrait à son travail d'enseignant. Si l'isolement était complet à Bannockburn ou, du moins, si l'aveuglement pouvait être maintenu pendant des mois, ces rencontres, ces intrusions de la vie extérieure le brisaient. Les autres professeurs de son département pouvaient publier dans de petites revues universitaires, alors que l'écriture de romans, elle, était dans le domaine public. On attendait une notoriété.

Vous étiez célèbre ou vous ne l'étiez pas.

Allen Horowitz représentait le cauchemar particulier de Pendleton, un type perpétuellement en tête de la liste des best-sellers de fiction du *New York Times*, auteur de huit romans, quelqu'un qui avait commencé en même temps que lui, autrefois à l'université, quand tous deux avaient des « travaux en cours » qui paraissaient dans les principales anthologies. Ils avaient partagé le même éditeur et le même directeur littéraire, comme deux étoiles montantes, du moins pendant les premières années, jusqu'à la divergence, l'ascension fulgurante d'Horowitz tandis que Pendleton tombait dans l'oubli.

L'ouvrage le plus récent d'Horowitz était une autobiographie intitulée *J'en ai assez de suivre mes rêves : je vais leur demander où ils vont et je les rejoindrai plus tard*, une œuvre qui avait capté le ton désinvolte du temps dans ce qu'un critique du *New York Times* avait appelé « le voyage libéré d'une individualité et d'un génie en plein essor, irrévérencieux, drôle, et particulièrement américain », avec, sur toute la quatrième de couverture, la photo d'un Horowitz à la plage, arborant une chemise hawaiienne déboutonnée, un collier de perles de corail autour du cou, les cheveux ébouriffés, le visage buriné tel celui d'un paria. La pièce de résistance était une boisson tropicale avec une ombrelle de papier qu'Horowitz tendait vers l'appareil photo.

Le livre concernait surtout cette photo, en tout cas c'était ce qu'en avait conclu Pendleton, parce qu'il n'avait pas réussi à le terminer.

Aujourd'hui, il ne lisait plus que les critiques. En fait, il en tenait assidûment le compte avec la liste de qui avait écrit sur quoi, ce qui faisait ressortir le côté incestueux de la critique littéraire, et il était convaincu que l'ascension ou la chute des écrivains étaient liées à ces relations étroites. Que cette préoccupation des critiques eût été parallèle à son œuvre, qu'elle fût même devenue une psychose, il le savait dans son cœur, mais pas dans sa tête. N'ayant publié aucune œuvre de fiction importante depuis dix ans, il avait parfois l'impression d'être comme un prêtre devenu athée qui n'en continue pas moins à prêcher en chaire parce qu'il n'a pas d'autre endroit où aller. Jour après jour, il se tenait devant des étudiants et parlait d'écriture, il expliquait la formule des genres, en décryptait le fonctionnement, déconstruisait la structure et les personnages, les éléments de l'intrigue, déchirait les coutures de la fiction jusqu'à ce que les phrases s'effilochent en mots et les mots en gribouillis. Parfois, il répétait un mot à n'en plus finir, jusqu'à ce qu'il soit totalement déconnecté de ce qu'il représentait, qu'il devienne un simple son, ce qui lui enlevait toute signification, un exercice qu'il pratiquait pour supprimer le monde de la représentation, l'univers de son soi-disant métier.

L'arrivée imminente d'Horowitz était devenue un événement capital dans la vie de Pendleton. Dans le passé, il avait été absent pour dépression, et avait pu prendre un congé officiel sans préjudice. Titulaire, il était à l'abri.

Mais ce qu'il avait fait à Horowitz était tout à fait différent. Cela avait modifié la stabilité qui l'avait si longtemps paralysé.

Le département des humanités de l'université avait accepté de consacrer les trois quarts de son budget annuel, qui finançait d'habitude la série de conférences exceptionnelles, à la seule prestation d'Horowitz, et on avait demandé à Pendleton de régler les détails directement avec lui parce qu'ils avaient fait leurs études ensemble, mais Pendleton n'avait pas discuté avec Horowitz lui-même. Tout était passé par son agent.

Horowitz obtenait près de la moitié du salaire annuel d'un titulaire pour sa prestation, ce qui rendait Pendleton physiquement malade, étant donné que l'écrivain gagnait déjà des sommes à sept chiffres avec ses romans. Il ne cessait de se répéter qu'à un moment ils avaient été égaux. C'était un fait indiscutable ! Même Horowitz aurait dû le reconnaître. Cette rivalité n'était pas seulement dans sa tête. Horowitz avait découvert dans la revue des étudiants de Columbia que Pendleton avait fait une rechute et il lui avait envoyé une carte ironique de « bon rétablissement », avec un dessin représentant un corbeau posé sur l'appui d'une fenêtre regardant Edgar Allan Poe. Dans la bulle, au-dessus de Poe, on pouvait lire : « Salut l'oiseau » et en dessous : « Que se serait-il passé si le Prozac avait existé au dix-neuvième siècle ? » C'était signé : « Comme toujours, Allen ! »

Si Pendleton faisait une fixation sur Horowitz, Horowitz pour sa part ne l'avait pas quitté des yeux.

Que Bannockburn ait une si haute idée d'Horowitz, au point de lui proposer une telle somme, mettait Pendleton hors de lui. Pendant les années où il avait accepté de procéder à des lectures sur le campus, il ne les avait faites que devant des étudiants, ceux qui suivaient ses cours ou ceux qui voulaient se faire bien voir avant de s'y inscrire. Aucun collègue ne s'y était jamais montré.

C'était cette fixation qui l'avait finalement conduit à prendre sa revanche sur l'université autant que sur Horowitz, en choisissant le week-end de la fête annuelle, le pire de l'année universitaire pour programmer un événement. Personne n'avait émis de doutes concernant la prestation d'Horowitz – enfin, pas avant que la date soit fixée et les affiches imprimées. Ce n'est qu'à ce moment-là que l'on contesta Pendleton mais il était trop tard pour changer la date.

Malgré son faux air de détresse quand il affronta le président du département d'anglais à propos de cette fameuse date, il devint évident qu'il s'agissait d'un coup monté. Ce fut même l'expression qu'employa le président : « coup monté », comme si Pendleton avait voulu réussir un événement professionnel à propos d'Horowitz.

Pendleton lui-même n'avait pas imaginé la violence de l'entretien, le président dessinant le scénario de la visite à grands traits en hurlant. Il serait impossible de remplir l'auditorium de la bibliothèque le week-end de la fête annuelle. Aucune promesse de bonus supplémentaire, aucune menace exercée par les professeurs ne parviendrait à convaincre les étudiants d'assister à l'événement. En arrivant, Horowitz découvrirait un campus en état d'émeute, des types ivres au visage peint courant partout, une parodie de vie universitaire. Même si cela pouvait avoir son charme, bien en accord avec l'autobiographie je-m'en-foutiste d'Horowitz, mais pas avec son humiliation éventuelle de faire une lecture devant des professeurs d'anglais de l'université réunis pour l'occasion, avec leurs épouses en soutien, dans une annexe de la bibliothèque grande comme un placard à balais. Horowitz était homme à prendre sa revanche par écrit ou, comme le hurla le président : « Cela va au-delà de je ne sais quelle vengeance personnelle, au-delà de votre maladie. Savez-vous ce qu'Allen Horowitz peut faire à la réputation de l'université Bannockburn ? »

Il avait été peiné de devoir subir cette scène non seulement de la part d'un type qui avait quinze ans de moins que lui, mais en plus quelqu'un avec qui il avait eu auparavant des désaccords philosophiques. Charles Camden, docteur en philosophie, adepte du nouvel historicisme, spécialiste de la pensée de la Belle Époque, qui parlait avec un accent britannique factice, et qui travaillait sur le travestisme dans le théâtre anglais. Camden, un homosexuel, qui avait fait récemment son *coming out* et qu'on avait souvent vu travesti à Chicago, mais ainsi allait la vie lamentable dans les Bannockburn du monde. Des types comme Camden avaient été pendant une décennie à l'avant-garde des sciences humaines après avoir abandonné l'étude des formes romanesques et politiques pour l'affirmation soi-disant légitime que tout texte sociétal était de même importance. Camden ne faisait pas confiance à l'intentionnalité. Par conséquent, il ne faisait confiance ni aux écrivains ni à l'art. Avant même cet échange un peu vif, la ligne de faille entre Pendleton et Camden s'était déplacée.

Pour conclure, Camden redéfinit la prestation d'Horowitz non comme une lecture publique mais plutôt comme un symposium de la faculté. Pendleton devait contacter l'agent d'Horowitz pour l'informer de ce changement et, de son côté, Camden publiait une note de service demandant aux enseignants de rester en ville durant ce qu'on avait toujours considéré de façon non officielle comme un long week-end, pendant lequel on avait, selon la tradition, supprimé les cours du vendredi. Pendleton organiserait un dîner chez lui en l'honneur d'Horowitz.

Pendleton avait faxé une lettre à l'agent d'Horowitz pour lui indiquer la modification en insistant sur le mot « symposium ». Il pensait ainsi flatter son ego.

Il était devenu un véritable pestiféré. Dans la période précédant la fête annuelle, ses collègues l'avaient évité. À la lumière de ce qu'il venait de faire, on avait reparlé de ses deux dépressions précédentes, ou « congés sabbatiques » comme l'administration les avait prudemment définies. On lui demanda de signaler au service médical du campus les médicaments qu'il prenait. Il trouva dans son courrier une lettre officielle exprimant des inquiétudes sur sa santé mentale. On lui demanda également de fournir la liste de ses publications et de ses prestations récentes.

Un autre jour, il retrouva sa boîte aux lettres remplie de sorties d'imprimante avec le nombre d'inscriptions à ses cours d'introduction à la création littéraire, et on avait entouré le chiffre maximum et le chiffre réel. Son cours sur la fiction dépassait à peine la moitié du nombre requis et, bien que son cours d'introduction à la création littéraire fût nécessairement complet puisqu'il était obligatoire dans le cursus, les étudiants l'évaluaient comme sans motivation et mal préparé. Comme le disait un étudiant : « Les conneries de Pendleton ! »

D'autres formulaires arrivèrent, avec les évaluations des étudiants tout au long des années précédentes, qui dessinaient un déclin régulier. Il en fut effrayé. Qu'était-il devenu ?

Pour finir, il se contenta de retirer ce qui se trouvait dans sa boîte aux lettres et de le déposer dans la poubelle sans même y jeter un coup d'œil. S'il devait affronter un conseil d'administration concernant sa titularisation, la meilleure attitude consistait à se comporter de façon erratique, de ne pas coopérer et de faire semblant de retomber dans la dépression. S'il avait de la chance, on lui proposerait peut-être un congé sabbatique, mais il savait que cette phase de destruction personnelle prendrait bientôt fin.

Le temps avait passé. Pendleton regarda la pendule et quitta son bureau. Il traversa la foule des étudiants réunis dans la cour et se dirigea vers le réfectoire où il devait retrouver Henry James Wright, un ancien militaire, ancien reporter au journal du comté qui travaillait maintenant presque à plein temps pour l'université, en prenant des photos de la vie estudiantine pour le *Projet patrimoine : Bannockburn à travers les âges.* Wright était la dernière personne au monde que Pendleton aurait souhaité voir l'accompagner pour aller chercher Horowitz, mais le président avait insisté pour qu'il prenne des photos à l'aéroport.

Pendleton l'aperçut derrière le trépied de son appareil photo en train de prendre l'allégorie des frères Grimm pour la fête annuelle, le spectacle de femmes en costume de Petit Chaperon rouge, avec des jambes comme des jambons, décorant les tables avec une abondance de gourdes et de courges tordues, de pâtissons et de rutabaga autour des têtes de cochon lentement fumées.

Wright réagit à peine quand il vit Pendleton, il se contenta de ranger son matériel et ils s'en allèrent vers le parking sans dire un mot mais, grâce à Dieu, il y avait quelqu'un d'autre dans le comité d'accueil d'Horowitz : Adi Wiltshire.

Elle attendait près de la voiture de Pendleton, vêtue de façon austère d'une jupe plissée, d'une veste pied-de-poule assortie et d'un corsage blanc à jabot boutonné jusqu'au cou.

Choisie par le président, Adi apparaissait dans un deuxième temps comme une étudiante attardée, une amoureuse à forte poitrine, passionnée de littérature, qui avait fait jouir entre ses seins pas moins de deux titulaires du prix Pulitzer.

En la voyant là, Pendleton se sentit aussitôt plus à l'aise à la perspective du week-end qui l'attendait. Adi Wiltshire inspirait de la témérité aux hommes de son âge. Il fut soulagé à la pensée qu'Horowitz allait s'occuper d'elle, que tout se passerait peut-être sans incident et qu'il pourrait ainsi conserver son poste.

En effet, où pourrait bien aller un homme comme lui s'il devait quitter l'université Bannockburn ? Qu'adviendrait-il de lui au-dehors ?

Oui, il se sentait soulagé qu'une personne aussi inattendue qu'Adi Wiltshire puisse être son sauveur. Mais pour plus de sûreté, en entrant dans l'aéroport régional, il se retourna et confia à Adi : « Ne le répétez pas mais, selon la rumeur, Horowitz est bien placé sur la liste du Pulitzer. »

2

Les gros représentants régionaux habituels des sociétés alimentaires et pharmaceutiques, vêtus de costumes gris et venant d'endroits comme Battle Creek ou Kalamazoo, sortirent de plusieurs bimoteurs pendant près d'une heure, mais pas Horowitz.

Pendleton avait bien du mal à ne pas dire à Wright qu'il avait laissé sur son bureau les horaires du vol d'Horowitz. Wright faisait les cent pas dans le fond du hall, son trépied déjà installé pour la photo. Pendleton avait peur de lui à un niveau profond et personnel, Wright, avec sa maigreur et sa nervosité de fumeur invétéré et sa coupe de cheveux militaire. La première fois que Pendleton l'avait rencontré à l'université, il lui avait fait penser à un couteau suisse, tout en arêtes tranchantes et en angles avec deux petits yeux ronds étrangement écartés qui lui donnaient l'air prédateur et atavique d'un homme encore plus désespéré que lui-même, du moins à l'extérieur.

Wright en était à sa cinquième cigarette depuis leur arrivée à l'aéroport. Il ne cessait de regarder sa montre. La fête annuelle était un des principaux événements que l'université l'avait chargé de photographier.

Pour des raisons de sécurité, l'employé qui se trouvait derrière le comptoir refusa de confirmer l'heure d'arrivée d'Horowitz. Wright surprit la conversation et se tourna vers Adi pour lui dire : « Vous avez entendu ? On ne sait même pas l'heure exacte de l'avion ! Vous voulez partir ? Je peux vous ramener à l'université. »

Adi secoua la tête.

Wright lui lança un regard furieux. « Pourquoi ? »

Elle lui répondit d'un air provocateur : « Je n'ai pas besoin d'avoir de raison.

— Vous vous trouvez mieux que moi, hein ? Je le vois dans votre regard, mademoiselle l'étudiante perpétuelle. Je vais vous dire, je connais votre réputation sur le campus. »

Adi jeta un coup d'œil vers Pendleton qui avait tout entendu mais qui ne se retourna pas.

Wright suivit son regard. Il parla plus fort : « Qu'est-ce que vous produisez, tous les deux ? Qu'est-ce que vous apportez à la société ? Dites-le-moi. Vous savez que le professeur n'a pas publié de livres depuis des années ? Il est foutu, une sacrée rigolade. Citez-moi une autre profession qu'on peut exercer toute sa vie sans rien faire et en étant payé pour ça ! »

Pendleton regardait l'employé qui délivrait les billets.

Wright cria : « Je sais que vous m'entendez, *professeur* ! Laissez-moi vous dire une bonne chose. Je travaille, moi, pour gagner ma vie. J'ai pas les *moyens* de m'offrir une dépression ! J'ai des factures à régler », puis il fit demi-tour, ramassa son matériel et s'en alla.

Adi resta assise mais elle avait le visage empourpré.

Pendleton vit Wright sortir de son champ de vision sans oser tourner la tête. La confrontation entre eux menaçait depuis un moment. Dans l'histoire compliquée de sa carrière, il avait pris beaucoup de gens à rebrousse-poil.

À l'automne 1976, Henry James Wright avait suivi en auditeur libre un cours que Pendleton avait proposé dans le cadre de la création littéraire, intitulé « L'art du roman », une définition très vague, inventée en fin de compte pour ne pas avoir à corriger les travaux des étudiants. Il ne s'agissait que de théorie. Au cours d'une nouvelle période critique de sa vie, cela avait été un des nombreux incidents de la longue litanie de provocations dans laquelle était entré Pendleton à cause de son sentiment personnel de désespoir.

Mais cela avait aussi marqué un tournant décisif dans la vie de Wright, vingt-huit ans et sans perspectives, un type qui avait travaillé pour un magazine de marchand de voitures avant de prendre un emploi en free-lance dans le journal du comté, comme photographe/rédacteur, chargé de couvrir le sport dans les lycées ainsi que les faits divers.

Wright s'était inscrit au cours avec le sentiment que rien d'autre ne l'intéressait dans la vie que l'écriture d'un livre sensationnel. L'armée payait l'inscription. C'était sa dernière chance. Il le dit à Pendleton. Il employa le mot « sensationnel ». Il avait montré une certaine candeur dans son désespoir. Mais ce qui était « sensationnel » pour Henry James Wright ne correspondait à aucune des aspirations littéraires de son homonyme du dix-neuvième siècle.

Wright s'inspirait plutôt de *Christine*, un roman de Stephen King, l'histoire d'une Plymouth Fury de 1958 qui séduit une adolescente avant de continuer sa carrière criminelle, ainsi que de *Cujo*, un autre roman de King, dans lequel un chien enragé poursuit une femme coincée dans une Ford Pinto, une voiture hélas connue pour sa propension à flamber comme une torche.

Le premier jour, vêtu d'un jean et d'une veste de chasse écossaise, Wright avait déclaré sans aucune ironie et de la façon la plus simple qu'il s'y connaissait beaucoup mieux en voitures que Stephen King.

Toute personne douée de bon sens l'aurait laissé suivre le cours et, à une autre époque de sa vie, Pendleton aurait peut-être vu l'humour – ainsi que le pathétique – de la situation, et serait entré dans le jeu, mais il s'agissait du plus mauvais moment de son existence et les choses empirèrent quand Wright apporta en classe des romans de King, des romans avec en couverture, écrites en italique et en relief, des choses comme « Un film important » ou « Sept millions d'exemplaires vendus », des annonces que Pendleton ridiculisa en déclarant qu'il s'agissait d'« une stratégie de marketing aussi interchangeable que la vente dans les fast-foods, proche de celle de McDonald avec ses panneaux annonçant le nombre de “millions vendus” », mais cela mit quand même Pendleton hors de lui.

Pourtant Wright s'était montré à la hauteur et avait saisi instinctivement les échanges, en écrivant des sortes d'éditoriaux en guise de défense, pas toujours de façon éloquente, mais en mettant le doigt sur ce qui n'était pas seulement un débat philosophique, mais qui concernait sa survie même, son droit d'assister à ce cours.

Le sommet des disputes entre lui et la classe de Pendleton consista à acquérir une notoriété nationale, à supposer qu'une notule dans le *Reader's Digest* de septembre 1978 avait cette importance. Cela concernait une discussion entre Pendleton et Wright à propos de la définition du mot « collecteur ». Wright l'associait à l'automobile, à tous les composants labyrinthiques d'un moteur à explosion, « collecteur d'échappement » ou « d'admission ». Pendleton le mit littéralement à la porte pendant la violente dispute car le séminaire avait dérapé de la poésie pastorale d'inspiration chrétienne du dix-septième siècle jusqu'à la description détaillée du moteur à explosion. Quand le président du département d'anglais lui avait demandé des explications, Pendleton avait répondu que Wright était un perturbateur mais, sur le campus, certains étudiants avaient dit sans hésiter que c'était le seul jour où ils avaient appris quelque chose de vraiment concret en sciences humaines : le fonctionnement d'une voiture.

Wright s'était défendu dans un article publié dans le journal, mais un fermier avait répliqué en affirmant que « collecteur » était le « troisième estomac d'un ruminant ». Wright eut au moins les ressources nécessaires, la sérénité et un instinct journalistique inné, pour inclure la réponse du fermier dans son texte, et l'échange finit par trouver sa place dans le *Reader's Digest* où l'on se mit tacitement d'accord pour reconnaître que personne n'utilisait plus le mot dans le sens de « réunion de nombreux éléments », sauf quelques pasteurs et, apparemment, quelques universitaires arriérés.

Qu'une vie puisse contenir un tel condensé de controverses semblait prouver l'intervention d'un destin néfaste, ou l'opposé de la providence, quel que soit le sens de *ce* mot, mais il existait des gens de la sorte, comme des paratonnerres qui détournaient sur eux le mécontentement, des gens qui ne savaient pas quand il fallait se taire, faire machine arrière, ne pas insister.

Pour Bannockburn, Pendleton était devenu depuis longtemps ce genre de paratonnerre.

Pendleton ne s'était pas tu et, en réponse à la remise en cause permanente de son autorité par Wright, qui exigeait en plus qu'on critique son « roman en cours », il avait écrit sans prendre de gants à la fin de la session d'automne : « La vie comprend plus que la vraisemblance d'un simple catalogue de faits. Vos personnages manquent de dimension et d'humanité, éléments qui forment les contreforts essentiels de l'art de la fiction », des phrases qu'il avait extraites d'une lettre reçue du directeur littéraire d'une maison d'édition. Il savait comment ce genre de chose pouvait blesser.

Wright avait répliqué par un commentaire cassant dans sa chronique hebdomadaire en nommant directement Pendleton et en citant l'adage de l'écrivain : « Ceux qui peuvent écrire écrivent. Ceux qui ne peuvent pas écrire enseignent », mais il désirait plus qu'une simple vengeance par écrit et il laissait entendre qu'il recherchait des conseils juridiques car il envisageait de poursuivre l'université. Le *Projet patrimoine : Bannockburn à travers les âges* avait été conçu ainsi, dans un éclair de génie, par le président du département d'anglais, sommairement approuvé par le conseil d'administration et proposé à Wright. Il avait accepté avec pragmatisme. Comme avait dit le président à Pendleton à la fin de l'incident : « C'est un type qui essaie de se débrouiller dans la vie. C'est tout ce qu'il fait. »

Mais l'histoire n'en resta pas là.

Pendant les mois qui suivirent l'incident avec Wright, Pendleton avait trouvé dans sa boîte toute une série de billets anonymes qui faisaient froid dans le dos, lui disant qu'il allait mourir lentement et dans la douleur. Il supposa que Wright les avait composés avec des lettres découpées dans des journaux et des magazines, et collées sur une feuille, comme pour une demande de rançon ; Wright imitait le dernier roman de Pendleton, *Salade de mots*, publié l'année précédente.

Salade de mots était un mince méli-mélo post-moderne de lettres découpées et collées, tournant autour de menaces de mort que recevait un homme. Le protagoniste s'était envoyé les lettres lui-même depuis le début, du moins c'était ce qu'on croyait, jusqu'à ce que, placé dans un établissement de soins, il continue à recevoir les mêmes menaces de mort. Cela avait servi de témoignage du sentiment profond d'instabilité qui avait commencé à caractériser l'existence de Pendleton à Bannockburn. En 1975, il avait pris un prétendu congé sabbatique pendant l'automne. Même les plus petits éditeurs avaient refusé le roman, mais pas pour les raisons habituelles. En réalité, Pendleton était devenu une abomination pour ces petites maisons d'édition, parce que après sa titularisation, lors des conférences auxquelles il participait, il s'était répandu en injures contre la farce de ce qu'il appelait les « cercles obtus de ces établissements pratiquement à compte d'auteur, destinés aux paumés et aux ratés ». Pour finir, il avait publié lui-même son livre sous l'apparence de presses universitaires, en obligeant quelques collègues spécialistes de l'échec à légitimer l'entreprise en devenant membres du conseil d'administration.

En utilisant son œuvre contre lui dans cette bizarre menace de l'art qui imite la vie, Wright avait profondément bouleversé Pendleton. Ce dernier avait conservé les lettres chez lui sans les montrer à personne. Qui l'aurait cru ? Lui-même avait commencé à avoir des doutes sur sa santé mentale et, après les répercussions de son altercation avec Wright, il avait connu sa seconde dépression à Bannockburn et avait vécu un nouvel isolement absolu, chez lui, pendant le printemps suivant.

À cause d'un tel passé et de ces années de désespoir, Pendleton luttait contre l'envie de s'en aller.

Bien sûr, le président avait demandé à Wright de l'accompagner à l'aéroport pour l'ébranler un peu plus.

Pendleton appela le département d'anglais depuis un téléphone public mais il n'obtint qu'un répondeur. Il ne laissa pas de message. Il se dit que s'il appelait plusieurs fois, quelqu'un finirait par décrocher. Les horaires étaient posés sur son bureau. À la cinquième tentative, Wright revint dans l'aéroport en hurlant : « Où est ce connard incompétent ? »

Wright avait oublié qu'il n'était pas venu dans sa propre voiture. Il continua à crier : « Je devrais être sur le campus depuis plus d'une heure ! »

Pendleton resta à côté du téléphone jusqu'à ce que Wright décide de prendre un taxi.

Il était déjà 17 h 40 et le soir tombait. L'aéroport, un ancien bâtiment de la garde nationale, ressemblait à une gare des bus Greyhound, basse et délabrée. La lumière lui donnait l'éclat sinistre d'une salle d'opération, avec la lumière des tubes au néon qui épaississait l'air.

Adi était assise seule, sur un siège en plastique, comme un spécimen.

Pendleton appela une dernière fois le département d'anglais. Il fermait les yeux. Il voyait son bureau. Aucune réponse. Horowitz devait prendre la parole dans moins de deux heures.

En y repensant, il se dit qu'il aurait dû fixer l'arrivée d'Horowitz la veille de son intervention, mais il s'agissait des erreurs fatales d'un homme absorbé par ses propres difficultés. Pourquoi avait-il perdu son temps tout l'après-midi dans son bureau, en faisant semblant de corriger des copies, alors qu'il aurait dû préparer la réception de ce soir chez lui ? Pourquoi n'avait-il pas pris les horaires du vol ?

Il n'existait pas de bonnes réponses.

Au comptoir de United Airlines, le nom d'Horowitz ne figurait pas non plus sur les listes, mais l'employée se montra plus aimable que celle d'American Airlines et elle suggéra que la réservation avait peut-être été faite sous un autre nom. Elle semblait disposée à l'aider mais Pendleton ne voulait rien savoir. Il attendrait le vol de 18 heures.

Adi leva les yeux et demanda : « Vous avez trouvé ?

— Personne ne répond, au département d'anglais. »

Adi tourna le regard vers le tableau des arrivées. « Horowitz sera peut-être sur le vol de United à 18 heures. »

Pendleton répondit : « Peut-être... Écoutez, je suis désolé à propos... de Wright. Nous avons eu un différend. Il a suivi mon cours et il dit qu'il souffre de stress posttraumatique. »

Adi haussa les épaules : « Ne vous inquiétez pas... »

Pendleton se contenta de hocher la tête. Il n'avait plus rien à dire. Il regarda vers le petit bureau de location de voitures. Une femme lisait un magazine en fumant.

Adi reprit : « De toute façon, je lis un livre très intéressant. » Elle montra un exemplaire tiré à part du premier roman de Pendleton, *Winterland*.

Le visage de Pendleton s'empourpra. Il lui fallut quelques instants pour se reprendre en regardant le livre, la gorge nouée. Il réussit à dire : « Je ne l'ai pas ouvert depuis des décennies.

— Je pense que vous devriez le relire. »

Était-ce un compliment ? Il sentit son cœur s'accélérer, mais il s'efforça de garder son calme. Il dit d'une voix tranquille : « Où l'avez-vous trouvé ?

— Je l'ai emprunté à la bibliothèque. » Elle tendit le livre à Pendleton qui le prit et le contempla comme un amputé peut regarder un membre séparé. Il murmura « *Winterland* » simplement pour entendre le son, une œuvre qui lui avait pris deux ans de sa vie d'étudiant. Le simple fait de le tenir fit remonter ses souvenirs, le bourdonnement de Manhattan de l'autre côté de sa fenêtre, le bruit de la circulation et des klaxons, la Babel des langues différentes dans la rue.

Autrefois, il avait vécu pour l'écriture, allant de sa machine à écrire à son lit, s'endormant à n'importe quelle heure, s'éveillant en pleine nuit pour recommencer, avec un violent sentiment de compétition parmi ses camarades étudiants, écrivant contre leurs fantômes, contre Horowitz, écrivant avec la sensation de ce qui était nécessaire pour obliger un autre écrivain, même un ennemi déclaré, à reconnaître son génie sur la page. Pendleton comprit que tout art était conçu comme un défi ou en opposition à quelque chose. Il y avait longtemps, il commençait ses conférences par cette phrase-là.

La question était la suivante : Où était passé ce sentiment d'autrefois, la sensation d'être vivant ? Cela lui donna le frisson.

Il referma le livre.

Adi le regardait quand il leva les yeux. Elle tendit la main. « Je veux le terminer. »

Au plus profond de lui, il voulait lui demander ce qu'elle avait pensé de son écriture, en ressentant le même trac qu'autrefois, mais à la place, il lui dit sèchement : « Et pourquoi ce soudain intérêt pour mon travail ? »

Adi haussa les épaules. « J'ai vu qu'Horowitz et vous, vous étiez étudiants ensemble. Je voulais simplement... »

Pendleton l'interrompit. « Comparer la différence entre succès et échec ? Et vous avez trouvé la réponse ? »

Adi répondit calmement : « Pourquoi avez-vous cessé d'écrire ?

— Écoutez, je n'ai pas besoin que quelqu'un soit désolé pour moi. C'est ce que vous êtes en train de faire ? »

Adi répéta : « Pourquoi avez-vous cessé d'écrire ?

— Qui dit que j'ai *cessé* d'écrire ?

— Vous écrivez ? »

Il lui fallut quelques instants avant de répondre. « Non, je n'écris pas.

— Pourquoi ? »

Pendleton secoua la tête. « Je ne sais pas... » Il y avait bien longtemps que personne ne lui avait posé une question aussi directe sur ce qu'il était censé être, un écrivain. Il la regarda fixement et elle soutint son regard. Il cherchait une réponse et finit par dire : « Le problème fondamental avec mon œuvre c'était qu'elle ne faisait ni rire ni pleurer personne.

— Et c'était pour cela que vous écriviez ?

— En réalité, les autres catégories de gens n'achètent pas de livres. Ils les empruntent dans les bibliothèques. À un moment je me suis demandé : "Pourquoi écrire des livres pour des gens qui ne les liront pas ?" » Pendleton écarquilla les yeux. « Vous avez la réponse à votre question. »

Adi le regardait toujours : « Non. Je ne l'ai pas.

— D'accord, je vais vous le dire autrement. Les gens qui ont besoin de rire et de pleurer m'ont réduit au silence. Ils n'achetaient pas mes livres. C'est aussi simple que ça, une question de goût, pas de politique, le totalitarisme absolu du marché qu'aucun ministre de la censure n'a même jamais espéré atteindre. »

Pendleton se tut. Il fixa Adi. « Comprenez-vous combien cette explication est dégradante ? Cela satisfait-il votre curiosité ? Les gens ne voulaient pas me lire. Dites-moi, comment peut-on lutter contre cette réalité ? »

Adi répondit : « Le grand art n'a-t-il pas toujours été comme ça ? Celui qui n'arrive pas à accepter sa vie quand il est vivant a besoin d'une main pour échapper au désespoir et d'une autre main pour mettre par écrit ce qu'il voit parmi les ruines. »

Pendleton eut un rire ridicule. « Vous croyez que je n'ai jamais entendu ça, on nous paie pour raconter ce genre de boniments aux étudiants. L'écriture était mon existence, ma prétendue carrière, autrefois. C'est tout ce que je sais, et regardez-moi aujourd'hui ! » Sa voix s'éteignit, puis il ajouta avec froideur : « Qu'est-ce que ça représente pour vous de toute façon ? Vous voyez en moi la possibilité d'une obscure thèse de doctorat ? Depuis combien de temps êtes-vous à Bannockburn ? Vous voulez mes notes, mes romans inachevés ? »

Adi détourna le regard et Pendleton comprit qu'il avait exagéré. Il s'éloigna vers l'obscurité. Des lampes éclairaient une piste d'atterrissage au milieu des ténèbres. Il vit son propre reflet dans la vitre. Et il eut l'impression d'être aussi étranger à ce reflet qu'au livre qu'il avait tenu quelques instants auparavant. Qui le regardait ? Pourquoi avait-il raté sa chance avec elle ? Elle avait vu quelque chose dans son roman, même après toutes ces années, cela était toujours apparent, ce qu'il avait été autrefois, le fantôme désincarné de son être ancien, son âme. N'était-ce pas pour cela qu'il avait commencé à écrire, pour cette transmutation magique de la platitude des mots en quelque chose de plus, pour l'immortalité ?

Si, cette fois, il avait pu l'expliquer à Adi ou à lui-même, peut-être aurait-il pu trouver un moyen de faire demi-tour. À cette époque, il avait utilisé sa propre pauvreté à son avantage, ce sentiment de désespoir, en disparaissant entre les immeubles de la ville, dans une marée de chair humaine, en recherchant l'anonymat, la chose qu'il redoutait le plus. Pendant l'hiver, il était rentré sous terre, dans l'horrible lumière du métro, avec la vie qui ne revenait qu'aux stations, et il avait laissé entrer dans sa tête des visages entraperçus, de beauté ou de tristesse, et avait inventé des vies à ces épaves de réfugiés. C'était ainsi qu'il avait créé *Winterland*, dans le labyrinthe des tunnels du métro de New York, en filant littéralement la métaphore du voyage dans les ténèbres. S'il pouvait seulement exprimer cela, pourrait-il guérir, pourrait-il trouver le moyen de se remettre à écrire ?

Une voix roucoulante annonça dans les haut-parleurs un vol en provenance de Chicago, et elle interrompit les réflexions de Pendleton. Il ouvrit les yeux et quitta les profondeurs de New York. Elles étaient encore là, dans sa tête, un monde abandonné.

Adi parla juste assez fort pour le tirer de ses pensées : « Je vais vous avouer quelque chose. »

Pendleton lui tournait encore le dos.

« Je veux que vous m'excusiez, si vous voulez bien. Je vous ai sous-estimé comme écrivain. J'ai suivi deux cours de théorie avec vous ces dernières années, et je n'ai jamais pris le temps de lire vos livres. J'aurais dû le faire. C'est tout ce que je voulais vous dire. » Elle n'ajouta rien.

La chaleur de l'échange avait disparu. Ce n'était pas Adi Wiltshire le problème. Il le savait et, ici, debout dans cet aéroport, il se rappela une phrase de *Cent ans de solitude*, selon laquelle les hommes vivaient peut-être pendant un instant puis passaient le reste de leur vie à y mettre fin. Dans le livre, c'était la lamentation d'un colonel en train de mourir, le survivant de trente-deux guerres, de quatorze attentats contre sa vie, de soixante-treize embuscades et d'un peloton d'exécution, un homme qui mourait de vieillesse en urinant.

Peut-être devait-on concéder du temps à la postérité, pour être découvert de façon posthume par une doctorante qui aurait la volonté d'expliquer votre vie et votre œuvre. Et pour la première fois depuis très longtemps, E. Robert Pendleton sourit et dit calmement : « Je parie que vous faites partie de ces gens qui possèdent une carte de bibliothèque ? » Adi sourit elle aussi et, dans cet instant des plus brefs, Pendleton décida qu'il ferait ce à quoi il pensait depuis des décennies.

Il allait mettre fin à ses jours.

3

Horowitz franchit la porte des arrivées, avec la même chemise hawaiienne que sur la quatrième de couverture de son livre, la même dent de requin et le collier de perles de corail. Une forte odeur de Panama Jack le précédait, une odeur de noix de coco et de tropiques que, jusqu'à ce jour, Pendleton avait à jamais associée aux vacances de printemps, aux désirs et aux révoltes de l'adolescence.

Pour tout bagage, Horowitz n'avait qu'un sac en bandoulière dans lequel on pouvait, avec romantisme, imaginer un morceau de fromage, une bouteille de vin et son livre préféré. Il portait un pantalon kaki attaché par une ceinture au-dessus des hanches et dont les jambes laissaient voir ses mollets sans poils. Il était pieds nus dans des mocassins bon marché.

Il s'arrêta et serra la main de deux hommes d'affaires, et Pendleton sut qu'ils allaient se précipiter pour acheter l'autobiographie d'Horowitz.

Pendleton ne quittait pas Horowitz des yeux, ce soi-disant homme à succès entre deux âges, avec sa chemise hawaiienne qui dissimulait mal son corps en forme de grenouille, son ventre rond et ses jambes maigres. Il ressemblait vaguement aux deux hommes d'affaires à qui il parlait, physiquement en tout cas, tout en étant différent à cause de sa chemise et de sa peau bronzée. Il avait l'air d'un type en vacances permanentes, quelqu'un qui a la réponse à l'énigme du mystère de la vie. Il n'y avait pas de routine, pas de crampes d'estomac dans son univers. Il plaisait à ces gens-là, ces hommes stressés, qui rêvaient de plages. À cet instant, Horowitz rappela à Pendleton la mélancolie douce-amère des lamentations d'andropause de Jimmy Buffet à Key Largo, *Cheeseburger in Paradise* et *Margaritaville* [1], et il reconnut qu'en fin de compte, l'essence du message d'Horowitz était, de façon ironique, existentielle. Après tout, il s'agissait de sa dernière nuit sur terre, mais les premiers mots qui sortirent de la bouche d'Horowitz furent moqueurs : « Et maintenant, Bob ? Deux jours de canoë sur le fleuve ? »

Pendleton se raidit mais entra dans le jeu. « Les indigènes sont un peu nerveux. Heureusement que tu arrives en retard. On voyagera plus en sécurité de nuit. »

Horowitz mouilla le bout de son doigt et le tendit en l'air. « Dans le mille, Bob, un point pour les maniaco-dépressifs. Tu as toujours le sens de l'humour, malgré tout. J'admire cette *ténacité*, Bob. On dit que le génie vient de la souffrance ou de ne pas être compris. »

1. Jimmy Buffet, chanteur célèbre à Key Largo. (*N.d.T.*)

Pendleton se sentit acculé mais Adi s'avança et, sans se présenter, elle désigna le collier de corail d'Horowitz. « Une chance que vous soyez habillé comme un primitif. On pourra négocier vos perles et votre dent de requin avec les indigènes pour apaiser les dieux du fleuve. »

Horowitz fixa son regard sur Adi qui prit la main de Pendleton, comme s'ils formaient un couple, et, avant qu'Horowitz ait eu le temps de répondre, elle ajouta avec une obséquiosité un peu démonstrative : « Puisque Robert ne fait pas les présentations... Adi Wiltshire, votre plus fervente admiratrice. »

Adi serrait deux livres d'Horowitz contre sa poitrine. « Vous me les dédicacerez, n'est-ce pas, Allen ? »

Horowitz semblait ne pas en croire ses oreilles. Avec ses longs cheveux bruns qui retombaient de chaque côté de sa tête, elle lui rappelait la passion innocente d'Ali MacGraw dans *Love Story*.

Pendleton en était réduit à jouer le rôle du professeur pondéré d'une vénérable université dans laquelle, ainsi que le voulait la tradition, des lectrices studieuses comme Adi Wiltshire, de vraies amoureuses de la littérature, n'étaient là que pour le séduire, car Pendleton savait que c'était ce qui trottait dans la tête d'Horowitz.

Quant à Horowitz, il aurait souhaité porter une tenue tout à fait différente.

Tandis qu'ils marchaient dans la nuit froide en direction du parking, Adi ne lâcha pas la main de Pendleton.

Les lumières de Bannockburn brillaient dans l'obscurité, une oasis à l'écart de la petite ville en déclin. Les vapeurs d'alcool de l'usine donnaient à l'air une odeur de bière aigre.

Pendleton suivait la berge du fleuve en direction de l'université et il expliquait prudemment à Horowitz que la nature de sa visite était un symposium pédagogique, qu'on avait programmé l'événement pour qu'il coïncide avec la fête annuelle, afin d'éviter les hordes d'étudiants qui se seraient bousculés pour avoir un autographe. Il fixait la route tout en parlant.

Adi s'adressa au profil obscur d'Horowitz. « C'est un cadeau que vous fait Robert. Il a voulu vous donner un répit dans la gloire, pour que vous vous définissiez, et disiez pourquoi vous écrivez. »

Horowitz répondit franchement : « À mon avis, on accorde trop d'importance à la méditation. »

Adi sourit. « Vous savez, je crois que vous avez raison. Ma mère préparait un doctorat en psychologie comportementale des animaux à l'université de l'Ohio et, après des années de recherche, elle a résumé le fardeau que représente la conscience humaine en posant d'abord cette question au jury : "Que se passerait-il si un chien devait réfléchir à tout ce que pensent les autres chiens dans le monde ?" »

Horowitz dit : « Intéressant, mais peut-on demander à une créature qui vit sept fois moins longtemps que nous de se poser les questions les plus difficiles ? Je pense que l'âge est la clef de la métaphysique et des questions les plus profondes de la transcendance.

— Ma mère ne parlait pas de transcendance, Allen, mais du fardeau de la conscience sociopolitique dans un monde envahi par les médias. Imaginez qu'un chien doive penser à la famine en Afrique, au génocide du Cambodge, à la prolifération des armes nucléaires, aux taux d'intérêt... »

Horowitz poussa une sorte de sifflement. « Il s'agit sans doute de chiens chercheurs. » Il tendit la main et toucha l'épaule de Pendleton. « Elle est passionnée, Bob ! Je te l'accorde. Permettez-moi de prendre des risques, Adi. Votre mère a mangé des quantités de tofu, elle croyait à l'amour libre, elle portait des sandales Birkenstock et défendait la vie en communauté ? Je pense qu'elle a divorcé... *deux fois*... mais aujourd'hui, elle est engagée dans une union chrétienne ! » Horowitz sourit. « J'ai raison. Dites-moi que j'ai raison ! »

Adi ne répondit pas.

« Je sais que j'ai raison. Vous voyez, je couchais avec des femmes comme votre mère dans les années soixante, des idéalistes rêveuses qui portaient des fleurs dans les cheveux. C'est pour elles que la chute est la plus dure, ce sont elles qui changent le plus avec le temps, ou qui, en réalité, ne changent pas vraiment, comme si elles montraient l'envers de leur idéalisme, qui est un véritable conservatisme. Un fanatique reste un fanatique. »

Adi regarda Horowitz. « Vous ne dites que des conneries ! Pour que les choses soient claires, je vous dirai que le sujet de ma mère concernait les primates, pas les chiens. Précisément, ses recherches portaient sur le langage des signes chez les primates, sur l'expression d'un langage acquis avec comme but la communication entre espèces. »

Horowitz leva les mains. « Une noble tentative, vouloir communiquer avec les animaux. En tant qu'humaniste agnostique, je considère cela comme une démarche parfaitement légitime, la recherche d'une compréhension universelle par un dialogue avec les singes. Si nous appartenons tous au même ordre, pourquoi ne pas leur parler, hein ? Je ne critique pas du tout votre mère. Ce que j'admire, c'est la rationalité subtile... Vous savez, cette quête d'un langage vrai a des précédents historiques. Cela remonte au Moyen Âge, quand on croyait que les nouveau-nés connaissaient la langue des anges, mais qu'à cause de l'influence corruptrice de celle des hommes, ils perdaient cette première langue. Certaines sectes ont mené des expériences dans lesquelles elles isolaient les enfants hors de tout contact, en général dans des souterrains sans lumière, on les nourrissait mais ils n'entendaient aucun langage humain. On croyait que si on les laissait seuls, ces enfants en grandissant parleraient la langue du paradis, et ainsi, l'humanité pourrait l'apprendre elle aussi. Je pense qu'il s'agissait d'une application ironique de la méthode scientifique par des fondamentalistes religieux, mais avec en prémisse l'existence du paradis, et la certitude que toutes les âmes humaines étaient réellement des âmes incarnées... Ainsi, vous voyez, votre mère et les anciens étaient semblables, chacun recherchait un moyen secret de compréhension universelle... Une recherche née d'une nostalgie du passé hors de propos. »

Il fallut un moment à Pendleton pour se rendre compte qu'Horowitz lui tapait sur l'épaule.

« Qu'en penses-tu, Bob ? Peut-on avancer l'hypothèse que c'est un choix pour l'homme du vingtième siècle de se cacher de la réalité historique, là où nous sommes aujourd'hui, en tant que civilisation ? »

Pendleton sentit l'insinuation. « Si tu parles de Bannockburn... »

Mais Horowitz le coupa avec une évidente condescendance. « C'était une hypothèse. Je ne parlais pas de toi. Cela a toujours été ton plus gros problème, Bob. »

Horowitz se pencha vers Adi. « À mon avis, les philosophes d'autrefois se sont trompés. La principale question de la vie n'est pas de savoir ce qu'il nous est possible d'endurer comme douleur et comme souffrance, mais ce que nous sommes capables de supporter comme bonheur. C'est la vraie question existentielle de l'homme postindustriel et agnostique. Les choses s'améliorent pour nous. Combien pouvons-nous faire de croisières pendant notre retraite ? À combien de buffets à volonté pouvons-nous participer ? Telles sont les vraies questions auxquelles nous devons répondre ! »

Adi regarda de nouveau Horowitz. « Vous plaisantez ! »

Horowitz secoua la tête. « Je parle du jardin d'Éden, du bonheur éternel, ennuyeux à mourir. Nous avons tout laissé tomber. N'est-ce pas cela qu'Adam et Ève ont catégoriquement rejeté, le bonheur ? Nous savons comment affronter la douleur, mais le bonheur éternel ? Où se trouve le libre arbitre là-dedans ? »

Adi repoussa ses cheveux derrière son oreille, dégageant son profil régulier. « Je ne suis pas sûre... Je... » Elle hésita. « Je n'ai jamais pensé à ces choses-là. »

Horowitz dit doucement : « Pourquoi l'auriez-vous fait ? Vous êtes jeune et belle. » Puis, avec un sens tout à fait maîtrisé de la situation, il se tut, se réinstalla sur son siège et se mit à fouiller dans ses papiers comme s'il voulait revoir les notes de son intervention, tandis qu'Adi, pour sa part, se retournait vers la route, et pas uniquement parce que Horowitz avait cessé de parler. Il l'avait laissée en plan.

Pendleton conduisait mais il avait perdu le sentiment de sa première victoire. Adi ne le regardait pas. Elle avait les yeux fixés devant elle. Horowitz avait fait ce dont Pendleton s'était montré incapable, il l'avait captivée en tant qu'intellectuel et, plus important, en tant qu'homme. Il comprit la réaction d'Adi, il regarda Horowitz, qui ne releva pas la tête, et Pendleton se tourna de nouveau.

C'était un moment d'échec personnel cuisant, et pendant un bref instant, il eut envie de les entraîner dans la mort. Comme il aurait été facile de diriger la voiture dans le fleuve obscur à côté d'eux, de lier son destin à celui d'Horowitz, de le voir se débattre et mourir, et Adi aussi, car il n'avait qu'à s'arc-bouter au moment où la voiture plongerait dans l'eau. Que se passerait-il s'il laissait le public se demander ce qui était arrivé exactement ?

Il avait l'impression qu'ils méritaient tous trois ce genre de fin.

Ils étaient déjà en retard quand Pendleton se faufila vers le parking en forme de croissant de la bibliothèque de l'université. Un désordre incroyable y régnait, un rassemblement de charrettes chargées de foin et tirées par des chevaux, prêtes pour la danse paysanne dans le gymnase. On avait l'impression de remonter deux siècles en arrière. Les conducteurs vêtus en pèlerins donnaient à manger aux chevaux. Pendant cinq fêtes annuelles, afin de garantir sa titularisation, Pendleton s'était déguisé en troll pour ce spectacle et avait contrôlé les billets à l'intérieur.

Il klaxonna et un cheval rua nerveusement, les yeux cachés par des œillères. Le président vit la voiture et se précipita vers elle, ainsi que le groupe d'étudiants de Pendleton déguisés en assassins, un soi-disant comité d'accueil de doctorants aux cheveux gras et plaqués, vêtus de noir.

Wright se trouvait là lui aussi et sa caméra tournait. Il avait bien sûr mis le président au courant du fiasco de l'aéroport.

Comme on pouvait le prévoir, Horowitz riait devant toute cette agitation. Il tapa sur l'épaule de Pendleton. « C'est une université ou un cirque, Bob ? »

Pendleton se retourna et dit en regardant Horowitz droit dans les yeux : « Comment se souviendra-t-on de toi dans cent ans, Allen ? Sans parler de l'immortalité ? »

Horowitz resta décontenancé pendant quelques instants, avant de sourire. « Je crois à ici et maintenant, Bob. » Puis il sortit et ouvrit la portière du passager pour Adi avec un geste théâtral.

Elle descendit de voiture et, comme si elle venait de penser à quelque chose, elle se retourna et dit : « Vous nous rejoignez, n'est-ce pas, professeur ? »
Pendleton répondit froidement : « Je vais essayer de trouver une place de parking. »

4

Pendleton fit le tour de la bibliothèque sous le regard d'Adi. Puis il s'éloigna, bien décidé à exécuter son plan. Adi Wiltshire lui avait facilité les choses. Il longea à nouveau le fleuve puis remonta la côte vers son quartier de maisons coloniales anciennes.

La façon dont Adi avait changé de camp représentait la dernière insulte. Elle n'avait parlé de son livre que pour passer le temps.

Comment s'était-il laissé surprendre ainsi, en répondant à ses questions ? Il l'imagina ivre, racontant tout à Horowitz, à ceux qui voudraient l'entendre. Pouvait-elle lui faire une chose pareille ?

Et pourquoi pas ?

Pendleton revint vers le campus et passa devant la bibliothèque.

Adi Wiltshire était entrée sans l'attendre. Il avait voulu le voir de ses propres yeux. Si le fait d'être trop âgé pour elle avait pu le consoler, cela aurait été important, un subterfuge avec lequel il aurait pu vivre, mais ça ne marchait pas : Horowitz était du même âge que lui.

Quelque chose d'autre le tourmentait, quelque chose dont il sentait l'absence depuis toujours. Il lui était dur d'affronter cette vérité, simplement de dire que ce qui lui manquait, quoi que ce fût, avait ruiné sa vie. Horowitz ne se trompait sûrement pas. C'était en rapport avec lui-même, avec son écriture, ses problèmes, ses peurs. Un sentiment d'échec et de manque avait toujours éclipsé sa vie, une conscience de soi écrasante. Il ne s'agissait que de cela. Il s'était consumé.

Il continua à rouler. Il était bien décidé à mourir, mais il ne savait pas encore comment. Il leva le pied de l'accélérateur. Ce n'était pas aussi facile qu'il l'avait imaginé, même maintenant, avec la douleur d'avoir été rejeté.

Autour du campus, la nuit vibrait de cris, des groupes de pères et de fils déjà saouls traversaient les terrains de base-ball en direction des bars hors du campus, pour s'encanailler pendant quelques heures en buvant de la bière bon marché et jouant au billard avec des paumés du coin. Dans ces moments d'intimité privilégiée et dans la grandeur de l'Amérique, les pères pouvaient se réconcilier avec les fils, au cœur du cauchemar incertain où les autres ne vivaient qu'à moitié.

Cette nuit, tout cela possédait un caractère poignant. La fête annuelle et le congé d'automne formaient en eux-mêmes un genre littéraire dans les cours de création littéraire de l'université, une sorte de pastiche de l'héroïsme, des histoires qui se déroulaient dans un décor à la Hemingway, des déclarations bredouillées d'alcooliques, dans des cabanes de chasseurs et des bars délabrés, où la vulnérabilité masculine était mise à nu.

Chaque culture trouvait ses rites de passage, alors pourquoi pas ici ? L'endroit était-il si mauvais ? On pouvait encore en arrêter le déclin. Pourquoi ne se garait-il pas pour entrer et écouter Horowitz ? Rien ne l'en empêchait, mais il ne sortit pas de la voiture. Cela se situait au-delà d'Horowitz maintenant, au-delà d'Adi Wiltshire elle-même.

Il longea lentement le bâtiment des dortoirs féminins en regardant les groupes de filles et de mères dans la lueur couleur d'ambre des réunions autour de brochettes de marshmallows mises à griller et de cidre chaud. Des feux allumés dans des fûts métalliques faisaient danser des ombres sur les façades. On avait installé l'effigie d'un joueur de l'université Carleton sur un feu de joie. Les mères étaient négligemment vêtues d'un uniforme dans l'esprit de l'école – un pantalon en tissu écossais, des chaussures basses bicolores et un sweat-shirt trop grand à col roulé ; les filles portaient des tenues semblables, comme des versions plus jeunes de leurs mères. Tant pis pour l'éducation : de façon paradoxale, plus on apprenait de choses, plus on battait en retraite, et si cela n'arrivait pas tout de suite, cela se terminait ainsi. Pendleton vivait ici depuis assez longtemps pour s'en rendre compte, des soutiens-gorge qu'on brûle jusqu'au tailleur-pantalon, jusqu'aux épaulettes de demi de mêlée des vestes des mouvements féministes, jusqu'à cette nostalgie modeste des années cinquante quand on buvait des sodas et que les mères et les filles parlaient recettes de cookies et de glaces.

En ce moment encore il ne pouvait s'arrêter de déconstruire ce qui l'entourait, et pourtant être ainsi à l'extérieur de tout le faisait profondément souffrir. La simple réalité était Bannockburn, un endroit où les pères et les fils, les mères et les filles avaient le droit de revendiquer ces années d'adolescence révoltée et aliénante, en reconnaissant leurs erreurs, en soignant leurs vieilles blessures, en recommençant en tant que familles.

Pendleton revint lentement chez lui. Impossible d'échapper à tout ce qu'il abandonnait, et même après avoir quitté New York, le besoin de trouver quelqu'un, la nécessité d'une compagnie, s'étaient imposés à lui. Il avait compris la maladie de la solitude, et essayé d'en prévenir le caractère inévitable.

Pendant ses années de déclin brutal à Bannockburn, il trompa son désespoir avec une suite de relations désastreuses, la plus longue ayant été une histoire sans passion et commode avec une poète de son département qui, finalement, prit un poste d'enseignante et publia plus tard un livre intitulé *La Tradition orale*, qui remporta un prix et dans lequel elle se révélait lesbienne ; il en était le personnage central, mais elle le désignait sous le « toi » rhétorique de la poésie.

La même année, sous le coup de la déception, il avait entamé une relation d'un semestre avec une étudiante de troisième année, issue de la haute bourgeoisie, une poète fan d'Elvis, qui recherchait une douleur égale à ce qu'elle ressentait, une douleur qu'elle finit par trouver dans une suite de motels miteux avec Pendleton et qui aboutit à un inévitable avortement, tout en réussissant à remporter le prix de poésie de l'université.

Il en fut profondément troublé. Cela avait continué quelque temps jusqu'à un contrôle en vue de sa titularisation pour laquelle il lui manquait une publication récente et importante. En onze heures, il avait mis au point une œuvre douteuse, intitulée *Les Œuvres complètes de E. Robert Pendleton*, réunion d'histoires inachevées, publiée dans une petite maison d'édition dont le directeur, un collègue d'une autre université, expliqua tacitement qu'il s'attendait à ce que son propre recueil de poésie sorte publié aux Presses de Bannockburn. Pendleton n'avait pas respecté l'accord et c'était en fait pour cela que toutes les maisons d'édition semblables refusaient son roman, *Salade de mots*, qu'il finit par publier à compte d'auteur.

Il avait ruiné sa réputation.

De façon ironique, la seule relation qui aurait pu le sauver avait été avec une veuve du département des ressources humaines, une femme qui n'appartenait pas au milieu de l'écriture, une femme qui lui avait déclaré lors de leur premier rendez-vous qu'elle était du genre à voir le film tiré d'un livre, mais qu'elle ne lirait jamais le livre.

Le genre de personne qu'il avait recherché toute sa vie. Le problème c'était qu'elle avait un passé, plus exactement un problème de quatorze ans, qui se révéla être le livreur de journaux de Pendleton.

Évidemment, quand le garçon vit la voiture de sa mère devant chez Pendleton un matin alors qu'il livrait le journal, il se mit dans tous ses états. Le soir, il remonta sur son vélo et se saoula en hurlant qu'il allait le tuer. La voiture de sa mère était de nouveau devant chez le professeur, et sa mère dans son lit. C'était évident. Le gosse avait quatorze ans et les intentions les plus nobles. Il avait avec lui une batte de base-ball que son père lui avait donnée. Son père était mort l'année d'avant. Sa mère n'avait attendu qu'un an.

Pendleton connaissait l'histoire. Il s'agissait d'une vraie famille. Il n'avait jamais été question de divorce. Meredith Spears semblait s'être bien conduite, mais là, elle se cachait au premier étage de la maison d'un autre homme, et regardait dans la rue entre les rideaux, enveloppée d'un drap. Quand son fils en eut terminé à coups de batte de base-ball avec la boîte aux lettres de Pendleton, il attaqua la voiture de sa mère, en commençant par les phares et les feux arrière, puis il passa au pare-brise et à la carrosserie, avant que sa mère descende l'escalier, sorte et l'attrape par-derrière.

Pendleton avait tout observé, il avait vu le gosse se raidir, puis s'effondrer en pleurs dans les bras de sa mère, qui elle aussi sanglotait. À la fin, elle avait crié à Pendleton de lui lancer ses chaussures et son sac. Les clefs de la voiture étaient dans le sac. Pendleton se tenait devant la fenêtre. Il lui jeta ce qu'elle demandait, et quand il se retourna, il vit le petit tas de soie de son collant à côté du lit.

C'était la dernière fois qu'il avait couché avec une femme.

Par un curieux retour du destin, l'incident avec la veuve avait fini par revenir hanter Pendleton car en résiliant son abonnement au journal local après la colère du fils, il avait involontairement contrarié Henry James Wright qui, tout en étant photographe/rédacteur pour le journal, gérait aussi les abonnements pendant la période difficile que traversait le journal au bord du dépôt de bilan. Wright avait soulevé le problème lors d'une rencontre en tête à tête avec Pendleton quand, plus tard, il s'était inscrit à un cours d'écriture, alors qu'il se débattait pour trouver une nouvelle carrière. Wright voulait savoir pourquoi Pendleton avait résilié son abonnement, pourquoi lui en particulier avait abandonné les mots écrits.

En s'arrêtant devant chez lui, Pendleton vit la façade sombre de sa maison. À l'intérieur, il sut que son lapin avait de nouveau rongé un fil électrique, ce qui avait fait sauter le disjoncteur. Telle était la triste réalité de sa vie, une existence partagée avec un autre être habité par un désir de mort. Il s'éclaira avec sa torche électrique, fouilla l'obscurité, un cône de lumière découvrit le lapin tassé sur lui-même et tremblant, à côté de son amour éternel, une vieille pantoufle rose que la mère de Pendleton avait portée pendant sa convalescence à la suite d'une attaque, avant d'être admise pour une hospitalisation de longue durée. C'était une autre histoire de calme désespoir, les heures qu'un lapin passait à baiser sa maîtresse silencieuse. Le lapin était toujours sous le choc et ses yeux rouges brillèrent dans le rayon de lumière. Pendleton en eut froid dans le dos, l'air sentait la luzerne humide, comme si la maison n'avait été qu'une cage géante.

Dans l'office, il alluma une bougie. Il ne voulait pas descendre à la cave. Il n'y avait aucune raison. Une flamme vacillante lécha l'obscurité dans le petit office. Il prononça le prénom « Adi » en trouvant dans le placard une bouteille de vodka et ses somnifères à côté d'un flacon de vitamines qui n'avait pas été ouvert. Ce qui lui faisait le plus mal c'était la façon dont elle l'avait rejeté. Il voulait le nier, mais c'était là, aux limites de sa conscience, le sentiment d'une blessure.

Pourtant, il tint sa promesse, il alla chercher un stylo dans le séjour, repassa devant le lapin et revint dans la cuisine. Adi Wiltshire ferait une thèse à partir de son œuvre et de ses notes. Sa main trembla quand il rédigea son testament à la lumière de la bougie, il lui léguait tout. Il signa une dernière fois, un paraphe qu'il avait perfectionné autrefois quand il espérait signer des autographes.

Il se leva, ouvrit le réfrigérateur, brusquement pris dans la propreté éclatante de sa lumière. L'appareil était branché sur un autre circuit. Il trouva cet éclat étrangement spirituel, comme la lueur qu'on découvre de l'autre côté, et dont parlent certains. Il sortit un carton de jus d'orange ruisselant, puis il referma le réfrigérateur et l'éclat de la chandelle projeta derrière lui son ombre agrandie et déformée.

Il eut un goût de sel dans la bouche. De toute évidence il pleurait, mais sans bruit ; il fit couler les pilules dans le creux de sa main et entreprit de les avaler en buvant successivement des gorgées de vodka et de jus d'orange.

Parfois, il toussait et crachotait. Il dut s'arrêter pour reprendre son souffle, puis il se versa d'autres pilules dans la main, ferma le poing et les porta à sa bouche. Sa gorge se noua.

Il but de la vodka, avala les pilules, une vague chaleur se répandit dans son gosier, enfin il but directement au carton de jus d'orange jusqu'à ce qu'il soit vide.

Il ne sentait toujours rien, en tout cas rien qu'il puisse décrire, et cependant il avait conscience de son cœur dans sa poitrine. C'était fait, presque terminé, cette indétermination, cet échec, et il attendit.

Le temps passa. Il eut froid brusquement et frissonna, il ferma les yeux avant de reprendre ses esprits. Par la petite fenêtre de l'office, la lune s'obscurcit, éclaira de nouveau, s'obscurcit, puis disparut quelques instants dans les ténèbres. Il perdait toute sensation de poids, il n'avait plus de membres, tout prenait la consistance d'un rêve, un lent glissement hors de la conscience. Il sentit sa tête qui penchait. Il perçut une pression sourde à la base du crâne, mais aucune douleur, un léger vertige comme s'il tombait dans l'espace. Il essaya d'attraper le flacon de pilules mais sa main refusa de bouger.

Il se sentait fatigué, il respirait difficilement mais n'avait pas peur. C'était comme il l'avait imaginé, une impression de paix, comme les dernières lignes à la fin d'un roman, quand le plus dur du travail est terminé, alors qu'on relève la tête et qu'on regarde ailleurs, vers une autre vie, une histoire différente.

Ça se passait avec légèreté, avec un sentiment de fermeture, et pour E. Robert Pendleton la question était tout simplement : Pourquoi avait-il attendu si longtemps pour mettre fin à cette vie ?

5

Ce fut pendant l'agréable bavardage d'Horowitz à l'université, alors qu'il passait de la familiarité à l'érudition, que Pendleton commença à s'éteindre dans la pénombre vacillante de sa cuisine, et si un tel phénomène de clairvoyance existe, Adi Wiltshire éprouva à cet instant la sensation intuitive que Pendleton faisait quelque chose de terrible contre lui-même. C'est ce qui lui fit quitter la salle.

Alors qu'elle allait lui téléphoner, le président, assez satisfait de constater que sa façon de limiter les dégâts avait trompé Horowitz, l'aperçut. Il lui demanda de se rendre chez Pendleton pour s'assurer que tout était prêt pour la réception. C'était le dernier obstacle dans la manipulation d'Horowitz.

Wright, qui se tenait sur le côté, en fumant comme toujours, s'avança et offrit à Adi de la conduire, ce qu'elle ne pouvait absolument pas refuser, puisque Wright ajouta une remarque sur le fait de boire et de prendre le volant. C'était un ancien alcoolique amendé.

Le président, inconscient de la tension qu'on pouvait lire sur le visage d'Adi, approuva et les accompagna jusqu'à la voiture de Wright, en disant à Adi, sur un ton énigmatique : « Assurez-vous que Bob soit heureux, peu importe comment vous vous y prendrez. »

Même Wright saisit l'allusion et sourit. Les hommes, y compris les écrivains et les poètes déclarés, étaient, au plus profond d'eux-mêmes, des vantards. Des actes de gentillesse et de miséricorde avaient scellé la réputation d'Adi.

Le voyage se déroula en silence, tandis que l'université s'éloignait dans le rétroviseur et que, de façon tout à fait consciente, Adi essayait d'ignorer Wright qui semblait vivre dans sa voiture, car l'avant était jonché d'emballages de fast-food et de condiments, ainsi que de matériel photo et de rouleaux de pellicule.

C'était une vieille voiture, un de ces modèles de la fin des années soixante, des années glorieuses de Detroit, le proverbial salon sur roues, une forteresse d'autoroute. Un gobelet de grande taille de chez 7-Eleven, fixé sur un support en plastique, ajoutait à l'énormité du véhicule.

Adi conduisait une Honda Civic.

Wright fut le premier à rompre le silence : « À votre avis, combien gagne Horowitz ? »

Adi bougea sur son siège. « Je ne sais pas. » Elle se sentait mal à l'aise, les mains sagement posées sur les genoux, comme s'il s'agissait d'un mauvais rendez-vous à l'aveugle.

« Allez, j'imagine, peut-être cinq... dix millions ? Qu'est-ce que vous en pensez ? »

Wright but dans le gobelet une gorgée de Dr Pepper aromatisé à la cerise, sa boisson préférée. « Allez, à votre avis ?

— Je n'en sais vraiment rien. Je n'ai pas d'avis.

— Vous n'avez pas envie de le savoir ? »

Adi secoua la tête.

« Alors, qu'est-ce qui vous intéresse ? »

Elle ne répondit pas.

Wright dit brutalement : « Et moi, je vous intéresse ? J'écris, j'adore la littérature. Vous voyez... nous avons ça en commun. Vous aimez Stephen King ?

— Je ne l'ai jamais lu. »

Wright tambourina des doigts sur le volant. « Pourquoi est-ce que tout le monde a des préjugés contre Stephen King, sans l'avoir jamais lu ? Vous savez, je pense que c'est le personnage le plus important de la culture américaine. C'est le nouveau gothique. C'est bien, le gothique, non ? Vous devriez le lire. Je le pense vraiment. »

Adi essaya de changer de sujet. « Vous êtes sûr de savoir où l'on va ? »

Wright continua sur le même sujet : « Pour moi, King c'est Emily Dickinson avec des couilles, Emily Dickinson si elle avait foutu le camp de chez elle pour aller vivre dans le monde réel. »

Quand Wright se tourna en souriant vers Adi, elle sentit l'odeur douceâtre et écœurante du Dr Pepper.

Dès qu'ils s'arrêtèrent, Adi se précipita hors de la voiture, en laissant Wright derrière elle. La maison était plongée dans l'obscurité mais Adi remarqua tout de suite que la voiture était garée à sa place. Où se trouvait Pendleton ?

Elle sonna. Pas de réponse. Elle tourna la poignée de la porte, qui s'ouvrit lentement. « Vous êtes là, professeur ? »

Debout dans l'entrée, elle attendit, appela de nouveau, en regardant l'étage inférieur, son attention attirée par la dimension caverneuse de la salle de séjour dans laquelle un rayon de lumière venant de la rue éclairait un plateau avec des sandwiches enveloppés dans un plastique, puis un autre plateau et encore un autre, un banquet sinistre de biscuits, de pâtisseries et de bols de sauce.

Adi s'avança dans l'entrée, s'arrêta près du poteau en bois de l'escalier et cria une nouvelle fois : « Professeur ! »

Toujours pas de réponse.

Puis, en se retournant, elle aperçut un rai de lumière sous une porte au bout du long couloir obscur, à l'arrière de la maison.

Elle se dirigea lentement vers la porte. Quand elle arriva, elle entendit un grattement.

« Professeur... », murmura Adi, les mains tremblantes d'hésitation avant qu'elle n'ouvre lentement pour découvrir les ténèbres d'une petite grotte dans laquelle des bougies creusaient une cavité de couleur orange.

Ses yeux mirent quelque temps à s'adapter, elle vit une bouteille de vodka et un carton de jus d'orange sur la table, elle distingua le petit flacon de pilules, elle identifia tout, jusqu'à ce que finalement son regard tombe sur le corps effondré de Pendleton, allongé à plat ventre sur le sol, à côté de la table.

Ce fut au moment précis où Adi poussait un cri que Wright prit rapidement la première d'une série de photos, et le flash lança dans la pièce un éclat aveuglant quand il la saisit juste au-dessus de Pendleton, pétrifiée, tournant un visage crispé par l'angoisse et l'effroi, la main tendue vers l'appareil, tandis qu'une suite de clichés fixaient chacun de ses mouvements.

Quelques heures plus tard, en développant ses photos dans la chambre noire, Wright vit que deux yeux brûlants apparaissaient dans le coin supérieur des tirages, des yeux rouges et surnaturels, une sorte d'incube énigmatique et accroupi – un esprit.

Après un examen attentif, les yeux rouges et brillants étaient à peine reconnaissables, si jamais l'on savait ce que l'on cherchait, c'est-à-dire la masse compacte du lapin de Pendleton posé sur le réfrigérateur, bien que Wright au cours du tirage l'eût noirci afin que seuls les yeux apparaissent.

La photo devint une des images les plus obsédantes rendant compte d'un désespoir tragique, légendée par Wright avec ce simple titre : *Mort d'un écrivain.*

6

Pendleton survécut à sa tentative de suicide, maintenu en vie pendant trois mois dans les limbes de la médecine moderne, un cauchemar qu'on n'infligerait pas à des meurtriers. Après les congés de Noël, au début d'une tempête de neige, Adi reçut le coup de téléphone qu'elle redoutait.

Pendleton avait ouvert les yeux.

Elle serra les bras autour d'elle, debout dans le long couloir gris, le combiné toujours à la main, sous le regard mélancolique du lapin de Pendleton, prenant soudain conscience que sa sécurité des derniers mois venait de prendre fin. Depuis qu'il avait sombré dans le coma, elle avait secrètement désiré qu'il meure rapidement, mais il avait duré.

Et il venait de se réveiller.

Adi s'était installée dans la maison de Pendleton au début des vacances de Noël, se transformant en fantôme spectral, silhouette silencieuse habitant l'ancien univers du professeur, gardienne de sa vie, de sa maison et de son œuvre.

En un sens, la photo d'elle, la montrant debout au-dessus de Pendleton, lui avait donné un sentiment de tutelle sur sa vie et, encouragée par sa lettre lui léguant tous ses écrits, elle avait emménagé pour commencer sa thèse. Elle sentait qu'elle avait acquis une sorte d'expiation. Après sept années pendant lesquelles elle avait passé laborieusement des examens, le plus étrange fut qu'elle avait trouvé un double sens à ce suicide : honorer Pendleton tout en achevant ce qui lui avait semblé invraisemblable jusqu'ici, sa thèse.

Mais maintenant ? Par les fenêtres à treillis de la vieille maison, elle regarda ce monde devenu familier. C'était la vie réelle, la banlieue, le côté imperturbable de ces familles, les fondations, les feuilles qu'on ratisse, la corvée des pelouses à tondre, des maisons à réparer, le remplacement des moustiquaires de l'été par des fenêtres contre les tempêtes, les pères sur des échelles en chemise de flanelle.

Elle n'avait jamais connu cela, à cause de son enfance gâchée par des expériences d'idéalisme libéral, ses parents, des universitaires nomades, des anthropologues pseudo-culturels, dont les études allaient de la psychologie chimique humaine jusqu'au comportement animal, ayant été des éternels étudiants à l'université de l'Ohio qui n'avaient jamais passé leur doctorat.

D'une certaine façon, l'itinéraire de sa vie jusqu'à aujourd'hui avait été curieusement semblable : depuis sept ans à Bannockburn, elle n'était qu'une étudiante diplômée, n'allant nulle part, bien que son obsession ait été la littérature, pas les sciences, entourée en permanence par des livres exceptionnels, l'histoire d'une fascination pour les grands écrivains qui avait mal tourné, une caricature dans le piège du campus. À Bannockburn, avec le sentiment paralysant de ne jamais arriver à une thèse précise, un véritable centre d'intérêt, elle était devenue une généraliste, une lectrice insatiable. Elle était devenue tristement célèbre dans le ghetto de la fiction littéraire pour une horde d'auteurs intéressants mais sous-payés et peu appréciés, réfugiés sous le parapluie de l'euphémisme ridicule des prétendues « Jeunes Grandes Voix ». Ils étaient tous dans la quarantaine, des intellectuels vagabonds qui donnaient des conférences, des écrivains qui avaient renoncé à l'enseignement afin d'écrire, menacés par l'abîme de la banqueroute pour le plus grand nombre, la carotte du prix Pulitzer et du National Book Award n'étant, malheureusement, que pour un seul d'entre eux chaque année. En Adi, ils avaient trouvé la consolation d'une muse de campus, elle avait lu leurs livres. Ils l'avaient suivie lors de réceptions données en leur honneur dans différents départements et avaient fini la nuit avec elle dans l'hôtel du campus, des rencontres qu'on pouvait retrouver dans plus d'un roman ou deux, pour la plupart des réflexions après l'amour sur le fait de vieillir, l'une de ces aventures ayant fini dans un roman qui remporta le prix Pulitzer.

Il était étrange que ce sentiment d'un renouveau de la vie qu'elle avait tant désiré lui soit accordé par un homme qui avait tenté de se suicider.

Dans son esprit, pendant les mois où Pendleton était resté dans le coma, elle avait considéré la maison comme la sienne, et elle-même comme une veuve habitant le silence d'une vie qu'elle avait partagée autrefois. La brutalité du souvenir d'avoir trouvé Pendleton inconscient avait progressivement diminué chaque fois qu'elle était entrée dans la maison et un sentiment de familiarité l'avait remplacée.

Mais cela se terminait. Elle revenait à la réalité.

Adi regardait une affiche dans le couloir, une caricature du *New Yorker* : « La vision du monde d'un New-Yorkais ! » Au-delà du dessin de l'horizon de New York, il n'y avait rien. Cela définissait parfaitement Pendleton. Son rêve se trouvait ici, dans le no man's land de l'entrée, près du portemanteau.

On aurait retrouvé ces images dans sa thèse, des aperçus de la trahison ironique et douce-amère de Pendleton avec une référence à l'affiche, collée dans des toilettes grandes comme un placard à côté de l'office, représentant le personnage paranoïaque joué par Robert De Niro dans *Taxi Driver*.

Il y avait eu quelque chose d'élégiaque pour elle dans le fait de rassembler ces matériaux, de saisir le long déclin à Bannockburn. Cela avait fourni une ligne directrice à sa thèse, le pathos du génie initial, depuis la splendeur de *Winterland*, en passant par l'imposture des *Œuvres complètes de E. Robert Pendleton*, jusqu'au surréalisme postmoderne et la crise métaphysique au centre d'*Un trou sans milieu*, ainsi que la crise mentale de *Salade de mots*.

Dans son bureau, elle avait découvert la correspondance écrite en lettres découpées, obsédante, violemment psychotique, des menaces de mort comme des demandes de rançon qu'il s'était manifestement envoyées à lui-même alors qu'il écrivait *Salade de mots*. Une découverte qui lui avait fait froid dans le dos, car elle révélait une psychose paranoïaque ou la méthode qu'il avait adoptée pour continuer à écrire et, effectivement, Adi avait rapproché la publication de *Salade de mots* du soi-disant congé sabbatique de Pendleton en 1975, et compris la tension émotionnelle qu'il avait subie. Ce livre annonçait le déclin qui s'ensuivit, l'affaiblissement de son désir en tant qu'artiste, jusqu'à sa tentative de suicide, jusqu'à sa *mort*.

Elle avait besoin de ça pour terminer sa thèse – sa mort.

Mais qu'allait-il se passer maintenant qu'il s'était réveillé ? Quand il découvrirait que c'était Adi qui l'avait empêché de mourir ?

Elle remonta dans l'enceinte de la tourelle en haut de la maison, où Pendleton avait installé son bureau. Elle voyait Bannockburn au loin. Elle sentit qu'elle tremblait. La neige avait réduit le monde à une platitude en deux dimensions. La cicatrice du fleuve noir entaillait la blancheur du monde, et délimitait le périmètre de Bannockburn. La radio publiait un avis de tornade. Le quartier historique avait déjà pris une allure de pays alpin lors de plusieurs tempêtes pendant les vacances, et les bouches d'incendie avaient disparu depuis longtemps sous la neige accumulée par le vent.

La fuite et l'idée fantasque de venir vivre chez Pendleton, tout cela s'achevait. Adi le sentait au plus profond d'elle-même. Elle devrait s'en aller cette année, et soutenir sa thèse. C'était une course contre la montre. Si elle échouait encore une année, elle serait exclue. Déjà les étudiants en licence la considéraient comme une ratée. D'une certaine façon, son association avec Pendleton avait aussi marqué la fin des rumeurs souterraines : Pourquoi Pendleton lui avait-il légué son œuvre ?

Alors qu'elle classait les notes de Pendleton dans la salle de séjour, ayant décidé de partir pour retourner vivre dans son appartement, l'électricité s'éteignit dans une de ces tempêtes qui marquent la présence de l'hiver et font de l'été un souvenir lointain.

Elle s'immobilisa dans l'obscurité à genoux au-dessus des différents tas de notes, et elle se sentit vraiment seule. Elle se releva. Les lumières étaient éteintes partout. Même Bannockburn restait invisible.

Il faisait froid dans la pièce. Elle avait volontairement maintenu le chauffage très bas au cours des derniers mois pour faire des économies, et elle avait pris l'habitude de porter de lourds pull-overs sans forme, mais maintenant sa respiration se transformait en buée.

Adi écouta le vent siffler dans l'énorme cheminée, un peu de neige y tomba, et l'air se chargea d'une faible luminescence cristalline. Elle serra les bras autour d'elle, alla dans l'entrée monter le thermostat, et découvrit qu'il ne fonctionnait pas.

Dans le tiroir de la table de la cuisine, elle trouva un sac en plastique rempli de bougies d'église, elle les alluma à la couronne de flammes bleues de la gazinière. La chaleur sur son visage et ses mains lui sembla agréable et lui fit prendre conscience du froid qui régnait dans la maison.

Les bougies jetaient des ombres dans les recoins d'une cave non terminée et les marches de l'escalier craquaient sous la pression de ses pas hésitants. L'endroit était un véritable bric-à-brac. De la neige tourbillonnait devant une vitre cassée, avec un sifflement intermittent.

La chaudière se trouvait près du conduit en brique qui servait pour les quatre cheminées de la maison. Des conduits isolés montaient en un seul ensemble avant de se séparer vers les différents niveaux.

Adi donna une pichenette à une minuterie et la veilleuse se ralluma avec un petit claquement. Quelques instants plus tard, la chaudière vibra quand la combustion reprit dans un souffle. Quelque part en elle, elle se sentit fière de descendre ici toute seule pour accomplir cette tâche.

Ce sentiment ne dura pas. La flamme s'éteignit de nouveau. La chaudière refusa de redémarrer.

Alors qu'elle remontait, la bougie éclaira une caisse remplie de livres sous l'escalier. Elle baissa la lumière vers le coin sombre et s'accroupit.

C'était un carton envoyé par une maison d'édition. À l'intérieur, il y avait la facture d'une imprimerie et, en dessous, enveloppés dans du plastique, des livres reliés, portant tous le même titre, *Le Cri*, et sous le titre le nom, E. Robert Pendleton.

Elle n'avait jamais su que Pendleton avait écrit ce livre.

7

Dans la cuisine silencieuse, tandis que la neige tombait à plein ciel, Adi se tenait dans la lueur bleuâtre et chuchotante d'un brûleur de gazinière. Alors qu'elle vivait dans l'intimité de l'œuvre de Pendleton, elle n'avait jamais vérifié dans le fichier de la bibliothèque, supposant que tout ce dont elle avait besoin se trouvait dans son bureau. Toutes ses publications y étaient rangées sur une étagère.

On avait manifestement caché ces livres, ou c'est ce qu'il semblait. Dans le CV de Pendleton, remis à jour moins de quatre mois avant son suicide, il n'existait aucune mention de ce roman. On l'avait mystérieusement omis.

Adi emporta un exemplaire, plus de quatre cents pages. Elle vérifia la page de titre. Le roman avait été publié par de petites presses universitaires en 1977. La couverture représentait la silhouette d'un homme vêtu d'une veste de tweed, observant par une fenêtre un dôme au loin, qui était indiscutablement l'université Bannockburn, et en y regardant de plus près, la silhouette indistincte était celle de Pendleton.

Sous le titre, il y avait un bref extrait du livre et une note sur l'auteur :

> « Je ne voulais pas faire de mal à la fille. Elle était innocente. C'est ce que j'ai pensé jusqu'à ce que je lui tranche la gorge. »
>
> E. Robert Pendleton nous offre le cauchemar virtuose et existentiel d'un génie qui donne le frisson.
>
> Malcolm Hintz

La citation donna la chair de poule à Adi.

Précédemment, en classant les notes de Pendleton, elle était tombée sur une grande enveloppe en papier kraft contenant des coupures de presse et des photocopies d'articles sur la mort horrible d'une jeune fille de treize ans, Amber Jewel. S'agissait-il d'un livre sur cette affaire ? Si c'était le cas, s'il avait écrit quelque chose de cette importance, quatre cents pages, et s'il l'avait publié, pourquoi ne pas le citer dans sa bibliographie ?

De façon macabre, assise au milieu d'un cercle de bougies d'église, avec un grand feu dans la cheminée, Adi attaqua la lecture du *Cri,* alors que le monde était suspendu dans l'attente de la tempête. Tout au long de la nuit, tandis qu'elle lisait, *Le Cri* se révéla être en rupture avec les œuvres précédentes de Pendleton.

Elle comprit pourquoi il l'avait caché.

Le roman marquait un tournant dans sa détérioration mentale, sa lente avancée vers une folie véritable. Contrairement à *Un trou sans milieu* ou à *Salade de mots*, *Le Cri* était un cauchemar autobiographique et existentiel, totalement personnel. C'était l'élément dont elle avait besoin pour sa thèse, la conscience de la crise qu'il vivait. Il s'agissait d'un roman sur l'échec professionnel, un romancier vieillissant menant la vie obscure d'une petite université, pendant qu'un ancien rival atteignait gloire et fortune. On comprenait clairement sur quoi et sur qui écrivait Pendleton – sa propre crise à Bannockburn.

Le protagoniste se présentait simplement comme *professeur*, au début écrit en italique, et Adi se rappela qu'elle l'avait appelé « professeur » en descendant de voiture avec Horowitz.

Elle en eut des frissons : la violente haine de soi caractérisant le premier tiers du livre était rendue dans un style simple et déclaratif, qui exprimait un sentiment lucide de faillite, l'accumulation des désastres à la fois personnels et professionnels. Elle avait entendu parler de certains épisodes au cours des années, en particulier les engueulades avec le président et, dans le livre, Pendleton détaillait toute une suite de spectaculaires disputes avec la faculté, souvent sans même prendre la précaution de se protéger légalement en changeant les noms, il parlait avec le sens du désespoir et du suicide professionnel.

Adi finit par comprendre que c'était un homme qui voulait vraiment se suicider depuis très longtemps. L'ironie amère de n'avoir pas réussi à mettre un terme à sa vie faisait écho à ce qu'on lisait dans *Le Cri*. Elle leva les yeux de la lumière tremblante de la cheminée et des bougies qui finirent par s'éteindre.

Debout dans l'obscurité, entre le couloir et l'office, elle écoutait une horloge de parquet mesurer le temps, et désirait ressentir le froid, quitter ces pages décrivant le cauchemar de Pendleton.

Elle remit une bûche dans la cheminée et la pièce sortit des ombres, puis elle alluma un nouveau cercle de bougies et reprit sa lecture – la pièce devint un œil lumineux au cœur de la tempête.

La chronique introspective de la désintégration personnelle du *Cri* se transforma dans une suite étrange d'événements, déjà indiqués sur la couverture, quand le professeur Pendleton passa de l'idée abstraite du défi philosophique adressé à la notion de Dieu, vers une rencontre « de hasard » mais organisée et le meurtre sans raison d'une jeune fille inconnue.

L'idée d'un homicide fortuit renvoyait à nouveau à ce qu'Adi avait découvert dans le bureau de Pendleton, dans un livre intitulé : *Le Crime du siècle : L'Affaire Leopold et Loeb*. Elle avait supposé que Pendleton avait utilisé ce texte dans ses recherches pour *Salade de mots*.

L'ouvrage était centré sur une affaire horrible de 1924, celle de deux adolescents juifs, Leopold et Loeb, qui avaient commis un meurtre violent et absurde après avoir lu la théorie du Surhomme de Nietzsche, en croyant qu'eux, en tant que Surhommes, avaient la liberté et le droit moral de violer les règles et les lois qui gouvernent l'homme ordinaire. Dans ce but, et afin de prouver leur supériorité, ils avaient choisi une victime au hasard et l'avaient tuée, un crime qui ne laisserait aucun indice, ce que les auteurs appelaient le « crime parfait ».

Adi comprit que *L'Affaire Leopold et Loeb* correspondait exactement au *Cri*. Le meurtre de cette innocente, une personne à un âge très vulnérable, la métaphore parfaite, un acte commis au hasard, chargé d'arbitraire qui lançait un défi à l'existence ou la non-existence de Dieu. Pendleton avait pris la vie réelle et l'avait transmuée en littérature.

Comme le disait le narrateur :

> Au cœur de l'hiver, quand la lumière du monde eut disparu dans les ténèbres, je décidai de mettre Dieu à l'épreuve, aussi sûrement et raisonnablement que Dieu avait mis Abraham à l'épreuve. Je recherchai un bus scolaire jaune, l'après-midi, quand les cours sont finis. Je le suivis à distance en voiture. Des jeunes filles descendirent aux différents arrêts. Je les laissai partir pour plusieurs raisons. J'attendais quelqu'un de particulier. Elle était assise à l'arrière du bus. À un arrêt, elle me fit un bras d'honneur.

Adi se redressa tout en continuant à lire, tandis que l'alter ego à peine déguisé de Pendleton roulait à côté de la jeune fille en tentant de l'attirer dans la voiture avant tout simplement de lui foncer dessus, mais il ne lui toucha que la jambe gauche. Elle se remit sur ses pieds, très choquée, et courut en boitant vers le champ de maïs comme un animal blessé, suivie par la voiture. Le professeur s'arrêta et descendit.

Ce qui suivait était une description horrible, lente et détaillée de la mort de l'adolescente. Adi eut des frissons à cause de la précision terrible de la scène. À un moment, sachant qu'elle allait mourir, la jeune fille sortit un stylo de son cartable, son seul moyen de défense, et, l'utilisant vraiment comme une arme contre son agresseur, elle le fit reculer, avant qu'il lui tranche la gorge.

Pendleton avait pris comme inspiratrice une fille de treize ans qui avait disparu, en utilisant les comptes-rendus des journaux et en projetant dans ses propres interrogations les horreurs auxquelles son agresseur l'avait soumise. Qu'il se soit servi de l'histoire vraie d'une adolescente de treize ans révélait de façon troublante son sens de la propriété, cependant cela rappela à Adi le roman de Nabokov, *Lolita*, la volonté d'utiliser ce genre de personnage tabou.

Mais bien sûr, c'était la question centrale.

8

Quinze jours plus tard, Pendleton s'assit pour la première fois dans un fauteuil, mais il ne semblait pas savoir où il se trouvait, qui il était, ni ce qui lui était arrivé. Il avait recouvré la capacité de regarder les gens qui entraient dans la pièce, mais apparemment ce n'était qu'une réaction réflexe, ensuite il tournait la tête vers la fenêtre devant laquelle on l'installait chaque jour.

Il avait subi un choc terrible dans sa tentative de suicide. Le pronostic restait pessimiste et le médecin le résuma en disant qu'il avait été neurologiquement lobotomisé. Adi remarqua ses manques, le regard vide, le côté droit de son visage apparemment plus affecté, comme attiré par la gravitation. Son œil droit avait commencé à s'abaisser, sa bouche s'affaissait et un filet de bave lui mouillait continuellement le menton, qui devint rouge et irrité. Quand il parlait, ses phrases se résumaient à quelques mots concernant des besoins élémentaires, comme « manger », « froid », « boire ».

Chaque jour, Adi affrontait ce qu'à un certain niveau elle avait fait à Pendleton. En se rangeant du côté d'Horowitz, elle l'avait trahi et poussé au suicide et, quand elle rentrait dans la maison, elle se souvenait de la photo qu'avait prise Wright, elle debout au-dessus de Pendleton, les bras tendus vers l'appareil.

Dans cet instant précis, Wright avait saisi toute l'angoisse et la culpabilité qu'elle avait profondément ressenties ce soir-là, le pressentiment qui lui avait fait quitter l'auditorium pour aller à sa recherche.

Fin janvier, Pendleton souffrit de pneumonie et, pendant quelque temps, on pensa qu'il allait mourir ; mais il survécut, bourré d'antibiotiques, et le cauchemar de la médecine moderne l'emporta.

Le froid de l'hiver persista et les allées du campus se transformèrent en un véritable labyrinthe. Tout le monde portait un masque et une écharpe, des personnages sans visage, au dos voûté, qui se déplaçaient d'un bâtiment à l'autre. Un ciel de céramique bleue annonçait une température polaire.

Mi-février, le thermomètre descendit à moins vingt.

Adi resta seule pendant cette période de grand froid, et, en dépit de tout, elle finit par trouver une nouvelle satisfaction. L'après-midi, elle observait la lumière hivernale sur la remise au fond du jardin de Pendleton. Elle mangeait en fonction de son budget, principalement des œufs brouillés et des nouilles. La maison était redevenue la sienne, son univers. Même le lapin solitaire de Pendleton, avec sa pantoufle rose, avait fini par lui faire confiance, par compter sur elle pour sa survie.

Quinze jours après le réveil de Pendleton, en arrivant à l'hôpital, Adi avait trouvé Wright assis à côté de son lit, une expression sincère de douleur sur le visage. Elle n'avait jamais imaginé que Wright fût capable de reconnaître une erreur, mais elle vit qu'il tenait la main de Pendleton et qu'il se penchait vers lui.

Quand Adi entra dans la chambre, Wright se leva. Il avait les négatifs des photos chez lui. Il dit qu'il voulait les donner au professeur. Il s'adressait à la fois à Adi et à Pendleton comme s'il n'était pas sûr de ce que Pendleton comprenait ou non.

Quelques jours plus tard, fidèle à sa parole, Wright arriva chez Pendleton avec les négatifs et un exemplaire de *Carrie*, le roman de Stephen King, l'histoire d'une adolescente tourmentée qui a ses règles pour la première fois sous la douche après un cours de gymnastique, et qui finalement se retrouve douée de pouvoirs surnaturels de télékinésie – et qui tue ceux qui l'avaient ridiculisée toute sa vie.

De façon ironique, Adi avait vu le film mais n'avait pas lu le livre – le contraire de Wright, qui venait juste de lire le roman et qui n'avait pas vu le film. Pendant quelques instants cela leur permit de briser la glace, même si les terres gelées de la distance sociale demeurèrent inchangées, et cela se confirma quand Wright dit, alors que la plaisanterie s'épuisait : « Je trouve qu'il y a du Carrie en vous, Adi... Je pense que vous avez eu une enfance pourrie. »

Adi ne sut pas s'il s'agissait d'une question ou d'une affirmation. Le sang lui monta à la tête – Wright chez Pendleton, et tous deux seuls. C'était le soir, un peu avant la tombée de la nuit. Wright l'avait invitée à dîner à l'extérieur, ou quelque chose du même genre. Cela l'avait totalement perturbée. Elle s'était retournée et avait montré son travail, la pile de copies d'étudiants posée à côté de sa machine à écrire sur la table de la salle à manger, une bonne excuse pour dire qu'elle devait travailler.

Cette nuit-là, elle lut *Carrie*, un petit livre qui rendait parfaitement compte de la solitude de l'adolescence, du sentiment d'être différent, quelque chose qu'elle avait vécu pendant tant d'années. À l'âge de douze ans, l'arrivée de ses premières règles avait été comme une blessure à la fin du long hiver de l'Ohio, et son anorak, épais comme un oreiller de plume, en avait absorbé l'aspect brillant comme de la confiture. Elle trouva incroyable qu'un homme puisse rendre cette peur des règles avec autant d'exactitude.

Elle regarda la photo de King et elle vit le visage d'un personnage différent, celui d'un voyeur, elle y décela les vestiges d'un collégien devenu un homme adulte et barbu, et si elle s'était retrouvée seule avec lui, elle ne se serait pas sentie à l'aise.

Un jour, plus tard pendant son hibernation, Adi s'habillait face à la maison de Lee Porterfield, le professeur d'histoire voisin de Pendleton, quand, dans le reflet d'un miroir, elle aperçut Porterfield qui l'observait, en agitant le bras dans les mouvements de la masturbation.

Bien sûr, il n'y avait rien à dire. Cela était dû à la proximité des maisons, et à la façon dont les vies et les relations se créaient, les disputes domestiques surprises par une porte ouverte l'été, les querelles d'amoureux, les problèmes financiers, les enfants qui se battent ou qu'on punit, en tout cas Adi voyait les choses ainsi.

Elle était aussi coupable que lui, en se promenant toute nue.

Par la suite, elle avait tiré les rideaux pour s'habiller, mais quand ils se saluaient amicalement en se croisant, elle ne cessait de penser que Porterfield l'avait vue nue.

Curieusement, ce fut une combinaison de ces deux incidents, la fantasmagorie du *Carrie* de King et ce à quoi Adi avait pensé dans le cas de Porterfield, *La Vie secrète des hommes*, qui l'aida à dépasser l'horreur du meurtre dans *Le Cri*, en tout cas à comprendre ce que les hommes avaient d'effrayant au fond d'eux-mêmes. Après tout, il s'agissait d'un universitaire semblable à Pendleton, qui jouait de nombreux rôles – père, mari, voisin, professeur, érudit – et qui menait autant d'existences distinctes et compartimentées.

Elle s'était trompée en associant l'auteur et le protagoniste du *Cri*. Il y avait une dimension autobiographique dans l'œuvre – c'était indéniable –, mais le personnage du roman apparaissait différent, une création littéraire et existentielle. Sur le plan thématique, le roman se présentait comme un jeu sur le vieil argument de l'arbitraire de l'univers. Dans la dernière partie du livre, le professeur s'était approché de la folie, en téléphonant à la police depuis des cabines publiques, pour provoquer les enquêteurs et les conduire toujours plus près de l'endroit où était enterrée sa victime. Il avait voulu qu'on l'arrête, puis, dans le dernier chapitre, pendant une tempête de neige, alors qu'il retournait à l'université après le congé de Thanksgiving, il perdait le contrôle de sa voiture. Son véhicule tombait d'un pont, faisait plusieurs tonneaux, avant de rester en suspens sur une congère. Le professeur mourait sur le coup, la colonne vertébrale brisée à la base du crâne, et le roman se terminait sur une voiture en équilibre, les roues tournant sans fin dans le brouillard qui noyait le paysage.

En relisant la fin, Adi finit par voir cette voiture suspendue, avec ses roues qui tournaient, comme une métaphore de l'arbitraire de l'univers. Il y avait quelque chose de profond dans l'exactitude de l'image, dans l'intégrité du roman, dans sa symétrie, cette mort au milieu d'un univers noyé dans la brume, une inversion de la lumière en tant qu'illumination. Il n'y avait pas de paix, aucune fin, le crime demeurait non élucidé.

Ce fut ainsi qu'Adi prit finalement ses distances d'avec l'horreur initiale de ce qu'elle avait lu auparavant et finit par comprendre le génie de Pendleton qui avait emprunté la vraisemblance du crime réel pour son roman, ce qui lui donnait une qualité d'authenticité qui faisait froid dans le dos, et quel que soit le nombre de fois où elle lut le livre, elle eut toujours l'impression d'avoir sous les yeux la confession du véritable meurtrier ; mais bien sûr c'était là l'essence de la très grande fiction.

Fin février, dans le calme nocturne du bureau de Pendleton en haut de la maison, elle en arriva à la conclusion irréfutable que Pendleton lui avait confié la charge de s'occuper non seulement de ses papiers et de ses notes, mais aussi de son roman *Le Cri*. Elle se persuada que la tâche avait effrayé le professeur, non pas à cause de la nature du crime, mais à cause des attaques personnelles et injustes qu'il avait lancées contre ses collègues. Si quelqu'un avait découvert ce livre, il aurait pris un risque et aurait assurément perdu son emploi. C'était pour cela qu'il l'avait caché.

Afin de le protéger, elle sentit qu'il lui suffisait de remplacer les noms de ses collègues par un trait, « professeur — ». D'une certaine façon, cela ne faisait que renforcer le mépris et souligner la mégalomanie du protagoniste sans porter le moins du monde atteinte au roman. En fait, il s'en trouvait amélioré.

Assez tristement, Adi savait qu'elle utilisait Pendleton, tout en essayant de se dire qu'il avait remis sa vie et son œuvre entre ses mains. En effet, de nombreux écrivains morts et oubliés n'avaient-ils pas été ressuscités par des critiques ? En tentant de se suicider, il avait libéré son œuvre, il lui avait donné vie, car maintenant il n'existait plus d'autorité définitive, plus d'auteur à interroger.

N'était-ce pas le sceau de la très grande littérature, qu'en premier lieu l'auteur soit mort ?

Cependant, au bout du compte, la réalité fut beaucoup plus dure, car elle prit cette décision la semaine où arriva le premier avis de saisie de la maison de Pendleton. Il n'avait plus d'argent. Les notes concernant les frais médicaux s'amoncelaient, et l'assurance ne prenait pas en charge les soins de longue durée. Les factures et les avis des créanciers étaient arrivés à l'université. La sécurité qu'Adi avait trouvée dans cette maison, qu'elle considérait maintenant comme la sienne, s'achèverait bientôt.

Elle alla voir Pendleton pour lui expliquer ce qui se passait. Elle avait l'avis de saisie à la main, mais il se contenta d'avaler sa salive en clignant les paupières tandis qu'elle parlait. Il la regarda de temps en temps, cependant pour l'essentiel ses yeux restèrent fixés sur le purgatoire de Bannockburn, au loin.

Adi lui dit : « Je veux vous aider. Je veux essayer de faire republier *Le Cri.* »

La tête de Pendleton tourna lentement, mais il dit simplement : « Eau », d'une voix grinçante, à peine audible. Il porta sa main fragile jusqu'à ses lèvres desséchées et répéta : « Eau. »

Elle lui tint le verre tandis qu'il buvait, puis lui demanda d'une voix douce : « Vous comprenez ce que je vous dis ? »

Pendleton semblait faire reposer son poids contre le verre, en s'arrêtant entre chaque gorgée, et l'effort hésitant qu'il devait accomplir pour respirer faisait se soulever et retomber son corps. Il toussa et but une nouvelle gorgée, il l'avala, respira difficilement, puis sa main se tendit vers elle et ses doigts maigres se refermèrent sur son bras. Sa tête tourna légèrement, il la regarda droit dans les yeux et elle crut qu'il la reconnaissait. Mais cela ne dura qu'un instant, son étreinte se relâcha et ses yeux se refermèrent. Il n'avait rien compris.

Plus tard, ce soir-là, perdue dans le ciel nocturne plein d'étoiles, avec les lumières de Bannockburn de l'autre côté du fleuve, Adi reprit la rédaction de sa thèse, et emprunta la légende de la photo prise par Wright : *Mort d'un écrivain.*

9

À 9 h 30 du matin, Adi appela Horowitz, qui venait juste de rentrer à Key West après une tournée de promotion de son livre couronnée de succès. Il était censé réfléchir au sujet de Pendleton pour un chapitre qu'Adi écrivait au début de sa thèse et intitulé « Les premières années ».

Horowitz buvait déjà de la tequila avec du sel et un quartier de citron. Il ne savait pas quoi faire de sa peau. Il dit à Adi qu'il était très content d'entendre sa voix.

Elle l'entendait claquer des lèvres après chaque gorgée. Il lui dit : « On annonce une tempête pour ce soir, des vents violents et de la grêle. Il fait trente degrés avec une atmosphère très humide, la mer est agitée et sombre, et le vent se renforce. Écoutez ! »

Adi entendit le vent qui soufflait, un bruit de succion comme si elle avait un coquillage collé contre l'oreille. Elle était assise dans son petit bureau au huitième étage de Bannockburn, derrière une montagne de livres. Le campus se trouvait dans la période de dégel de mi-mars, un monde dépourvu de couleurs, le soleil faisait fondre la neige sale qui laissait apparaître des touffes d'herbe feutrée, un marais détrempé et gris. Le vent soufflait contre la fenêtre et en bas la pièce d'eau reflétait la forme monolithique de la bibliothèque.

Horowitz se tenait sur son ponton qui surplombait la longue plage. Il trébucha sur un meuble, une chaise en plastique. Il faillit perdre l'équilibre. « Avez-vous jamais ressenti l'insupportable fragilité des meubles en plastique ? Nom de Dieu, on a l'impression que tout a rompu ses amarres, comme si on vivait sur la lune... »

Horowitz but une nouvelle gorgée. Il commenta ce qu'il avait sous les yeux. Il dit d'une voix très forte dans le téléphone : « Une femme en débardeur et pantalon de jogging court sur la plage. Ses cheveux ressemblent à une anémone de mer, ébouriffés par le vent. Je porte un short. J'ai un verre à la main. Je fais signe à la femme qui court. Elle me répond. C'est le genre de voisins que j'ai ici. J'ai l'impression d'être Dudley Moore dans *Elle*, le film de Blake Edwards. »

Le vent emporta la voix d'Horowitz. « C'est à ça que ressemble cette existence, une bobine de film qu'on projette devant une fenêtre, quelque chose d'inaccessible. La vie est comme un immense écran de télé. » Il tira une porte coulissante derrière lui pour se mettre à l'abri du vent, et dans le brusque silence, il dit : « Savez-vous que le sable de chaque sablier vient de cette plage ? C'est vrai. Vous pouvez vérifier auprès de l'agent immobilier qui m'a vendu la maison... La population en général croit que les écrivains ont besoin de temps. C'est le contraire. Nous disposons de trop de temps. »

Adi sourit et respira dans le téléphone.

Horowitz but à nouveau. « J'ai pris une décision. Si l'on veut nous évacuer, je ne pars pas. »

Ce n'était pas la saison des ouragans, mais elle répondit quand même : « Est-ce une bonne idée ?

— Tout est arrangé. J'en ai parlé avec mon éditeur. C'est une affaire entendue. Il pense qu'on peut faire un grand livre sur les tempêtes, deux cent mille exemplaires garantis, un "beau livre" sur papier glacé. On casera Hemingway quelque part dans le titre. Ce sont des ventes assurées.

— Alors, restez. »

Horowitz souffla. « J'espérais que quelqu'un viendrait me sauver.

— J'ai peur de ne rien valoir dans les affaires de sauvetage, pour des raisons évidentes. »

Il fit un bruit de tempête dans le téléphone. Il se tenait au-dessus de son bar, il remplit son verre et y ajouta des glaçons avec des pinces. « Je suis désolé... C'est de ma faute, c'est ce que vous pensez ?

— C'est vous la star.

— Merde... C'est vrai... C'est moi la star », répondit-il sur un ton sarcastique. « Vous voulez que je vous dise, je ne pense pas qu'un vingtième des gens qui ont acheté mon livre l'ont lu ni qu'ils le liront un jour. Tout était dans le titre ; un titre accrocheur peut vous faire sauter au sommet de la liste des best-sellers. Nous jugeons un livre d'après sa couverture, c'est la simple vérité, peu importe ce qu'on en dit, croyez-moi ! Mon livre était le cadeau idéal, quelque chose d'inoffensif, le cadeau sans problème pour la fête des Pères. »

Il but à nouveau. « C'est ainsi qu'on l'a lancé, pour plusieurs millions de dollars, accessible au grand public. On l'a promu comme une poudre à laver. Faites une réduction de trente pour cent, mettez-en suffisamment sous les yeux du public, et vous êtes sûr d'avoir un best-seller. C'est aussi simple que ça. Il suffit d'avoir une maison d'édition qui s'engage, c'est tout.

— Vous avez eu cet engagement, ce respect, Allen. Je ne pense pas que le succès déprécie une personne ni la qualité d'une œuvre.

— À la façon dont vous parlez, je *sais* que vous ne l'avez pas lu. Je ne vous demanderai même pas de me répondre honnêtement. Il est question d'un "beau livre" en ce moment. Je suis en rapport avec l'association *Mères et Filles*, des lectures pour les toilettes. Je vais vous dire, il est vraiment dommage que la liberté d'expression et la liberté de la presse ne soient pas fondées sur l'obligation de dire quelque chose de sérieux. Un putain de "beau livre" sur les tempêtes, voilà ce que veut mon éditeur, *L'Œil du cyclone!*, un livre truffé de citations littéraires tirées des poids lourds de la littérature maritime américaine, Melville, Crane, Hemingway. J'en ai une d'Hemingway pour vous : quand on lui a demandé quelle était la chose la plus effrayante qu'il eût vue, il a dit : "Une feuille blanche." Je me retrouve devant ce genre de banalité conne. Cela fera une putain de page dans le livre, une photo et la citation. Je pense qu'Hemingway n'a jamais dit ça, mais qui va affirmer qu'il ne l'a jamais dit? »

Horowitz poussa un soupir. « J'en ai une autre d'Hemingway : "Contrairement aux autres formes de combat, les conditions sont telles que le vainqueur ne gagnera rien ; ni son confort, ni son plaisir, ni aucune notion de gloire ; s'il l'emporte, il n'aura aucune récompense en lui-même." C'est ce qu'on écrit avant un suicide, afin de mourir tranquille ! Ils ne publieront jamais ça, je vous le garantis ! Ce que j'aimerais avoir c'est une photo du cerveau d'Hemingway étalé sur le mur, avec en légende : "L'intérieur du cerveau de l'écrivain !" »

Adi regardait les trombes d'eau s'abattre sur Bannockburn. Le campus ne semblait jamais aussi déprimant et isolé qu'à cette période de l'année, le marasme de la vie universitaire, le milieu du semestre, l'animation des bousculades devant les salles de classe oubliée depuis longtemps. Elle dit d'une voix calme : « Dans la vie, nous arrivons tous à la croisée des chemins ; c'est une réalité banale. Prenez-le pour ce que ça vaut, mais je pense que vous avez du génie.

— Les génies n'habitent pas au bord de la mer, dans des maisons de premier plan. C'est un fait irréfutable.

— Dans mon univers, c'est là qu'ils habitent... Que voulez-vous, Allen ?

— Je ne sais pas. Je me pose tout le temps cette question. Réfléchir sur soi c'est comme essayer de se mordre les dents. » Il s'arrêta pour se regarder dans un miroir en pied, le visage décoloré par la chaleur, comme si on l'avait poché dans de l'eau bouillante. Il se retourna pour se diriger vers les canapés. L'immense baie vitrée du salon encadrait le monde extérieur, la plage en forme de croissant et, de chaque côté, les façades de verre des maisons modernes de premier plan sur pilotis. Elles ressemblaient à des maisons d'extraterrestres.

« Hé ! » cria Horowitz. « L'adepte du jogging revient. Vous savez, il y a quelque chose d'étrange qui me terrifie.

— Quoi ?

— Je ressens la même chose que le personnage du *Cri*. Que se passerait-il si je descendais sur la plage et si je ramenais cette femme chez moi ? »

Adi se raidit. C'était la première référence au fait qu'il avait lu *Le Cri* depuis qu'elle le lui avait envoyé quelques semaines plus tôt. Elle dit sans broncher et sans rien trahir : « Vous avez trouvé que c'était un bon livre ? »

Horowitz grogna. « Merde ! *Bon ?* Écoutez, que diriez-vous de débrancher Bob, et que je publie le livre sous mon nom ? On pourrait partager 70/30. » Horowitz but une nouvelle gorgée. « Il est 9 h 30 du matin, je suis saoul et je me sens seul !

— Comme tout le monde.

— Non, c'est une solitude existentielle et c'est à cause de vous ! Merde, vous savez, vous m'avez filé une sacrée trouille. Mais, bon Dieu, pourquoi est-ce que vous m'avez envoyé ce bouquin ?

— Parce que je vous connais.

— Vous me connaissez comment ?

— Vous savez reconnaître le talent.

— Ouais ! Eh bien, pour dire la vérité, mon premier mouvement a été de vouloir tuer Bob, et vous avec. Voilà comment je réagis devant le talent, en me vengeant.

— Je pense que Bob prendrait cela comme un compliment.

— Mais merde, vous n'arrêtez jamais ?

— Arrêter quoi ?

— Qu'est-ce que vous pouvez bien lui trouver que je n'ai pas ? »

Adi ne répondit pas. « Je pensais que vous pourriez porter ce livre à votre éditeur de la part de Bob. Je me suis renseignée sur l'éditeur qui a sorti le roman. C'était une maison à compte d'auteur fondée par Bob. Il possède les droits. »

La voix d'Horowitz devint cassante. « Voilà à quoi tout cela rimait ! Du commerce. Vous et Bob ! C'est pour cela que vous m'avez appelé, n'est-ce pas ?

— Non, je voulais seulement parler à quelqu'un.

— Pourquoi *moi* ?

— Pourquoi *pas* vous ?

— Qu'est-ce que c'est, un chantage sentimental ? Vous pensez que ça me pose un problème que Bob se soit suicidé le soir de mon arrivée ? Eh bien, je m'en fous ! Bob a été un connard tourmenté toute sa vie ! Citez-moi pour votre thèse. Vous vouliez une citation. Eh bien, vous l'avez !

— Allen, on va saisir la maison de Bob. En ce moment, j'essaie de lui trouver de l'argent. Il n'a plus rien. Ce qu'il y a d'horrible, c'est qu'il va continuer à vivre... » Adi renifla et s'essuya le nez avec sa manche. « Vous savez, je me sens coupable de l'avoir sauvé. Mon Dieu, je n'ai pas compris ce qui se passait en lui. »

La voix d'Horowitz baissa d'un ton. « Calmez-vous... Ne vous tourmentez pas. »

Adi renifla de nouveau. « Excusez-moi... Je n'aurais pas dû vous appeler... Je ne savais vraiment pas à qui m'adresser. J'ai pensé que vous pourriez m'aider. Vous connaissez des gens.

— Écoutez, il se trouve que je ne veux pas risquer de perdre le "beau livre"... » Il attendit un instant. « C'est une plaisanterie. Riez ! »

Elle s'éclaircit la gorge. « Je... autant que je peux rire. Je veux que vous le sachiez, au fond de moi, je sentais que vous étiez quelqu'un de bon. Je sais à quel point ce que Bob dit de vous dans le livre a dû vous blesser, mais si vous l'aidez... »

Horowitz l'interrompit : « Ce n'est pas lui que je vais aider. C'est *vous*. Voilà, je veux que vous calculiez combien il vous faut dans l'immédiat pour régler les choses, l'hypothèque, les frais médicaux, tout. Ensuite, vous me rappelez. Je vais vous envoyer l'argent. »

10

Soit il s'agissait d'un acteur confirmé, soit d'un apôtre de génie, mais quelque chose d'indéniable était arrivé à Allen Horowitz. Plus de perles de corail ni de chemise hawaiienne. En moins de deux ans, Horowitz défendit *Le Cri*, il l'envoya d'abord à son éditeur, qui le refusa, il continua, téléphona partout, jusqu'à ce qu'un respectable directeur littéraire dans une grande maison d'édition de New York accepte de le publier.

Pendleton était revenu chez lui, confié aux soins d'Adi.

Horowitz avait tenu parole et libéré Pendleton de tous ses problèmes financiers. Il avait confié à Adi que l'argent n'était qu'une petite partie de l'à-valoir indécent qu'on lui avait donné pour le « beau livre », qu'incidemment, il avait écrit pendant trois longs week-ends, en se contentant de sélectionner les citations.

L'amabilité et le soutien d'Horowitz étaient presque inquiétants. Adi ne s'était jamais attendue à une telle transformation, bien qu'elle eût envoyé à

Horowitz un Polaroid pitoyable de Pendleton regardant fixement Bannockburn. Elle avait écrit « immortalité » sous la photo, le dernier mot que Pendleton avait adressé à Horowitz avant d'aller se suicider.

Quand elle y repensait, cela semblait avoir été un moment déterminant. Elle le décrivait comme le « sentiment de culpabilité d'Horowitz ». Il avait parlé de reprendre quelque chose qui datait des années de l'université, avant de s'être « égaré », comme il disait.

Il écrivit un avant-propos pour *Le Cri*, intitulé « Notes de Bannockburn », un texte qu'il soumit à Adi pour sa thèse. L'avant-propos parut dans le *New York Times Book Review*, en même temps que la réédition du *Cri*, pour le deuxième anniversaire morbide de la tentative de suicide de Pendleton.

Horowitz qualifiait *Le Cri* d'œuvre révélatrice sur l'absence de Dieu omniscient. *Le Cri*, affirmait Horowitz, offrait une parabole du nihilisme absurde moderne, avec un antihéros qui regardait Dieu de haut, qui défiait ouvertement Dieu de faire comme dans les temps bibliques, de Se manifester à l'Homme.

Commentant de façon précise la recherche spirituelle au cœur du roman, Horowitz comparait les yeux levés de la jeune fille assassinée, obligée de faire une fellation, à une réminiscence d'un regard que personne n'avait rendu avec une telle frayeur et une telle supplication sainte depuis l'âge d'or de l'art à la Renaissance, en particulier dans des représentations de Marie Madeleine au pied de la Croix, ainsi que de Bernadette de Lourdes agenouillée, et de la petite rose, sainte Thérèse. Toutes ces femmes étaient représentées les yeux levés au ciel. Horowitz affirmait que le génie iconoclaste de Pendleton consistait à s'approprier et à transfigurer la représentation originale de l'effroi féminin avec l'acte contraint et sublimé de la fellation.

Le scandale créa un véritable maelström autour du *Cri* et on en parla au-delà du supplément littéraire réservé aux esthètes du *New York Times Book Review*. Dans le numéro du 18 octobre du magazine *Time*, on voyait Pendleton, qui n'était plus que l'ombre de lui-même, dans une chaise roulante, enveloppé dans une couverture, sur le campus de Bannockburn dont il était devenu officiellement professeur émérite, avec en cartouche la photo de son suicide prise par Wright, Adi debout au-dessus de Pendleton prostré, et les yeux brillants du lapin dans le coin supérieur. Horowitz avait insisté pour qu'on utilise cette photo, en donnant à Wright le plus gros chèque de sa vie, 3 500 dollars.

Contre toute attente, *Le Cri* resta en tête des cent meilleures ventes pendant au moins une semaine, grâce en grande partie au scandale que suscita le texte d'Horowitz. Le sous-titre d'un article de *Neewsweek* reprenait le problème de la crise mystique, et demandait : « Dans une guerre avec un soi-disant univers absurde, en choisissant le suicide, E. Robert Pendleton a-t-il nié la mort de façon ironique et cosmique, ce qui l'a mené dans une impasse ? Dieu a-t-il fait le dernier geste ? C'est ce que prétend la droite chrétienne. »

L'université Bannockburn elle-même joua un rôle en développant la mystique de E. Robert Pendleton au cours de l'automne 1987, lors de la nouvelle fête de l'université. Pendleton arriva sur le campus pour son unique apparition publique. Il ressemblait à Franklin D. Roosevelt sur les rares photos autorisées qui montraient son infirmité, cloué dans sa chaise roulante. Il était enveloppé dans le même plaid que sur la photo du *Time* avec Adi à ses côtés, une beauté énigmatique qui ajoutait au charme de l'histoire.

On la décrivait comme « une étudiante depuis longtemps diplômée, passionnée de littérature ». Le journaliste allait jusqu'à lui attribuer la redécouverte du *Cri*, caché dans la cave de Pendleton. C'est sa foi dans l'œuvre qui avait conduit à la renaissance littéraire de Pendleton.

Ce week-end-là, embrasée par le soleil d'automne, l'université Bannockburn était l'image même d'une enclave pastorale, une citadelle du savoir, la cour centrale en faux style anglais, avec ses résidences universitaires qui ressemblaient à une flotte à cause des calicots qui pendaient aux fenêtres, un campus qui résistait au vent du changement, en contraste avec la consommation voyante des années quatre-vingt, quand les études menaient toutes à la maîtrise de gestion et que la Bourse atteignait des sommets qui se termineraient ce même automne sur le Lundi noir.

D'une certaine façon, *Le Cri* semblait saisir le moment. Les gens recherchaient quelque chose qui transcenderait l'avidité immorale du monde des affaires poursuivant des profits trimestriels. Des fonds de retraite s'étaient évaporés, des années de travail avaient disparu sur les marchés spéculatifs. Des milliards s'étaient évanouis au cours d'une seule manipulation, des économies s'étaient paralysées. Il était difficile d'accepter cette dévastation. Il n'y avait aucun événement, lieu, épicentre ou carnage à couvrir.

Le Cri réunissait l'époque de la littérature et des psychopathes, et un journaliste écrivit : « C'est la rencontre de Nietzsche et de Charles Manson. »

Cependant, certains, à savoir les responsables de la publicité dans la maison d'édition, pensaient que le succès du *Cri* aurait été exceptionnel si Adi Wiltshire avait accepté de parler à la presse. Elle refusa obstinément toute interview personnelle. On trouva même qu'elle protégeait de façon excessive l'intimité de Pendleton.

Parfois elle exprimait ses inquiétudes au sujet de la santé du professeur. Elle restait aussi énigmatique que possible concernant Pendleton et elle-même et, tout en acceptant un unique engagement public, la fête annuelle de Bannockburn, elle n'avait répondu à aucune question, la main posée sur l'épaule de Pendleton qui gardait le regard fixé devant lui.

Pourtant, on soupçonnait quelque chose de transcendant, presque de spirituel en eux, étant donné ce qu'ils avaient vécu, en tout cas c'est ce que soutenait Horowitz, qui appelait cela une psychologie inverse, en défendant le droit d'Adi à une vie privée. Dans un monde de ruses publicitaires bon marché, son refus modeste des honneurs l'élevait.

Cependant, une autre raison expliquait pourquoi Adi avait voulu que *Le Cri* échappe à un examen minutieux, qu'il n'atteigne pas un plus large public, une raison beaucoup plus complexe que personne n'aurait pu supposer.

Deux mois avant la réédition du *Cri*, alors qu'elle commençait à recevoir des propositions de différentes universités concernant un poste éventuel, que les exemplaires de presse du *Cri* avaient déjà été envoyés et que les premières critiques élogieuses étaient parues, elle était allée à la bibliothèque afin de réunir tous les articles des journaux locaux concernant le meurtre d'Amber Jewel pour sa thèse.

Elle avait envisagé le lien avec Amber Jewel, en cachant son travail à Horowitz et en demeurant très vague dans ce qu'elle avait donné de sa thèse au jury, et gardait pour elle toute référence à Amber Jewel. Elle ne voulait pas qu'Horowitz ou n'importe qui d'autre lui vole ses sources en faisant allusion à ses découvertes.

Il s'agissait de *sa* thèse.

Une attitude qu'elle jugeait médiocre, mais la survie dépend souvent de ce genre de médiocrité. Dans la chaleur d'août, seule sur le campus avec une poignée d'étudiants, n'ayant devant elle que quelques semaines à consacrer à sa thèse, dans un chapitre relatif au meurtre d'Amber Jewel, elle avait commencé à percevoir l'habileté artistique avec laquelle Pendleton, en utilisant des coupures de presse, avait introduit une tragédie locale dans son roman existentiel.

Quelque chose de troublant la frappa alors qu'elle étudiait les microfilms.

Tout d'abord elle ne s'y retrouva plus. Elle relut les articles. Amber Jewel avait disparu le 6 novembre 1976, et l'on n'avait découvert son corps que cinq mois plus tard, le 8 avril 1977. D'après la facture qu'elle avait trouvée avec les livres envoyés par l'imprimeur, Adi était certaine que le roman avait été publié *avant* le mois d'avril. Les dates ne collaient pas, sa première réaction viscérale fut le doute, puis vint le refus. Une thèse, un travail énorme, peut désorienter et on finit par mélanger les faits et les dates.

Elle se précipita chez elle, ouvrit les cartons de livres, et là, sur le dessus, elle retrouva la facture de l'imprimerie, datée du 14 février 1977, ornée de façon énigmatique d'un autocollant brillant représentant Cupidon décochant une flèche. Et, debout dans l'humidité insipide de fin d'été, alors que le livre avait déjà été envoyé aux critiques, au milieu du silence étouffant de la maison dans laquelle Pendleton dormait à l'ombre du store de la véranda, Adi comprit que *Le Cri* n'était pas seulement un roman, mais la *confession* autobiographique d'un tueur d'enfant.

Elle regarda Pendleton pendant un long moment, le corps tremblant. Se tenait-elle vraiment devant l'homme qui n'avait pas simplement tué, mais aussi massacré, une fillette de treize ans ? Elle ne pouvait détacher son regard de lui, du filet de salive qui lui coulait sur le menton, le même homme qui l'avait attirée à l'aéroport alors qu'il mettait son âme à nu, un homme tellement perdu et misérable, à la recherche d'un mot gentil, quelque chose pour sauver l'artiste qu'il était.

Comment avait-il pu vivre pendant toutes les années qui s'étaient écoulées depuis ? Comment la médiocrité de son échec artistique l'avait-elle mené à un acte aussi désespéré et aussi barbare ?

Mais telle était la réalité. Son sentiment d'échec était devenu une folie dirigée contre le ciel, contre le silence exaspérant qui caractérisait le Nouveau Testament, un temps dans lequel Dieu avait cessé de se manifester aux hommes comme il l'avait fait à Abraham.

Mais une enfant, une petite fille ?

Adi frissonna en continuant à regarder fixement Pendleton. Les années et la tentative de suicide l'avaient réduit à une silhouette squelettique et, bien qu'elle fût animée par une immense colère, et voulait appeler la police, son esprit savait qu'il n'y avait plus rien à faire. Il s'agissait d'un meurtre ancien, un acte de haine et de désespoir, mais il n'y avait aucun danger qu'il se reproduise. Pendleton n'était plus qu'un légume. Dévoiler l'affaire n'aurait aucun sens. Cela ne ressusciterait pas la victime et, en ce qui concernait Pendleton, au-delà de la loi, son histoire serait un spectacle qui ne servirait que les intérêts d'une presse insatiable.

Adi s'aperçut lentement qu'elle serait projetée au centre du maelström, sa relation avec lui détruirait sa vie et, alors qu'elle continuait à le regarder, elle commença à se dire que la condamnation à vie de Pendleton avait déjà commencé. Le Dieu même auquel il ne croyait pas lui avait refusé la mort, se dit-elle, en prévoyant ce que la droite chrétienne finirait par affirmer, que Dieu avait eu le dernier mot dans cette impasse ironique et cosmique, que Pendleton subirait des limbes éternels, le seul monde auquel il croyait.

Au cours de ces heures d'indécision, tandis que l'après-midi déclinait vers le soir, un instinct de survie remonta lentement à la surface. En effet, qui croirait qu'elle avait découvert ces éléments à la dernière minute ? L'histoire semblait bien trop compliquée pour qu'on la raconte, en tout cas maintenant. Si elle avait découvert cette relation six mois plus tôt, elle aurait agi, appelé la police, mais elle ne l'avait pas fait, et elle ne pouvait plus le faire maintenant.

Elle alluma simplement la facture à la flamme du gaz et la laissa se tordre et brûler.

Ses empreintes digitales sur le microfilm étaient le seul élément qui prouvait qu'elle avait recherché le lien avec Amber Jewel. Elle ne pouvait prendre le risque de le laisser à la bibliothèque. Elle ne savait pas bien comment essuyer un si long rouleau sans se faire remarquer, ni même si simplement en l'essuyant elle effacerait ses empreintes.

Elle prit le microfilm, sortit sur le campus et, complètement perdue, elle erra sans but pour terminer sur les berges du fleuve où elle laissa le rouleau lui glisser des doigts et tomber dans l'eau, avant de s'éloigner.

De retour dans son petit bureau, elle essaya de se persuader que personne n'établirait jamais le lien, le meurtre se déroulant dans un roman de quatre cents pages, qui ne consacrait que deux paragraphes pour se débarrasser du corps. Elle-même avait dû faire une comparaison attentive pour découvrir les similitudes, *elle* qui connaissait le roman par cœur.

Qui le lirait de façon aussi précise ? *Le Cri* était le roman ésotérique d'une crise personnelle. Il ne serait lu que par des universitaires, un roman qui, selon toute vraisemblance, ne conduirait nulle part.

Pendant quelques instants, elle n'eut pas honte de se sentir soulagée à la pensée que la victime était issue d'un milieu de petits Blancs, des gens qui ne lisaient pas, en tout cas pas des livres comme *Le Cri*.

11

Près de deux mois s'étaient écoulés depuis qu'Adi avait découvert ce qu'avait fait Pendleton. Malgré sa répugnance, un instinct de conservation plus pressant s'était emparé d'elle et, sinistrement, elle avait fait un effort afin de se montrer *plus gentille*, plus attentive à ses besoins, en lui parlant et en passant du temps à ses côtés, bien qu'il ne comprît rien, ou qu'il fît semblant, elle ne savait plus quoi en penser, sa propre paranoïa restant toujours vivante en elle. Se dissimulait-il au plus profond de lui ? L'observait-il ? De façon risible, elle n'avait plus comme but que de le convaincre qu'elle ne savait rien, comme si c'était elle la coupable et non lui.

Au fur et à mesure que les semaines passaient, que les critiques et les publicités se multipliaient, le simple fait d'avoir jeté le microfilm l'obsédait. Qui aurait pu penser que quelqu'un se serait intéressé au *Cri* ? Mais Horowitz avait été intarissable en vantant le génie de l'œuvre.

À chaque article, chaque appel insistant pour obtenir des éléments sur l'histoire de Pendleton, Adi redoutait qu'on établisse un lien entre *Le Cri* et Amber Jewel, qu'un journaliste à la recherche d'une nouvelle perspective arrive à comprendre. Peu importait comment. Cela l'obsédait au point que, dans certains cauchemars, il y avait toujours quelqu'un qui criait : « Elle l'a pris ! Elle sait tout depuis le début ! » Dans d'autres rêves, le microfilm n'était pas tombé dans l'eau, il était resté collé dans la boue de la berge. Elle avait des visions dans lesquelles il se déroulait et apparaissait en pleine lumière, à tel point que lors de ses pauses-déjeuner, elle était souvent allée, dont deux fois sous la pluie, inspecter discrètement le bord du fleuve.

C'est ainsi qu'elle avait fini par attraper la grippe, après être rentrée trempée la dernière fois. Cette grippe l'amena à prendre un médicament de Pendleton, un reste d'antibiotique, puis elle passa ensuite à un de ses calmants pour lutter contre ses insomnies et son sentiment de culpabilité. C'est à nouveau sa paranoïa croissante qui créa sa dépendance.

Épuisée à cause de ses angoisses, un jour qu'elle s'entretenait avec un étudiant dans son bureau minuscule au huitième étage de la bibliothèque, Adi remarqua pour la première fois un homme, vêtu d'un long manteau, qui se tenait dans une allée entre les rayonnages. Il lui tournait le dos. Au début, elle n'y prêta pas attention, mais quand elle leva les yeux vingt minutes plus tard, l'homme se cachait au même endroit et lui tournait toujours le dos.

Elle pensa qu'il s'agissait peut-être d'un journaliste entêté qui voulait lui parler, ou d'un pervers qui attendait de s'exhiber devant des femmes. Cela arrivait plusieurs fois par an dans la bibliothèque, des hommes qui ouvraient leur braguette et qui sortaient leur queue dans la lumière grise, souvent aux étages supérieurs, parmi les manuscrits anciens, en général des étudiants de troisième cycle un peu dérangés. À chaque étage, les murs des toilettes étaient recouverts de dessins pornographiques, avec des numéros de téléphone et des heures de rendez-vous révélant le désespoir des solitaires qui cherchaient quelqu'un dans cette perversion pitoyable et misérable. Il s'agissait parfois d'enseignants, et Adi eut une impression de déjà-vu en se souvenant de ce qu'avait fait Pendleton.

Elle eut beaucoup de mal à se concentrer sur le garçon assis devant elle. C'était un étudiant en biologie, arrogant comme ceux qui, n'étant pas inscrits en lettres, devaient prendre les humanités dans leur cursus. Elle le haïssait, dans sa veste portant le logo d'une équipe. Il s'était montré sexuellement agressif en se penchant trop près d'elle. Dans d'autres circonstances, elle aurait mis un terme à l'entretien et appelé le doyen, mais elle ne voulait pas attirer l'attention sur elle.

Il avait vivement contesté le C moins qu'elle lui avait attribué pour son essai de trois mille mots sur « La brouette rouge » de William Carlos Williams, un poème trompeur dont il affirmait qu'il ne voulait rien dire et que c'était une perte de temps.

Adi avait donné un sujet inutilement compliqué pour des étudiants de deuxième année : « "Dans la versification du vingtième siècle, on peut trouver un enjambement sans tenir compte du choc ou de la brusquerie comme effet mimétique en soi..." C'est ainsi que John Hollander affirme qu'on devrait interpréter "La brouette rouge". Discutez ce point de vue de John Hollander. Quelles *choses* dépendent d'une brouette rouge ? »

C'était le cinquième entretien de la matinée. Celui-ci durait depuis une demi-heure et ne menait nulle part, mais à cause de la publicité qui entourait *Le Cri*, alors que son succès augmentait, elle avait ressenti le besoin de manifester une rigueur universitaire et une concentration plus grandes qu'à aucun autre moment de son passé.

Presque une minute de silence s'était écoulée quand l'étudiant dit : « Miss Wiltshire ? » assez fort pour qu'elle se rende compte qu'elle avait eu un instant d'absence. Elle lui répondit aussitôt en lui demandant de fermer les yeux afin de ressentir les mots alors qu'elle récitait le poème à haute voix.

tant de choses
dépendent

d'une brouette
rouge

vernie d'eau
de pluie

près des poulets
blancs

Quand il eut baissé les paupières, Adi regarda. L'homme se trouvait à l'autre extrémité et la fixait. Elle hésita, poussa un cri, assez fort pour que l'étudiant ouvre les yeux, remarque son regard et se retourne.

Il n'y avait plus personne dans l'allée.

Adi se reprit. Elle ne put supporter l'interruption. L'entretien s'acheva quelques minutes plus tard. Il devrait refaire sa dissertation. Elle le lui annonça froidement, le regard perdu entre les rayonnages, l'air soupçonneux.

L'étudiant se leva mécontent, en balançant son sac sur sa large épaule, et malgré la situation embarrassante, Adi l'accompagna jusqu'à l'ascenseur et attendit, tout en cherchant l'inconnu du regard dans les allées.

Au sous-sol de la bibliothèque, Adi acheta un soda au distributeur. Elle manquait de sucre. La tête lui tournait. Assise dans le bourdonnement des distributeurs, elle mangea un paquet de chips et se tint là pendant une demi-heure pour oublier sa paranoïa. Peut-être l'homme cherchait-il un livre ?

À un certain niveau, elle savait qu'elle était en train de perdre. La dépendance était arrivée très vite, mais c'était une vieille histoire dans la famille. Pendant des années, on avait traité, ou maltraité, sa mère pour des crises de dépression avec des prescriptions médicales qui l'avaient conduite à des cures de désintoxication.

Adi ne cessait de se répéter encore et encore qu'elle se débarrasserait de ce besoin quand elle irait mieux. Pendant plus d'un mois, *Le Cri* était obstinément resté dans les cent meilleures ventes, mais elle sentait que, dans une semaine ou deux, on connaîtrait la tendance, soit il exploserait, soit on l'oublierait.

Le sentiment d'être prise au piège la faisait souffrir, le fait qu'elle allait devoir passer une année de plus à Bannockburn. Après avoir jeté le microfilm, elle avait dû demander six mois de délai supplémentaire pour la soutenance de sa thèse sans pouvoir fournir une raison valable au jury qui contrôlait la progression de son travail. L'échange avait été animé et humiliant, et seule sa relation avec Pendleton lui avait évité d'être sommairement exclue du programme. On lui accorda la prolongation au moment où parurent les premiers articles très élogieux et lors d'une nouvelle réunion elle expliqua au jury la nécessité d'inclure les critiques du roman.

Au moment où Adi s'en allait, elle aperçut Wright qui lisait. Apparemment, il ne l'avait pas remarquée.

Wright était inscrit dans le séminaire de poésie de deuxième année, où elle enseignait. La même classe que l'étudiant en biologie avec lequel elle avait eu l'entretien dans son bureau. Curieusement, Wright se classait parmi les meilleurs, avec un don inné pour la poésie et les nuances. Il étudiait à temps partiel pour passer une licence ès lettres.

Adi le regarda et oublia sa peur.

Penché sur un livre, Wright prenait des notes et une cigarette se consumait dans un cendrier à côté de sa bouteille de Dr Pepper. Il portait un tee-shirt aux manches relevées et l'on voyait les tatouages décolorés de ses avant-bras. Ses cheveux, qui avaient poussé, étaient coiffés en arrière comme ceux d'un motard des années cinquante. Il ressemblait à Fonz, non pas comme dans *Happy Days*, la série télévisée superficielle, mais en plus près de la vie, un type proche de la quarantaine, qui luttait simplement pour survivre, pas à sa place parmi ces étudiants de bonne famille. On aurait pu le prendre pour un gardien ou un employé chargé de la maintenance des chaudières, un type qui faisait des mots croisés entre deux services, et pas quelqu'un en train de lire de la poésie.

Au cours des deux années depuis la tentative de suicide de Pendleton, Wright s'était immiscé dans la vie du professeur et dans celle d'Adi, il venait à la maison et restait assis en silence à côté de lui. Cette attitude avait perturbé Adi au début, mais comme il avait continué après l'arrêt de la faculté, elle avait fini par le considérer sous un jour nouveau, par voir de la compassion en lui.

En fait, un aspect révélateur de sa thèse était apparu un soir où elle réunissait le courrier écrit avec des lettres découpées au hasard, qu'elle soupçonnait Pendleton de s'être envoyé à lui-même afin de s'inciter à écrire *Salade de mots*. Après avoir quitté Pendleton, Wright était venu lui dire bonsoir et, en la voyant travailler avec le paquet de lettres étalées sur le bureau, il reconnut de façon candide et inquiétante les avoir envoyées en imitant *Salade de mots*. Elle en avait d'abord été littéralement effrayée étant donné leur nature psychotique, mais dans la faible lumière du soir, Wright lui avait expliqué avec lenteur et insistance à quoi ressemblait sa vie à l'époque et comment Pendleton l'avait traité.

Le lendemain, il lui avait donné les éditoriaux des journaux, et Adi avait fini par les utiliser pour constituer une section discrète dans sa thèse, en équilibrant le génie essentiel de Pendleton avec ses petites manies humaines. Que Wright lui ait manifesté une telle confiance avait beaucoup fait pour atténuer leurs différences, sans pour autant qu'ils soient devenus de vrais amis, et il ne l'avait pas non plus invitée à sortir le soir où il lui avait donné l'exemplaire de *Carrie*.

Tout en continuant à rendre visite à Pendleton, Wright se consacrait entièrement à sa licence ès lettres. Il l'avait dit à Adi un soir, au moment où il s'en allait, et à partir de ce moment-là, elle ne l'avait plus jamais entendu dire « licence » tout court.

Il serait le premier de sa famille à obtenir un diplôme universitaire. C'était devenu son unique objectif.

Par égard pour la transformation de Wright et parce qu'il avait autorisé Horowitz à proposer la photo prise le soir de la tentative de suicide, alors que la publication du *Cri* était proche, Adi lui avait offert un exemplaire destiné à la presse avec la signature hésitante de Pendleton, ou plus exactement, la main d'Adi tenant et guidant la main de Pendleton, parce que ce dernier n'avait rien exprimé.

Elle n'avait jamais vu d'émotion aussi sincère que celle de Wright contemplant la signature avant de lire la quatrième de couverture. Elle avait murmuré : « Je l'ai découvert dans le sous-sol. Il va bientôt ressortir, c'est l'opus majeur de Robert. »

La seule chose qu'avait dite Wright en la regardant droit dans les yeux avait été : « La dernière fois que j'ai eu une dédicace, j'avais huit ans et mon père m'avait emmené au stade Wrigley. »

C'était le dernier sentiment véritable de fraternité qu'elle avait éprouvé, le dernier souvenir qui lui revint pendant l'horreur de ce qui arriva moins d'une semaine plus tard, quand elle eut découvert ce qui reliait Pendleton à Amber Jewel.

Il semblait étrange qu'elle ait ainsi fait confiance à Wright, mais quand elle se redressa, elle fut contente de voir un visage de connaissance. Elle dit son nom et il leva les yeux.

Adi montra le livre posé sur la table. « Vous aimez William Carlos Williams, Henry ? »

Wright lui répondit sans hésiter : « J'aime le fait qu'il ait gardé son boulot. Ça en dit long sur lui. »

Adi sourit : « Oui, c'est le fléau des poètes... » Wright termina sa phrase : « ... et de la *plupart* des écrivains. »

Elle sourit de nouveau. « C'est vrai... La pauvreté équivaut à la grandeur, en tout cas c'est ainsi que nous envisageons la vie de nos grands écrivains de façon romantique, sauf pour votre ami, Stephen King, je suppose.

— Tout le monde doit commencer quelque part. King a mangé de la vache enragée au début. Il a fini par écrire sous deux noms, le sien et le pseudonyme de Richard Bachman, simplement pour avoir plus de chances, pour ne pas rester enfermé dans une seule réputation. »

Adi fit « Ah, oui ? » mais elle changea de sujet. « Vous n'êtes pas venu voir le professeur ces derniers temps. Je pense que ce dont il a le plus besoin actuellement, c'est d'un sentiment de continuité, d'un *ami.* »

Wright la regarda. « C'est que... il me reste des examens à passer ce semestre. Je crois que je n'ai plus beaucoup de temps. Je veux absolument obtenir ma licence ès lettres. »

Adi lui répondit d'une voix douce : « Ne vous tuez pas à la tâche, d'accord ? » Puis elle se leva dans la fraîcheur de cette journée d'automne, au milieu d'un Bannockburn de privilège et de différence, un pastiche de la vie étudiante qu'on aurait pu trouver dans un catalogue de vêtements chic.

Telle était l'essence de cette université, de l'enseignement moderne – une marque commerciale et un mode de vie.

12

Pendleton était assis seul dans son bureau, il buvait du café que lui avait apporté Mrs. Annie Blaine, l'infirmière à domicile, quand il entendit la voiture d'Adi s'arrêter dans l'allée. Il avait renversé du café sur son pantalon. Il était particulièrement agité, bien qu'il eût totalement oublié pourquoi il se trouvait dans cet état. Il ne savait qu'une chose : il voulait parler avec Adi. Il fit un effort pour se lever, en se penchant sur le bureau, et il regarda Adi qui prenait ses journaux sur le siège arrière de la voiture.

Quelque chose inquiétait Pendleton.

Au cours de l'année passée, il avait commencé à reconnaître les gens, une apparence très lente de nouvelle vie, reconstruite avec les ruines de son ancienne existence. Il n'avait aucun souvenir de son passé, du temps d'avant sa récupération. Il savait comme quelque chose allant de soi qu'il avait vécu dans une maison, mais il ne le ressentait pas. Aucun vestige d'une vie précédente, uniquement ce présent éternel. Même le lapin qui restait sur ses genoux toute la journée n'évoquait aucune réminiscence, malgré les poils sur ses pulls dans le placard. Cependant, il voyait les preuves d'une autre vie autour de lui, la bande adhésive qui entourait les fils électriques là où le lapin les avait rongés, les livres sur l'étagère de son bureau avec son nom dessus, les critiques de ses romans dans le vestibule gris qui montait vers la tour de guet de son bureau.

Dans le salon, il y avait une photo de lui et de sa mère, l'année où elle avait eu son attaque et était venue vivre avec lui quelque temps, mais même elle ne lui évoquait rien. Curieusement, il regardait parfois la boîte aux lettres cabossée dans la rue, mais demeurait incapable de dire ce qu'elle signifiait. Il savait que c'était là que le courrier arrivait chaque jour. Il s'agissait sans doute simplement de cela, le premier acte reconnaissable d'un ordre, l'arrivée quotidienne du facteur.

Pendant longtemps, la distribution du courrier ponctua ses journées, avant qu'il commence à comprendre la représentation du temps sur une montre, avant que les heures indécises entre le jour et la nuit prennent une autre signification que son besoin de manger et de déféquer.

Cela avait été un long processus semé d'obstacles, les maladies, les rhumes et les pneumonies. Il y avait quelque chose d'irrévocable dans son corps et dans son âme mais, bien sûr, il n'aurait pas exprimé les choses ainsi.

Dans les visages qu'il avait rencontrés cette année, il avait été confronté à des gens qui connaissaient son passé, et qui attendaient quelque chose qu'il ne pouvait saisir. Étrangement, il se sentait tout à fait insuffisant et même triste parfois, car on le regardait l'air affligé. Il n'arrivait pas à savoir pourquoi il faisait naître cette réaction. Les sourires se figeaient. Il le remarquait. Il savait qu'il était tombé dans le coma et que son rétablissement tenait un peu du miracle, mais il ne comprenait pas pourquoi on cessait de sourire devant lui. Il pensait que les réactions auraient dû être inverses, sans toutefois en être très sûr.

Même à la lumière des premières publicités qui entourèrent la sortie du *Cri*, les gens semblaient curieusement affectés par lui. Ils le dévisageaient plus que nécessaire. Il se disait que c'était parce qu'il ne pouvait pas lire son propre ouvrage. Au début, il avait perdu la capacité de lire et d'écrire, mais au cours des derniers mois, il avait récupéré la possibilité de distinguer les lettres des chiffres, et il avait entamé le long processus consistant à réintégrer l'univers des mots écrits.

Sur son bureau il y avait des alphabets avec des lettres associées à des images, A comme Autruche, B comme Bicyclette... et d'autres livres sur les lettres et les chiffres. Celui qu'il préférait c'était *Dix petits singes sautent sur un lit.*

Malgré les protestations d'Adi, un certain nombre de photographes avaient fini par entrer dans la maison, attirés par la publicité qui entourait *Le Cri.* Tous avaient pris des photos de l'alphabet de Pendleton à côté du *Cri*, et lui-même paraissait comprendre l'ironie de la situation, bien qu'« ironie » fût un mot qu'il n'employait plus.

Il n'avait aucun souvenir du *Cri*, aucun sentiment intuitif de se trouver au cœur de l'histoire ni qu'il s'agissait d'une semi-autobiographie, tout en sachant extérieurement qu'il en était l'auteur. En tout cas, on le lui disait. Il avait appris à lire son nom, ou plus exactement à indiquer les lettres jusqu'à ce que leur somme totale devienne synonyme de son nom et de qui il était.

Ce que Pendleton *savait*, c'était qu'il avait subi une attaque qui avait privé son cerveau d'oxygène. Il éprouvait une sensation de manque en lui-même, de perte de quelque chose. Il avait du mal à définir une perte qu'il ne pouvait saisir totalement. Cela ressemblait à la sensation qu'on éprouve quand on colle un coquillage contre son oreille et qu'on entend le glissement d'un monde lointain. Non pas que Pendleton comprît cette métaphore, mais Adi avait essayé de lui expliquer la perte en ces termes et elle lui avait effectivement posé un coquillage sur l'oreille. En réalité, c'était ce que Pendleton ressentait au plus profond de lui-même, le silence d'un océan cosmique de bruits, le son lointain des vagues qui se brisent quelque part au-delà de la pensée consciente.

Pendant longtemps, les objets ou les visages qu'il ne regardait plus disparaissaient tout simplement : une impression semblable à celle qu'on éprouve quand on est assis dans un train, dans le sens de la marche, et que tout ce qui passe cesse d'exister au moment même où l'on en prend conscience. Il était confronté à toute une série d'images et de situations qui n'avaient aucun contexte, qui se présentaient seulement à lui.

La véritable histoire de Pendleton lui restait incomplète.

Il ignorait qu'il avait tenté de se suicider. Au début de son rétablissement, Adi, responsable de Pendleton, avait décidé de ne pas le lui dire, avec l'accord des médecins. On lui expliqua qu'il avait subi une violente attaque. On avait pensé que s'il devait se remettre émotionnellement, s'il devait retrouver une vie cognitive, il valait mieux que ce soit avec l'illusion qu'il avait survécu à une tragédie médicale, et non à un effondrement psychologique et à un suicide raté.

Adi avait insisté pour que Pendleton ne l'apprenne pas pendant la publication du *Cri*.

13

Adi prit un paquet de courrier dans le vestibule, jouant à l'assistante consciencieuse. Elle ne pouvait vraiment rien faire. Elle avait l'air épuisé mais elle dissimula sa fatigue dans un examen rapide du courrier, alors que l'infirmière de Pendleton, Mrs. Blaine, regardait la télévision dans le salon. Elles n'échangèrent pas un mot, Adi traversa le vestibule et sortit à l'arrière de la maison pour se diriger vers l'ancienne remise où elle vivait et travaillait maintenant, tout en triant le courrier. Il y en avait tant en ce moment, des critiques et des demandes d'interviews. Horowitz avait pris un abonnement à un argus de la presse et avait insisté pour qu'on envoie les critiques avant même que l'éditeur l'ait fait.

Adi s'assit devant son petit bureau et continua à lire les articles. Presque tous s'inspiraient du premier texte d'Horowitz, beaucoup faisaient référence à ses rapports avec Pendleton et aux circonstances brèves et tristes dans lesquelles Horowitz avait été amené à découvrir le roman perdu.

Tous semblaient reprendre l'idée principale d'Horowitz. Ils faisaient l'éloge du traitement pervers et de l'imitation « au détail près » de l'histoire biblique d'Abraham et d'Isaac. Dans une critique, Adi vit qu'Horowitz avait souligné une phrase et écrit en marge « citation possible pour édition de poche ». « Pendleton prend l'une des histoires les plus brutales et les plus mégalomaniaques de l'Ancien Testament et montre la pathologie du Tout-Puissant. »

Elle leva les yeux et se rappela les innombrables lettres de refus que Pendleton avait reçues et qu'elle avait trouvées dans une boîte au sous-sol. Il avait simplement écrit dessus : *Humiliation*. Comment se faisait-il que personne n'ait reconnu son génie avant qu'il ne perde la raison ?

Elle frissonna. Elle avait besoin de se faire une piqûre. Mais elle attendit, elle voulait laisser passer ce moment, et elle regarda au-dehors pour gagner du temps. La journée s'écoulait comme d'habitude, rien qui sorte de l'ordinaire. Elle refusa de penser à l'incident de l'inconnu à la bibliothèque. Elle se leva et alla vers la fenêtre.

Il n'y avait personne alentour, sauf Porterfield qui coupait du bois ; il portait une chemise de flanelle et malgré ce qu'elle savait de lui, qu'il s'était branlé en la regardant, et peut-être même *à cause* de cela, tout lui parut plus poignant, cela normalisait l'existence secrète de chacun.

Dans l'étroitesse des toilettes, elle ferma le loquet, découvrit son bras, et tendit un ruban de caoutchouc sur son poignet et au-dessus de son coude en tapotant sur la veine. Elle dut attendre quelque temps avant qu'une veine se gonfle, une minuscule goutte de sang apparut quand elle enfonça l'aiguille, elle serra la pointe de sa langue entre ses lèvres par anticipation et cessa de respirer dans l'attente. Elle serra le poing quand elle sentit lentement comme un picotement alors qu'elle s'injectait la drogue dans le sang.

Depuis près de deux mois, elle rédigeait des prescriptions sur un bloc d'ordonnances qu'elle avait volé au médecin et ratissait les différentes pharmacies du comté afin de ne pas se faire remarquer. Au début, elle s'était prescrit des pilules, mais pendant une des crises de Pendleton, elle avait observé Mrs. Blaine lui administrer une injection et elle avait remarqué la vitesse avec laquelle agissait le produit. Un soir, peu de temps après, elle avait décidé de se faire une piqûre en remplaçant le produit destiné à Pendleton par de l'eau distillée.

Les pilules n'avaient jamais produit l'effet dont elle avait besoin aujourd'hui.

Adi fit bonne figure et sourit à Pendleton en arrivant en haut de l'escalier. Elle dit d'un ton trop affectueux : « Comment va mon professeur préféré ce matin ? » Mais elle ne le regardait pas et ses yeux se perdaient au-delà de lui quand cela était possible.

Il fallut un certain temps à Pendleton pour comprendre ce qu'on lui avait dit, un délai légèrement neurologique avant de réagir. En cas de stress, ce délai pouvait s'allonger. Adi lui avait déjà tourné le dos et posait le courrier quand il dit : « Am... Amner ? »

Au début, elle ne comprit pas, puis son corps se figea, mais elle resta le dos tourné, dit d'un ton naturel : « Quoi ? » et entreprit de décacheter une lettre.

Elle regarda de côté.

Pendleton manifestait une sorte d'urgence comme cela ne lui était jamais arrivé depuis la fin de son coma. Il répéta : « Amner... Amner Jewaul. » Il frémit et se leva de sa chaise.

Adi se retourna, tenant à la main le coupe-papier dont la lame arrêtait le rayon jaune de la lumière matinale. « Qu'est-ce que vous dites ? »

La tension due à l'émotion le faisait légèrement trembler alors qu'il s'efforçait de trouver les mots, et il crispa les poings en tentant de se concentrer et de parler.

Adi reposa le coupe-papier, prit les mains de Pendleton, les frotta, un stimulus qui effaçait tout ce qu'il avait en tête, quelque chose qu'elle avait appris au cours de l'année passée en essayant de le contrôler et de le calmer, et elle murmura : « Allons, détendez-vous. Mon Dieu, vous êtes en sueur ! Ça ne vous vaut rien de vous mettre dans un tel état. Vous voulez avoir un anévrisme ? » Elle lui parlait comme à un enfant.

Le visage de Pendleton se relâcha, ou plus exactement se ramollit. Son regard erra vers le monde extérieur avec une sensation languissante de détresse alors qu'il déglutissait et prenait des respirations plus longues et plus apaisées. Sa langue apparut entre ses lèvres, ce qui lui donna une expression étrangement vide avec cependant un air de perplexité, et Adi continua de lui masser les mains en disant : « Chut... Chut... »

Il avait perdu le fil de ses pensées. Il avait le regard stupéfait d'une personne plus âgée que l'on conduit quelque part, un peu contre son gré, mais incapable d'assumer la tâche de s'opposer. Il fit glisser ses pantoufles et Adi l'aida à se rasseoir tout en continuant à dire : « Chut... »

Sur le bureau de Pendleton, elle aperçut un exemplaire des *Nounours de Berenstain*, un livre que Mrs. Blaine avait dû monter dans la pièce. Il était bien compliqué pour lui, mais elle vit qu'il était ouvert aux dernières pages, ce qui la déconcerta.

Il retrouvait lentement sa conscience. Le souvenir de ce qu'il avait fait remontait à la surface.

Elle remplit un verre d'eau et l'aida à avaler deux pilules, puis elle lui essuya les lèvres.

Il la regarda en clignant des paupières. Sa bouche s'ouvrit et se referma, et Adi lui massa de nouveau les paumes. Quelques instants plus tard, elle ouvrit l'alphabet qu'elle lui lisait depuis des mois, et commença « C comme Chat », elle montra l'image d'un chat et miaula : « Miaou. » Son doigt quitta la lettre et Pendleton la laissa lui prendre la main et l'avant-bras, et son index à demi tendu traça la lettre C. Elle dit : « Miaou » et il répéta : « Miaou. »

Elle sentit que son coude lui effleurait le sein alors qu'elle lui tendait le bras et tournait la page.

Puis elle dit : « D comme Dogue », et « Ouah » et Pendleton répéta : « Ouah. »

Il s'agissait d'une simple incantation, Pendleton la suivait, la laissait le conduire, et Adi approchait son visage du sien quand elle formait les mots, mais lorsqu'ils arrivèrent à la lettre « L comme Lion » et qu'Adi poussa un rugissement, Pendleton dormait en dodelinant de la tête.

Les pilules avaient produit leur effet.

Adi quitta la pièce sans bruit et s'arrêta sur le petit palier. Elle entendit Mrs. Blaine passer l'aspirateur au rez-de-chaussée. La lumière qui entrait par la fenêtre de la cage d'escalier dessinait un halo sur le mur. Elle s'arrêta et demeura immobile en attendant de voir s'il dormait toujours dans la faible lumière montant du vestibule qui éclairait les critiques encadrées et clouées au mur.

Cela ressemblait à la vie d'autrefois.

Dans le silence de sa chambre, elle avala deux des pilules de Pendleton, s'allongea sur son lit et essaya de s'endormir, en vain. Elle entendit alors Mrs. Blaine monter l'escalier craquant et suivit en esprit la routine qui s'était établie depuis près d'un an, Mrs. Blaine faisant couler un bain et lavant Pendleton comme un enfant, après avoir étendu son pyjama sur le vieux radiateur.

Elle montrait une sorte de brutalité dans ses soins, dans la façon dont elle maniait Pendleton et, au début, Adi y avait même trouvé à redire, mais combien de gens supporteraient de prendre soin d'un vieillard ? Mrs. Blaine était la troisième infirmière depuis un an, la seule qui était restée et qui avait établi ses habitudes et ses méthodes dans la vie de E. Robert Pendleton.

Adi avait seulement toléré sa présence, toujours prête à engager quelqu'un de plus affectueux, jusqu'à ce qu'elle découvre la négligence avec laquelle elle donnait ses médicaments à Pendleton.

Deuxième partie

L'ENQUÊTE

14

Le 8 avril vit la fin de l'hiver, quand la température resta au-dessus de zéro pendant sept jours consécutifs, et quand un dégel brusque et boueux précipita une eau bouillonnante par-dessus les berges du fleuve qui déposa des minéraux et des substances nutritives comme l'avait fait la nature pendant des millénaires. Le limon fertile ferait pousser du maïs dans la chaleur brûlante et desséchante de juillet et d'août, une partie du cycle qui avait amené les ancêtres de Sam Henderson au milieu de l'Amérique.

L'automne précédent, Sam Henderson avait perdu sa femme, Emily, tous deux étant enfermés dans la solitude qui avait défini leurs existences. Emily Henderson était morte dans un fauteuil, elle avait discrètement quitté la vie en faisant comme elle avait toujours fait, et en priant le Seigneur, avec dans les mains un canevas où était écrit un *Notre Père* au point de croix qu'elle voulait envoyer à un membre de sa nombreuse famille.

Jon Ryder écoutait sans rien dire. C'était ce que faisait tout bon flic chargé des affaires non classées, il laissait les gens parler tout leur saoul avant de leur couper la parole et d'accorder leur histoire avec les faits.

Sam Henderson parlait du pays et de sa femme avec la même lenteur, une voix dans laquelle perçaient des journées sinon des semaines passées dans la solitude, la solitude du fermier. Il aurait pu faire partie de la distribution de la série télévisée *Les Jupons du Far West*.

Ce dont Sam Henderson aimait parler, c'était du temps. Il l'avait fait toute sa vie, en tout cas il le disait. Il n'avait jamais fait confiance aux prévisions météorologiques venant d'endroits comme Chicago ou Detroit, sur des chaînes de télévision qu'il captait parfois, et il ne faisait pas confiance non plus à l'aisance et à l'amabilité excessive de ces types de la météo avec costume et cravate qui collaient des soleils et des nuages de pluie sur une carte, comme si le temps avait été un jeu d'enfant et pas la mesure avec laquelle les hommes organisaient leur journée, sinon leur vie entière.

Non, lui, il avait noté la température matinale à l'aide d'un petit thermomètre posé devant la fenêtre de sa cuisine, un acte qu'il avait répété pendant soixante-douze années au cours des quatre-vingt-un ans de sa vie, car il avait commencé du temps de son père, dont le père l'avait fait avec son propre père au cours d'un siècle d'histoire des Henderson en Amérique, dans le comté de Wade, tout étant inscrit dans l'almanach de la famille, des fermiers qui calculaient dans leur ferme particulière les différents changements de temps en fonction des saisons.

Ainsi, il n'était pas inhabituel pour Sam Henderson de placer sa découverte d'Amber Jewel dans le contexte des saisons, dans le détail atténué de tant de jours de dégel.

Jon Ryder laissa Henderson parler, tous deux debout dans la lumière de fin d'automne, avec le vent du nord qui se renforçait et apportait une brume glacée. Cette attente plaisait à Ryder, rester ainsi dans le froid, toujours stupéfait par la diversité de son existence, comment en tant que flic, il entrait dans des situations et des vies différentes, même si son « nuage de pluie » – pour utiliser une métaphore de Sam Henderson – laissait planer au-dessus de lui, ce matin-là, des questions personnelles.

Il avait mis toute une matinée pour venir d'Evansville, en passant par cet endroit au nom qu'il trouvait le plus surréaliste du monde, French Lick, Indiana, quelque chose qui pour lui évoquait l'étrangeté et la complexité des gens soi-disant simples de la campagne.

Tout au long du trajet il n'avait cessé d'écouter sur son petit magnétophone la cassette adressée anonymement à un journal de Muncie, Indiana. Le cachet de la poste sur l'enveloppe indiquait qu'on l'avait envoyée de New York. L'enregistrement établissait des parallèles frappants entre le meurtre non résolu, en 1976, d'une fillette de l'Indiana, Amber Jewel, et l'assassinat horrible d'une prétendue victime de fiction, dans un roman de 1977, intitulé *Le Cri*.

À la fin de la bande, quelqu'un demandait simplement comment l'auteur avait pu inventer si précisément des parallèles entre les deux victimes, étant donné que *Le Cri* avait été publié une première fois *avant* la découverte du corps de la vraie victime, en 1977.

D'après l'expéditeur, les deux victimes n'étaient qu'une seule et même personne. La sonorité de la voix ajoutait encore quelque chose d'étrange à l'enregistrement, car elle était produite par un ordinateur qui enchaînait des sons monosyllabiques en mots et en phrases selon un modèle rendu célèbre par le physicien Stephen Hawking.

L'information fournie par la cassette n'avait pas encore été transmise au public, le journaliste de Muncie avait eu la bienséance d'attendre, étant donné la nature du dossier, une attitude de plus en plus rare. Mais il s'agissait d'un journaliste de l'ancienne école, qui ne recherchait pas le scoop. Il avait contacté la police qui, à son tour, avait contacté la division des Affaires non classées où travaillait Ryder.

L'arrivée de ce document avait été la première brèche depuis une décennie dans un dossier resté trop longtemps sans solution, dirigé vers ce que les enquêteurs avaient théorisé : selon eux les principaux suspects dans le meurtre avaient été la propre sœur aînée de la victime, Kim Jewel, et son petit ami un peu louche, Gary Scholl, un type qui n'avait cessé d'entrer et de sortir de prison pendant des années.

Amber Jewel, sa sœur Kim et Gary Scholl formaient un triangle amoureux bizarre, Gary Scholl ayant des rapports sexuels avec la victime alors que sa sœur était enceinte de lui. La proximité de l'endroit où, cinq mois plus tard, on avait découvert les morceaux du corps d'Amber, à trois kilomètres de chez elle, avait renforcé l'hypothèse que l'auteur (ou les auteurs) du meurtre était quelqu'un du coin, et conduit les enquêteurs à soupçonner de nouveau Kim Jewel et Gary Scholl.

À l'origine, on avait considéré l'enregistrement comme une tentative de publicité minable et criminelle, afin de propulser *Le Cri* dans la conscience du public et de le maintenir en tête de la liste des best-sellers.

Après un examen minutieux, rien ne put confirmer les allégations contenues dans l'enregistrement selon lesquelles la version originale du *Cri* avait été imprimée *avant* la découverte du corps d'Amber Jewel. L'entreprise où l'on avait imprimé le livre, Jacobs & Fils, avait été rachetée en 1984 par un conglomérat qui, en intégrant les dossiers, n'avait archivé que les comptes des cinq années précédentes. On ne pouvait vérifier que le cadre temporel général dans lequel le roman avait été imprimé. On reconnut une anomalie typographique dans de nombreuses œuvres de Jacobs & Fils. Un *t* auquel manquait la barre apparut dans différents textes imprimés entre, en gros, septembre 1976 et juillet 1978.

Ensuite, quand Ryder avait essayé d'établir la date du tirage original, il avait eu un rapide aperçu des profondeurs du désespoir largement répandu dans le monde universitaire. Rapidement, il pénétra dans un véritable labyrinthe quand il enquêta sur les défuntes

Matavia Press : une maison d'édition, une petite société fondée par trois poètes qui tiraient le diable par la queue, Peter S. North, L. Malcolm Hintz et Marcia A. Regina, et le romancier E. Robert Pendleton. Ryder retrouva le seul fondateur encore vivant ou non placé dans un établissement de soins, le comptable de Matavia, un poète béat vagabond, L. Malcolm Hintz, domicilié dans un appartement de Milwaukee, dans le Wisconsin.

Hintz s'était montré prolixe et avait raconté à Ryder une histoire qui ressemblait à une sorte de marché noir, illégal, car toutes les transactions de Matavia n'avaient lieu qu'en liquide, chaque membre du conseil d'administration ne prenant en charge que ses œuvres personnelles, payées de sa poche, un panier de crabes de désespoir dans lequel les cofondateurs n'étaient absolument pas amis. Hintz les avait surnommés « la confédération des ratés ».

Il n'y avait jamais eu de comptabilité générale, aucune commande, aucun compte payable ni aucune créance dans la nébuleuse Matavia. D'après Hintz, si le roman de Pendleton avait été imprimé par Jacobs & Fils, l'auteur avait tout payé seul, avec une carte de crédit ou une liasse de billets. Ce que faisait Hintz, en tant que comptable, se résumait à une déclaration d'impôts bidon qui, toujours d'après lui, était « la plus grande œuvre de fiction de Matavia ».

Cela devint encore plus absurde quand Ryder interrogea Hintz à propos de son texte de présentation du *Cri*, car il déclara simplement que Pendleton avait dû inventer la citation, et qu'ils s'étaient mis d'accord pour s'inventer mutuellement des citations, ce qui leur évitait de lire les œuvres des autres.

L'enquête continua. Une banque de données avait été employée par le conglomérat pour saisir les éléments manuscrits des livres de comptes de Jacobs & Fils. Les employés de cette entreprise travaillaient chez eux, aussi les dossiers existaient encore potentiellement chez quelqu'un, mais trois femmes chargées de ce travail étaient décédées.

Au cours de cette longue enquête, Ryder avait fini par croire que la version originale du *Cri* avait vraisemblablement été publiée *après* la découverte du corps de la victime, que la cassette n'était qu'un canular dans un but de publicité, plutôt que la solution de l'énigme de l'affaire non classée d'Amber Jewel.

Étrangement, pour Ryder, le fait que Pendleton ne soit sans doute pas le meurtrier ne changeait pas fondamentalement les choses, parce qu'il y avait bien une victime au cœur de l'enquête, dans une affaire pas différente de toutes celles dont il était chargé. En remontant vers le nord, Ryder avait suivi son *modus operandi* habituel, il s'était arrêté pour boire un café et lire dans le dossier le témoignage d'un fermier, Sam Henderson, qui avait découvert le corps de la victime.

Dans la déclaration de ce dernier, Ryder avait été sensible à une solitude ancienne sous-jacente, et cela éveilla son intérêt parce qu'il savait qu'un paysan surveille ses terres.

Quand il rencontra Henderson, Ryder vit en lui un témoin possédant la mémoire de cette époque, une mémoire que Ryder voulut capter alors qu'il l'écoutait raconter la journée où il avait retrouvé le corps d'Amber Jewel.

Ryder remarqua qu'Henderson utilisait pratiquement les mêmes mots que dans sa déclaration dix ans plus tôt, quand il fit référence au champ criblé de petits trous dans la neige qui fondait, quand il donna la température exacte de ce matin-là, zéro degré.

Henderson raconta qu'au début, quand il avait vu les sacs de couleur sombre au bout de son champ, il avait pensé qu'il s'agissait de l'argent provenant du braquage d'une banque parce que c'était le genre de chose qu'on voyait dans les films à son époque – des gangsters du temps de la prohibition ou comme Bonnie et Clyde, qui cachaient leur butin dans des champs. Encore aujourd'hui, il suivait le même récit qu'il avait intégré tout au long de ces années.

Et l'histoire avança pas à pas, Henderson parlant comme quelqu'un qui transmet des chroniques de génération en génération, tandis que Ryder écoutait. Il avait déclenché son chronomètre en marchant à côté d'Henderson, et quand il le consulta discrètement il vit que cinq minutes s'étaient déjà écoulées depuis qu'ils avaient traversé le champ.

Après Bonnie et Clyde, Henderson reconnut qu'il avait pensé presque tout de suite que les sacs ne contenaient que les ordures de la sous-population de nouveaux pauvres qui venaient depuis la ville jeter leurs poubelles dans les champs, par la fenêtre de leur voiture, puis il changea à nouveau d'histoire ou, plus exactement, il analysa ce qu'il avait ressenti à ce moment-là, comment les choses s'étaient déroulées dans sa tête, car qui peut raisonnablement penser qu'il va découvrir un cadavre humain ?

Sam Henderson s'arrêta à l'endroit où l'on avait découvert le corps d'Amber Jewel, il regarda Ryder et dit : « J'ai su que quelque chose n'allait pas, que ce n'étaient pas des sacs d'ordures. On ressent ces choses-là parfois. Ils se trouvaient bien trop loin de la route... »

Ryder ne laissa paraître aucune émotion bien qu'il eût stoppé son chronomètre, la main glissée dans son long manteau noir, quand les yeux d'Henderson croisèrent les siens, des yeux sous lesquels on voyait des poches bleu sombre. Il portait une salopette bleue qui pendait sur sa charpente squelettique, et il avait les mains enfoncées dans les poches. C'était peut-être la même salopette qu'à l'époque. Le temps passe si lentement à la campagne.

Henderson se tourna vers la route, on voyait sa maison entre les tiges pourries du maïs, et il continua de décrire comment, dans le crachin glacé de cette matinée, il était descendu de son tracteur, avec le souvenir de sa femme encore présent dans son esprit, cette solitude qui l'enveloppait, en sachant ce qu'il allait découvrir.

Il parlait avec une lenteur délibérée, il dit qu'il s'était servi de sa canne comme un insecte se sert de ses antennes, il avait ouvert les sacs, vu la vermine qui grouillait sur ce qui se révéla être un torse, des jambes tranchées aux genoux, un bras droit coupé au coude, puis il avait retourné le torse et aperçu, étrangement conservé par le sol gelé, le masque mortel d'un visage qu'il connaissait, la fille d'un de ses voisins, une gosse qui avait disparu depuis cinq mois, le visage d'Amber Jewel, une fillette de treize ans.

15

Adi sortit au huitième étage de la bibliothèque avec un sentiment d'inquiétude et elle s'avança dans les allées découpées par le soleil du petit matin qui plaquait des tranches de lumière sur la masse grise des livres. Il n'y avait personne.

Une sorte de paranoïa s'était emparée d'elle depuis qu'elle avait vu l'inconnu, et au moment où elle ouvrit la porte de son bureau, une feuille de papier s'envola dans le brusque courant d'air. Elle se retourna instinctivement. Personne. Elle referma la porte.

Un texte était tapé à la machine sur la feuille.

Il est difficile
d'apprendre quelque chose dans les poèmes
pourtant des hommes meurent misérablement chaque jour
parce qu'il leur manque
ce qu'on y trouve

(William Carlos Williams)

P.-S. : Pourquoi n'enseigne-t-on pas ce poème de Williams ? Ce qu'il dit est-il trop évident, trop direct ?

Adi leva les yeux, son cœur battait encore, bien qu'elle se fût un peu calmée, et elle se sentit soulagée quand elle marmonna entre ses dents : « Espèce de salaud... » C'était l'étudiant en biologie plein de morgue qui avait déposé cette note, mécontent qu'elle l'ait contesté et obligé à refaire son devoir.

Adi prit une grande respiration et, tout en regardant dans les allées désertes devant son bureau, elle essaya de se concentrer sur son cours qui commençait dans vingt minutes. Mais plus elle s'efforçait d'y penser, plus la note venait la titiller. L'étudiant en biologie était moyen. Comment aurait-il trouvé le temps de dénicher une telle citation ?

Elle relut le papier. La sonnerie du téléphone la fit sursauter.

C'était Allen Horowitz. Il dit : « Salutations de New York !

— Oh, Allen, c'est vous ! »

Horowitz parlait très fort : « C'est la réponse la plus terne que j'aie entendue de la part de quelqu'un que j'essaie désespérément de rendre célèbre ! Nous avons quitté les cent meilleures ventes la semaine dernière. Je sais, c'est une sacrée chute, mais écoutez ça. J'ai obtenu une grande faveur du *New Yorker*. Voici la phrase que l'on va mettre comme slogan : "Si un arbre tombe dans les bois et qu'il n'y a personne pour l'entendre, fait-il encore du bruit ? Et si *Le Cri* n'avait jamais été entendu ? Serait-il encore du grand art ?" C'est pas génial ? »

Adi se leva. Le papier se trouvait toujours sur son bureau. Elle avait beaucoup de mal à s'intéresser à ce que disait Horowitz. Il parlait d'une voix caverneuse, via le haut-parleur.

Il reprit : « Écoutez, je pense que nous pouvons avoir de notre côté à la fois les populistes et les universitaires. On en est si près. Bob est déjà le modèle de l'artiste qui se bat et des petites maisons d'édition universitaires. Les grands éditeurs, ici, à New York, commencent à voir le potentiel. J'ai déjeuné avec mon agent et, c'est confidentiel, les gens se bousculent pour découvrir le dernier grand chef-d'œuvre perdu ! Vous n'allez pas le croire, Adi ! Nous sommes à la veille d'un événement, je le sens. C'est pourquoi vous devriez venir ici, tous les deux. Les gens veulent absolument voir Bob... et *vous.* »

Horowitz se tut brusquement. Puis sa voix se fit soudain intime. Il ne parlait plus dans le haut-parleur. « Est-ce que je *peux* vous voir ? » Il laissa la question en suspens pendant quelques instants. « Vous ne voulez pas me répondre ? »

La pression insupportable des vingt-quatre heures précédentes avait épuisé Adi. Elle avait les larmes aux yeux. Elle prit de nouveau une grande respiration et dit froidement : « Vous n'avez qu'à vous en occuper, Allen. Nous étions d'accord... Il faut que je prépare mon cours.

— Que votre cours aille se faire foutre ! C'est la plus grande rupture de votre vie, vous ne pigez pas ? »

Elle se pencha et ses cheveux lui retombèrent sur le visage. Elle ferma les yeux. « Est-ce dans l'intérêt de Robert ? Il ne comprend rien à ce qui se passe.

— Vous me dites aujourd'hui que vous avez la trouille, après tout ce que nous avons fait pour en arriver là ? Ne me renvoyez pas la balle. C'est *vous* que cela concerne. »

Elle essaya de mesurer sa réponse. « Ce n'est pas moi que cela concerne. Je ne suis *rien*. Vous ne comprenez pas ? Je n'ai rien à voir dans tout ça. » Elle se redressa et releva ses cheveux. « J'habite chez Robert, et je suis quoi pour lui ? Il vit à peine. Je suis sa gardienne ! » Ses yeux s'emplirent de larmes. « Regardez ce que vous me faites faire. Je pleure...

— Je crois que vous avez changé de sujet. Que *voulez-vous* ? »

Adi regarda le campus de Bannockburn, les bâtiments couverts de lierre impeccablement entretenus, la statue du fondateur de l'université dans la lumière du matin. C'était ce qu'elle désirait plus que tout, être acceptée comme une égale, trouver un emploi, faire ce qui avait été refusé à ses parents. Elle ajouta : « Ce que je veux, c'est mon doctorat.

— Vous allez l'avoir.

— Je ne veux pas non plus qu'on transforme Robert en phénomène de foire... C'est ce qu'il est devenu – ce que nous sommes devenus tous les deux. Je ne veux pas de cette célébrité passagère, être un spectacle. Fondamentalement, je suis quelqu'un de simple. Le temps est peut-être venu de laisser filer les choses. » Elle hésita. « Écoutez, je dois m'en aller. »

Horowitz hurla. « Ne raccrochez pas, Adi Wiltshire. Surtout pas ! Vous savez que c'est pour vous, pas pour Bob, que je me suis engagé dans tout ça. Vous m'avez appelé au téléphone. Qu'espériez-vous ?

— Je ne sais pas... Mais c'est plus important que tout ce que nous avions imaginé. Cela concerne la vie de Robert, pas la mienne ni la vôtre. »

La voix d'Horowitz redevint plus calme. « De quoi avez-vous peur ? »

Elle répondit sèchement : « Vous savez, en fait, vous ne m'avez rencontrée en personne qu'une fois, une seule fois. Savez-vous vraiment qui je suis ?

— Je le pense, oui... Me permettez-vous de vous poser une question ? Croyez-vous au coup de foudre ?

— Oui.

— Laissez-moi jouer cartes sur table. Je ne vais pas vous demander de signer un contrat de mariage. Vous pouvez me prendre pour la moitié de ce que je vaux. C'est ainsi que j'ai envie de miser sur nous. »

Elle répliqua brusquement : « Que répondriez-vous si je vous disais que j'avais comme but dans la vie d'être une personne indépendante ? »

Horowitz poussa un gémissement théâtral. « Tout sauf une féministe ! En fait, permettez-moi de vous donner un petit conseil d'indépendance. Il y a quelque temps, j'ai rencontré cette célèbre féministe d'avant-garde lors d'une conférence littéraire et je lui ai demandé : “Alors, comme ça, vous ne portez toujours pas de soutien-gorge, même vingt ans après ?” Elle m'a regardé avec le plus grand sérieux et elle m'a répondu : “Oui, mais pas pour les mêmes raisons. Aujourd'hui, je ne porte pas de soutien-gorge parce que mes seins tirent les rides de mon visage.” Il y a une leçon à extraire de ça. Pensez-y ! »

Adi se retourna vers le campus. « Je ne savais pas que le féminisme et l'indépendance étaient inextricablement liés.

— Hé, je suis une victime de ma génération. Je ne prétends pas être différent de ce que je suis. Je ne parle que des faits. La vérité, c'est qu'il n'existe pas de livre intitulé *La Joie de la ménopause*. »

Adi répliqua : « Je crois que vous me demandez de ne pas vous aimer. Que dites-vous... que la vie se termine à quarante ans pour les femmes ?

— Laissez-moi vous poser une question : Quel âge avait votre mère quand elle a quitté votre père ?

— Qui a dit que mes parents ont divorcé ?

— Ils n'ont pas divorcé ?

— Si.

— Alors quel âge avait votre mère quand elle a quitté votre père ?

— Trente-huit ans.

— Vous voyez où je veux en venir ? Je parie qu'elle a eu un autre enfant ?

— Elle a fait quatre fausses couches.

— D'accord, alors elle et son nouveau mari ont eu un petit griffon ou un chien mexicain sans poils qu'ils emmènent partout avec eux ?

— Pas exactement. C'est un caniche nain qui s'appelle Trixie.

— Merde, j'aurais dû le deviner tout de suite, le caniche nain... avec des yeux noirs larmoyants. »

Adi regarda dans les allées entre les rayonnages. Elles étaient toujours désertes. La veille, il ne s'agissait peut-être que d'un pervers. Il lui parut étrange qu'un pervers soit la meilleure des deux possibilités. Elle dit calmement : « C'est ce que vous faites à longueur de journée, Allen ? Psychanalyser les gens ?

— Vous dites ça de façon péjorative, mais laissez-moi vous confier un petit secret. L'essence de la fiction c'est l'observation *empirique*, la méthode scientifique appliquée à l'interaction humaine. La fiction exige une discipline plus rigoureuse que n'importe quel art.

— Comment ?

— Merde, pour commencer, l'enjeu est beaucoup plus élevé, le public entretient une plus grande intimité avec le langage qu'avec tout autre moyen d'expression. Vous devez bien voir les choses. Il y a eu des enfants prodiges en musique et en mathématiques parce que ce sont des lois fondamentales d'accord et de désaccord, mais où sont les enfants prodiges en littérature ? Y en a-t-il jamais eu ? C'est la question.

— Je n'en connais aucun.

— C'est parce qu'il n'y en a pas ! La fiction est une accumulation d'observations nées d'années de vie. La fiction est essentiellement représentative et par conséquent, hélas, c'est peut-être la forme d'art la plus intellectuellement conservatrice. Nous, les écrivains, nous vivons dans le ghetto du familier, dans les tropes littéraires de la vie temporelle perçue par les masses, avec un début, un milieu et une fin. Savez vous à quel point cette convention apparaît folle en face de la relativité d'Einstein ? Les écrivains de fiction sont les artistes de la terre plate... »

Adi l'arrêta. « Qui êtes-vous vraiment ?

— Simplement un type qui écrit des “beaux livres”.

— C'est vrai ?

— C'est ce que j'ai fini par choisir.

— Vous êtes content de vous ? »

Il y eut un instant de silence.

« Vous voulez une confession ? D'accord, allons-y. Vous me demandez si je suis content de moi. Quand Bob m'a montré *Un trou sans milieu*, avec les vingt et une pages et demie blanches, au tiers du roman, j'ai failli en crever devant l'audace de ce qu'il essayait de faire sur le plan de la création, et il était là, un type qui me considérait comme son égal. Nous n'étions pas amis, mais nous nous respections mutuellement, en tout cas Bob me respectait. Nous suivions des chemins différents dans notre œuvre. Je l'ai vu. Il recherchait des conseils, peut-être même un avocat pour ce qu'il entreprenait. C'était un jeu. Son avenir était au bout, mais il m'a dit qu'il ne voulait pas réécrire le même livre. L'art signifiait quelque chose de plus pour lui... Merde, il n'y a pas de version condensée de ce qui s'est passé... C'est pour votre thèse... D'accord ? À l'époque, nous avions le même agent littéraire, Barbara. Je pense que Bob voulait que je la prépare. Je devais la voir au déjeuner. Bob était très inquiet. En arrivant aux pages blanches, l'agent avait pensé que c'était un raté de la photocopieuse, en tout cas c'est ainsi qu'elle a commencé. Une directrice d'édition d'une grande maison, intéressée par mon dernier roman, se trouvait au déjeuner. J'ai dit que je n'avais pas lu le livre. J'ai laissé mon agent continuer. Bob s'est mis dans tous ses états. L'agent a fini par accepter que les vingt et une pages et demie de blanc ne soient pas un raté de la photocopieuse en fin de compte. Je veux dire, vous l'avez lu. Bob était peut-être fou ! Qui peut créer un protagoniste qui écrit une putain de demande de rançon au lecteur, en retenant vingt et une pages et demie en otages ? À mon avis, il n'avait plus toute sa tête. »

Horowitz fit une pause, et reprit : « Je me souviens qu'ils m'avaient fait rire tous les deux à l'époque.

L'agent a dit qu'elle ne prendrait plus Bob au téléphone, qu'il mettait en cause sa crédibilité en tant qu'agent, mais c'est là que j'ai retourné la situation. Simplement pour en finir avec Bob, j'ai dit : "Hé, ne réagis pas aussi vite, Barbara. J'ai trois cents pages blanches que je veux bien céder pour un à-valoir à six chiffres!" La directrice d'édition était pliée en deux... Ce bon vieux Bob. Il a fini par faire publier son livre dans des presses universitaires quelconques du Midwest, que j'ai toujours soupçonnées de n'être que du compte d'auteur. Le livre a fait un bide. Il n'y a presque pas eu de critiques. Cela a tué quelque chose en lui. La même année, je suis entré pour la première fois dans la liste des best-sellers. »

Horowitz conclut : « Vous voyez... nous avons tous des péchés dont nous devons répondre. Mais je n'ai fait que survivre. J'ai joué la sécurité. »

Adi répondit d'une voix calme : « Écoutez, je veux vous parler d'autre chose, mais je dois aller en cours. Je peux vous appeler cet après-midi ? »

16

Les néons sanguinolents des restaurants brillaient dans l'obscurité quand Ryder ouvrit sa valise au motel Howard Johnson, près de la sortie de l'autoroute. Son petit radio-réveil indiquait 18 h 52. Le son très fort d'une télévision provenait de la chambre voisine. Il entendit un coup de feu, suivi d'une musique dramatique, et les cris d'une femme dans le style mélo des anciens westerns.

La voix neutre de la bande magnétique avait ajouté une note surréaliste au spectre du champ de terre noire dans lequel on avait retrouvé les restes démembrés d'Amber Jewel, bien des années auparavant, un enregistrement qui avait rendu le monde froid et arbitraire, impie, et d'une certaine façon cela avait affecté Ryder plus profondément qu'il ne voulait bien le reconnaître.

Étrangement, il avait ressenti la même impression en lisant *Le Cri*, ce manque intense et pathologiquement spirituel qu'on retrouvait dans tout le livre.

La journée avait été longue pour Ryder, avec sa mélancolie sous-jacente toujours présente. Le fait troublant, c'était que la scène du crime ne correspondait pas à ce qu'affirmait la bande et semblait mieux s'accorder aux premiers suspects, Kim Jewel et Gary Scholl.

Il avait absolument besoin de la date précise de la première édition afin d'établir si la fuite à propos du roman était un coup monté, et voir comment il allait mener ses recherches.

En relisant le dossier central de la première enquête, après être parti de chez Henderson, il avait aussi remarqué que Kim Jewel avait déclaré la disparition de sa sœur moins de deux heures après le moment où elle aurait dû arriver chez elle, ce qui en soi avait quelque chose de suspect.

Pourquoi Kim Jewel en était-elle arrivée si vite à cette conclusion ? Cela ajoutait foi à ce que les policiers supposaient depuis longtemps, qu'elle était impliquée dans le meurtre, qu'elle avait surcompensé et mal calculé le temps pendant lequel elle aurait dû attendre après le meurtre de sa sœur pour appeler la police, et l'inquiétude qu'elle aurait dû manifester.

Étant donné l'intervalle de simplement deux heures avant que Kim Jewel appelle la police, quand Ryder lut plus loin le rapport détaillé du démembrement de la victime, il comprit qu'à cause du temps nécessaire pour accomplir ce travail, on s'était sans aucun doute débarrassé du corps à une date ultérieure.

Ryder restait déconcerté par le fait que les enquêteurs n'aient pas envisagé la possibilité qu'Amber

Jewel ait d'abord été enlevée avant d'être tuée puis abandonnée plus tard dans le champ d'Henderson et, tandis qu'il continuait de fouiller dans le dossier, quand il regarda les photos de la scène du crime, il fut troublé de voir que le visage d'Amber avait été si bien préservé, à tel point qu'il téléphona à son bureau pour qu'on lui fasse un rapport sur les températures exactes à partir de la disparition de la victime le 6 novembre, jusqu'au 31 décembre 1976.

Une heure plus tard, un fax l'informa que l'automne 1976 avait été particulièrement doux. Pendant neuf jours, du 6 au 14 novembre, la température moyenne diurne avait frôlé les 10 degrés. Était-il possible que son visage soit resté si bien conservé pendant tout l'hiver étant donné cette période chaude ?

C'était le genre de question que l'on posait au département de police scientifique du FBI qui menait des recherches sur la décomposition du corps humain dans différentes situations et sous différentes températures, des corps dans des lacs ou des coffres de voitures, exposés à la chaleur de l'été ou au froid de l'hiver. Les insectes étaient devenus des indicateurs clefs pour l'heure de la mort, des insectes variés qui s'intéressaient au corps dans ses stades successifs de décomposition. Le moment où l'insecte se trouvait dans son cycle de transformation aidait souvent à savoir depuis combien de temps il était présent dans le cadavre.

Évidemment, on n'avait pas procédé à ce genre d'analyse coûteuse sur le corps d'Amber Jewel. Il avait été retrouvé dans les temps obscurs de la police scientifique. Mais le FBI pouvait peut-être encore fournir une évaluation à partir des photos, sur la possibilité que la jeune fille n'ait pas été immédiatement assassinée et jetée dans le champ.

Que le corps ait été abandonné plus tard n'était qu'une hypothèse de travail, cela faisait partie du processus provisoire de reprise des faits, du réexamen des preuves avec une certaine distance et une nouvelle perspective. Le fait que la victime ait été emmenée plus loin et qu'on se soit débarrassé du corps à une date ultérieure ouvrait au moins la possibilité qu'une personne comme Pendleton ait pu, théoriquement, la kidnapper puis revenir sur les lieux pour déposer ses restes près de chez elle.

Il s'agissait d'une hypothèse osée mais en lisant *Le Cri*, Ryder avait entrevu l'esprit psychotique de l'auteur, et il avait l'impression que le meurtrier, en déposant le corps d'Amber Jewel près de l'endroit où elle avait disparu, avait ajouté une dimension surréaliste au crime. Quelque chose que Kim Jewel et Gary Scholl n'auraient jamais fait car cela jetait les soupçons sur eux.

De nouveau Ryder dut s'arrêter pour rassembler ses idées, il fallait s'en tenir d'abord et avant tout aux faits. Sans la date précise de la première impression du roman, il sentait qu'il pataugeait dans les spéculations, ce qui ne correspondait pas à sa méthode lorsqu'il débutait une enquête, et il était évident que l'affaire qu'on lui avait demandé d'élucider – le soi-disant meurtre d'une jeune fille par un professeur d'université mécontent – se trouvait déjà obscurcie par des questions inquiétantes. Cela le troublait profondément car il n'avait pas besoin de ce genre d'affaire en ce moment.

C'était le quarante-deuxième hiver de l'existence de Jon Ryder, le quarante-deuxième voyage autour du soleil. Il avait mené une vie ponctuée par le bien et le mal, remarié avec une femme qui lui avait donné deux garçons dont il gardait la photo dans son portefeuille avec celle de son mariage.

Ryder rangea ses chaussettes dans un petit tiroir avec les sous-vêtements que sa femme avait repassés et légèrement amidonnés pour lui la veille. Quelques soirées plus tôt, il l'avait observée dans l'antre familial, portant sa robe d'intérieur et marchant pieds nus. Il avait réfléchi à leur relation et, en levant les yeux, il s'était soudain vu lui-même dans un grand miroir, éclairé par-derrière. Il avait vu les pattes-d'oie qui s'étendaient au coin de ses yeux fatigués, et son visage qu'assombrissait sa barbe de fin de journée.

Il avait l'air las et il se dit qu'il devait s'estimer heureux d'avoir trouvé un coin dans ce monde, avec une femme et des enfants pour l'accompagner jusqu'à la fin de ses jours. C'était cette foi qui l'avait sauvé au cours de ces dernières années, alors qu'il se retrouvait seul de si nombreuses nuits, dans des motels anonymes comme celui-ci, la foi dans ses enfants et dans leur avenir qui avait conjuré la vengeance ou la noirceur dont tant d'autres dans sa profession avaient souffert, la foi qui lui avait permis de continuer à exercer son métier pour gagner sa vie : fouiller dans l'existence de gens qui se faisaient des choses terribles et désespérées.

Telle était l'histoire à laquelle Ryder voulait croire, l'histoire qu'il se racontait pour lutter contre la solitude dans des soirées comme celle-ci.

À 7 heures, Ryder téléphona à sa femme, Gail. Elle décrocha à la seconde sonnerie. Elle se trouvait dans la salle de bains avec les garçons, Tommy et Frankie. Ils étaient dans la baignoire.

Gail tendit l'appareil et Ryder entendit le coin-coin d'un canard en caoutchouc et le bruit de l'eau quand ses fils crièrent à l'unisson · « On t'aime, papa ! »

Gail s'éloigna des enfants. « Tu tiens le coup ? » Il n'y avait eu aucun prélude, juste la question directe. La dispute de la nuit précédente persistait.

Ryder répondit : « Ça va. »

Gail insista. Elle ne renonçait pas. « Tu n'as pas l'air en forme.

— Moi ? Je ne voulais pas... » Il bâilla. « Je suis fatigué. » Il dit doucement : « Tu me manques. »

Gail ne répondit pas, une tension demeurait présente entre eux, et Ryder n'avait rien à ajouter, sauf ce qui lui trottait dans la tête : si sa fille, Taylor, avait téléphoné à la maison.

Taylor était la fille que Ryder avait eue avec Tori Adams, la femme de sa vie, lors d'un premier mariage que Ryder considérait aujourd'hui encore comme son *vrai* mariage, car en 1976 – étrangement la même année que l'affaire non classée sur laquelle il enquêtait – Tori avait disparu sans laisser de traces et en le laissant seul avec Taylor. Ce qu'il y avait eu d'ennuyeux c'est que les mauvaises relations entre

Tori et Ryder avaient amené la police à le soupçonner d'un coup tordu, et depuis, cela avait pourri sa carrière et son existence.

L'ombre du soupçon avait refait surface à l'adolescence de Taylor, qui ne s'entendait pas avec la nouvelle femme de son père ni avec les jumeaux, et à seize ans, l'âge légal pour les quitter, elle avait commencé à accuser ouvertement Ryder d'avoir tué Tori, fuguant pendant une semaine ou plus, revenant à la maison, repartant avec son petit ami, un paumé de vingt-trois ans au casier judiciaire chargé.

Au moment de la réouverture du dossier Jewel, les relations de Ryder avec Taylor étaient sur le point d'exploser car elle avait disparu pendant quinze jours, sa plus longue absence ; et Ryder, dans une tentative désespérée pour rétablir un contact avec elle, lui avait parlé au lycée grâce à l'intervention d'un conseiller.

Il avait essayé d'expliquer que dans l'exercice de sa profession, il avait mis en prison de nombreuses personnes qui avaient juré de se venger, il espérait que le conseiller se mettrait de son côté. Taylor avait répliqué avec ce que sa grand-mère, la mère de Tori, lui avait appris : que Ryder s'était montré physiquement et affectivement violent envers Tori, que sa disparition avait eu lieu alors qu'elle était séparée de Ryder et qu'elle avait obtenu une décision de justice lui interdisant de prendre contact avec elle.

Même Ryder avait compris le regard du conseiller, le préjugé devant son personnage menaçant, mais après que Taylor eut hurlé et pleuré toutes les larmes de son corps, Ryder l'avait emporté en lui promettant de lui acheter une voiture si elle revenait à la maison. Taylor avait accepté à contrecœur alors que le conseiller insistait pour ajouter un stage professionnel, mais Ryder avait manqué à sa parole parce que Gail avait fait toute une histoire à cause de l'argent.

La dispute de la nuit précédente avait été particulièrement violente, Ryder accusant Gail de n'avoir jamais aimé Taylor et lui reprochant d'avoir créé cette distance affective qui s'était développée entre lui et sa fille.

Gail continuait d'attendre en silence au téléphone, convaincue d'être dans son bon droit ; Ryder ferma les yeux et lui concéda : « Je ne veux plus me disputer avec toi comme hier soir. »

Gail ne répondit toujours pas, laissant Ryder préparer des excuses. Pour la calmer, il dit : « Elle me reproche de l'avoir négligée depuis longtemps... Je le sais maintenant. »

Gail rétorqua sèchement : « Ne mets pas tout sur le compte du fait que tu l'as négligée ou qu'elle t'a négligé. Les filles passent par cette étape. Les adolescentes utilisent tout ce qu'elles peuvent, aveuglément, pour obtenir ce qu'elles veulent.

— C'est pour ça que je veux qu'elle revienne, Gail. Je sais que si j'en ai la possibilité, je peux arranger les choses avec elle. »

Gail ne renonça pas. « Je ne te laisserai pas nous mettre sur la paille. Sûrement pas. Qu'est-ce qu'elle ferait de toute façon, elle prendrait la voiture, elle se droguerait et finirait par avoir un accident ? Tu connais ceux avec qui elle traîne. C'est ce qui arriverait, Jon. Si tu veux que je te dise la vérité, c'est à moi de t'empêcher de faire ça. Tu veux aller identifier le corps de ta fille, hein ? »

Ryder changea le téléphone d'oreille. « Tu as raison. Écoute, je m'excuse de t'avoir entraînée là-dedans.

— Tu m'as entraînée dans quoi ? En ce moment, je vois deux beaux gosses dans une baignoire, et ils ont tes yeux. »

Malgré lui, Ryder sentit sa voix s'enflammer et la dispute reprendre quand il dit : « Arrête ! »

Gail s'échauffa à son tour : « Que j'arrête quoi ?

— Tu le sais ! Pourquoi est-ce que j'ai l'impression d'être obligé de choisir entre eux et Taylor... »

Gail répliqua aussitôt, presque en criant : « Je ne t'ai jamais demandé de choisir, et...

— Je te parle de Taylor ! Je n'ai pas été près d'elle quand Tori est partie, il y a longtemps. J'ai cherché ailleurs quelque chose dont *moi* j'avais besoin. » Il poussa un profond soupir. « Tu sais, parfois je préférerais qu'elle ne soit pas née.

— Nom de Dieu, ne dis jamais ça, Jon ! Tu sais à quoi ça fait penser ? »

Ryder s'assit sur le bord du grand lit et regarda le tapis à longues mèches orange, de mauvaise qualité, brûlé de place en place par des cigarettes, le genre d'hôtel bon marché que payait la division des Affaires non classées quand il travaillait sur ce genre de dossier. Il secoua la tête et dit, plus pour lui-même que pour Gail : « Quel flic je fais, en train de m'occuper du corps des gens et pas de celui de ma femme ? » Sa voix resta en suspens.

Gail ne dit rien.

Ryder prit une grande respiration. « Je suis peut-être en train de perdre. Je ne sais pas, la coïncidence entre cette fille qui a disparu la même année que Tori et tout ce qui arrive maintenant avec Taylor... Quand je suis allé à l'endroit où on a retrouvé le corps, j'ai cru voir le film après avoir lu le livre. Je ne sais pas à quoi je m'attendais. C'était exactement comme on le décrit dans le roman, la maison à l'arrière-plan, la moissonneuse-batteuse avec l'épouvantail dessus, le petit bois et la rivière. Je retrouvais tout, comme si je l'avais vécu auparavant. Comme si j'avais été extralucide, quelque chose de spirituel, j'allais tout comprendre en arrivant sur les lieux. La fille allait venir vers moi comme dans une sorte de révélation, pour tout me dire, sur elle et sur Tori, sur toute personne disparue. L'âme de Tori et la sienne sont allées au purgatoire cette année-là. Je pensais, à cause de ce qui se passait avec Taylor, en la perdant, que l'amour d'une mère pouvait parfois transcender... que Tori pouvait m'aider. » Ryder porta la main à son visage. « C'était comme si le destin arrivait là-bas ce matin, comme si j'étais dans un endroit que j'avais cherché toute ma vie, mais en demeurant sur place je n'ai plus vu qu'un champ devant moi, rien d'autre. Rien ne s'est révélé à moi. »

Gail répondit froidement : « Je ne sais plus ce que tu veux de moi ! Écoute, il faut que je sorte les enfants du bain. Ils sont rouges comme des tomates. » Il comprit qu'elle allait raccrocher et il dit : « Attends, passe-les-moi ! » puis il hurla dans le récepteur : « Je vous aime, les garçons ! » en essayant de les imaginer dans la baignoire, et il les entendit lui répondre : « On t'aime ! »

Ensuite Gail raccrocha sans ajouter un mot et il sentit s'abattre sur lui la solitude qu'on ne peut ressentir que dans un motel d'autoroute.

17

L'étudiant en biologie sécha le cours de 8 heures, « Introduction à la poésie », et la peur d'Adi se dissipa, car elle sut qu'il était l'auteur de la petite note. Cela faisait partie du mystère de la vie dans une université privée, les nuances entre ceux qui *donnaient* les diplômes et ceux qui les *payaient*. L'impartialité n'existait pas ici. L'argent gâtait tout. Avec l'inflation des titres, tout étudiant passable obtenait une mention « très bien ». Autant de génies marchaient-ils dans les campus ?

Adi se complaisait dans ce cynisme, afin de garder l'esprit tranquille, de ne plus penser à Pendleton ni au *Cri*. Elle allait anticiper les efforts d'Horowitz. Elle était bien décidée. Elle lui téléphonerait et refuserait obstinément d'aller à New York.

Elle ferma les yeux et laissa la dispute qu'elle aurait inévitablement avec Horowitz se dérouler dans sa tête. Elle ne devait jamais oublier qu'elle avait réussi à survivre jusqu'ici, elle n'avait pas craqué, et elle tiendrait bien encore quelques semaines.

Le cauchemar passerait. Il passait déjà, le succès du *Cri* avait commencé à diminuer, il n'était plus dans les cent meilleures ventes, il tombait dans l'abîme des cinq cents. Au-delà, combien fallait-il vendre d'exemplaires pour rester dans la liste des mille ? Une telle liste existait-elle seulement ?

Pendant son cours, elle eut l'esprit heureusement occupé par Wright qui lui demanda l'autorisation de photographier ses étudiants ou plus précisément de faire des gros plans de certaines parties du corps, un genou, une oreille, un œil, une main, un sourire, en annonçant à la classe que sa composition s'intitulait provisoirement *Le Corps étudiant.*

Adi s'attarda dans la lumière et la fraîcheur de cette matinée d'automne en attendant que ses derniers étudiants s'en aillent, quelque peu soulagée maintenant qu'elle avait pris une décision concernant Horowitz.

La vie allait changer de nouveau.

Wright se trouvait encore avec elle, en train d'installer son trépied, pour faire une photo de la cour carrée destinée à l'annuaire de l'université. On avait informé le personnel d'entretien d'y travailler ce matin, et tous se trouvaient là et balayaient les feuilles avec leurs souffleuses.

Dans l'argent qu'on dépensait à Bannockburn rien n'était laissé au hasard, chaque image, chaque événement était fixé pour la postérité. Même les feux de feuilles mortes à l'automne s'inscrivaient dans le cadre d'une tradition macabre autorisée. Par une nuit étoilée, quand on les avait entassées, les Lucy

Bannockburn, ou plus simplement les Lucy, en costume d'époque, faisaient un concours, et en brûlaient les tas derrière le campus pendant que les épouvantails d'Iosif barbus gémissaient autour d'eux.

Cet attachement aux cultes rituels définissait Bannockburn et renvoyait à l'Angleterre des dix-huitième et dix-neuvième siècles et pour Adi cela avait la qualité de ce qu'elle convoitait le plus : la famille. Mais elle en revint à Pendleton, comme si souvent actuellement. Elle avait du mal à imaginer le campus comme un cauchemar qui l'avait conduit à la folie, au meurtre, même s'il semblait bien que ce fût le cas.

Alors qu'elle quittait la salle de classe, elle entendit le clic rapide comme un coup de feu d'un obturateur automatique. Elle s'arrêta brusquement, se retourna dans un moment d'effroi rempli des souvenirs de la nuit où Pendleton avait tenté de se suicider, et cria : « Non ! Pas ça, nom de Dieu ! »

Wright sortit de derrière son appareil photo, et aussitôt Adi voulut s'excuser en disant : « Je suis désolée... je... » Elle ne termina pas sa phrase. Avait-elle vraiment besoin de s'expliquer ? N'était-ce pas tout à fait évident ?

Wright resta à la même place et la regarda sortir.

Elle avait bien sûr réagi de façon excessive, et elle le comprit dès qu'elle arriva dans la cour, vide d'étudiants. Les cours avaient repris. Après tout, Wright faisait son travail, confirmé ironiquement par les retombées de ses violentes disputes avec Pendleton des années auparavant, un travail que le Conseil lui avait confié pour le dissuader d'entamer des poursuites judiciaires, un ancien marine qui essayait seulement de changer de vie, qui voulait trouver un but à son existence, pas la *charité*, pas une *obole* pour qu'il se taise, mais un véritable *emploi*, en tout cas c'est ce qu'il lui avait dit le soir où il avait reconnu avoir envoyé les menaces de mort à Pendleton. Il désirait une *carrière*, un *avenir*.

Adi continua à marcher sous l'œil du clocher de la tour des humanités, consciente de la présence de Wright. Avait-il les yeux fixés sur elle ? Elle l'avait laissé tomber, en anéantissant l'amitié qui aurait pu naître entre eux. Elle le savait, il y avait peu de gens aussi directs que Wright, aussi prêts à prendre des coups, à tenter encore quand tout était contre lui. À l'université, qui aurait pu imaginer que près de dix ans après le refus de son projet, il en aurait fait une entreprise légitime, pour devenir, lui, l'inconnu, les yeux par lesquels on se souviendrait de Bannockburn ?

En traversant la cour carrée, Adi rejeta ses cheveux sur son épaule, tourna subrepticement la tête et vit Wright qui la regardait, debout derrière la fenêtre de la classe.

18

Dans la lumière du matin qui éclairait le restaurant Howard Johnson, et qui donnait l'impression qu'on se trouvait dans une serre, Jon Ryder sentait l'après-rasage *Brut*, un cadeau que lui offrait Taylor chaque année à Noël depuis qu'elle avait neuf ans. Ce parfum l'identifiait en tant que père, une odeur crue, tonifiante, proche de celle d'un alcool, un liquide destiné à être répandu sur la paume des mains et appliqué avec de petites gifles sur les joues et le cou.

Des années auparavant, une publicité pour cet après-rasage avait en quelque sorte défini la façon dont il envisageait la vie alors, un type avec une poitrine couverte de poils devant le miroir de sa salle de bains, une serviette nouée autour de la taille, et une femme en robe d'intérieur qui lui tenait le bras.

À l'époque, il prenait ses désirs pour la réalité mais ce passé avait tout bonnement disparu.

Bien sûr, Ryder n'avait cessé de penser à Taylor. Il était fatigué. Le film de la nuit l'avait tenu éveillé, avec des publicités pour le lit ajustable Craftmatic et pour des assurances vie.

Une serveuse aux hanches comme des sacoches et aux jambes comme des jarrets de porc vint lui servir du café ; de la poche de son tablier, elle sortit des dosettes de crème qu'elle posa sur la table comme une mise au poker. Sur l'étiquette de sa blouse, on pouvait lire : « Dorothy. 16 ans à votre service. » Elle sentait les cigarettes au menthol et avait les doigts jaunis.

Le petit déjeuner spécial se composait de crêpes accompagnées de jambon, de saucisses, d'œufs et de café à volonté. C'est ce qu'il commanda.

En ce qui le concernait, il n'avait pas meilleure allure que la femme qui le servait, c'était peut-être même pire. Il ressemblait comme deux gouttes d'eau à quelqu'un qui fournit des cautions ou qui récupère des impayés, ou peut-être à un détective privé, sans aucun doute à quelqu'un qui vit parmi les éléments criminels de la société et utilise la force, un gros type costaud, cette souche du Midwest faite d'immigrants polonais et irlandais qui ont construit des villes comme Chicago. Tout en lui était intimidant, depuis son visage comme une patate jusqu'à ses yeux bleus, durs et perçants, ses cheveux bruns coupés court rabattus en arrière avec du gel, sa veste marquée par l'âge et gonflée sous l'épaule par un holster, et son trench-coat noir de marque posé sur la chaise en plastique.

Ryder regarda la pendule au-dessus de la caisse du restaurant, avec un Elvis des années cinquante qui balançait les hanches et dont les bras tendus indiquaient l'heure ; il attendait que les événements se révèlent autour de lui car rien ne se déroulait *jamais* comme on le croyait.

Telle était la leçon très simple que l'existence lui avait apprise. Il soupçonnait chaque chose et chaque personne, une réalité qui s'affirmait tous les jours. Pendant la plus grande partie de sa vie d'adulte, il avait vécu parmi le meurtre sous toutes ses formes, crimes de passion et de haine, certains spontanés, d'autres froidement calculés. Au bout du compte, ceux qui manifestaient la pathologie clinique du meurtre prémédité lui glaçaient le plus les sangs.

Il avait conscience de la machinerie psychologique vaste et complexe qui laissait tout sentiment de culpabilité en suspens ; des *alter ego* si distincts et si séparés qu'on était tenté d'imaginer, comme la profession médicale, des personnalités multiples, d'accepter la notion qu'il existait des consciences parallèles à l'intérieur de la même personne, ou, à un niveau spirituel plus profond, de croire aux forces surnaturelles obscures, ou encore, comme dans les Écritures, à l'incarnation des incubes, ou même, sans oser le reconnaître ouvertement, à la possession.

Cela pouvait paraître étrange qu'il ait régressé vers l'endoctrinement apocalyptique de l'enseignement catholique de sa paroisse dans le West Side de Chicago, mais ensuite il avait vécu le cauchemar de la disparition de sa femme en croyant dur comme fer que toutes les disparitions appartenaient à une bataille cosmique entre le ciel et l'enfer, le bien et le mal.

Cela avait constitué un curieux abandon de la déduction logique pour un homme autrefois rationnel, bien qu'au cours des années il eût été témoin de meurtres horribles et rituels à Chicago, avant de s'en aller à Evansville. Comment arrive-t-on à affronter ce qu'il avait vu, les cassettes vidéo de mauvaise qualité de films porno sadiques révélant le meurtre de victimes cagoulées, leurs cris et leurs supplications appelant l'aide de Dieu, les cas de disparitions sans aucun témoignage, des prostituées et des fugueuses, les cassettes des caméras de surveillance de centres commerciaux montrant des enfants entraînés par des inconnus ? Comment réussissait-on à enquêter sur de tels crimes quand les pistes conduisaient à des impasses ? Où était Dieu ? C'était la question qui se trouvait au cœur du roman *Le Cri*, quelque chose avec quoi Ryder s'était identifié, même s'il ne s'était pas posé la question de la même façon que Pendleton ou les philosophes, mais à un niveau personnel et viscéral. Il voulait absolument fournir des réponses aux familles inconsolables.

Il avait fini par rechercher d'autres moyens pour regarder dans l'âme de ces victimes, des gens qui lisaient dans les tarots et des voyantes avec boule de cristal qui parlaient toujours en termes cosmiques de la lutte entre l'ombre et la lumière, entre le bien et le mal. Cela avait un sens à un niveau très profond et correspondait à ce que Ryder avait vu avec les années qui passaient, un monde qui oubliait la foi et la compassion, un monde que la peur et l'aliénation avaient endurci, un monde de fermetures automatiques des portières de voiture, et de systèmes de sécurité dans les maisons, de télévisions de surveillance en circuit fermé impossibles à tromper, un monde dans lequel cependant le nombre de disparitions augmentait de façon exponentielle.

Il y avait quelque chose de surnaturel dans ce mystère des disparitions. Où allaient toutes ces âmes ? Dans des temps anciens, cela aurait entraîné des rites et des pénitences, mais plus aujourd'hui. Selon un dicton, « Si vous regardez dans l'abîme, l'abîme regarde en vous » ; une chose qu'il avait comprise et réussi à dissimuler à l'examen psychologique de la police quand on l'avait interrogé à propos de son implication possible dans la disparition de sa femme. Quand il avait fermé les yeux le soir, lui aussi avait commencé à rêver à la façon de ce système de surveillance de mauvaise qualité, un enlèvement en boucle, une vidéo sans le son, lui, tout seul, simple témoin qui regardait sur un écran de contrôle noir et blanc, en sachant au plus profond de lui-même que les événements réels se déroulaient sans témoin, dans une pièce au bout d'un couloir, et qu'il ne pouvait rien faire pour les arrêter. Modifier leur enchaînement était au-delà de son pouvoir.

Il avait passé quatre mois en observation psychiatrique alors que la disparition de sa femme devenait une affaire non classée, effrayé de devoir s'en charger, de peur que s'il montrait trop de zèle pour la retrouver on puisse penser à sa responsabilité. À l'époque, personne autour de lui n'avait utilisé le mot d'*assassinat*. Quand il reprit son travail, il se sentit séparé de ses collègues enquêteurs. Les faits misérables de sa relation avec Tori avaient refait surface. Si quelqu'un savait comment dissimuler ses traces, n'était-ce pas une personne comme Ryder ? Il n'existait aucun moyen pour échapper à l'ombre du doute.

Deux mois après qu'il eut repris le travail, la tension s'était finalement révélée alors que Ryder enquêtait sur la disparition d'une fillette de dix ans, de l'âge de Taylor à l'époque. Ryder avait obtenu la confession d'un suspect en le passant à tabac. Il s'était vêtu d'un long manteau noir et d'un masque de ski, une sorte de déguisement de superhéros, mais ça avait marché.

Le suspect avait craqué et on avait retrouvé la fillette dans un meuble de rangement sur les bords de la Calumet River, les mains et les pieds attachés. Tragiquement, elle était morte étouffée. On l'avait violée et sodomisée.

Bientôt, Ryder eut des rêves récurrents d'un jeu de cour de récréation, pratiqué dans son école élémentaire catholique, fondé sur les mystérieux personnages des frères de Charité cachés sous un suaire, qui transportaient les malades à l'hôpital et enterraient les corps au temps de la peste, une société si secrète que ses membres se dissimulaient même leur identité les uns aux autres. Il commença à se voir lui-même comme un de ces frères cachés sous un suaire, se déplaçant parmi les morts.

Une nuit, il rêva qu'il était revenu à l'école primaire, dans ses couloirs obscurs, avec ses statues de saints, la Vierge Marie écrasant la tête d'un serpent sous ses pieds nus en albâtre, avec, au-delà, la cour pleine de cadavres. Il était de nouveau un des frères, et il vit dans la pénombre les yeux souriants de Venetia Goretti, son premier grand béguin. Elle lui toucha secrètement la main, tout en étant censée faire partie des trépassés, et il l'emmena dans la cour avec les frères.

Ce qu'il avait vu dans son rêve à cet instant précis, c'était sa véritable mission dans la vie, retrouver le corps des morts et les remettre en un lieu consacré.

Son rêve se répéta pendant la période où on le soupçonna d'être impliqué dans la disparition de sa femme. Au cours des semaines suivantes, il se rendit compte qu'il ne pouvait plus continuer à habiter la maison qu'il avait partagée avec elle, ni même la ville. C'est la raison pour laquelle il avait présenté sa candidature quand le poste s'était libéré à la division des Affaires non classées d'Evansville, Indiana, si loin des rues de Chicago, de ce qu'il avait connu pendant toute sa vie. Mais c'était l'essentiel. Il voulait trouver un lieu sans histoire personnelle, une toile vierge sur laquelle il pourrait peindre une nouvelle existence.

Au cours des années, Ryder n'avait pas oublié la notion des frères de Charité quand on l'avait nommé. À cause de l'impasse de ses relations avec sa fille qui le faisaient profondément souffrir, ainsi que ses disputes avec Gail, Ryder sut qu'il affronterait la dissolution de tout ce qui lui était le plus cher s'il ne revenait pas rapidement chez lui. Au fur et à mesure que l'affaire Pendleton se compliquait, il sentait monter son angoisse et un choix clair s'offrait à lui : sa famille ou l'affaire.

Ryder avait mis longtemps pour reprendre le manteau des frères dans la bibliothèque de Bannockburn. Avec la moins orthodoxe des procédures, vêtu ainsi, comme une sorte de spiritualiste fou, il s'était posté dans une allée entre les rayonnages et avait regardé fixement Adi Wiltshire, simplement pour voir ce qu'elle allait faire.

Il avait voulu l'intimider par sa seule présence. Quelqu'un qui n'aurait rien eu à cacher aurait appelé le service de sécurité du campus quand il était apparu de façon aussi menaçante, mais elle ne l'avait pas fait, et cela persuada Ryder qu'elle était au courant de la relation entre Amber Jewel et *Le Cri*.

Dans le dossier, on avait noté que Wiltshire faisait une thèse sur Pendleton et qu'avant de commencer à travailler sur ses documents, elle avait eu tellement de mal à trouver un sujet qu'elle avait failli perdre son traitement. Il avait aussi vérifié l'état de son compte bancaire et savait qu'elle avait reçu 120 000 dollars d'Horowitz depuis la tentative de suicide de Pendleton.

Ryder eut le pressentiment que ces deux-là, qui avaient organisé la réédition du *Cri*, étaient responsables de l'envoi de la cassette. Ryder savait que seule une personne ayant une connaissance approfondie du roman de Pendleton pouvait avoir établi des parallèles aussi précis.

19

Juste après 9 h 30 du matin, par cette même matinée lumineuse au ciel bleu et froid, alors qu'Adi traversait le campus et que Ryder prenait son petit déjeuner, un car de télévision mobile serpentait dans la longue descente du quartier historique, bordée par les squelettes des vieux arbres.

Une demi-heure s'était passée depuis la sortie du *New York City Press* annonçant la nomination du *Cri* pour le National Book Award.

Comme d'habitude, Pendleton se trouvait dans le bureau de la tourelle, vêtu de son pyjama bleu rayé et de sa robe de chambre. Un petit déjeuner à demi consommé était posé à côté de lui, un œuf à la coque, un toast et du thé Earl Grey, servi sur un plateau d'osier, avec un œillet rouge fraîchement coupé, sur les instructions d'Adi, Pendleton étant choyé en fonction de l'idée qu'elle se faisait de la vie aristocratique anglaise au début du siècle.

Pendleton n'était plus qu'une marionnette grandeur nature dans cette construction.

Il appuya sur une image du livre des animaux de la ferme et une grenouille verte jaillit d'une mare au moment où il levait les yeux et voyait l'agitation dans la rue. Il enregistra cela à un niveau superficiel, comme une chose un peu différente de ce qui se passait d'ordinaire sous sa fenêtre. Les pilules qu'il prenait le matin pour contrôler ses tremblements lui émoussaient les sens et faisaient s'abaisser son œil droit.

Il regarda de nouveau dans son livre, il appuya sur l'image d'un chien qui fit « Ouah ! ouah ! » À cause du bruit, son lapin blanc flaira nerveusement l'air et sauta sur ses genoux.

Quand la sonnette retentit quelques instants plus tard, il tourna les yeux avec une lenteur de tortue, son cou maigre soutenant sa tête barbue et tonsurée. Il avait déjà oublié ce qu'il avait vu au-dehors. Il ne pouvait se concentrer que sur une chose à la fois à cause des effets narcotiques des médicaments.

Il se détourna de nouveau et revint à la familiarité de son livre, posa son index sur une image qui fit « Cot-cot-cot ». Il prononça le mot « poulet » sans aucune émotion particulière.

Puis il regarda par la fenêtre.

Pendleton ne pensa pas que ce remue-ménage avait un quelconque rapport avec lui. Seule la routine de la maison avait pour lui quelque valeur, ainsi que la confiance qu'il accordait à Adi, et il l'appela d'une voix monotone, en clignant des paupières et en regardant le car de télévision garé juste en face de chez lui.

Une autre camionnette arriva et une femme en robe de soirée en descendit, suivie d'un cameraman.

Pendleton caressait le lapin et sentait son ventre mou. Le lapin pétrissait ses jambes, et Pendleton urina sous lui ; la tache qui s'étalait le réveilla un peu. Il prit le lapin dans une main et se leva lentement en se servant de l'autre main pour garder l'équilibre. Son pantalon de pyjama faisait une poche. Il s'avança en traînant les pieds vers la porte qui conduisait au belvédère, l'ouvrit, fit un pas en prenant appui sur la poignée et entendit du vacarme alors que quelqu'un criait : « Professeur ! Professeur ! »

L'urine était déjà froide contre son bas-ventre.

Ce qu'on vit ensuite, dans un clip vidéo de dix secondes, définirait le reste de sa vie, on le saisit dans une fragilité caractéristique des dictateurs des juntes militaires au stade terminal de leur existence dans quelque établissement médical retiré, le genre de film vidéo qu'on montre dans les journaux télévisés du soir à des gens qui contemplent l'aspect énigmatique et incongru de ces silhouettes voûtées devant les champs de mort de leur héritage.

Pendleton se tenait ainsi, au tournant de sa nouvelle vie, sur son balcon, avec son pantalon de pyjama sali, son lapin sous le bras, pas encore soupçonné de meurtre, toujours auteur excentrique mais seulement pour quelques minutes supplémentaires ; au moment même où la vidéo était retransmise en direct à un studio relais, des journalistes d'ABC à New York s'efforçaient frénétiquement de diffuser la nouvelle selon laquelle un reporter d'une station affiliée de Muncie avait reçu d'un quotidien local un message anonyme établissant une relation entre le meurtre d'Amber Jewel et le roman de Pendleton, *Le Cri*.

Ryder fit tomber une sucrette Sweet'N Low dans son café, seul en cet instant qui précédait la diffusion de la nouvelle, se sentant étrangement omniscient. Autrefois, il avait lu une analogie décrivant Dieu comme un horloger et l'univers comme une immense machine mécanique mise en mouvement selon la loi de la cause et de l'effet. La notion de causalité lui plaisait et, par conséquent, l'aspect prévisible d'un tel système.

Les événements se déroulaient comme il l'avait prévu, un plan coordonné dans lequel le journal et la télévision locale, propriété du même groupe, obtenaient un scoop national, et diffusaient les détails du renseignement anonyme le matin même de la nomination du *Cri* pour le National Book Award. Assis au fond du restaurant, Ryder vit le cuisinier crier à la serveuse de monter le son au moment où ABC interrompait son programme habituel *Tous mes enfants*.

Le bulletin d'information commença en direct avec l'histoire, tout d'abord depuis Muncie, puis on passa à des images datant de moins d'une demi-heure, tournées à New York où la nomination de Pendleton avait été annoncée sans cérémonie à quelques journalistes perplexes, et finalement on vit la pelouse de Pendleton où, pour la première fois, le public entendit les sons étranges d'une voix produite par ordinateur en off sur des images d'archives, une vidéo familiale d'Amber Jewel dans sa cour, à treize ans, l'été d'avant son assassinat, puis la découverte sinistre de son corps par Sam Henderson, le printemps suivant.

Au même moment, un kilomètre plus loin, sur la route de la zone commerciale, Kim, la sœur d'Amber Jewel, caissière au magasin Rite Aid, qui regardait la télévision, tombait dans les bras du directeur, Whitey Whitmore. Quelques minutes plus tard, sa Firebird de 1982 passait devant le restaurant comme Ryder l'avait espéré, et il paya son addition en laissant simplement de l'argent sur la table.

Quand Ryder s'arrêta devant chez Pendleton, la lumière de ses phares rendit tout plat et en deux dimensions, comme un décor de film.

Toujours vêtue de sa blouse de caissière avec l'étiquette portant son nom, Kim Jewel se battait avec deux flics qui l'empêchaient de passer, et elle hurlait, les yeux fous : « Il a tué ma sœur... il a tué ma sœur ! »

Ryder attendit en observant la réaction de Kim Jewel, qui agitait ses longues jambes chaussées de baskets, se tortillant pour échapper aux flics qui la tenaient fermement.

À plus de trente ans, Kim avait le corps d'une adolescente, elle était encore très belle et, dans un moment fugitif de déjà-vu, Ryder fut frappé de se rendre compte qu'elle avait la même allure que sa première femme, Tori. Il lui fallut un certain temps pour comprendre que cette idée lui trottait dans la tête depuis l'après-midi précédent, quand il était entré pour la première fois dans le magasin Rite Aid et qu'il l'avait vue, et il sut que c'était la cause de sa mélancolie quand il avait parlé au téléphone avec Gail.

Ryder prit une grande respiration, il se rappela pourquoi il était ici et se concentra sur les faits. Kim Jewel et son petit ami étaient toujours les principaux suspects dans le meurtre d'Amber. Kim avait mis quatre minutes et neuf secondes pour passer devant le restaurant. Il avait chronométré depuis l'annonce de la nouvelle en sachant qu'elle serait devant la télévision. Elle regardait régulièrement *Tous mes enfants*. C'était pour cela que l'histoire avait été transmise à ABC, des événements qui se succédaient apparemment au hasard, mais qui étaient prémédités. Le directeur du magasin peu enthousiaste avait modifié l'emploi du temps de Kim à la dernière minute afin qu'il coïncide avec le flash d'information.

Mais en l'observant maintenant, alors qu'elle hurlait, Ryder n'arrivait pas à savoir si une certaine forme de déni paranoïaque ne se cachait pas derrière sa réaction. Son arrivée tumultueuse ne prouvait pas qu'elle, ou son petit ami, n'avait pas tué Amber.

Adi Wiltshire arriva quelques minutes plus tard dans sa petite Civic rouge. Comme Kim Jewel, elle semblait hors d'elle, mais gardait une apparence radicalement différente, belle à sa façon, mais pas le genre de Ryder, une jupe plissée qui pendait sur sa silhouette en forme de sablier, des collants de coton noir et des chaussures noires confortables.

Ryder enregistra tout cela en la regardant se débattre contre la meute des journalistes. Elle avait l'air abasourdi et des mèches de cheveux s'étaient échappées de son chignon sur le sommet de sa tête.

Elle trébucha et retrouva l'équilibre puis, alors qu'elle essayait de mettre la clef dans la serrure de la porte d'entrée, un reporter lui cria : « Miss Wiltshire, étiez-vous au courant qu'il y avait des événements véritables dans *Le Cri* ? »

Kim Jewel réussit à se libérer juste au moment où la porte d'entrée s'ouvrait, et en se précipitant vers Adi, elle hurla : « Qu'est-ce que ça fait de coucher avec un assassin, espèce de sale pute ? Je vais vous liquider tous les deux ! »

Dans un soudain moment de calme surréaliste, au milieu de l'entrée grisâtre, se tenait la silhouette sombre de Pendleton. Il parlait d'une voix faible.

Il ne cessait de répéter le prénom d'Adi.

20

En fin d'après-midi, le temps changea, un vent froid du nord apporta un amoncellement de nuages menaçants avec un risque de pluie torrentielle. Une obscurité anormale s'installa. Des halos jaunâtres et chatoyants brillaient autour des faux candélabres des réverbères.

Les journalistes, remontés dans leurs véhicules après la première agitation, attendaient d'autres développements, les techniciens occupaient ce temps mort en réécoutant, recollant et rembobinant des bandes magnétiques, pendant que les starlettes des antennes locales interviewaient des jeunes de Bannockburn qui entraient et sortaient de la salle à manger.

Un rapport officiel publié par les autorités confirmait seulement que la police recherchait des similitudes entre le lieu véritable où l'on avait retrouvé le corps d'Amber Jewel et l'endroit où le protagoniste du *Cri* disait abandonner sa victime.

En coulisse, Ryder et les enquêteurs s'étaient mis d'accord pour qu'on n'approche pas Pendleton et

Adi pendant au moins vingt-quatre heures, mais on avait mis leur téléphone sur écoute. Cela faisait partie d'une stratégie consistant à laisser passer du temps avant de les contacter, à laisser le temps saper toute complicité ou toute décision qu'ils pourraient prendre ensemble.

Dans les locaux exigus du quartier général de la police, au fond d'une pièce remplie d'archives éclairée par une petite fenêtre au niveau de la rue, Ryder, debout entre deux vieux projecteurs, passait en revue les événements de la journée sur un enregistrement de deux heures et sur un film de télévision tourné lors de la disparition d'Amber Jewel.

Ryder se concentrait de nouveau sur Pendleton comme principal suspect potentiel et, tout en écoutant la bande magnétique, il essayait de l'identifier sur le film.

D'après son expérience, les assassins participaient souvent à tout ce qui entourait leurs crimes, ils se proposaient pour aider aux recherches des personnes disparues et réapparaissaient des années plus tard lors de l'enterrement des corps retrouvés, poussés par une pulsion irrépressible, une sorte de besoin psychotique de contempler les familles dans la douleur.

Il s'agissait d'une activité ennuyeuse qui, au bout de deux heures, n'avait révélé aucune image de la présence de Pendleton, nouvelle indication ténue que ce n'était pas lui le meurtrier.

Une seconde tasse de café se remplissait goutte à goutte sur une petite table métallique.

Ryder s'arrêta, bâilla et but son café noir. Il recommença, travailla pendant une autre heure sur de nombreux mariages, ce qui n'était pas anormal dans cette région rurale. Ryder remarqua plusieurs apparitions de Sam Henderson en arrière-plan.

Un pointage des dossiers en relation avec l'affaire établissait les listes de ceux qui s'étaient portés volontaires lors des premières recherches massives. Malheureusement, ces listes avaient bien sûr servi de point de départ aux enquêteurs pour établir des suspects potentiels. Henderson en faisait partie quand on avait signalé la disparition d'Amber Jewel, étant donné qu'il habitait près de chez elle.

Une odeur de plat chinois à emporter venait de l'autre bureau. Un flic en uniforme frappa à la porte, Ryder sortit pour manger dans une pièce rectangulaire nue avec de larges baies vitrées donnant sur la rue principale.

Le flic en uniforme s'était assis et tapait un rapport sur une vieille machine à écrire pendant que deux policiers du comté, se livrant contre Ryder à une lutte de territoire, sortaient de façon opportune pour fumer une cigarette.

Ryder avait l'habitude de ce genre de situation. En fait, il comprenait ces flics. On le percevait comme un étranger venant mettre à jour les maladresses et les ratés d'anciennes affaires, ce qui se passait la plupart du temps.

Ryder mangeait en silence. Les bureaux se trouvaient dans un vieux bâtiment qui avait servi de grenier à blé au début de la construction de la ville, le titre officiel de la grange était inscrit en caractères stylisés en haut d'un tableau d'ardoise : « Ordre des agriculteurs », avec la devise : « Pour l'indépendance, unité. Pour le superflu, liberté. En toutes choses, charité. »

Il lut le texte en mangeant son riz cantonais, une vision fondamentalement différente de son enfance dans le ghetto de sa communauté de catholiques polonais du West Side de Chicago. Il contempla la devise un certain temps. Dans sa concision brutale elle exprimait des sentiments en accord avec la constitutionnalité de la vie américaine, ainsi que l'avaient définie les pères fondateurs, un protestantisme sévère fait d'indépendance et de maîtrise de son destin, presque l'esprit d'une communauté de pionniers. Assis dans ce petit commissariat, il ressentait fortement cette division entre la vie citadine et la vie rurale. Peut-être encore plus que toute autre personne, ici, au-delà des environs des villes, dans ces États du Midwest où existait un fanatisme viscéral, celui qui avait contraint des générations d'extrémistes religieux à s'embarquer pour ce nouveau monde inconnu, afin d'y rechercher l'isolement, d'y vivre seuls. Même aujourd'hui, au-delà de cette ville, il subsistait encore un territoire de solitaires entretenant de vagues relations, une vaste constellation de fermes dispersées dans les plaines. Il en avait particulièrement pris conscience en allant jusqu'aux limites de la propriété où l'on avait déposé le corps d'Amber Jewel, et il l'avait ressenti dans la solitude qui émanait de Sam Henderson.

Ryder reposa sa fourchette en plastique et s'essuya la bouche du dos de la main. Il attendit encore un moment dans la lumière brutale avant de retourner dans sa petite pièce. Les dossiers de trois personnes disparues, trois jeunes filles, l'attendaient. La nuit serait longue. Il savait qu'il aurait dû appeler Gail pour avoir des nouvelles de Taylor, mais il n'en fit rien, car elle l'aurait contacté si Taylor était rentrée. Il n'avait rien à dire à sa femme, pas ici de toute façon.

Il alla aux toilettes et en revint lentement.

Deux flics en uniforme étaient rentrés au commissariat. Il reconnut les mêmes policiers qui avaient maîtrisé Kim Jewel devant chez Pendleton. L'un d'eux, le plus mince, paraissait très bien connaître Kim. Il y avait eu une altercation quand Kim l'avait insulté en lui donnant des coups de pied. Elle l'avait appelé par son prénom, Trent.

Ryder les regarda alors qu'ils n'avaient pas encore remarqué sa présence dans l'entrée étroite.

Le plus gros, avec la carrure d'un arrière, était jovial comme seuls peuvent l'être les gros. Il semblait responsable, optimiste et même un peu excité, riant mal à propos vu les circonstances, mais il faisait des heures supplémentaires, il avait de l'argent dans la poche, et se trouvait au centre d'un mystère national. Il dit à l'un des enquêteurs qui venait de rentrer : « T'as vu cette bégueule, Madame Bibliothécaire... Un sacré numéro, non ? » Son ventre retombait sur son pantalon en tergal qui lui remontait dans l'entrejambe.

Le flic plus mince, Trent, répondit, l'air idiot : « Les femmes de l'université... », comme s'il s'agissait de la plus grande énigme du monde, et quand il secoua la tête, son regard croisa celui de Ryder. Il se retourna aussitôt, mais Ryder eut le temps de voir l'ombre d'un visage jeune, un profil qu'il avait aperçu dans les films d'archives, le flic dix ans plus jeune, en uniforme, dans les premiers jours de la disparition d'Amber Jewel.

Revenu dans la confortable claustrophobie du petit bureau, Ryder commença à éplucher les trois dossiers séparés des personnes disparues.

Les trois affaires semblaient correspondre au même *modus operandi*. Les filles rentraient chez elles par le bus scolaire, toutes habitaient dans des fermes isolées, loin des routes du comté, et toutes les trois avaient disparu alors que Pendleton enseignait à Bannockburn.

Elles s'appelaient Cassie DuMont (quinze ans), disparue depuis 1975, et Elizabeth Witter (seize ans), disparue depuis 1978. La disparition troublante d'Amber Jewel avait eu lieu entre les deux autres, à l'automne de 1976.

Seul le corps d'Amber Jewel avait été retrouvé. Les deux autres étaient restées dans le monde de l'oubli de ceux qu'on ne retrouvait jamais. Aucun effort coordonné n'avait été entrepris pour voir s'il y avait un lien entre les trois dossiers.

Des enquêteurs individuels avaient rapidement signalé chaque fois l'implication des familles.

Rien n'indiquait une relation entre les affaires, et aucune n'avait jamais été établie. Les dossiers fournis à Ryder avaient simplement été réunis parce qu'il avait demandé un rapport sur les adolescentes disparues dans la région depuis dix ans.

Il lut le bref résumé de chaque cas. Dans celui d'Elizabeth Witter, le rôle de la famille était le plus flagrant. Elizabeth avait été adoptée par un couple aux principes religieux très sévères, Enoch et Ruth Witter, et avait subi ce qui paraissait être une longue histoire de mauvais traitements physiques et psychologiques, ou *discipline*, comme le répétait Enoch avec force.

Au cours de l'enquête, la police avait trouvé sur les terres de la ferme familiale un abri contre les tornades, avec des excréments humains, de petites bougies et une bible. Elizabeth Witter y avait séjourné pendant des jours, au pain sec et à l'eau, pour faire pénitence. Quand on les avait interrogés, Enoch et Ruth Witter avaient ouvertement reconnu qu'ils y avaient enfermé la jeune fille.

Un incident avait eu lieu dans les semaines précédant la disparition d'Elizabeth. Elle avait en secret un petit ami qu'elle avait retrouvé à un bal où les filles invitaient les garçons. Enoch et Ruth, soupçonneux, étaient venus l'espionner. Ils l'avaient ramenée de force à la maison devant une assemblée de professeurs et de parents stupéfaits. Plus tard, elle confia à des amies qu'on l'avait enfermée plusieurs nuits de suite dans l'abri, mais aucune autorité n'avait été informée.

La jeune fille aimait l'école et ses amies. Elle était reconnaissante d'avoir été adoptée, leur disait-elle : sa vie aurait pu être très différente sinon, seule, pupille de l'État. Au plus profond d'elle-même, elle semblait partager la religion de ses parents. Ou peut-être voulait-elle les honorer pour ce qu'ils lui avaient offert.

Ni Enoch ni Ruth ne modifièrent jamais leur histoire, chacun confirmant l'alibi de l'autre. Ils dirent que tous deux travaillaient dans les champs quand Elizabeth était descendue du bus qu'ils avaient vu s'arrêter, et ils avaient attendu qu'elle vienne les retrouver. Elle n'était jamais venue. Ils ne donnaient pas plus de détails et leurs déclarations restèrent laconiques.

En fouillant la chambre d'Elizabeth Witter, on retrouva un slip démodé taché de sang et de sperme, ce qui laissa imaginer une fin sinistre. Le slip était dissimulé derrière une commode. À l'époque, les expertises scientifiques n'étaient pas suffisamment avancées pour qu'on puisse comparer la tache de sperme avec l'ADN d'Enoch, et il refusa qu'on lui prélève un échantillon de sang quand on le lui demanda. Il ne croyait pas à ce qu'il appelait la « science du diable ».

Ce soir-là, Enoch fut gardé pour interrogatoire et, dans un geste de lâcheté morale, il se pendit dans sa cellule.

Malgré ses sentiments religieux et sa peur du courroux divin, Ruth Witter ne confirma jamais ce qu'Enoch avait fait à sa fille adoptive, et que tout le monde soupçonnait.

Ryder hocha la tête et remit le dossier dans sa boîte, en sachant instinctivement qu'on ne retrouverait jamais Elizabeth Witter.

Les deux autres jeunes filles étaient issues de familles brisées et avaient vécu des divorces hargneux. Les deux pères vivaient hors de l'État. On avait souligné ces deux éléments dans les deux rapports séparés, comme si les enquêteurs avaient suivi les mêmes cours de criminologie sur les personnes disparues.

Quand Ryder étudia les dossiers, il sentit l'affirmation sous-jacente selon laquelle il ne leur était rien arrivé sinon qu'elles avaient simplement fugué. Dès le début, les policiers avaient pris parti contre les victimes.

Ryder trouva presque immédiatement des remarques désobligeantes sur DuMont et Jewel. Dans une fête où l'on avait bu, Cassie DuMont s'était engueulée avec son petit ami, Willard Riggs, un jeune récidiviste sous caution pour possession et trafic de marijuana. D'après le procès-verbal, on avait interrogé Cassie pour qu'elle témoigne contre Willard Riggs, sans avoir passé d'accord. Cependant, ce dernier avait un alibi inattaquable pour le jour du meurtre. Il se trouvait en classe d'atelier de menuiserie, dans un programme de réinsertion, quand Cassie était descendue du bus.

Des recherches effectuées dans la zone où Cassie DuMont avait disparu n'avaient pas permis de trouver des preuves d'acte criminel.

Les pistes s'étaient concentrées sur les relations difficiles entre Cassie et sa mère. L'homme avec qui vivait cette dernière figurait dans le tableau, un type nommé Scott Brandt avec un casier judiciaire pour de petits vols et violences aggravées sur une ancienne petite amie. Une fouille de sa maison révéla un penchant pour la pornographie dirigée vers des femmes en train d'allaiter, mais tout était parfaitement légal.

Brandt n'avait jamais fourni d'alibi pour les heures correspondant à la disparition de Cassie. Il avait dit se trouver seul chez lui, il se montra coopératif lors de nombreux interrogatoires et fut soumis au détecteur de mensonges.

Un autre personnage de l'enquête avait été le père de Cassie, Jared DuMont, qu'elle idolâtrait. Des relevés téléphoniques indiquaient des appels en PCV chez les Dumont depuis un motel en dehors de Bâton Rouge en Louisiane, la dernière adresse connue de Jared DuMont. On n'avait pas pu établir où il se trouvait au moment de la disparition de sa fille, ni après. Il avait quitté le motel à la cloche de bois. À l'époque, on le recherchait pour non-paiement de la pension alimentaire. Il devait un total de 6 240 dollars, l'équivalent de deux voitures en 1975.

La police détestait gaspiller son temps sur ce genre de problèmes familiaux, et elle ne l'avait pas fait.

Ryder rédigea une note pour qu'on enquête auprès des anciens compagnons de détention du père de Cassie DuMont et sur son ancien petit ami, Willard Riggs. Dans le passé, il avait souvent vu des criminels se trahir et se vanter, surtout en prison, une forme de machisme pour conjurer la peur d'être violés dans les douches.

Ryder ouvrit le dossier d'Amber Jewel en dernier. Il le fit à dessein. Il avait déjà une première version la concernant dans son bureau à Evansville, ce qui faisait partie de la procédure quand on le contactait pour reprendre l'enquête dans ce genre d'affaire.

Le dossier d'Amber Jewel était un nouvel exemple classique de dysfonctionnement familial. La mère d'Amber, Connie, avait un copain routier, Kurt Kinder, qu'elle accompagnait pour des livraisons à longue distance depuis qu'Amber avait huit ans, en laissant ses deux filles seules pendant des périodes qui allaient jusqu'à quinze jours.

Amber avait connu de grandes difficultés en primaire qu'on n'avait pas diagnostiquées avant le CE2. Un conseiller notait qu'elle manifestait des tendances antisociales, une conséquence de sa frustration personnelle après avoir échoué à un examen et du fait qu'elle était physiquement plus avancée que ses camarades de classe.

Elle se coiffait à la Farrah Fawcett, se mettait de faux ongles et portait une robe tellement décolletée que cela lui avait valu un renvoi temporaire pour non-respect du code vestimentaire de l'école. Pendant cet incident, sa mère se trouvait sur la route avec son petit ami.

Une lettre archivée dans le bureau du directeur rappelait à grands traits une série de tests psychologiques qu'avait dû subir Amber avant de revenir à l'école. Son ambition dans la vie, en tant qu'élève, en disait long sur sa précocité. Elle avait déclaré qu'elle voulait être « blindée de fric ».

Ce qu'on savait d'elle venait de son journal intime retrouvé chez elle. On avait réuni les différents cahiers au cours de l'enquête sur sa disparition. Son affaire avait suscité une plus grande curiosité que les autres, à cause de sa réputation.

Elle avait eu ses premières règles au printemps de la classe de CE2. Au cours de l'année, elle écrivit qu'elle « détestait le goût du foutre » en se demandant si cela faisait d'elle une lesbienne. Cette obsession dura pendant des mois jusqu'à s'habituer à « avaler sans goûter ».

Il y avait toute une suite de noms susceptibles de poursuites dans son journal, des types de l'équipe de football qui apparemment avaient fait la queue pour être avec elle.

À onze ans, elle se fit tatouer un papillon sur la cuisse.

Dans un autre passage, elle se vantait d'avoir descendu une bouteille de bière en quatre secondes lors une fête, en assurant qu'il s'agissait d'un record du monde, du moins à son âge.

Au cours de cette même année, celle de son assassinat, elle portait des soutiens-gorge bonnets D, l'exploit dont elle fut le plus fière durant sa courte vie scolaire.

Voilà ce qu'elle disait, y compris un schéma de sa poitrine qu'elle comparait à celle de sa sœur, le signe d'une rivalité qui éclata un peu plus tard cette même année, quand elle nota avoir perdu sa « cerise anale » avec Gary Scholl, le petit ami de Kim, un type qui, affirmait-elle, lui avait fait ressentir quelque chose d'« extraordinaire » et de « voulu ».

Dans son journal elle déplorait aussi, avec une candeur et un regret sincères, de ne pouvoir offrir à Gary que son cul. Elle n'avait que treize ans.

Ryder cessa de lire et pensa à Taylor. Il baissa les paupières et pensa aux garçons dans la baignoire mais quand il tendit la main vers eux, ils avaient disparu. Il ne vit que le corps de Taylor, flottant allongé sur le ventre.

Ryder but une gorgée d'eau. Il était très fatigué, frigorifié, il frissonna, bâilla et ses yeux se remplirent de larmes. Il entendit des voix dans l'autre bureau. Il reprit sa lecture.

Ce fut le début de violentes disputes entre les deux sœurs qui durèrent tout l'été et l'automne, une rivalité qui couvait depuis longtemps : Amber, la plus jeune, avait vécu dans l'ombre de son aînée, réduite à porter ses vêtements, et à en donner une mauvaise imitation, jusqu'à la coiffure.

Amber décrivait l'escalade de la violence, chroniqueuse innocente de la dernière année de sa vie.

Elle racontait la sortie de prison de Gary en août, l'intérêt qu'il lui portait, et Kim qui la traînait dans toute la maison en la menaçant de la tuer et en lui arrachant des poignées de cheveux.

À une autre date, elle révélait que Kim était enceinte mais que Gary continuait à coucher avec elle, Amber. Une des dernières pages disait :

> Aujourd'hui j'ai dit à Kim que j'avais pas eu mes règles je lui ai dit que je portais le bébé de Gary. J'ai dit à Kim qu'on serait mères toute les deux mais tous ce qu'elle a fait ça a été de s'enfermer dans sa chambre pendant longtemps mais elle a eu une GROSSE bagarre avec Gary quand il est rentré. Elle lui a sauté sur le dos et il l'a balancer complètement dingue comme il fait. Kim s'est écrasée par terre et elle se tenait le ventre toute chavirée, elle pleurait, tous ça. Alors Gary m'a traitée de salope et a dit qu'il mourrait pour Kim. Il m'a tordu le bras très fort derrière le dos et il m'a dit de retirer ce que j'avais dit ou

qu'il allait me tuer. Il m'a obligé à dire que j'avais baisé avec des tas de mecs pass qu'il est jalout et je l'ai fait pas pour lui mais pour que Kim elle arrête de pleurer, mais Kim est rien qu'une GARCE et elle me cause pus. Je la DÉTESTE!!!! Et puis notre mère a appelé de Talahase et elle était complètement soule et tous ça, je le savais bien même si je pouvais pas la voir. Quand elle et soule, elle respire très fort comme si elle était essouflée. Kurt lui parlait plus non plus et on dirait que toutes les Jewel on a des problèmes d'hommes ou c'est tous comme. Ma mère elle appelle ça comme ça, des problèmes d'hommes, comme si c'était une maladie qu'on atrape. Je lui ai pas dit que j'étais enceinte pass qu'elle sait que Kim est enceinte et ce qu'elle a dit à Kim avant de partir que Kim devait penser avec sa tête et pas avec ce qu'elle a entre les deux jambes et ça a rendu Kim complètement dingue et elle a dit qu'elle voulait qu'on l'enterre dans un cercueil en forme de Y.

En levant les yeux du dossier, Ryder mit quelques instants pour se rappeler que la jeune fille dont il venait de lire le journal était la prétendue victime dans *Le Cri*, de Pendleton, car il y avait là toute une vie qui ne se trouvait pas dans le roman, une histoire parallèle qui, d'une certaine façon, avait convergé avec la première, le 6 novembre, un autre jour de l'automne 1976.

On pouvait déjà voir la tension sur le visage de Ryder, le long examen d'autres victimes potentielles, qui s'ajoutait à tout ce qui l'attendait, et il sut qu'il laisserait les autres dossiers de côté. Comme les enquêteurs en avaient eu l'intuition avant lui, ils n'avaient aucun rapport.

Il regarda le téléphone sur le bureau. Pourquoi ne pas appeler Gail ? Pourquoi cet entêtement, cette agressivité passive comme on disait aujourd'hui ? Mais il n'appela pas ; il resta enfermé dans son obstination, remonté contre elle.

Son mécontentement à son égard était plus profond qu'il ne voulait le reconnaître et dans son esprit quelque chose le contredisait, comme une bande magnétique qui tourne dans le coin d'une chambre. Il ferma les yeux un moment et il vit les jambes de Kim Jewel plus tôt dans la journée, elle était toujours chaussée de baskets. La ressemblance troublante avec Tori l'inquiétait, puis il chassa cette image de son esprit, bâilla et ses mâchoires firent un bruit sec.

Il avait la copie d'un enregistrement du message anonyme dans son petit lecteur de cassettes. Il appuya sur « play » et écouta les mots étranges fabriqués par l'ordinateur, liés les uns aux autres dans une lente accumulation de détails. Au moment où la bande se terminait, un coup de tonnerre résonna dans le commissariat et les lampes du bureau vacillèrent et s'éteignirent.

Au-dehors, la pluie tombait à torrents. Il vit par la fenêtre la cataracte laiteuse devant les phares d'une voiture qui passait tandis que de l'autre côté de la ville, sous les trombes d'eau, un seul coup de feu, tiré par une arme de gros calibre, claquait.

Sur le sol du bureau de Pendleton, un corps baignait dans son sang, une balle en pleine tête.

21

Allen Horowitz était assis dans le siège 2A, avec un scotch soda, son quatrième, servi dans un verre couvert de buée. Il se protégea les yeux de la main, et regarda la lune par le hublot. Il ne semblait pas y avoir de monde en dessous.

Malgré les turbulences, le fuselage de l'avion flottait dans une lumière bleutée de mercure, traversant l'immensité du ciel nocturne au-dessus des nuages.

Horowitz finit son verre en faisant tourner et tinter les glaçons. À côté, on voyait un steak-pointes d'asperges à peine entamé, et une assiette de fromages. Il n'avait pas faim. Il n'y avait que lui en première classe et, de l'autre côté de l'allée, un type en chemise de golf qui ronflait.

L'hôtesse entre deux âges aux chaussures plates qui servait les boissons était plongée dans la lecture du magazine *People*. Pour Horowitz, le monde était devenu le cauchemar isolé des privilégiés et des vieux. Il attira l'attention de l'hôtesse en toussant et cette dernière le regarda avec une expression de mépris quand il leva son verre. L'alcool ne servait qu'à passer le temps, un divertissement contre l'incertitude de ce qui l'attendait. À Chicago, sa correspondance pour Bannockburn avait été annulée à cause du mauvais temps. Après le vol, il avait comme perspective un trajet de deux heures en voiture sous la pluie.

L'après-midi s'était déroulé avec une lenteur infinie, quatre heures atroces pendant lesquelles il n'avait pas pu appeler Adi. Dans une cabine étroite du salon de première classe, il avait faxé une note, écrite à la hâte, au bureau de Pendleton pour essayer de la contacter.

D'une certaine façon, il vivait un moment crucial de son existence : *Le Cri* lui avait redonné une prééminence parmi une population – les universitaires et les critiques – qu'il avait méprisée des années plus tôt ; mais, s'il avait osé le reconnaître, il recherchait la postérité, et les paroles de Pendleton revenaient le hanter : « Comment se souviendra-t-on de toi dans cent ans ? »

Pendant la première partie de la journée, il avait répondu à deux reprises à des demandes d'interviews, la première fois chez lui, dans l'agitation qui avait suivi l'annonce de la nomination du *Cri* pour le National Book Award, puis une deuxième fois alors qu'on le poursuivait pendant qu'il se rendait à l'aéroport et que les médias diffusaient l'implication de Pendleton dans le meurtre d'Amber Jewel.

Horowitz regarda sa montre. Il restait encore une demi-heure de vol.

Dans toutes les demandes d'interviews de la journée, la plus étrange provenait d'un critique d'art du

New York Times qui lui avait posé une question abstraite à l'aéroport : « L'introduction d'un événement de la vie réelle dans un roman le disqualifie-t-il nécessairement en tant qu'œuvre de fiction ? » C'était une question qu'Horowitz avait anticipée dans son engagement continu devant la crise qui s'annonçait – un débat philosophique sur la nature de ce qui constituait la fiction, central sur la façon dont on devait lire *Le Cri*. En fait, il s'agissait du genre de foutaise ésotérique qu'il pourrait exploiter dans une tournée de conférences en université.

Non, cette forme de publicité n'était pas mauvaise du tout, mais Horowitz avait besoin qu'Adi continue d'affirmer qu'elle n'avait jamais rien su d'un lien avec le meurtre véritable d'Amber Jewel, même s'il avait l'impression qu'elle devait avoir découvert quelque chose pendant ses recherches pour sa thèse. Il était, bien sûr, irrité à cause de ce qu'Adi lui avait fait, mais après ce qu'il avait dépensé pour financer *Le Cri*, et avec les progrès accomplis auprès d'elle pendant près de deux ans, il n'avait pas envie de gâcher ses chances en la défiant ouvertement.

Il savait que s'ils se serraient les coudes, ils pouvaient se rejoindre autour du génie de l'œuvre. Il y avait un livre potentiel s'ils parvenaient à circonscrire leur engagement avec Pendleton et *Le Cri*, s'ils avançaient bien leurs cartes.

Dans son fauteuil de première classe, Horowitz travailla ce nouvel angle d'approche, le défenseur du génie, en revenant aux sensibilités littéraires qui l'avaient guidé des années auparavant.

Il posa ses propres questions : « L'autoportrait d'un peintre discrédite-t-il l'œuvre en tant qu'art, la rabaisse-t-il à une simple représentation ? Qu'est-ce qui constitue l'art ? Qu'est-ce qui distingue la fiction de la non-fiction ? »

Aujourd'hui, il ne désirait plus la gloire, mais un moyen de retrouver une crédibilité, de s'éloigner des « beaux livres », des discours au Rotary Club devant des octogénaires aux cheveux bleutés dans les cages dorées des communautés fermées de grilles. Il voulait revenir avec les jeunes, et ironiquement, il souhaitait ce que Pendleton avait méprisé toute sa vie. Il voulait l'anonymat dans certains campus universitaires, enfin, pas vraiment l'anonymat, mais au moins quelqu'un comme Adi Wiltshire qui l'accompagnerait pendant ses années de déclin.

Par le hublot que la pluie brouillait, Horowitz vit réapparaître Chicago, une ville dans laquelle il n'avait pas posé le pied depuis deux ans. Il savait qu'il revenait vers le cauchemar laissé en héritage par E. Robert Pendleton, mais il était persuadé qu'il pouvait s'en débrouiller car il revenait aussi dans la vie d'Adi Wiltshire.

Il regarda l'avion atterrir, l'horizon de Chicago perdu dans les nuages bas, l'immeuble John Hancock avec son antenne radio comme une seringue hypodermique aspirant la nuit. Une grande roue tournait au bout de Navy Pier dans un cercle de lumière, et on aurait dit que la ville entière se déplaçait comme un grand bateau.

Il continua à regarder en dessous, Chicago noyée sous la pluie. C'était ainsi que les gens découvraient d'autres villes par ces fenêtres, en confrontant le macrocosme du lieu et non les vies individuelles de ses habitants.

Ce qu'il contemplait avait toutes les caractéristiques d'un vaste « beau livre », des photos de cités prises d'un hublot à plusieurs milliers de mètres au-dessus du sol, récoltées simplement comme ça.

Il parlerait des détails avec son éditeur. Les possibilités ne manquaient pas pour un type comme Allen Horowitz.

À mi-chemin de Bannockburn, il dut arrêter sa voiture de location sur une aire de repos à cause des trombes d'eau ; d'autres voitures et des camions attendaient dans l'obscurité. Après avoir allumé la petite lampe intérieure, il sortit son stylo.

Il pensait toujours à son « beau livre ».

Il écrivit le mot « Visiteurs », un titre ambigu, qui suggérait peut-être quelque chose d'extraterrestre, ou d'un peu étranger, distant, les photos d'une sorte de montage, un reportage, ou une surveillance, en noir et blanc, certains clichés un peu flous, d'origine inconnue, avec le nom de la ville et de sa population écrit sous chaque photo, ou simplement encore, de façon énigmatique, le nombre d'habitants sans nom de lieu.

Moins il y avait de mots, mieux ça valait. Et il s'endormit, les portières verrouillées.

22

Avec en arrière-plan le tintamarre du déluge et l'écho lointain de ce qui semblait être un coup de tonnerre, Adi ne se précipita pas au premier, et pourtant elle pensait avoir entendu un bruit sourd. Elle avait envoyé Mrs. Blaine à l'étage en pleine nuit pour aller chercher le plateau qu'on avait porté plus tôt ce matin à Pendleton.

Un autre coup de tonnerre éclata et un éclair déchira la nuit, une image de l'extérieur brûlée en un instant de lumière, les camions alignés dans la rue. L'obscurité s'abattit de nouveau.

Il était plus de 21 heures et la police, qui faisait le siège de la maison sous la pluie, ne l'avait pas encore contactée directement. Le téléphone avait été débranché pendant presque toute la soirée mais la police aurait pu frapper à la porte.

Elle ne l'avait pas fait. Adi n'avait pas cherché à la joindre, elle non plus. Quoi qu'il arrive à Pendleton, cela aurait lieu en plein jour.

Adi se releva et s'approcha de l'escalier, elle entendit le vent dans les arbres, le roulement de la pluie sur le toit de tôles de l'abri de la voiture à côté de la maison. Plus tôt dans la soirée, elle avait vu Amber Jewel sur une vidéo amateur à la télévision, un jour d'été, vêtue d'un short ultracourt et d'un dos-nu.

Elle avait vu les photos d'Amber sur le microfilm, mais elle se rendit compte qu'elle n'était pas exactement comme elle l'avait imaginée. Elle paraissait plus dure mais aussi plus triste d'une certaine façon, plus pitoyable, une fille qui aurait pu être très jolie, treize ans et déjà défaite, et sa coiffure stricte accentuait ses yeux trop écartés, ce qui lui donnait un regard atavique, une expression qui se serait accentuée en vieillissant, si elle avait vécu.

Manifestement, même à cet âge, Amber Jewel avait déjà connu ses meilleures années. Adi en avait ressenti un frisson en regardant le film un peu flou à la télévision, tout en levant l'antenne pour arrêter les parasites. C'était comme si les images étaient passées par son corps, une histoire sombre tombant de l'ionosphère, de quelque monde inférieur des disparus.

Seule dans l'entrée, Adi se sentait désorientée et perdue. Sa dépendance aux médicaments la torturait.

Il y eut de nouveaux coups de tonnerre, les squelettes des arbres se balancèrent et craquèrent dans les rafales de vent qui firent briller le feu.

Adi se retourna et regarda Pendleton immobile dans sa chaise roulante.

Il était difficile de croire que c'était arrivé, la chose qu'elle avait le plus redoutée, et si rapidement, après une gloire très brève, et au moment où les ventes du livre baissaient. Comment cela avait-il pu se produire, quelque chose qu'elle avait mis près de deux ans à découvrir, révélé anonymement, d'une façon si étrange et si calculée ?

Adi repensait à tout cela sans émotion, ou n'était-ce pas tout à fait exact ? Cliniquement, elle était encore sous le coup du premier choc. En allant aux toilettes, elle cria le nom de Mrs. Blaine.

Elle n'obtint pas de réponse.

Dans la lumière violente de la salle de bains, elle se vit brusquement, sans s'y attendre, dans le miroir du placard de toilette. Elle eut l'impression de voir une inconnue alors qu'elle se piquait. Elle tapota la petite goutte de sang et son estomac se décontracta, sa respiration redevint régulière, l'anticipation de la drogue agissant à un niveau psychologique, et la ramenant à son existence ordinaire.

Dans la pénombre grise du vestibule, Adi reprit ses esprits quand le ciel s'éclaira de nouveau. Elle compta le nombre de secondes avant que le grondement du tonnerre n'ébranle la maison.

Pendleton s'agita dans le coin le plus éloigné de la pièce.

Adi alla jusqu'à la fenêtre. Les cars de télévision stationnaient toujours dans la rue. Tout était bien réel. Elle laissa le rideau retomber et, en se retournant, elle vit Pendleton qui la regardait, la lumière d'un réverbère se reflétait dans ses yeux. Il se pencha en avant en essayant de parler : « Adi... » Il fit un effort pour continuer. « Aidez-moi à mourir... »

Les bras d'Adi se couvrirent de chair de poule alors que la drogue se répandait en elle. Elle le regardait fixement. « Vous *comprenez*? »

Pendleton ne la quittait pas des yeux, il tendit sa main décharnée vers elle et répéta : « Aidez-moi à mourir. »

Adi forma ses mots lentement. « Depuis combien de temps est-ce que vous dissimulez ? »

Pendleton baissa la tête.

« Vous savez ce qui se passe, n'est-ce pas ? » Adi parlait d'une voix stridente. « Répondez-moi ! »

Pendleton murmura d'un ton plaintif : « S'il vous plaît... Aidez-moi à mourir. »

Adi serra les bras autour d'elle, prise d'un tremblement incontrôlable. « Non ! » Elle désigna la fenêtre de la maison et dit avec dureté : « Ce n'est pas ce que vous avez voulu toute votre vie, la gloire pour votre travail, pour que les gens vous lisent ? Eh bien, c'est gagné ! »

Pendleton ne répondit pas.

« Est-ce que cela en valait la peine, ce que vous avez fait à cette fille ? »

Pendleton ne dit qu'un mot : « Non... »

Adi sentit ses yeux s'emplir de larmes à cause de cet aveu. « Mon Dieu... ! » murmura-t-elle.

Pendleton voulut lui prendre la main, le bras raide comme un bâton.

Elle se recula. « Pourquoi ne m'avez-vous pas dit que vous compreniez tout, *pourquoi* ? »

Pendleton leva le regard vers elle : « Je suis désolé...

— Ils ne croiront jamais que je ne savais pas. »

La lumière du dehors fit briller les yeux enfoncés de Pendleton.

Adi secoua la tête et releva ses cheveux. « Je n'ai rien à voir là-dedans ! Vous allez leur *dire* ! » On entendit un bruit au-dehors.

Adi sursauta et mit la main devant sa bouche. « Allez vous... Regardez ce que vous m'avez fait. Je suis une droguée. Qu'est-ce qui va m'arriver maintenant ? »

Pendleton la regarda une nouvelle fois. « Aidez-moi à mourir. »

Dans le silence étrange de la maison, Adi alla dans la salle de bains, enfila une paire de gants en latex et prit une seringue qu'elle remplit en tremblant, tournée vers Pendleton assis dans la pénombre. Elle tendit l'oreille vers Mrs. Blaine, n'entendit rien et hésita encore un instant avant de revenir vers Pendleton. Elle sentit le goût salé des larmes dans sa gorge quand elle se pencha sur lui pour lui placer la seringue dans la main en la dirigeant vers sa jambe, puis elle l'aida à enfoncer l'aiguille si profondément qu'elle toucha l'os.

Pendleton ouvrit les lèvres en poussant un faible gémissement et ses doigts se refermèrent sur la main d'Adi. Quelques instants plus tard son corps se relâcha et Adi en sentit tout le poids contre elle et sa respiration dans son cou.

Elle le redressa, remplit à nouveau la seringue et, plaçant chaque fois les doigts de Pendleton autour, elle l'aida à faire la deuxième injection, puis une troisième et enfin une quatrième jusqu'à ce qu'il ne reste rien dans le flacon.

Pendleton fixait les yeux sur elle, mais de façon lointaine, et elle sut que cela signifiait qu'il s'éteignait. Ses derniers mots hésitants furent une dénégation. « Ce n'était pas moi... » Ultime effort pour se racheter, pour réaffirmer ce qu'il était, un artiste qui luttait contre ce qu'il avait fait, contre le personnage dont on se souviendrait.

Son étreinte se serra une dernière fois puis se relâcha.

Adi posa la seringue et le flacon sur les genoux de Pendleton, et se releva. Elle se retourna vers les lumières et se sentit enfin soulagée.

Les choses prenaient vraiment fin avec sa mort. Il n'y aurait plus de procès. Elle retournerait simplement dans l'obscurité avec sa disparition.

D'une voix éraillée, Adi appela Mrs. Blaine tout en montant lentement sous la voûte de l'escalier, puis elle appela de nouveau en dissimulant son exaspération, mais son cœur battait plus fort alors qu'elle avançait dans le noir.

Des images de l'homme en manteau noir dans la bibliothèque passèrent dans sa tête, une peur sans fondement que quelque chose d'anormal se déroulait autour d'elle alors qu'elle gravissait les dernières marches. Elle se retourna vers Pendleton. Tout cela avait-il eu lieu ?

Sur le palier, elle vit les yeux du lapin de Pendleton dans un rayon de lumière qui passait sous la porte. Il sauta silencieusement dans une autre pièce.

Adi appela une nouvelle fois Mrs. Blaine.

Elle était allongée par terre, le visage contre le sol, et la minuscule blessure à la base de son crâne était dissimulée par un chignon teint en noir attaché comme celui d'Adi ; alors pendant un bref instant, on aurait pu pardonner à Adi de penser qu'elle était morte à cause de la tension due aux événements qui avaient marqué cette journée, ou qu'elle avait simplement trébuché à cause du poids du plateau.

Mais à ce moment-là, Adi entendit une branche qui tapait contre la fenêtre, elle sentit le souffle du vent et aperçut des morceaux de verre parmi les débris du petit déjeuner. En se tournant, elle vit les éclaboussures sanguinolentes de la matière cérébrale de Mrs. Blaine sur le mur qui faisait face à la fenêtre.

23

Les gyrophares des voitures de police faisaient rougeoyer la nuit, et la bande de plastique utilisée sur les scènes de crime interdisait l'accès à la maison de Pendleton. Les équipes de télévision avaient été repoussées vers la route, et la lumière violente de leurs projecteurs éclairait des reporters accroupis sous des parapluies noir corbeau.

La pluie n'avait pas diminué. Elle tombait en longues griffures argentées devant l'objectif des caméras filmant des plans serrés de visages débitant les dernières nouvelles avec familiarité et tension, tandis qu'à l'insu des médias, une voiture banalisée de la police s'arrêtait dans l'obscurité, au fond de la ruelle non pavée derrière chez Pendleton.

Malgré les parasites de la CB, le conducteur dit au flic qui se trouvait à l'intérieur d'attendre Ryder afin de l'aider à sortir Pendleton.

Ryder écoutait le chuintement des essuie-glaces qui allaient et venaient.

On distinguait un halo brumeux au-dessus de la porte de la maison. Puis Ryder aperçut quelque chose, la silhouette d'un homme dans la ruelle, et il poussa un juron. On les avait découverts.

Ryder sortit aussitôt de la voiture sous la pluie, traversa un garage aux cloisons faites de lattes et entra dans une cour envahie par les mauvaises herbes.

À la porte, Pendleton, vêtu d'un pyjama et d'une robe de chambre, était au bord du coma, il avait la tête renversée sur la nuque ; un policier, qui le soutenait à la manière des pompiers, dit à Ryder : « On a trouvé une seringue sur ses genoux. » La seringue avait été récupérée comme preuve dans une pochette en plastique.

Ryder se plaça rapidement sous l'autre bras de Pendleton et ils s'avancèrent dans la nuit pour l'installer à l'arrière de la voiture.

Ryder donna la seringue au flic et lui cria : « Dites-leur qu'il a pris ça ! »

Le flic attrapa la pochette et demanda : « Et la fille ? »

Quand Ryder se retourna, il croisa le regard d'Adi.

La reconnaissance fut immédiate et Adi, trempée sous les trombes d'eau, laissa échapper maladroitement : « *Vous !* » Et avant même que Ryder ait eu le temps de répondre, elle le gifla violemment en plein visage tandis qu'une série de flashes éclairait la nuit : sortant de l'ombre, le photographe qui s'était glissé dans la ruelle avait saisi l'échange avant qu'Adi soit poussée dans la voiture.

Dans la lueur des feux arrière du véhicule, Adi vit Wright qui se battait avec Ryder.

Le coup de feu unique qui avait tué Mrs. Blaine avait été tiré par un fusil de chasse à gros calibre, de l'autre côté de la rivière, sous la pluie et dans l'obscurité. C'était le fait d'un chasseur expérimenté, selon l'opinion de Trent Bauer, le plus mince des deux flics auxquels Ryder avait parlé plus tôt, au commissariat.

Bauer tendit le bras vers la rive opposée du fleuve dans l'intention manifeste d'expliquer la complexité logistique du tir, absolument certain qu'il venait de cet endroit. Il pensait aussi connaître le type de balle employé : une pointe écrasée à triple effet, très prisée pour le gros gibier, se caractérisant par une blessure d'entrée minuscule et par une seconde charge créant un effet champignon catastrophique afin d'infliger à l'intérieur du corps les plus grands dégâts possibles.

Debout devant la vitre brisée, dans la rencontre de l'air chaud montant d'un radiateur et de la pluie que le vent poussait par la fenêtre ouverte, Ryder éprouva une douleur dans la clavicule, séquelle de la bagarre avec le photographe. Après cette activité intense, il ressentait un élancement alors que la décharge d'adrénaline diminuait, et il regarda, au-delà de l'abîme obscur du fleuve, les arbres sombres de la berge, mais il pensait moins à ce que racontait Bauer qu'au fait que ce dernier ne portait pas son uniforme et qu'il avait le visage rouge et les cheveux trempés.

Manifestement, Bauer était venu directement de chez lui.

Ryder lui dit sur le ton le plus naturel du monde : « Vous avez fait vite. »

Il laissa sa phrase en suspens, puis il ajouta : « On dirait que vous vous attendiez presque à quelque chose comme ça. À votre avis, qui a fait ça ? »

Bauer répondit : « Gary... Gary Scholl... »

Ce qui frappa Ryder, ce fut la rapidité de la réponse. « Un type comme Gary préfère se venger plutôt qu'être innocenté, c'est ce que vous voulez me dire ? »

Bauer haussa les épaules. « On peut le formuler comme ça.

— Et qu'une femme innocente soit assassinée ne vous pose aucun problème ? »

Bauer baissa les yeux. « Je n'ai pas dit que j'étais sûr qu'il s'agissait de Gary. C'est seulement quand j'ai entendu les informations...

— Et vous savez si Gary a une expérience des armes à feu, s'il est capable d'un tir comme celui-là ?

— C'est un ancien marine... un chasseur acharné, aussi... Il est tout à fait capable d'un tir comme celui-là.

– Merde... », dit Ryder.

L'arrivée du médecin légiste créa une certaine agitation. Bauer s'arrêta et regarda Ryder qui dit au médecin : « On s'en allait », puis il posa la main sur l'épaule de Bauer et le conduisit hors de la pièce, sur le palier.

Les toubibs avaient laissé un lit pliant sur le côté du vestibule étroit qui conduisait à une suite de chambres et, alors que Bauer essayait de contourner le lit pour descendre au rez-de-chaussée, Ryder lui dit : « Entrons ici une minute, Trent. »

Il trouva un interrupteur, et une ampoule nue qui pendait du plafond répandit dans la pièce une lumière faible et jaunâtre. Il faisait froid, il y avait une ancienne cheminée, un lit à une place très simple et un buffet avec une cuvette, le tout dans un décor datant du siècle dernier ; le lit était petit, comme les lits d'autrefois, quand les gens étaient moins grands. À l'évidence, on n'avait pas utilisé cette chambre depuis des années.

Ryder laissa un moment à Bauer, puis il dirigea à nouveau la conversation vers le meurtre : « Vous êtes sûr que c'est Gary ? »

Bauer se voûta. « Écoutez, je ne veux pas commettre d'indiscrétion. Je vis ici. Tout ce que je peux dire, c'est qu'il y a la loi, et puis il y a une autre loi. Gary Scholl était cette autre loi. Je sais seulement qu'il ferait quelque chose de dingue... Je pense qu'on avait tous peur qu'il s'en prenne à nous, qu'il se venge sur nous, parce qu'on croyait tous qu'il avait tué Amber...

— Il l'a peut-être fait. »

Bauer fronça les sourcils. « Quoi ? Je ne... » Il ne finit pas sa phrase.

Ryder ne lui répondit pas : « Laissez-moi vous poser une question : quelle preuve vous faisait penser que Gary avait tué Amber ? »

Bauer hésita. « Aucune... je veux dire, aucune preuve matérielle. À mon avis, vous ne connaissez pas bien Gary... Quand il avait une douzaine d'années, il a volé la voiture de son père et il a écrasé ses chiens, il ne les tuait pas, il roulait simplement dessus et il s'en allait en les laissant crever. Ça l'amusait, jusqu'à ce qu'il découvre les femmes. Voilà le genre de preuves qu'on avait. Je pense que Gary a pris cette femme pour Adi Wiltshire. S'il pouvait vous laisser paralysé, il le ferait. Il voulait faire souffrir le professeur, le priver de ce qui lui était le plus proche. Tout ça porte la marque du raisonnement de Gary. »

Ryder se montra vaguement conciliant. « On dirait que vous le connaissez bien, hein ?

— C'est une petite ville... on n'arrête pas de se rencontrer.

— Très bien... Ça répond à ma prochaine question. Je n'ai pas pu m'empêcher de voir comment Kim Jewel réagissait devant vous. Ça semblait chaud. Qu'est-ce que ça voulait dire ? »

Bauer rougit légèrement. « Rien... » Son corps affirmait le contraire.

« Elle vous a appelé par votre prénom. Vous la connaissez ?

— Ça remonte à longtemps, quand on était gosses. On a grandi côte à côte... » Il s'arrêta brusquement.

« Pourquoi était-elle furieuse ? »

Bauer se toucha le nez avec l'index.

Ryder attendit, une question simple devenait quelque chose d'autre.

Bauer finit par répondre : « Écoutez, ce n'est pas une affaire...

— C'est vous qui en faites une affaire, Trent. Je pose une question, c'est tout, d'accord ? »

Bauer acquiesça. « Ça remonte à l'époque où Amber a été enlevée... Je venais d'entrer dans la police quand c'est arrivé. Je veux dire, ça nous a fait un sacré choc, quelque chose comme ça. J'avais pris le même bus pendant dix ans avec Kim, la même route sur laquelle Amber a été enlevée. » Il haussa les épaules.

Ryder attendit. « Et ? »

Bauer porta la main à son front ridé par l'inquiétude. « J'ai essayé d'aider du mieux que j'ai pu. Je connaissais le coin, les gens, les lieux... surtout les cachettes, les caves dans lesquelles on avait bu, les abris contre les tornades abandonnés. Tout le monde pensait qu'elle avait été enlevée par quelqu'un d'ici. On ne peut pas traîner dans le coin sans se faire remarquer. Ça paraissait prémédité, à sa descente du bus, comme si elle était partie de son plein gré. Je veux dire, dès le début, quasiment tout désignait Gary, à commencer par Kim qui signalait la disparition aussi vite. Ça ne semblait pas coller... »

Ryder l'interrompit. « Qu'est-ce que Kim avait contre vous dans tout ça ? »

Bauer avait l'air plus nerveux qu'il n'aurait dû l'être. « Il y avait eu cet incident dont Kim ne voulait pas parler et j'ai pensé qu'il fallait enquêter, un truc que je connaissais de son passé. »

La porte était entrouverte et Bauer s'arrêta de nouveau, distrait par le médecin légiste qui venait d'apparaître dans le vestibule.

Ryder ferma la porte. « Vous disiez ? »

Bauer se retourna. « Écoutez, tout ça c'est du passé. Je n'ai rien trouvé. C'est le professeur qui a tué Amber. »

Ryder remarqua que Bauer serrait le poing gauche. « Je veux entendre l'histoire de ce qui s'est passé ici, d'accord, Trent ? »

Bauer le regarda. « D'accord, voilà : en première, on a monté un coup contre un professeur de biologie, Ed Kline... enfin, Kim a monté un coup. C'était le genre de pervers d'une trentaine d'années qui se frottait aux filles pendant les dissections de grenouilles ou de fœtus de truie. Vous voyez, le salaud typique, prof de biologie en lycée, pas assez calé pour passer un doctorat ou devenir un vrai savant. J'imagine qu'on s'attend à trouver ce genre de merde au lycée. Et un soir, Kim et quelques types fumaient en parlant de Kline. Il avait fait quelque chose à un nouveau et Kim a décidé qu'il fallait s'en "débarrasser". Elle était comme ça, elle s'intéressait aux autres, même si elle avait une sacrée réputation.

— Quelle sorte de réputation ?

— Elle donnait rendez-vous à des garçons plus âgés... Elle allait entre ces vieux types et nous, puis elle se rachetait, elle s'asseyait pour déjeuner, comme ça, et elle était à nouveau comme nous... Je pense qu'on était tous amoureux de Kim à cette époque. »

Bauer se tut comme s'il se souvenait de quelque chose de doux-amer.

« Et alors, ce type, Kline ? »

Bauer leva les yeux. « Il y en avait un qui savait prendre des photos. Kline a mordu à l'hameçon, Kim et lui sont allés au lac Skeeter. Ils étaient l'un sur l'autre. Sur une des photos Kline avait le sein de Kim dans la bouche... C'était comme si elle était allée jusqu'au bout. C'était étrange de la voir faire ça, vous comprenez ? On a envoyé la photo à Kline et il a disparu de la ville. »

Bauer fit une nouvelle pause et regarda Ryder droit dans les yeux. « Écoutez, je vous donne juste ce que vous cherchez, les détails. »

Ryder pencha la tête. « C'est bien ce que je veux, Trent. Vous faites du bon boulot... »

Bauer reprit son récit. « Tout ça s'est passé des années avant la disparition d'Amber, mais c'est quelque chose qu'on ne peut pas oublier. Quand les recherches n'ont plus rien donné, j'ai évoqué le nom de Kline, mais Kim ne voulait plus en entendre parler. Elle m'a fait jurer que je ne ferais rien. Je le lui ai promis... mais ce n'était pas un jeu, et je n'ai pas respecté ma parole, j'ai agi derrière son dos, ou c'est comme ça qu'elle l'a pris. Quand on l'a questionnée, elle a nié qu'il s'était passé quoi que ce soit, mais le type qui avait pris les photos avait toujours les négatifs. Kim était hors d'elle que je les aie récupérés. C'est tout ce qui l'intéressait... que les photos existent encore. »

Bauer roula les yeux. « Les gens changent, je crois... J'étais désolé de lui avoir fait ça, d'avoir ressorti ce qu'elle avait fait par gentillesse. Je ne voulais pas la rabaisser, ni rien, mais ça a été vraiment la merde avec Gary quand il a appris l'histoire des photos. Il voulait nous avoir, moi et celui qui les avait prises. Je veux dire, il est devenu dingue, il traitait Kim de putain et tout... il la cognait. À mon avis, elle le connaissait mieux que quiconque, elle savait ce qu'il allait faire. Et puis, à la fin, ça s'est terminé en eau de boudin. Il a fallu près d'un mois pour retrouver Kline, il vivait à Santa Fe, il enseignait de nouveau dans un lycée, sous un faux nom, mais il avait un alibi pour la semaine où Amber avait disparu. »

Bauer s'arrêta. « Comme je l'ai dit, c'était un cul-de-sac. » Il semblait ne plus rien avoir à dire, pourtant il ajouta : « Alors, vous allez lancer un avis de recherche pour Gary ? »

Ryder répondit : « Pourquoi est-ce que vous ne vous en occupez pas ? »

Bauer dit à contrecœur : « Bien sûr... » Il s'apprêtait à s'en aller, mais il se retourna : « Ça ne veut peut-être rien dire mais, vous savez, ce qu'il y a d'étrange, si une sœur devait tuer l'autre, j'aurais plutôt dit qu'Amber aurait essayé de tuer Kim, pas l'inverse. Je sais qu'on ne devrait pas dire ça à propos de quelqu'un qui est mort, mais c'est la vérité. »

24

Il fallut près de deux heures supplémentaires pour que le médecin légiste fasse enlever le corps de Mrs. Blaine du bureau de Pendleton. La silhouette dessinée à la craie fut tout ce qui resta.

Ryder avait encore mal à la clavicule quand un flic téléphona de l'hôpital pour l'informer que le photographe, un employé de l'université Bannockburn, était soigné pour un nez cassé. Cela ne faisait qu'ajouter des complications à la vie de Ryder, mais, par chance, l'autre nouvelle était meilleure : Pendleton n'était pas mort.

Ryder se pinça l'arête du nez pour soulager la tension. Scholl avait-il agi par vengeance pour avoir été faussement accusé ? Cependant, le fait que Scholl ait essayé de tuer Pendleton ne faisait pas de Pendleton un meurtrier. Il lui fallut un moment pour s'en rendre compte.

Ryder savait qu'il aurait dû interroger Wiltshire et Pendleton. C'était manifestement une erreur, une mauvaise décision qui avait conduit au meurtre de l'infirmière de Pendleton, et il sentit que, si on le poussait, il devrait se défendre, appeler Bauer devant une commission disciplinaire parce que, d'une certaine façon, la police locale aurait dû prendre les devants étant donné qu'elle savait de quoi était capable Scholl.

Ryder s'efforça de continuer son enquête comme dans les autres affaires. Il contempla les dimensions réduites de la pièce circulaire, le perchoir d'un écrivain, fermé par des fenêtres à petits carreaux au-dessus d'un quartier ancien, et il tenta de ressentir l'espace intime dans lequel Pendleton était monté chaque jour pour écrire *Le Cri*, l'endroit où il avait peut-être conçu son plan pour prendre arbitrairement la vie d'une innocente. Un désespoir latent imprégnait ce bureau. Il remarqua l'ordre méticuleux et pathologique, les hésitations et la lutte que Pendleton avait dû endurer, en montant chaque jour ici pour se retrouver face à sa feuille blanche. Cela se trouvait là aussi, dans son fauteuil tournant comme la gueule de quelque plante carnivore géante.

Ryder laissa glisser ses doigts sur le bureau à cylindre avec sous-main de cuir incrusté fixé par des clous de cuivre, un encrier et un stylo posés à côté d'un paquet de feuilles à l'en-tête de l'université Bannockburn, un coupe-papier d'argent comme une dague, autant d'informations sur un homme attaché à une époque distinguée et élégante, une époque où l'on écrivait des lettres, même si la pesanteur et la densité de la pièce se concentraient tristement sur ce qui était censé être une machine à écrire noire antique.

Elle était installée au beau milieu du bureau de Pendleton, un truc minimaliste avec un éventail de barres aux pointes froides et polies de la couleur d'un os blanchi, une machine à écrire pour reportage noir, un staccato de tac-tac-tac pour la correspondance, ponctué par la sonnerie à chaque retour du chariot.

Ryder sentit qu'il avançait, qu'il abandonnait pour un temps le marais dans lequel il s'était engagé avec cette affaire, ses yeux aperçurent une série de livres sur l'étagère, des livres de philosophie, de nombreux titres contenant le mot « Surhomme », qui cependant ne concernaient pas Superman le héros de bande dessinée, mais plutôt l'œuvre d'un philosophe allemand, Friedrich Nietzsche, dont Pendleton avait cité deux phrases qui donnaient le frisson au début du *Cri* :

> « Que se passerait-il si Dieu n'était pas exactement la vérité, et qu'on puisse le prouver ? Et s'il n'était que la vanité, le désir de pouvoir, l'ambition, la peur et la folie enchantée et terrifiée de l'humanité ? »

> « Le Surhomme a atteint un état où il n'est plus affecté par "la pitié, la souffrance, la tolérance envers le faible, le pouvoir de l'âme sur le corps, la croyance dans une vie future". »

Il avait entendu parler de Nietzsche mais il n'en savait pas plus, un de ces noms qui circulent parmi les gosses des universités, qu'on rencontre dans le domaine public, quelque chose en rapport avec l'anarchie, avec l'idée que Dieu est mort, une de ces questions philosophiques qui apparaissent parfois dans les jeux télévisés, et dont la réponse était toujours, invariablement, un des seuls noms que tout le monde connaissait : « Qui est Platon, Aristote, ou Nietzsche ? »

Ryder ouvrit un autre livre et le feuilleta jusqu'à ce qu'il tombe sur des lignes soulignées :

> On ne devrait pas utiliser « cause » et « effet » dans les choses matérielles, comme le font les chercheurs en sciences naturelles (et ceux qui, comme eux, naturalisent dans leur façon de penser...), en accord avec la stupidité mécaniste dominante, qui insiste sur la cause jusqu'à ce qu'elle « produise un effet » ; on ne devrait employer « cause » et « effet » que comme de purs concepts, c'est-à-dire comme des fictions conventionnelles dans un but de désignation, de compréhension mutuelle, pas d'explication. Dans le « en soi » il n'y a rien d'un « lien causal », de « nécessité », d'« aliénation psychologique » ; l'« effet » ne suit pas la « cause », il n'y a pas de « loi »...

Le texte continuait mais Ryder cessa de lire. C'était comme une autre langue. Il n'avait pas compris un traître mot. La séparation entre le monde universitaire et sa vie n'avait jamais été aussi apparente qu'en ce moment. Il tourna encore des pages et trouva un autre passage souligné :

> Le prédicat existentiel est saisi par le risque imminent de croire en la raison comme critère de vérité et de réalité que fait exploser l'inéligibilité du flux et, comme conséquence, d'avoir à regarder en face le nihilisme. La question EST : comment peut-on vivre avec la connaissance de l'abîme final ?

On comprenait mieux, c'était un bref coup d'œil dans le cerveau de Pendleton. Ryder connaissait le mot « abîme ».

Comme il remettait le livre sur l'étagère, un titre attira son attention : *Le Crime du siècle : L'Affaire Leopold et Loeb*, et cela éveilla quelque chose dans sa mémoire, l'étude d'une affaire lointaine qu'il avait lue des années plus tôt, dans la triste psychopathologie d'un esprit criminel, en rapport avec des adolescents.

Oui, cela lui revenait, un meurtre célèbre. Il retrouva les détails quand il retourna le livre et lut le texte de la jaquette, alors le lien avec Nietzsche devint évident.

La première ligne était un sinistre présage :

> Le seul crime que puisse commettre un Surhomme, c'est de faire une erreur.
>
> Nathan Leopold

Ryder continua de parcourir l'histoire de l'assassinat brutal et commis au hasard de la victime du duo et, à cet instant précis, pour la première fois depuis le début de l'enquête, il en arriva à la conclusion soudaine et effrayante que le crime de Pendleton avait été la copie conforme d'un autre, qu'il avait considéré l'affirmation de Nathan Leopold comme un défi et avait entrepris de prouver qu'il était un Surhomme, en prenant la vie d'Amber Jewel.

Ryder passa en revue tous les livres qui se trouvaient au-dessus du bureau, la preuve qui faisait froid dans le dos, bien que circonstancielle, là en pleine lumière, les livres sur Nietzsche, Leopold et Loeb offrant la vision la plus profonde dans le psychisme et la méthodologie de la fixation pathologique de Pendleton avec la découverte de l'acte le plus haineux pour défier l'existence de Dieu, contre qui le protagoniste du roman *Le Cri* se répandait en injures avant et après l'assassinat de sa victime, jusqu'à sa mort dans le brouillard sans avoir été découvert comme meurtrier.

Ryder voulait que cette affaire réelle se termine autrement. Il mit une étiquette sur le livre concernant Leopold et Loeb afin qu'on relève les empreintes, pour voir si Wiltshire l'avait manipulé, si elle l'avait lu. S'il pouvait établir ce simple fait, s'il pouvait la prendre en train de mentir et de nier qu'elle l'avait lu, à partir de là, il pourrait la démonter psychologiquement.

Au moment où il s'en allait, Ryder entendit un fax qui se mettait en marche. L'appareil se trouvait dans un petit placard, sur une table en bois. Un rouleau de papier s'était entassé en volutes jusque sur le sol.

Ryder prit la longue feuille et lut le même message reçu pendant toute la soirée, la date et l'heure étant écrites chaque fois en petits caractères, et le texte griffonné en cursives.

Il disait simplement : « N'avouez rien ! » Les mêmes mots, encore et encore, pendant des heures.

25

Comme souvent après les nuits de tempête, le ciel était d'un bleu pâle et froid, on sentait une odeur d'ozone dans l'air, un monde propre et lavé, mais dans la petite pièce les lames grises des stores vénitiens découpaient la lumière du matin. Il était encore tôt, et l'hôpital était plongé dans un profond silence.

De façon ironique, ce qui avait échappé à E. Robert Pendleton pendant la plus grande partie de sa vie, la gloire littéraire et commerciale, arriva après un cauchemar ponctué de haut-le-cœur convulsifs et de montées de fièvre, autant de symptômes qu'on aurait pu voir, dans une époque moins éclairée, comme un pacte avec le diable, alors que *Le Cri* s'envolait, devant un livre de cuisine et un autre d'aérobic, pour s'installer en tête de la liste des best-sellers du *New York Times*.

Adi s'éveilla lentement sur une chaise métallique à côté d'un lit et, sans se redresser, elle ouvrit les yeux, cligna des paupières, et contempla la solennité sombre de la pièce. Une immense fatigue l'écrasait et rendait ses mouvements difficiles. Elle se sentait désorientée, la tête lourde, mais elle se souvint petit à petit qu'on lui avait donné un sédatif quand elle était arrivée dans tous ses états et en pleurs.

Elle entendit un chariot à l'extérieur, des voix qui devinrent plus fortes avant de s'éteindre lentement.

Elle attendit sans bouger, la poitrine et la tête posées sur le lit. Ce n'est que lorsqu'elle leva les yeux qu'elle vit Pendleton.

Il était toujours vivant.

Adi ferma les paupières. D'autres gens allaient et venaient dans le couloir. Elle laissa passer quelques instants, puis rouvrit les yeux. Sans soulever la tête, elle regarda Pendleton, à moitié assis dans le lit, avec un crâne qui paraissait anormalement gros à côté de son corps décharné. Il portait une chemise d'hôpital en tissu fin comme du crêpe, qui sentait l'antiseptique. Il avait l'aiguille d'un goutte-à-goutte plantée dans le bras, et des fils allaient de sa poitrine à des appareils de contrôle.

Adi ferma de nouveau les yeux ; dans l'obscurité, elle pensa à Mrs. Blaine, et elle sut que la balle qui l'avait tuée lui était destinée. Elle sentit les battements de son cœur, l'accélération de son pouls et le flux précipité de son sang, puis le froid que ressent une droguée et qui accompagne les premiers instants d'un désir encore mesuré mais qui deviendrait plus intense tant qu'il ne serait pas satisfait.

Que lui arrivait-il ?

Elle ne savait pas encore s'il ne s'agissait que d'un rêve, tellement la réalité lui paraissait déformée.

Elle allait se redresser quand elle vit une tête dans l'ombre, à travers la porte de la chambre d'hôpital, un visage éclairé de derrière par l'éclat fluorescent du couloir.

C'était le flic qu'elle avait giflé.

Elle ne put que refermer les paupières, et se laisser sombrer dans les ténèbres, pour s'y cacher.

Ce qu'Adi ne savait pas, c'est que Ryder avait vu ses yeux s'ouvrir dans la lumière qui passait autour du store vénitien. À la façon dont elle avait bougé, il savait qu'elle l'avait vu. Elle s'était trahie.

Il sentit son cœur battre plus vite. La main d'Adi avait laissé son empreinte sur le côté de son visage, comme une tache de naissance. La seule autre femme qui lui en avait fait autant était Tori. Il suffisait d'attendre qu'elle ouvre à nouveau les yeux, que le manque devienne insupportable.

Oui, Ryder en savait beaucoup sur elle.

L'interne de garde, qui lui avait administré un sédatif, avait vu les marques révélatrices de ce qu'il pensa être une dépendance, des piqûres grosses comme une pointe d'épingle à l'intérieur du bras. Il l'avait consciencieusement noté dans son rapport et on avait déjà contacté plusieurs pharmacies du secteur.

Même à cette heure matinale, on avait établi qu'elle avait commis un délit.

On avait faxé à l'hôpital une ordonnance qu'Adi avait présentée moins d'une semaine auparavant. La signature ne correspondait pas à celle du médecin sur le dossier. Un second fax confirma qu'elle avait fait le tour des pharmacies pour se procurer de la drogue.

Étrangement, même le Rite Aid, où travaillait Kim Jewel, avait exécuté une ordonnance au cours du dernier mois.

Adi Wiltshire fuyait quelque chose. Ryder en était persuadé maintenant et, tout en continuant à regarder par la porte de la chambre de Pendleton, il sut qu'il la tenait. Quand elle sortirait dans le couloir, quand le besoin d'une dose passerait outre tout instinct de conservation, à ce moment de plus grande vulnérabilité, il la mettrait en garde à vue. Mais pour l'instant il voulait la voir souffrir, devenir folle à cause du manque.

Il se dit que le crime de Pendleton, si Pendleton avait vraiment tué Amber Jewel, pouvait trouver des circonstances atténuantes dans une démence grandissante qui l'avait conduit jusqu'à sa tentative de suicide, mais que les actes de Wiltshire étaient plus froids et accomplis par un esprit rationnel. Elle avait découvert qu'il n'y avait pas trace de la première édition du *Cri* et, avec Horowitz, elle avait déterré le corps d'une petite fille de treize ans simplement pour l'avancement de sa carrière. C'était un monstre d'un ordre différent, plus rusé et plus calculateur.

Il sentit dans sa poche le rouleau du fax trouvé dans le bureau de Pendleton, les mots accablants révélant la complicité d'Horowitz, griffonnés dans une tentative désespérée d'atteindre Adi Wiltshire : « N'avouez rien ! »

Ryder but le fond de sa tasse de café dans laquelle il restait un peu de marc. Oui, le temps était avec lui. Ils étaient deux dans l'affaire. Horowitz avait montré son jeu, en envoyant ce fax en catastrophe, et maintenant il avait disparu. Il allait sans aucun doute réapparaître quelque part, il se présenterait aux autorités, pour donner sa vision des événements, il trouverait un arrangement. Après le désastre de la nuit précédente, Ryder sentit qu'il n'était pas loin d'impliquer Wiltshire pour avoir dissimulé des faits en relation avec le crime, ainsi que pour des choses en suspens concernant les fausses ordonnances ; et peut-être, à cause de tout cela, fournirait-elle les brouillons du roman, les mots manuscrits de Pendleton, une preuve directe et tangible qu'il était bien coupable du meurtre d'Amber Jewel car il y avait eu assurément des notes, des papiers qu'elle cachait.

Non, sa situation n'était pas aussi mauvaise qu'il l'avait cru.

La nuit précédente avait été la pire, mais cela semblait s'arranger. Tout à fait par hasard, quand il était allé aux urgences ce matin très tôt afin qu'on lui donne quelque chose pour son épaule qui le faisait souffrir, il avait rencontré le photographe de Bannockburn, Henry James Wright, à qui il avait cassé le nez. Malgré les morceaux de coton qu'on lui avait enfoncés dans les narines et les poches noires sous ses yeux, Wright avait décidé de ne pas porter plainte.

En fait, il s'était même montré conciliant, et désolé d'être intervenu dans l'enquête, il expliqua comment il travaillait sur le projet *Bannockburn à travers les âges*, et comment il avait pris la photo obsédante du suicide de Pendleton, quand le président du département d'anglais l'avait envoyé chez lui avec Adi Wiltshire, le soir de la conférence d'Horowitz.

Pour apaiser l'esprit de Ryder, il avait fallu du temps et l'affabilité terre à terre de Wright, depuis le désastre imminent jusqu'à la solution imminente. Il avait aimé le comportement de col bleu de Wright et aussi sa réaction, comme si une poignée de main suffisait pour tout régler entre hommes adultes ; cela, bien sûr, avait plu à Ryder qui pensait que beaucoup de problèmes auraient dû être ainsi résolus dans la vie – de façon pragmatique, les yeux dans les yeux –, à tel point qu'il avait insisté pour lui remplacer personnellement son appareil photo.

Malheureusement, les clichés de l'ancien appareil avaient été perdus au cours de la bagarre, mais Ryder avait fait preuve de bonne volonté en autorisant Wright à photographier Pendleton, parce que ce dernier était professeur émérite de l'université et que, par conséquent, il en dépendait toujours administrativement.

Pendleton étant l'enseignant de Bannockburn le plus connu, Ryder et Wright se mirent d'accord : on le fixerait pour l'éternité, quelle que soit l'issue de l'affaire. Ryder avait pensé que rien ne l'empêchait d'aider un type comme Wright, simplement pour que tout soit clair entre eux, et aussi pour montrer qu'ils se ressemblaient, des outsiders dans ce monde universitaire, où régnaient l'angoisse et la folie.

Oui, Ryder sentait que les mesures qu'il avait prises allaient dans le même sens en dépit de tout, et au moment de se rendre à un rendez-vous avec le président du département d'anglais à Bannockburn, il dit au flic qui gardait la porte de la chambre : « Appelez-moi si elle essaie de s'en aller. Retenez-la, par tous les moyens ! »

26

Le grondement des camions dans le petit matin réveilla Horowitz, qui dormait en position fœtale, sur le siège du conducteur dont il avait baissé entièrement le dossier. Il avait froid et un besoin pressant d'uriner. En sortant de la voiture, il sentit l'air frais. Il s'était garé sous des arbres plantés en arc de cercle. Ils se balançaient en tamisant la lumière et les feuilles brunes des fougères recouvraient le sol d'un goudron moussu.

La terre exhalait une odeur humide et glacée qui avait cependant quelque chose de revigorant.

Horowitz respira profondément pour se remplir les poumons avant d'entrer dans des toilettes de ciment gris et il frissonna avec une sensation douloureuse de soulagement tandis qu'un nuage de moucherons flottait autour du pâle reflet d'une lampe.

C'était la première fois qu'il dormait une nuit entière dans une voiture. Lui, un New-Yorkais accompli, élevé dans l'Upper East Side, qui n'avait même pas appris à conduire avant l'âge de vingt-cinq ans, se retrouvait ici, au milieu de son existence, à vivre une nouvelle expérience, une nuit sur une aire de repos.

D'une certaine façon, il se sentit comme un criminel en fuite quand il s'installa devant un miroir métallique légèrement voilé qui lui renvoya une image presque méconnaissable et déformée de palais des glaces.

Sa respiration se transforma en buée dans la faible lumière qui passait par une fenêtre grillagée couverte de givre. Il se sentait enfermé dans ces murs de ciment, une sorte d'internement, comme le sarcophage glacé d'une cave. Des araignées s'accrochaient au réseau des poutres.

Il s'agissait de la froideur brutale et inquiétante de cette nature qu'il n'avait connue que dans les livres, dans le confort de sa vie new-yorkaise, et l'urgence de retrouver Adi avait diminué.

La nouvelle idée pour un « beau livre » était devenue une entreprise tout à fait légitime, une notion d'éloignement ou également d'omniscience, prise des hublots, au-dessus du monde.

Ce qu'il était en train de vivre lui donnait un sentiment étrangement libérateur, loin de ce qui l'attachait à sa maison de premier plan sur la côte de Floride et à son appartement de New York, une existence réduite aux éléments fondamentaux.

Dans la littérature américaine, des Blancs âgés s'étaient si souvent tournés vers la contemplation de la nature pour y trouver un réconfort, pour évaluer leur vie, des hommes comme Thoreau et Emerson, ramenés à un existentialisme américain enraciné dans une solitude quasi religieuse.

Était-ce cela qu'il ressentait maintenant, retrouvait-il cette tradition ?

Peut-être, mais il s'agissait d'un changement dont il avait un besoin désespéré, l'immensité de la nature qui s'étendait autour de lui au-dehors, un changement saisonnier, qu'il n'avait jamais vraiment envisagé, jamais affronté, un changement qui n'exigeait pas seulement qu'on remplace sa place de parking sur la route par un garage fermé et surchauffé.

Un type maigrelet avec un petit ventre rond, vêtu d'une chemise aux boutons de strass et de bottes de cow-boy, entra avec un petit crachoir à la main et se coinça une chique de tabac derrière la lèvre inférieure. Il ressemblait à un personnage d'une chanson de Merle Haggard, avec une vie difficile et des peines de cœur.

Il disparut dans un W-C qu'il éclaboussa, le ventre détruit par la mauvaise nourriture et la caféine. Il maintenait la porte fermée avec sa botte. Le loquet était cassé.

Au-dehors, dans une cabine téléphonique, Horowitz se tenait devant un îlot d'ombre, la petite oasis de l'aire de repos à l'écart de l'autoroute ; les ondulations du paysage s'étendaient dans les champs en jachère. Des écharpes de brouillard s'attardaient dans les creux.

Il composa le numéro du bureau de Pendleton. Il avait un sentiment de bien-être, dans l'euphorie de la dénégation.

Personne ne décrocha. Il laissa sonner longtemps avant que le répondeur se mette en route. Sa bonne humeur avait disparu.

Il était 7 h 15.

Où se trouvait Adi ?

Quand il revint vers sa voiture, il vit la femme du routier maigrelet, une dame énorme aux proportions de Mama Cass, assise devant une table de pique-nique, les jambes écartées. Tous les deux fumaient et buvaient du café. Derrière eux se déroulait le plus beau lever de soleil qu'on puisse imaginer.

Ce n'est qu'une demi-heure plus tard qu'Horowitz apprit par la radio de sa voiture la nouvelle du meurtre qui avait eu lieu dans la maison de Pendleton.

27

Adi ouvrit les yeux et jeta de nouveau un regard de côté. Sa tête reposait toujours sur le lit de Pendleton. Elle entendit le bruit du moniteur. Combien de temps avait passé, elle n'en savait rien, mais une vive lumière filtrait entre les lames des stores.

Une infirmière se pencha sur Pendleton, contrôla un appareil, écrivit des chiffres sur un diagramme.

Adi vit sa taille épaisse, le mouvement de sa croupe quand elle se pencha pour rectifier quelque chose.

Elle se redressa lentement et repoussa ses cheveux de son visage. Elle se sentait brûlante.

L'infirmière se retourna. « Oh, vous êtes réveillée... »

Adi avait la gorge sèche et râpeuse et ne pouvait pas parler. Elle avala aussitôt le verre d'eau que l'infirmière lui tendit, et l'infirmière le remplit de nouveau avec la carafe en forme de larme.

Sur la montre ronde, agrafée au revers de sa blouse, Adi vit l'heure : 9 h 15.

Elle but et prit conscience d'une douleur entre les omoplates parce qu'elle était restée trop longtemps dans la même position. Elle s'essuya la bouche d'un revers de main et ses lèvres firent un petit bruit.

« La chaleur sèche », dit l'infirmière en montrant les vieux radiateurs métalliques.

Adi regarda mais elle avait conscience que l'infirmière la surveillait. Elle tourna les yeux vers Pendleton, puis vers l'infirmière, qui posa la carafe sur une table roulante en formica tacheté : « Si vous voulez de la glace, je peux vous en apporter. »

Adi secoua la tête. « Je vais bien », dit-elle, et elle eut un frisson. Ses bras se couvrirent de chair de poule. Elle demanda d'une voix hésitante : « Comment va-t-il ? »

L'infirmière regarda Pendleton. « Il faudra un jour ou deux pour voir s'il se remet. »

Adi hocha la tête et sourit timidement. Ses cheveux, qu'elle relevait derrière l'oreille, lui retombèrent dans le visage.

Elle se rendit compte brusquement qu'elle laissait voir les marques dans le pli de son coude, et elle retrouva son manque, tapi en elle, qui attendait.

Avant de partir, l'infirmière dit : « Je vais prévenir le médecin que vous êtes réveillée. »

Adi fixa la porte, s'attendant à ce qu'un visage apparaisse et craignant le flic qui la guettait. Sur le mur, la grande aiguille d'une pendule d'hôpital tournait dans un mouvement fluide et silencieux, et Adi attendit que deux minutes soient passées avant de détourner les yeux.

Elle entendit d'autres voix dans le couloir.

Elle frémit et, lentement, elle chercha son manteau, sans quitter des yeux la fente de lumière qui passait sous la porte.

Il était posé sur le dossier de sa chaise.

Elle résista à l'envie de le fouiller et regarda Pendleton.

Comment avait-il réussi à survivre ? Elle lui avait injecté une dose qu'elle jugeait suffisante pour le tuer, dix fois ce qu'on aurait dû lui donner. Son corps avait développé une tolérance aux médicaments. Il était invincible, enfermé dans des limbes indéterminés, comme si Dieu lui avait effectivement manifesté un courroux silencieux et rusé. Adi frissonna en pensant à la silhouette du flic dans son long manteau noir, debout dans les allées de la bibliothèque, en train de la surveiller.

Il y avait quelque chose de sinistre et d'irréel en lui, dans tout ce qui se passait et, pour lutter contre cette peur, elle glissa subrepticement la main dans la doublure déchirée de son manteau, les yeux toujours fixés sur la porte, et sentit le petit flacon caché dans l'angle de la couture ainsi que la seringue.

Au-dessus d'un lavabo en porcelaine, elle souleva sa manche et serra le poing, tandis que son regard allait alternativement de la porte à son bras.

C'est au moment où elle s'injectait le produit qu'elle leva les yeux. Une question était griffonnée avec du rouge à lèvres brillant, mais à cause des lettres tracées à l'envers, il lui fallut quelques instants pour la déchiffrer, alors elle murmura :

Pourquoi William Carlos Williams a-t-il écrit des poèmes aussi courts ?

L'aiguille toujours plantée dans le bras, elle resta fascinée par la question, puis elle eut l'impression de ne plus sentir son corps, d'être engourdie, une sorte de vertige la prit et elle s'évanouit.

28

Une lumière bleue et sombre, celle qui précède l'aube, envahissait encore le ciel quand Ryder entra sur le campus en voiture. Malgré lui, il eut l'impression de pénétrer dans un *country club* de privilégiés. D'une certaine façon, il se sentait diminué, à cause de l'incongruité de cette vie à côté de son existence, et de celle qui attendait sa propre fille, ou ses fils.

Plus vite il ficherait le camp d'ici, mieux ça vaudrait.

Il se gara et se dirigea à pied vers la cour carrée solitaire dans la platitude du paysage. Il regarda les bâtiments à colonnes, pas très sûr de l'architecture, grecque ou romane, pas sûr non plus de la langue dans laquelle étaient écrits, avec force enjolivements, les noms des différents collèges, à tel point qu'il lui fallut quelque temps pour savoir lequel abritait le département d'anglais. C'était au deuxième étage d'un bâtiment décoré de têtes de gargouilles.

Il trouva le nom du président sur une liste puis monta un escalier jusqu'à un couloir de bureaux, passa devant des cartons remplis de copies d'étudiants, sur lesquels étaient écrits les noms des professeurs.

Le président n'était pas encore arrivé, mais sa secrétaire, Alice Parker, se trouvait là, une grande perche avec un haut front et de bonnes joues, qui portait un col roulé et une jupe de tweed. Elle l'accueillit avec l'amabilité qu'on associe aux manières de la Nouvelle-Angleterre.

Ryder comprit tout de suite qu'il ne s'agissait pas d'une secrétaire ordinaire mais d'une des nombreuses épouses de professeurs retranchées dans l'université. Il y avait tant de postes à occuper, tant de cercles où l'on pensait comme vous, étant donné l'arrière-pays de Bannockburn.

Une machine à café était en route et il s'en dégageait une odeur âcre et amère, on avait posé à côté quelques cookies. Le campus s'éveillait lentement, et la lumière revenait sur le monde.

La secrétaire conduisit Ryder chez le président et lui désigna un siège en face d'un grandiose bureau d'acajou ciré, recouvert de papiers. La pièce avait été aménagée dans un style anglais d'autrefois, avec des rayonnages en bois sombre dont les étagères étaient incrustées de cuir fixé avec des clous de cuivre, qui répandait une odeur propre de selle.

Les fenêtres à croisillons à l'ancienne donnaient sur une cour centrale, le président aimant jouer au chef suprême, comme gardien de tout ce qui se trouvait devant lui. Le sceau de Bannockburn était marqué en relief sur le dossier de son fauteuil, et en prenant tout en compte, Ryder sut que l'administration s'était donné beaucoup de mal pour créer une apparence de pouvoir aussi imposante, dans sa lutte constante pour acquérir un sentiment de dignité et d'autorité et maintenir ce rempart contre l'arrogance des étudiants habitués à une vie privilégiée et gâtée.

Le temps passa alors que des hordes de jeunes gens se dirigeaient vers le réfectoire. Le président était manifestement en retard. La secrétaire le lui dit par la porte ouverte et Ryder resta assis, calmement, comme n'importe quel minable attendant sa détention.

Ryder regardait autour de lui tout en essayant de ne pas paraître contrarié jusqu'à ce que finalement, il aperçoive un cadre contenant plusieurs photos. Il regarda de plus près et vit le président avec sa moustache en guidon de vélo, portant des jambières de cuir et une veste de motard, à côté d'un homme plus âgé, près d'un panneau sur lequel on pouvait lire *Stade Wrigley*. Le vieil homme était sans aucun doute le père du président. Ils avaient la même structure de visage, mais le père portait une veste de tergal sur laquelle étaient brodées les initiales d'un syndicat de tuyauteurs. Il tenait un gant de base-ball et une balle.

La différence était spectaculaire et triste. Ryder se pencha, et comprit que la maigreur du père était le signe de la maladie, comme s'il ne lui restait plus beaucoup de temps à vivre, on voyait ses dents de cheval et il avait tellement remonté son pantalon qu'on apercevait ses chaussettes. D'une certaine façon, la photo illustrait la dernière partie du siècle et si Ryder avait eu l'habitude de penser en termes de métaphores, celle-ci aurait pu définir l'horreur ou la beauté de la vieillesse, au choix, un père très âgé à côté de son fils gay entre deux âges, avec des jambières de cuir.

Ryder ne pouvait quitter la photo des yeux : la provocation consistant à l'installer sur le bureau au vu et au su de tout le monde le fascinait. Il connaissait ce quartier de Chicago pour y avoir travaillé des années plus tôt, à la brigade des mœurs, Halsted Street, la première enclave gay, la première rénovation de quartiers délabrés. Il se trouvait là lors de l'arrivée des homosexuels venus de la banlieue et d'au-delà, du Wisconsin et de l'Indiana, et même du Minnesota, en provenance de fermes et de petites villes.

Ils recherchaient l'anonymat, attirés par l'immensité de Chicago, par la résonance profonde de clubs aux rideaux de velours comme The Man Hole et Berlin, le cabaret du sadomasochisme Troisième Reich, à l'érotisme étrange.

Il avait tout vu en son temps, avant que ça devienne un phénomène normal, les anneaux pour pointes de seins et pour queues exposés dans les vitrines, les masques de cuir avec un morceau de caoutchouc pour y mordre quand on est fouetté, les godemichés pour pénétration anale, les boutiques XXX et les clubs sous le grondement du métro aérien, au temps de l'industrialisation qui avait défini Chicago, la ville des costauds et des grosses voitures.

Il avait même interrogé et harcelé des types comme le président dans les premières années de la libération gay, en sachant que la plupart avaient des emplois qu'ils ne pouvaient se permettre de perdre. Ils avaient payé le prix fort, avant que les choses changent, avant la Gay Pride. C'est ainsi que les flics avaient survécu à l'époque.

Il y eut une brusque agitation dans le bureau d'à côté et quand Ryder leva les yeux, il vit Wright croulant sous le poids de son équipement photo.

La secrétaire poussa un petit cri en voyant le nez de Wright, qui avait enflé et transformé ses yeux en deux fentes étroites, mais quand Wright vit Ryder dans le bureau du président, il fit semblant d'avoir peur et s'écria : « Oh, merde... répondez à toutes ses questions ! Ce type annonce des ennuis ! » Ryder se contenta de sourire, il se leva et s'avança en tendant la main vers Wright qui en fit autant.

Il avait une poigne terrible. C'est pourquoi peu de gens se risquaient à lui serrer la main désormais.

Wright dit : « Confidentiellement, entre vous et moi, inspecteur, le président n'est jamais à l'heure, je le *sais*... » La secrétaire l'interrompit : « Henrrryy... » Il fit un clin d'œil et ajouta : « Je ne suis pas né d'hier. » Et, en se brossant l'épaule, il demanda à Ryder : « Vous voulez que je vous paie un café, inspecteur ?

— Jon, appelez-moi Jon. »

La secrétaire intervint : « Allez-y, inspecteur. Le président est pris toute la matinée par du travail administratif, alors vous pouvez revenir quand vous le voulez. »

Wright fit chorus : « Vous n'avez qu'à lui dire que l'inspecteur était là à l'heure, d'accord ? » Wright regarda sa montre et elle roula des yeux comme on ne le fait qu'avec des personnes très familières, ou avec ceux qui ne sont pas drôles du tout, ou dangereux.

Wright alluma une cigarette et ouvrit une boîte de Dr Pepper qui pétilla tellement qu'il dut la porter à sa bouche parce qu'elle débordait, mais le liquide lui coula quand même sur le menton et tacha sa chemise.

« Merde... On pourrait s'attendre à ce que la science fasse quelque chose contre ça, non ? C'est quoi, l'industrie du soda, la deuxième plus grande industrie du monde ? Je parie qu'ils sont de mèche avec les blanchisseurs. »

Ryder répondit d'un ton circonspect : « Vous êtes un théoricien de la conspiration, Henry ? »

Wright sourit : « Et vous ? »

Ryder dit : « Je ne sais plus ce que je crois. »

C'était une ouverture vers l'affaire, mais Wright répondit simplement : « À mon avis, c'est en rapport avec l'âge... Jon... Je le crois. »

Ryder hocha la tête : « Peut-être. »

Wright se pencha : « Alors, vous êtes marié ? »

Ryder confirma d'un signe de tête.

« Des gosses ?

— Une fille... au lycée. »

Wright sourit. « Vous devriez penser à l'inscrire ici. »

Ryder fit la grimace. « Je pense que je ne joue pas dans la même division.

— Merde... On vit en démocratie, Jon. Ce genre de cynisme a ruiné ce pays... une pensée de syndicaliste. » Il leva les mains. « Comprenez-moi bien, je crois que chacun de nous doit inventer l'avenir. »

Il dit cela avec une telle franchise que Ryder comprit qu'il le pensait vraiment, même s'il percevait mieux Wright avec son côté maniaque.

Wright continua de parler comme sous la contrainte. « Vous savez, ils m'ont engagé à l'université. Ils sont très bons pour ça. Il faut simplement accepter les conneries du politiquement correct. C'est le prix à payer pour être admis dans la vie moderne... garder ses opinions pour soi. » Les fentes des yeux de Wright s'ouvrirent un peu, laissant apparaître le blanc de la cornée strié de vaisseaux sanguins, quand il se pencha et mit la main devant sa bouche comme quelqu'un qui va confier un secret, ce qui était le cas. « Je pourrais vous dire, Jon, que le président est chez lui en train de défoncer le cul d'un étudiant de première année, mais je ne le ferai pas, d'accord ? »

Ryder, imperturbable, répondit : « D'accord, mais je n'aime pas qu'un homme me pose un lapin. »

Wright donna un coup de poing sur la table et fit tomber la salière. « C'est trop drôle, Jon. Je vous jure, je vais répéter ça quand vous ne serez pas là. Je vais vous voler cette phrase, "qu'un homme me pose un lapin". »

Ryder sentit qu'il avait envie de se retrouver loin de Wright. Aucun d'eux n'avait l'air d'être à sa place dans la cafétéria, et même quelqu'un d'aussi vigoureux que Ryder n'aimait pas faire le spectacle, être le point de mire, or tous les étudiants les regardaient.

Il avait seulement envie de fuir Wright, mais tout à coup l'histoire de Bauer coinçant le professeur de biologie lui revint en mémoire alors qu'il regardait le matériel photo très raffiné de Wright. Combien pouvait-il y avoir de photographes en ville ?

Ryder lui demanda : « Vous faites de la photo depuis longtemps ?

— Ça... ouais... toute ma vie. Mon père travaillait comme photographe professionnel pour des magazines commerciaux, avec Studebaker avant qu'ils fassent faillite. J'ai suivi le mouvement. Il avait une chambre noire à la maison... J'ai tout appris, puis je suis parti au Vietnam, mais c'est loin tout ça. Quand je suis revenu, j'ai fait un tour à Chicago. Je suis rentré chez moi à la mort de mon père, j'ai hérité de l'équipement, j'ai continué là où il s'était arrêté. Il travaillait à mi-temps pour le journal quand il est mort. J'ai repris son boulot. La vie est comme ça, le hasard, vous voyez ? »

Wright écarquilla les yeux en haussant les épaules, il se redressa et sourit : « Toute ma vie en deux mots. »

Ryder hocha la tête. « Vous avez fait ce que vous deviez. » Il laissa passer quelques secondes avant d'ajouter : « Permettez-moi de vous demander quelque chose, Henry. Par une de mes sources personnelles, j'ai appris que Kim Jewel avait monté un coup contre un professeur du lycée. Le type a reçu une photo compromettante. Aucune chance que vous soyez le photographe ? »

Wright répondit : « Toutes les chances du monde. Laissez-moi deviner, c'est cette grande gueule de Trent Bauer qui vous a raconté ça ?

— Je ne dirai pas qu'il ne l'a pas fait, mais il paraît que Gary était très en colère, et qu'il s'en est pris à Kim. »

Wright roula les yeux. « Écoutez, Trent est venu me voir pour me demander de l'aide. Je lui ai conseillé de rester en dehors de tout ça, mais il a insisté pour avoir le négatif. Je lui ai assuré que je ne l'avais pas. Je ne voulais pas me laisser entraîner là-dedans. Je ne voyais pas la nécessité de reparler de ça, en tout cas il n'avait pas besoin de montrer la photo, mais impossible de lui expliquer quoi que ce soit, aussi je lui ai déclaré que je ne l'avais pas. Pour finir, Trent est venu me dire qu'il avait un tirage de la photo. Il voulait que je prétende l'avoir gardée.

— Vous l'avez fait ?

— Oui... en fin de compte.

— Pourquoi ?

— Vous savez, pour la gosse, pour Amber... au cas où ça aurait pu aider. J'ai montré le négatif quand Trent m'a dit qu'il était sorti avec Kim cet été-là, avant que Gary soit libéré. Il essayait que ça marche avec elle, c'est ce qu'il m'a dit. Reconnaître qu'il avait gardé la photo d'elle, c'était... enfin... Il pensait que ça ruinerait toutes ses chances auprès de Kim. Mais moi, ce serait différent. Je crois qu'à la fin je n'ai pas voulu être mêlé à l'arrestation de Kline, s'il était derrière tout ça. »

Wright poussa un long soupir et leva les mains comme il en avait l'habitude. « Ce ne sont pas des histoires simples, n'est-ce pas, Jon ? »

Ryder répondit : « Je ne crois pas... » Et il attendit.

Wright se pencha vers lui. « Il vaut mieux que je termine... je veux dire, à la fin il y a eu un retour de manivelle.

— Comment ça ?

— Avec la découverte du corps d'Amber au printemps suivant, tout s'est mis à marcher sur la tête. Les gens ont compris que le corps avait été caché quelque part et qu'on s'en était débarrassé quand l'enquête s'était arrêtée. Les journaux n'en ont jamais parlé ni personne, mais tout le monde le pensait dans le coin. On avait cherché dans le champ d'Henderson. On n'avait rien trouvé... À mon avis, les gens se demandaient pourquoi le meurtrier avait jeté le corps d'Amber si près de l'endroit où elle avait été enlevée. C'était absurde, à moins que le véritable assassin ait eu intérêt à faire partie de la découverte, s'il voulait participer à l'affaire en cours... »

Ryder l'interrompit : « Le véritable assassin ? Vous voulez dire que c'est Trent ?

— Je ne sais pas ce que j'ai pensé à ce moment-là, mais c'est ce qui se disait. Ça n'avait aucun sens. Si Gary avait tué Amber, il aurait jeté le corps ailleurs, non ? Je veux dire que c'est ce qu'on aurait pensé. »

Wright roula les yeux. « Merde, je ne sais pas ce que je pensais. Vous voyez, Trent était obsédé par Kim depuis l'école primaire. Trent en parlait, ils jouaient au docteur à huit ans. Pour lui, c'était le destin, en vivant côte à côte, comme ça, en prenant le bus ensemble pendant des années. Il était salement accroché. C'était au bal de fin d'année de troisième, j'aidais mon père qui prenait des photos.

Trent a dansé avec Kim, et après il est revenu vers ses copains et il leur a dit : “Sentez mes doigts!” Il reniflait ses doigts, il les tenait en l'air comme ce con de président quand il prête serment. Il a dit qu'il l'avait baisée avec les doigts, ça a fait le tour, et des copines de Kim lui ont rapporté ce qu'avait dit Trent, et Kim n'a pas mâché ses mots, elle a dit : “C'est vrai, Trent et moi on sort ensemble, n'est-ce pas, Trent?”, et Trent il en a chié dans son froc. »

Wright haussa les épaules. « Ce bon vieux Trent. Merde! Kim n'a pas fait d'histoires ni rien, mais tout le monde savait que ça ne s'était jamais passé. En fait, on a appris que Trent avait pénétré sa petite amie avec ses doigts, la grosse Dawn, qui a fini la nuit en pleurant dans son coin. Elle avait une tête comme une citrouille qui prenait toute la place dans la photo de l'annuaire universitaire. Elle est grosse, comme dans la recette “roulez-la dans la farine et cherchez l'endroit humide”. Mais maintenant, Trent a changé son fusil d'épaule, puisqu'il a fini avec Dawn. Elle le tient par les couilles. Trent a eu son poste dans la police grâce aux relations du père de Dawn avec les hommes politiques. »

Ryder répéta : « À vous entendre on a l'impression que c'est Trent qui a fait le coup. »

Wright secoua la tête. « Ouais et non... vous savez, Jon, je n'ai jamais pensé que Trent ait pu faire un coup pareil, ou c'est ce que je veux croire au plus profond de moi. Dieu sait que Gary était un connard de *malade*... je veux dire, parfois il est impossible de comprendre l'esprit humain, si on tient compte des raisons pour lesquelles les gens font les choses. J'ai donné un coup de main à Trent peut-être parce que je refusais de croire qu'il avait quelque chose à voir avec la disparition d'Amber. J'ai pensé que Gary avait déposé Amber à cet endroit-là pour se venger de Trent. Kim avouait, elle reconnaissait ses fautes. Il y a des chances que Gary était au courant de ce qui s'était passé entre Trent et Kim cet été-là, quand il était en prison. Il n'a pas voulu laisser passer les choses qui portaient atteinte à sa dignité, à sa virilité. C'est le malade à qui vous avez affaire. Gary va vous le faire payer, d'une façon ou d'une autre... Vous savez, Gary baisait Amber simplement pour rendre la monnaie de sa pièce à Kim. C'était la pire merde entre eux. »

Wright laissa sa phrase en suspens en pianotant des doigts sur la table, puis il leva les yeux : « En réalité, on s'est trompés sur toute la ligne, non ? C'est le professeur qui a tué Amber. »

Ryder ne répondit pas. Il se retrouvait pris dans le réseau compliqué de relations que Wright venait d'expliquer, son esprit ne pouvait se détacher de Kim Jewel et croyait qu'un type comme Gary Scholl pouvait très bien avoir tué à cause d'elle.

Wright dit : « Vous y êtes, Jon ? Ça vous donne le tournis, je le vois bien. Rappelez-vous l'application de la loi à l'époque, ils couraient tous après leur queue. »

Ryder se reprit, hocha la tête avec une solennité de circonstance et dit : « Écoutez, j'apprécie beaucoup votre aide. »

Wright se cala dans sa chaise. « Pas de problème... Vous savez, j'ai toujours voulu faire un boulot comme le vôtre. J'ai résolu le problème du Rubik's Cube quand c'est sorti. Je ne me vante pas ni rien, mais j'ai le truc pour ce qu'on appelle les relations spatiales, c'est ce que disaient les tests à l'école. À mon avis, si j'avais été mieux conseillé quand j'ai grandi, j'aurais peut-être fait mieux, mais je ne m'arrête pas suffisamment sur les choses. L'école n'a jamais été une priorité. On ne pensait jamais à l'avenir quand j'étais jeune. Mon père touchait sa paye et il la partageait pour certaines choses, en s'attribuant ce qui restait pour l'alcool et les cigarettes, pour le gaz. Vous savez, cette simplicité-là me manque. »

Wright sourit et Ryder se rendit compte à nouveau de l'état dans lequel il avait mis son nez. La franchise de Wright n'en devenait que plus authentique. Il n'y avait plus assez de bosseurs comme lui dans le coin, la colonne vertébrale d'un peuple qui s'arrangeait avec la vie sans faire d'histoires. Il pensa au père de Wright perdant son emploi à l'usine Studebaker, l'histoire non dite de ce que cela avait dû entraîner dans l'existence de Wright.

Ryder aborda la question de façon indirecte : « Vous n'avez fait qu'une période au Vietnam ? »

Wright leva deux doigts : « Deux. Vous allez me prendre pour un fou, Jon, mais j'étais un des rares qui croyaient à ce que Nixon faisait là-bas. À mon avis, parmi le mouvement contre la guerre, tous les "Peace and Love", les gens ne se sont jamais rendu compte que le mode de vie américain était menacé. Je pense que ça valait la peine qu'on se batte pour ça. »

Wright eut un petit rire moqueur. « Vous savez ce qui, pour moi, était une vraie raison de destitution,

Jon, une véritable insulte à la présidence ? Jimmy Carter faisant son jogging, voilà ce que c'était. Je veux dire, pourquoi est-ce que les Iraniens ne nous auraient pas pris en otages, après avoir vu un type en short, faisant son jogging, comme s'il avait du temps pour ça, comme si le monde n'était pas au bord du gouffre ? Pour moi, ça a été le tournant de la politique américaine ! »

Ryder se contenta de sourire, en reconnaissant son honnêteté mais aussi sa diplomatie parce qu'il ne lui demandait pas s'il avait fait son service ; il n'était pas allé au Vietnam, simplement parce qu'on n'avait pas tiré son numéro.

Ryder retourna s'asseoir dans le bureau du président et il regarda un gosse de riche qui avait roulé son bulletin trimestriel pour en faire un télescope et observer la secrétaire puis Ryder mais il trouva plus intéressant de revenir vers elle.

Le président arriva enfin, vit Ryder et parla avec l'étudiant dans l'autre bureau, d'un ton autoritaire, typique d'un gay pensa Ryder, pour lui passer un savon.

Ryder attendit et il comprit que le pouvoir du président tenait au fait que toute confrontation avec lui pouvait être considérée comme « furibarde » ou un « dénigrement des gays », ainsi le président avait un plus grand contrôle que ce qu'on considérait comme « normal ». À un niveau plus profond Ryder en fut écœuré, la politique ou la libération sexuelle, toutes ces choses qui avaient fini par le marginaliser, qui conspiraient pour faire de lui un homme déphasé par rapport à son époque.

Le président entra dans le bureau et se laissa tomber dans son fauteuil, l'air exaspéré, puis il se lança dans ce qu'il pensait personnellement de l'affaire Pendleton, en reconnaissant implicitement que le professeur était coupable de meurtre, puis il donna son opinion sur Wiltshire à propos de qui il affirma qu'elle avait obligatoirement su ce qu'avait fait Pendleton avant la publication du roman. Ainsi qu'il le dit : « Elle faisait un doctorat sur lui, nom de Dieu ! Comment n'aurait-elle pas découvert quelque chose ? »

Le président s'appuya sur des précédents littéraires. D'après lui, le travail de Wiltshire baignait dans une « littérature de la vertu et de l'erreur, une littérature qui s'intéressait aux moyens séduisants grâce auxquels les femmes avaient survécu tout au long de l'histoire », ce qui se classait parmi les « études de genre ». Un rapide examen de son cours, dit-il, montrait à tous sa prédilection pour le mélodrame.

On ne lui avait rien demandé de tout cela, il s'agissait de remarques désobligeantes que le président offrait en parcourant la liste des œuvres étudiées par Wiltshire pour sa modeste thèse sur George Eliot, intitulée *Madame Ovary*, un calembour que ne comprit pas Ryder, qui remarqua cependant le mépris du président à l'égard de Wiltshire.

Ce fut un feu roulant, le président faisant le catalogue de ce qu'il appelait la passion constante de Wiltshire pour les romans de gare, peuplés d'éventreurs de corsages – la psyché d'héroïnes médiévales vertueuses destinées à se jeter par amour dans des rivières, jusqu'aux contes de galanterie chevaleresque et de damoiselles avec ceinture de chasteté, enfermées dans des tours d'ivoire, et jusqu'à l'intérêt récent de Wiltshire pour la tradition littéraire comme il faut, faite de loyauté féminine exemplaire, illustrée par Pénélope, l'épouse d'Ulysse, tissant et défaisant sa tapisserie pour éloigner les prétendants.

D'après le président, le fait que Wiltshire ait abandonné son travail protoféministe était la preuve de son besoin sous-jacent de figure paternelle. Il alla même jusqu'à parler à Ryder de la réputation d'Adi, à propos de rumeurs selon lesquelles elle avait fait jouir deux prix Pulitzer entre ses seins.

Ryder n'avait pas pu distinguer tout à fait quelles étaient les différences philosophiques entre le président et Wiltshire, cependant le président avait vu juste quand, au cours de leur rencontre, on l'avertit qu'elle s'était évanouie à l'hôpital.

Le président avait dit : « Ne vous faites pas avoir, inspecteur, Adi Wiltshire joue un personnage. Elle s'est évanouie avec l'émoi théâtral d'une fière victorienne serrée dans son corset. Tenez-la à l'œil. »

Cela ne faisait que confirmer l'instinct de Ryder. Il la tenait déjà à l'œil.

29

Près d'une heure s'était écoulée pendant laquelle les événements s'étaient précipités ; tout d'abord on avait découvert Adi inconsciente, une aiguille plantée dans le bras, ensuite elle s'était réveillée quand on lui avait fait respirer des sels, et finalement elle s'était brusquement mise à hurler de façon incontrôlable en voyant de nouveau le texte écrit sur la glace.

Elle s'était débattue pour échapper au planton et à l'infirmière et pour fuir ce miroir, un comportement qu'on ne pouvait décrire que comme celui d'une personne devenue folle.

Elle ne cessait de crier : « Qui a écrit ça ? » d'une voix hystérique, en tentant de se retourner vers le miroir.

Dans la chambre d'hôpital, Ryder regardait calmement les lettres griffonnées avec du rouge à lèvres. Il éprouvait un sentiment étrange car il trouvait quelque peu anormale cette écriture renversée, qui faisait penser au mot ƎЯTЯUƎM, écrit sur le miroir dans *Shining*, un des films les plus profonds qu'il ait jamais vus, le va-et-vient entre surnaturel et réalité,

Jack Nicholson parlant avec les morts, la solitude magnifique de l'oasis d'un écrivain, sombrant lentement dans la folie, et tapant encore et encore : « Du travail et pas de jeu fait de Jack un garçon qui s'ennuie. »

Ryder avait l'impression que Wiltshire se moquait de lui, le ridiculisait, en effet qu'était *Shining* sinon le regard de chacun dans la vie d'un écrivain, dans son apparente folie et son manque d'inspiration ? Était-ce le message codé et sinistre qu'elle lui adressait ?

Et tandis qu'il restait là en essayant de savoir comment prendre ce qui s'était passé, en regardant les mots écrits sur le miroir, il pensa à une image fondamentale du film, Nicholson lançant un ballon contre l'immense et calme refuge de montagne fermé, alors qu'il sombre lentement dans la folie et que son fils erre dans les couloirs de l'hôtel, en affrontant les fantômes des deux jeunes filles assassinées baignant dans des flots de sang, découpées par leur père, le maître d'hôtel anglais prétentieux.

Debout devant le miroir, Ryder sentit une présence derrière lui. En fait, ce quelqu'un se trouvait là depuis plus longtemps qu'il n'est nécessaire d'attendre par simple politesse.

L'apparence d'oisif tropical de l'Horowitz de la photo avait disparu. Il portait maintenant la tenue débraillée de celui qui arrive d'une cabane au bord d'un lac : une chemise de coton blanc fripée, un pull gris au col en V, usé aux coudes, et un pantalon kaki qui ne lui descendait pas jusqu'aux chevilles. Il avait aux pieds des mocassins sans chaussettes. Son eau de Cologne dégageait un mélange subtil et chaud de cuir, de bois et de tabac.

Quand Ryder se retourna, Horowitz tapotait son stylo contre son menton d'un geste exaspéré. « S'il vous plaît, inspecteur, ne bougez pas. J'aime vraiment beaucoup, l'inspecteur pensif qui regarde fixement une question énigmatique écrite sur un miroir. L'art d'écrire est une forme de voyeurisme. Quand les gens savent qu'on les observe, ils n'agissent pas naturellement, mais je suppose que vous le savez déjà, n'est-ce pas, inspecteur ? »

Horowitz sourit en hochant la tête, d'un air profondément satisfait, et Ryder remarqua sa barbe de deux jours et ses cheveux mal coiffés au moment où il s'avançait et disait : « Inspecteur, je vois en vous une personne qui pourrait m'apprendre beaucoup de choses... J'insiste pour que vous me preniez comme élève. On peut faire quatre-vingts/vingt sur notre premier roman ensemble. Dites-moi que vous buvez beaucoup, que vous l'avez fait autrefois. Nous aurons besoin d'une personne seule, une femme d'un certain âge, auprès de qui vous trouvez une consolation, mais nous pourrons compliquer l'affaire avec des problèmes d'érection. Je suis ouvert à vos conceptions sur ce sujet. Vous étiez peut-être orphelin, la quintessence de l'étranger, seul, sans famille connue. Je suis un trope littéraire qui assure le succès. Mais commençons par le commencement, je ne me suis même pas *présenté*. »

Horowitz tendit la main. « Allen Horowitz. Appelez-moi Allen. »

Ryder continua sur le ton très familier qu'affectait Horowitz et, se tournant vers le miroir, il dit :

« Vous êtes exactement celui dont j'avais besoin, un critique littéraire. Connaîtriez-vous par hasard la réponse à la question posée ? »

Horowitz regarda et sourit. « Vous allez croire que j'ai une chance de débutant mais je la connais. William Carlos Williams... Un des habituels suspects dans les cent une anthologies anglaises de poésie. On raconte que Williams, qui était médecin, a écrit beaucoup de ses poèmes à la campagne pendant qu'il attendait que des femmes accouchent. Il écrivait sur de petites ordonnances, d'où la brièveté d'un grand nombre de ses poèmes. Vous connaissez peut-être celui-ci, inspecteur, il s'agit de son poème le plus connu et le plus important, intitulé "La brouette rouge". Attendez... » Et Horowitz cita le poème :

tant de choses
dépendent

d'une brouette
rouge

vernie d'eau
de pluie

près des poulets
blancs

Ryder prit une expression méditative et fronça les sourcils. « Selon *votre* opinion autorisée, que signifie exactement ce poème ? »

Horowitz enchaîna. « D'après des sources *dignes de foi*, Williams présente dans sa poésie des suites d'images, pas des symboles. Son but n'est pas de proposer une morale ni d'enseigner une leçon. Williams se contente plutôt de supposer que le lecteur peut éprouver à l'identique l'importance que Williams lui-même accorde à la brouette rouge. »

Ryder répondit sèchement : « Peut-être qu'à l'époque on parlait beaucoup plus des brouettes ?

— Vous avez raison, c'est un élément logique du débat et de la controverse. Vous conceptualisez votre incapacité à interpréter le signifiant, la brouette rouge, en tant que révélateur culturel, étant donné votre perspective historique relative, d'habitant de la fin du vingtième siècle. Il y a eu le paradigme d'un changement depuis une collectivité agraire, c'est-à-dire la brouette rouge, jusqu'à une période postindustrielle individuelle et démocratique. Vous voyez où je veux en venir ? Tout étudiant digne de ce nom devrait pouvoir aligner une dissertation de dix pages minimum sur ce poème. »

Ryder continua ce petit jeu pendant quelques instants : « Dix pages... Vous plaisantez ? »

Horowitz hocha la tête d'un air grave : « Malheureusement, inspecteur, je ne plaisante pas. Aujourd'hui, dans la plupart des universités, c'est ce qui passe pour une éducation soi-disant libérale ! »

Dans d'autres circonstances, Horowitz, avec son charme et son aisance, aurait plu à Ryder. En fait, il était difficile de ne pas lui reconnaître une forme de pouvoir. Pas seulement parce que c'était un des principaux écrivains du pays, mais il avait une sorte de gouaille mêlée à une intelligence désabusée et pleine d'humour, quelque chose que Ryder associait à une certaine forme d'humour juif. Il comprenait pourquoi on achetait les livres d'Horowitz. Il ne semblait pas se mettre au-dessus du lot, il disait plutôt ce que les gens avaient peut-être déjà ressenti sans jamais l'avoir reconnu tout à fait jusqu'à ce qu'on le leur fasse voir.

Mais Ryder savait d'autres choses sur Horowitz et les apparences s'arrêtaient là. Il renversa les rôles, sortit de sa poche le fax qu'il avait récupéré chez Pendleton, et dit d'une voix calme : « Peut-être pourrions-nous commencer par interpréter quelque chose de moins sublime, Allen ? D'après vous que signifie : "N'avouez rien" ? »

30

Pendant la rencontre entre Ryder et Horowitz, les ombres s'étaient allongées bien qu'il ne fût pas encore 14 heures. L'entretien avait traîné, Horowitz s'était perdu en digressions, il avait tenu à prendre des notes, persévérant dans la provocation et prétendant vouloir comprendre le travail de Ryder et la logique d'un interrogatoire. Horowitz voulait savoir quand il devait se montrer agacé, exaspéré, renfrogné ou contrit, quand il devait exiger un avocat. Il voulait *vivre profondément* l'interrogatoire.

Ryder avait accepté ses bouffonneries tout en essayant de le percer à jour. Ce n'est que lorsque leur rencontre parut toucher naturellement à sa fin que Ryder parla de Nietzsche, déclarant sans pause ni préambule : « Comment qualifieriez-vous l'interprétation que Pendleton fait du concept de Superman de Nietzsche ? »

Horowitz perdit de son assurance, mais il sourit : « Un nietzschéen ! Eh bien, voilà quelque chose d'important pour notre roman, inspecteur. Nous avons peut-être trouvé ! Mais à vrai dire, dans les milieux universitaires, on emploie plutôt les termes "Übermensch" ou "Surhomme". À prononcer avec l'accent allemand. Cela fait plus authentique... »

Ryder dit "Übermensch" avec l'accent du sergent Schultz dans *Stalag 17*.

Horowitz roula les yeux. « Mon Dieu, le nivellement des séries télévisées. Je veux un accent allemand authentique, inspecteur. Écoutez ! »

Ryder répéta : « Übermensch. »

Horowitz applaudit : « Beaucoup mieux, vous donnez à Nietzsche l'intellectualisme mordant qu'il réclame mais malheureusement le Surhomme de Nietzsche est devenu le Superman des bandes dessinées, un homme en collants. Un des plus grands concepts de la pensée philosophique moderne, subsumé par une BD... »

Il secoua la tête. « Consternant, vraiment... mais je pense que l'ironie, ou le génie, de la culture américaine a toujours eu un penchant intellectuel pour la médiocrité, pour l'abêtissement. Nietzsche a dit : "Dieu est mort !" et je pense que dans la psyché américaine cela n'a été compris qu'à un niveau profondément inconscient. On ne pouvait nier Nietzsche. T.S. Eliot nous disait que nous vivions sur une "terre vaine" mais peut-être que, plus qu'Eliot ou Pound, Superman reconnaît de façon subtile le nihilisme existentiel de la modernité. Sans le côté pontifiant des intellectuels dans la poétique d'une époque révolue, ou Pound se balançant dans sa cage dans les *Cantos*, la bande dessinée de D.C., avec ses éclaboussures de couleurs, démystifie calmement le christianisme traditionnel. »

Ryder regardait fixement Horowitz qui s'arrêta brusquement, sortit un stylo et se mit à écrire.

« Quand j'ai le vent en poupe, j'aime fixer les choses sur le papier. En fait, je suggère que la mort subtile de notre Dieu judéo-chrétien ne pouvait être menée à bien que dans une bande dessinée, un genre inoffensif, fondé sur le jeu et l'imagination des enfants – l'existentialisme vendu sur des boîtes de céréales avec des badges décodeurs. »

Horowitz posa son stylo et sourit. « J'espère avoir répondu à votre question. Je crois que vous m'avez fourni quelque chose pour continuer. Nous travaillons très bien ensemble, vous et moi. Votre contribution est tout à fait *extraordinaire* ! »

Ryder posa ses mains l'une contre l'autre d'un air contemplatif, il fit craquer ses doigts comme s'il revenait à son enquête et dit d'une voix égale : « Bon, et si je vous donnais la définition de Nietzsche du Surhomme ? J'ai ça ici. »

Il sortit de son long manteau un exemplaire du *Cri* : « Pendleton cite Nietzsche dans la préface de son roman : "Le Surhomme a atteint le stade d'être là où il n'est plus affecté par "la *pitié*, la souffrance, la tolérance du faible, le pouvoir de l'âme sur le corps, la croyance dans une vie future"... »

Horowitz répondit : « Brillant, mais ça fait froid dans le dos... un iconoclaste dans une époque de saints accablés de prêtres. Je suppose que vous n'avez pas lu Nietzsche en allemand ? » Il fit un geste de la main. « Non, bien sûr... mais continuez, je vous en prie. »

Ryder reprit : « Ce que je trouve troublant chez Nietzsche, c'est cette intolérance à l'égard des faibles. »

Horowitz leva l'index; entraîner Ryder dans un domaine auquel ce dernier ne connaissait assurément rien semblait l'amuser. « En réalité, je ne suis pas sûr que ce soit nécessairement ce que disait Nietzsche, Jon. J'ai peur que ce ne soit que la traduction. Nietzsche est sans aucun doute le plus mal compris de tous les philosophes. Vous savez, les hommes d'idées ne sont pas obligatoirement des poètes, et parfois ils sont abscons, pas seulement pour être abscons, mais parce que la métaphysique est une chose compliquée. »

Ryder suivit Horowitz pas à pas et répliqua : « C'est intéressant... la notion de l'interprétation erronée. Peut-être pouvez-vous me donner une évaluation de l'interprétation que Leopold et Loeb font de Nietzsche ? »

Horowitz ne répondit pas.

« Permettez-moi de vous rafraîchir la mémoire. Deux adolescents juifs et géniaux de Chicago ont commis un meurtre, semblable au meurtre présumé de Pendleton, en 1924, un assassinat au hasard, de sang-froid pour ce qu'ils ont appelé des "raisons philosophiques". »

Horowitz haussa les épaules sans se compromettre. « Oui, en effet, 1924... ça fait longtemps, je n'étais même pas né.

— Au-dessus du bureau de Pendleton, dans un livre sur Leopold et Loeb, nous avons retrouvé non seulement les empreintes de Pendleton mais aussi celles de Wiltshire. »

Horowitz leva les yeux. « S'il vous plaît, pas le coup des empreintes, pas ce vieux truc. Franchement, entre nous, Jon, l'avenir du roman policier réside dans les progrès des preuves par l'ADN. Ne résolvons pas une intrigue avec la banalité de simples empreintes digitales. Ça ne marcherait pas en lecture publique, croyez-moi. Je ne pense qu'aux attentes du lecteur ! »

Ryder dit : « D'accord, laissons les empreintes digitales de côté, mais cela m'amène à poser une question plus *fondamentale* et plus intéressante : la nature de votre relation avec Wiltshire. »

Ryder posa un paquet de feuilles sur le bureau : « J'ai ici les relevés du compte bancaire de Wiltshire, qui montrent que 120 000 dollars lui ont été virés, rien que l'an dernier. »

Horowitz répondit : « Pour Pendleton ! Il était plus facile de virer l'argent sur le compte d'Adi que d'essayer d'obtenir une procuration auprès du juge afin qu'elle puisse le gérer. » Mais il avait perdu de sa suffisance polie. « Mon implication, la décision que j'ai prise de venir en aide à Bob, n'ont rien à voir avec Wiltshire. Elle n'était qu'un intermédiaire. Bob et moi, on se connaît depuis longtemps. La relation, elle est là, dans notre passé. »

Horowitz s'arrêta brusquement. Il avait changé d'humeur.

« Je suppose que vous savez que Bob a tenté de se suicider le soir où je suis arrivé à Bannockburn ? Cela répond à votre question : voilà pourquoi je lui ai donné de l'argent... Une sorte de réparation, ou appelez ça comme vous voulez. J'ai vu quelque chose d'infiniment triste dans les yeux de Bob ce soir-là, le regret, l'échec. »

Horowitz hocha lentement la tête. « Ce soir-là, j'ai dû accepter le fait que ma seule présence avait poussé Bob à bout. »

Il regarda Ryder. « Adi m'a contacté quelques mois plus tard. Elle avait repris l'œuvre de Bob, en l'état. Il avait laissé une note en ce sens avant son suicide, pour lui léguer tout. Wiltshire rédigeait une thèse de doctorat sur Bob. Elle voulait me faire lire un texte qu'il avait écrit. Qu'est-ce que je pouvais dire ? Je me sentais coupable. Bob Pendleton était dans le coma à ce moment-là, hors de la société, et il était sans aucun doute l'auteur du plus grand livre que j'aie lu. Où est la justice dans tout ça ? »

Horowitz se calma, comme s'il avait dit tout ce qu'il avait sur le cœur.

Puis il ajouta : « Adi Wiltshire elle aussi avait vu ce génie. C'est ici que se rejoignent nos sensibilités – notre attention mutuelle pour l'œuvre de Bob.

— Peut-être, mais cela ne répond pas à la question suivante : Pourquoi Wiltshire a-t-elle continué à recevoir de l'argent de vous ?

— Vous n'avez peut-être pas saisi l'essentiel. Nos sensibilités nous poussent à aider Bob. Si vous voulez une réponse, pourquoi ne le lui demandez-vous pas ?

— Oh, je le lui demanderai.

— Que cherchez-vous, Jon ?

— La vérité ! » Ryder posa sur la table le fax qu'Horowitz avait envoyé. « Je veux savoir ce que cela signifie. » Ryder montra du doigt la phrase manuscrite. « À propos de quoi Wiltshire ne devait "rien avouer" ?

— Ça! C'est de ça qu'il s'agit? Quelque chose écrit à la hâte? Simplement des mots mal choisis. « Ne dites rien », « N'avouez rien ». Je pense qu'ils ont la même signification. Adi était affolée et sous le choc, car elle venait d'apprendre le lien entre Pendleton et le meurtre. On a le droit constitutionnel d'invoquer le cinquième amendement. Je voulais seulement le lui rappeler. »

Ryder insista : « Alors elle avait quelque chose à cacher?

— Non. »

Horowitz fit un geste comme pour se lever mais Ryder lui posa la main sur le bras. « Pourquoi n'avez-vous jamais fait référence à l'affaire Leopold et Loeb quand vous avez écrit votre article sur le roman dans le *New York Times*? Si j'obtenais une commission rogatoire pour perquisitionner votre appartement, je parie...

— Mes appartements, l'interrompit Horowitz. J'en possède plus d'un, Jon, je précise pour que tout soit clair.

— D'accord, *vos* appartements. Je parie que si je perquisitionnais *vos* appartements, nous découvririons que vous avez un livre sur l'affaire Leopold et Loeb.

— Je vais vous le dire, pour vous faire gagner du temps. J'en ai un exemplaire.

— Pourquoi avez-vous nié connaître cette affaire?

— Je n'ai pas nié connaître cette affaire. J'ai simplement déclaré qu'elle avait eu lieu il y a très longtemps. Je pense que si vous vérifiez sur la bande vous retrouverez mes paroles exactes.

— Permettez-moi de vous reposer la question : Wiltshire vous a-t-elle parlé de ce livre ? »

Horowitz haussa les épaules. « Je ne m'en souviens pas comme ça.

— Elle ne vous en a rien dit, d'accord ?

— J'ai peur d'avoir un trou de mémoire, Jon. Il faudra qu'on en reparle. »

Ryder croisa les bras. « Je vais vous confier ce que je pense, elle s'est servie de vous.

— Est-ce un délit ?

— Cela dépend si vous étiez dans le coup ensemble ou non. Vous voyez, je pense que la première fois que vous avez lu le livre, vous saviez, au plus profond de vous-même, que Pendleton avait assassiné la victime du roman.

— Vraiment ?

— Vous aviez le béguin pour Wiltshire, alors vous avez accepté de l'aider à publier le livre, mais en même temps vous pensiez ruiner Pendleton. J'ai vérifié, Allen, et la plupart des gens ont été étonnés que vous ayez tout fait pour la réussite du livre. En général, tout le monde s'accorde à dire que vous vous détestiez, Pendleton et vous.

— Nous nous sommes réconciliés avec l'âge, Jon, mais continuez. J'espère pouvoir être aussi brillant et aussi manipulateur que vous me décrivez.

— Êtes-vous en train de me dire que la description détaillée du crime ne se remarque pas ? Je ne suis pas expert, mais le style est tout à fait différent.

— La liberté d'invention, c'est l'essence de l'art de la fiction ! Est-ce que vous prétendez que chaque roman dans lequel il y a un meurtre est écrit par l'assassin ? S'il vous plaît !

— Ainsi vous n'avez jamais cherché à savoir s'il y avait eu des assassinats dans la région de Bannockburn semblables à celui décrit dans *Le Cri* ?

— Non.

— Je sais que Pendleton ne vous intéresse pas, mais Wiltshire vous a donné le livre, et vous ne saviez pas si elle vous tendait ou non un piège, alors vous avez décidé de lui laisser du temps. Vous avez transmis le roman à un éditeur, vous les avez soutenus financièrement, Pendleton et Wiltshire, en lui faisant croire que vous étiez de son côté. Le livre était autobiographique dans tous les sens du terme, et comme Wiltshire faisait sa thèse sur Pendleton, à un moment, vous avez senti qu'il était inconcevable qu'elle n'ait pas au moins fait une recherche sur les crimes qui avaient eu lieu dans la région. Alors vous avez attendu, en espérant qu'elle vous mettrait dans la confidence. Vous aviez le temps de rester hors de l'arène, avant que Wiltshire vous fasse la révélation. Vous demeuriez innocent. Elle faisait le travail, pas vous. Vous saviez que vous auriez le temps de révéler l'histoire avant la publication du livre, une sorte de découverte qui donne le frisson et qui fait monter le livre en tête des best-sellers. Enfin, c'était votre plan. Vous aviez investi 120 000 dollars pour dénoncer et abattre un ancien rival. »

Ryder s'animait en parlant. « Mais Wiltshire ne vous a jamais rien confié, et plus elle tenait le coup, plus vous étiez inquiet. Vous ne vouliez pas l'impliquer mais vous saviez qu'elle connaissait les faits. Vous saviez qu'elle vous utilisait. »

Horowitz sourit : « Continuez, Jon, je vous en prie ! »

Ryder se pencha en avant : « Je suis trop près de la vérité, Allen ? Je sais que Wiltshire a refusé les interviews. Le service de presse de la maison d'édition a confirmé qu'elle ne voulait pas aider à la promotion du livre. Elle vous a laissé affronter la publicité, sortir la tête. Je pense que, d'une certaine façon, cela a été la goutte d'eau. Cela prouvait qu'elle savait. Elle avait le pigeon parfait, *vous.* »

Ryder regarda Horowitz droit dans les yeux. « Mais je ne pense pas que cela colle parfaitement avec vous. Pourtant, le problème c'est que vous ne pouviez faire connaître ce que vous aviez découvert. Il y aurait eu trop de questions pour savoir à quand remontait votre découverte, et de toute façon, Wiltshire vous aurait percé à jour, elle aurait compris vos motivations depuis le début. Peut-être même savait-elle que vous saviez. Je crois qu'elle en est capable. Je pense que, depuis le début, sa motivation a été de faire publier le livre à n'importe quel prix. Vous ne l'intéressiez pas vraiment. Elle était à l'université depuis sept ans et cela ne la menait nulle part. C'était son billet de sortie. En ce qui la concernait, Pendleton était déjà prisonnier. Une révélation ne signifiait rien, vraiment. Il était hors d'atteinte de la loi, complètement enfermé en lui-même...

« Au bout du compte, même un type équilibré comme vous ne peut s'empêcher de vouloir se venger. Un amour non partagé peut perturber la raison. On s'est servi de vous – vous, l'écrivain célèbre dans le monde entier, bouleversé par une simple étudiante.

« À la sortie du livre, vous avez voulu du spectacle, vous avez voulu du scandale et votre revanche, alors vous avez enregistré la bande et vous l'avez envoyée à un journal de Muncie. Nous savons qu'on l'a postée à New York.

« Je pense que vous l'avez fait délibérément, comme une sorte de coup de poing destiné à Wiltshire, de telle façon que lorsqu'on apprendrait d'où venaient les faits révélés, elle saurait que vous étiez à l'origine de la révélation de l'affaire Jewel... mais, ensuite, quand l'histoire a été connue, vous avez éprouvé du remords. Vous ne vouliez pas perdre la femme dont vous étiez tombé amoureux, alors, en toute hâte, vous lui avez envoyé le fax et vous vous êtes précipité auprès d'elle pour dissimuler les preuves qu'elle avait déjà réunies et qui l'impliqueraient pour avoir su à l'avance ce qu'avait fait Pendleton. »

Ryder se tut un moment. « Je préférerais la coincer, elle, Allen, d'accord ? J'ai mes raisons. Elle s'est servie de vous. Je sais ce qu'on ressent. Permettez-moi de vous parler d'homme à homme, arrêtez ces conneries. Écoutez-moi, Allen, je vois de la compassion en vous, au plus profond, un sentiment de *regret.* »

Horowitz ne dit rien jusqu'à ce qu'il se rende compte que Ryder avait fini, alors il tendit le bras par-dessus la table et posa la main sur celle de Ryder. « Bravo, Jon ! C'est du costaud, essayé et testé. Vous êtes resté dans les limites du genre mais vous y avez mis assez de *vous-même* pour le rendre réel. J'ai été sensible à la compassion et à l'accent de vérité et j'ai su qu'en parlant de la douleur, vous parliez de vous-même à un niveau profond, mais c'est ce que font tous les artistes. Je les voyais venir, la conjecture banale et cet étalage de foutaises. Parfois c'est ce qu'on a le plus de mal à expliquer avec conviction, mais vous y êtes parvenu. Un cliché, je dois l'avouer, et ce n'est pas une critique, parce que les choses doivent être dites. Nous avons besoin de connaître vos pensées. Je trouve que balancer la confusion de l'amour non partagé au milieu de tout ça, eh bien, ça marche. Ça met les faiblesses humaines en perspective. Tout le monde réclame une histoire d'amour ! Vous savez, c'est quelque chose qu'on ne peut pas enseigner, cet intérêt naissant pour le récit. J'adore, Jon ! Je dis chapeau ! »

Horowitz tapota la main de Ryder puis regarda sa montre. « J'ai beaucoup appris. » Puis il reprit un ton sérieux.

« Vous savez, je me pose une question, et je ne suis plus critique, Jon, mais quelles sont exactement vos motivations ? Pourquoi harcelez-vous Adi, ou moi, par exemple ? Je pense que les détails de *si* ou *quand* certaines découvertes concernant Pendleton ont été faites, et les hésitations de certains ou de tous, la révélation de cette information, tout cela ne signifie pas une intention criminelle, n'est-ce pas ? »

Horowitz laissa sa question en suspens pendant quelques instants. « Est-ce que la réédition du roman n'a pas remis l'affaire sur le devant de la scène ? La question centrale que je poserais, Jon, est la suivante : N'êtes-vous pas censé enquêter pour savoir si Pendleton a effectivement assassiné Amber Jewel ?

— Mais c'est ce que je fais, Allen. Cette conversation que nous avons est ce qu'on appelle dans le métier une "ligne parallèle d'enquête".

— Ah... » Horowitz hocha la tête. « Je m'en souviendrai. »

Il se tourna pour s'en aller mais Ryder demanda : « Avant de partir... Vous ne m'avez toujours pas dit pourquoi vous n'avez fait aucune référence à l'affaire Leopold et Loeb dans votre article du *New York Times*. Étant donné le genre de livres que vous écrivez et le genre de personnes que vous êtes tous, et je dis cela de façon positive, la priorité littéraire n'aurait-elle pas à elle seule affirmé ce que vous appelez le génie de Pendleton ?

— Vous revenez toujours à ce livre...

— C'est simplement la première dénégation, Allen. Ça m'a troublé. »

Horowitz avait l'air épuisé, le regard brillant, mais il tenait tête à Ryder. « Je vous renvoie aux termes exacts que j'ai utilisés, Jon, mais peu importe. Je vois que ça vous empêche de vous intéresser à ce sur quoi vous devriez enquêter. »

Horowitz essaya de gagner du temps, il prit un verre, l'eau coula dans sa barbe mal rasée et il s'essuya la bouche d'un revers de main, puis il regarda Ryder. « Vous voyez, après mûre réflexion, il y a une différence philosophique fondamentale entre Leopold et Loeb et le personnage du roman de Pendleton. J'ai tout à fait consciemment décidé de ne pas faire cette référence parce que ce que ressent ce personnage c'est l'*absence* de Dieu, *non pas la liberté* que donne l'absence de Dieu, comme avec Leopold et Loeb. Ces deux jeunes gens avaient été inspirés par la mégalomanie, le sentiment qu'ils étaient le centre du monde. C'était un acte puéril, sans bases philosophiques. Une simple référence aux deux autres aurait rabaissé le roman de Bob. Ils ont tout bonnement commis un meurtre ; Pendleton a créé un chef-d'œuvre. Il a pris la question philosophique "Qu'est-ce qu'un Surhomme ?" et il a créé un cauchemar existentiel qui résistera à l'épreuve du temps. Quoi que vous en pensiez, Jon, le livre remportera le National Book Award, son génie a été reconnu, il l'est au moment même où nous parlons, et ce génie philosophique nous a guidés, Wiltshire et moi. Le meurtre a été d'une importance secondaire dans notre réflexion, et je ne dis pas cela avec cynisme. Le meurtre a plutôt été un trope littéraire pour explorer des idées existentielles.

« Dans ce contexte, le meurtre qui est au centre du *Cri* semble un événement littéraire. Je suppose que vous n'avez pas lu *L'Étranger* de Camus, mais il y a un meurtre sur une plage au centre de ce roman, et je n'ai jamais entendu dire que quelqu'un avait fait des recherches pour savoir si, effectivement, un homme avait été assassiné sur une plage. En outre, et c'est un point important, Jon, si vous lisez *Le Cri* comme il doit être lu, comme une crise spirituelle, une quête de Dieu, alors le meurtre aura été le péché ultime. Le roman était une recherche de rédemption. En commettant ce meurtre au hasard, le personnage de Pendleton refuse le salut éternel à son âme. »

Ryder répliqua brutalement : « Mais Pendleton a vraiment tué Amber Jewel. »

Horowitz hocha lentement la tête. « Vous mettez l'un à la place de l'autre, inspecteur, l'écrivain et le protagoniste. Pas moi. Je ne peux parler que du roman et du *personnage*.

— Ils ne font qu'un.

— D'accord, alors prouvez-le ! C'est vous le flic ! »

31

Horowitz se sentait mal assuré et avait un peu froid en descendant le couloir du vieil hôpital et en entrant dans une grande pièce, l'ancien solarium pour les patients atteints de polio transformé maintenant en salle de rencontre.

Il était abattu après la montée d'adrénaline qui avait accompagné la conversation avec Ryder. Il se demandait s'il avait besoin d'un avocat ou s'il était temps pour lui de s'extirper d'une association avec Adi, tout en n'étant pas encore disposé à la laisser tomber. L'avait-elle vraiment utilisé ?

Horowitz essaya de trouver une explication logique. Combien de fois quelqu'un comme lui était-il amené à rencontrer et à affronter, avec une telle suspicion, un type comme Ryder ? C'était une simple étude de personnage. Dans la fiction, il en aurait fait un antihéros, il l'aurait rendu plus laid, plus pitoyable.

Ryder avait des problèmes d'érection. C'était une certitude. Horowitz hocha la tête. Leopold et Loeb avaient raison ! La nature profonde de la supériorité résidait dans un contrôle absolu, dans une confiance en soi sans équivoque.

À l'intérieur du solarium, dans l'espace des distributeurs automatiques qui avait le style d'une cafétéria des années cinquante, Horowitz prit un café. L'endroit sentait le pain de viande et les oignons frits, sous une chaude odeur de menthol, de pommade contre l'arthrite et celle du tapis de gazon artificiel d'un golf miniature usé jusqu'à la corde mais qui gardait ses qualités utilitaires. On pouvait ouvrir le toit du solarium grâce à un énorme système de poulies.

Horowitz but une gorgée d'un café amer et tiède. Il était décontenancé par Ryder qui l'avait accusé d'avoir envoyé la bande magnétique anonyme depuis New York.

Il ferma et rouvrit les yeux, sentit qu'ils s'emplissaient de larmes, et son visage se tendit de nouveau. Il recherchait une explication logique.

Une personne zélée chargée de vérifier les faits dans la maison d'édition avait-elle établi un lien entre le meurtre d'Amber Jewel et l'assassinat du *Cri* et fabriqué la bande pour des raisons publicitaires ? Ça ne ressemblait pas au coup monté que pouvait orchestrer un éditeur respectable.

La bande avait-elle vraiment été postée à New York ?

Cela inquiétait quand même Horowitz. Finalement, il en arriva à la conclusion que Ryder avait dû mentir. Il se souvint de quelque chose qu'il avait entendu mais oublié. Un auteur de romans policiers lui avait dit une fois, pendant une cérémonie de remise de prix à la New York Public Library, que les flics avaient le droit de *mentir* aux suspects pendant les interrogatoires, ce qu'ils ne se privaient pas de faire.

Horowitz porta la main à son front alors que la fatigue se refermait sur lui. Il fut frappé de se sentir plus âgé que jamais – une impression de lassitude en fin de journée, mais aussi à cause de la ténacité et de la perspicacité de Ryder, plus doué qu'il ne l'avait imaginé pour un flic.

Ryder avait raison. L'amour non partagé avait bien sûr été fondamental dans sa motivation à republier *Le Cri*. Quelque chose avait un accent de vérité dans l'impression de Ryder concernant la trahison. Horowitz y réfléchit. Il découvrirait de qui et de quoi il s'occupait, et trouverait le point faible de Ryder. On ne parlait pas à Allen Horowitz comme l'avait fait Ryder sans conséquences.

Mais il savait ce qui l'inquiétait derrière tout ça – la trahison de Wiltshire, qui ne lui avait pas dit ce qu'avait fait Pendleton. Il en éprouvait une souffrance dont il s'était toujours moqué, de la mauvaise poésie, mais il ressentait une *vraie* douleur. Il leva les yeux et observa ceux qui se trouvaient autour de lui comme si on les avait installés là, une métaphore, des conjoints assis côte à côte selon une longue habitude.

Ses yeux s'arrêtèrent sur une vieille femme, assise devant son mari endormi ; elle tricotait de façon machinale, ses aiguilles ressemblaient à des antennes qui se déplaçaient avec un bruit sec, comme celles d'une mante religieuse dévorant les entrailles d'un être vivant.

C'était la phase finale des relations les plus stables et les plus amoureuses, le sacrifice d'une existence à la fidélité, chacun vivant selon une obligation solennelle envers l'autre. L'amour en valait-il le prix?

À la fin, il détourna les yeux sans répondre à sa propre question et, par l'immense fenêtre, il regarda l'horizon au loin, là où le ciel et la terre se rencontraient dans des strates de bleu et de gris.

Couchée sur son lit d'hôpital, Adi avait un visage au teint cireux, recouvert d'une sueur chaude de retrait sur soi. Des cernes sombres s'étaient formés sous ses paupières, trahissant son origine italienne, des cernes qui resteraient dans le relâchement qui accompagne les années.

Horowitz prit un linge, il le mouilla et l'essora dans un récipient de métal en forme de rein, et tamponna les petites crevasses de chaque côté de sa bouche. Ses yeux bougèrent sous ses paupières, un mouvement rapide dans ses rêves, et son visage se contractait de temps en temps.

Il y avait en elle quelque chose de plus beau que dans son souvenir. Il lui essuya le front en essayant de l'imaginer dans une dizaine d'années, ses cheveux poivre et sel tirés en arrière, révélant les ombres grandissantes de son visage, les yeux caves empreints d'une certaine sagesse caractéristique de tant de mères de minorités ethniques dont il se souvenait de son enfance. C'était une femme tout à fait différente des femmes impudiques, adeptes de l'aérobic, vêtues de sortes de carapaces, qui peuplaient sa vie en Floride.

Il continua à lui tamponner le front et les lèvres, dans l'attente d'une lueur d'espoir, loin des menaces de Ryder. Il avait du mal à retrouver le sens de la perspective, de s'extirper de ce qui se trouvait autour de lui. Il reconnaissait maintenant le processus de l'interrogatoire, ce sentiment de doute sur lui-même que cela avait créé. Il en avait été victime. Aussi galvaudées qu'elles puissent être, les confessions naissaient de ce manque de perspective, ce sentiment d'être poussé à l'erreur, et, après tout, Ryder était un professionnel. Il avait voulu qu'il implique Adi.

Il essora le linge humide et sentit les muscles de son bras le brûler, et soudain il décida que cette séance avait été une expérience enrichissante. Et rien de plus.

Il regarda de nouveau le visage d'Adi. Il lui caressa le front.

D'une certaine façon, les choses avaient tourné en sa faveur. Elle ne possédait rien et n'avait nulle part où aller. C'était un fait. Il l'avait amenée exactement là où il l'avait voulu, sa dépendance à la drogue n'avait été qu'une complication imprévue qui se révélait maintenant comme un élément qui le mettait au même niveau qu'elle.

Elle avait besoin de lui.

Horowitz respira profondément, à l'aise pour la première fois depuis longtemps. Il glissa les doigts entre les longs doigts d'Adi, prit sa main, l'embrassa, et sentit sa peau douce contre sa barbe mal rasée.

Elle avait essayé de se servir de lui, et alors ?

La poitrine d'Adi se souleva et retomba, on distinguait ses mamelons plus sombres à travers le tissu léger de la chemise d'hôpital, et il pensa à la vieille femme du solarium qui veillait sur son mari. Il posa la tête sur le ventre plat d'Adi, ferma les yeux et murmura doucement : « J'ai envie de vieillir entre tes bras. »

Ce qu'il ne sut pas alors qu'il posait la tête sur le ventre d'Adi, c'est qu'elle avait ouvert les yeux.

Elle ne dormait absolument pas.

32

Gary Scholl, vêtu d'une combinaison de parachutiste tachée portant son simple prénom, « Gary », brodé en lettres script, en était à sa vingtième heure de fête et revenait lentement du sentiment exaltant de sa propre innocence, quand les chiens de sa petite amie se mirent à aboyer dans leur chenil. Une heure plus tôt, elle avait quitté la maison après une bagarre tonitruante concernant le besoin immédiat et urgent qu'avait Gary de parler à Kim Jewel.

Il se leva difficilement, complètement défoncé, pensant qu'elle revenait. Il téléphonait à Kim, qui s'était montrée fondamentalement partiale à son égard, une diatribe qui était passée par toute la gamme des émotions, depuis la commisération sinistre devant ce que la vie leur avait réservé, et les regrets larmoyants accompagnés de « et si... », jusqu'à finalement la fureur maniaque.

D'après Gary, Kim avait cessé de croire en lui, son crime le plus grave et la raison pour laquelle c'était « la plus grande salope du monde ! »

Kim écoutait, simplement parce que l'essentiel de ce que disait Gary était vrai, mais en plus parce qu'elle aussi était saoule.

Il tira le rideau et resta stupéfait. Ce n'était pas sa petite amie qui revenait, mais la police qui arrivait et, dans un instant de paranoïa embrumée, il prit son fusil de chasse et hurla avec un profond sens de la justice que les flics n'avaient pas le droit de venir chez lui parce qu'il avait été soupçonné à tort, il y avait longtemps, de l'assassinat d'Amber Jewel. Il dit quelque chose à Kim, le téléphone toujours coincé entre l'oreille et l'épaule, et tira un coup de fusil pour bien montrer aux flics qu'il était sérieux.

Kim lui cria d'arrêter, de ne pas mourir comme ça après tout ce qu'ils avaient vécu, mais Gary n'écoutait plus, il respirait de plus en plus vite à cause d'une nouvelle décharge d'adrénaline.

Après l'injustice qu'on lui avait faite autrefois, les flics arrivaient pour le trouver complètement défoncé. Sur la table de sa petite amie, il y avait un échantillon élaboré, un sac d'herbe de fête, avec des lignes de cocaïne, une bouteille de Jack Daniel's, et une de deux litres de Coca.

Avec ses infractions précédentes en matière de drogue, il n'allait pas retomber pour quelque chose comme ça. L'instinct de survie se réveilla en lui : ses derniers mots à Kim furent : « Je suis désolé, Kimmie », un diminutif qu'il n'avait pas utilisé depuis près de dix ans, au moment où on avait retrouvé le corps d'Amber.

Les éducateurs qui traitaient le cas des Kim Jewel du monde divisaient la vie de ces femmes de la façon suivante : la vie était une suite de *bons choix* et de *mauvais choix*. Leur refrain était : « Faites de bons choix ! »

Le résumé succinct de la vie de Kim était le suivant : elle avait fait plus de *mauvais choix* que de *bons choix*. Elle avait donné naissance à la fille de l'homme que tout le monde soupçonnait d'avoir tué sa sœur. *Mauvais choix !* Mais pas aussi mauvais que le choix morbide du prénom d'Amber pour l'enfant. Ça ne figurait même pas dans la liste des *mauvais choix*. En fait, c'était de la folie pure et simple, mais Kim éprouvait un amour fou pour Gary à l'époque, et il était dans leur nature à tous deux d'affirmer ce genre de solidarité au cours des premiers mois de soupçon.

En fait, les Kim Jewel et les Gary Scholl du monde étaient du genre à faire fonctionner les boutiques de tatouage avec des déclarations d'amour indélébiles. Quand ils n'avaient pas assez d'argent pour des tatouages, ils se faisaient des suçons, et quand ils en avaient suffisamment, ils restaient assis pendant des heures de douleur atroce pour se faire tatouer les mêmes cœurs dans les volutes des amants enlacés. Gary avait aussi un cœur poignardé d'une dague d'où tombaient des gouttes de sang sur le pectoral gauche qui s'approchait peut-être le plus de sa définition de l'amour. Le cœur sanglant avait un étendard sur lequel on pouvait lire : « Gary et Kim pour toujours ».

Afin de ne pas être en reste, Kim avait le mot « Gary » tatoué autour du nombril, mais avec sa grossesse et l'âge, les lettres avaient commencé à s'enfoncer dans l'obscurité de son ventre comme une étoile qui implose.

Si la ruine de leur vie s'était limitée à leurs personnes, cela n'aurait pas eu d'importance, mais à l'époque des nouveaux gothiques, des Jason, des Freddy et des Carry, l'enfant était considérée comme la descendance de l'incube, une bizarrerie qui se renforça quand elle grandit et qu'elle se mit à ressembler de façon surnaturelle à la première Amber Jewel.

Kim ne fit rien pour cacher cette ressemblance. Lamentablement, à cause des insuffisances passées et présentes de ses parents. La nouvelle Amber Jewel fut l'objet d'autres dégâts psychologiques lorsque Kim quitta sa maison et se retrouva quelques minutes plus tard devant celle de la petite amie de Gary.

Une situation que les éducateurs auraient définie comme un des *mauvais choix* de Kim Jewel.

Ryder arriva une demi-heure plus tard alors que le soir s'assombrissait dans la chaleur de ce qui apparaissait comme une impasse. Il vit que des flics empêchaient Kim de passer. Elle portait une veste en similicuir, un survêtement et des chaussures montantes, elle hurlait le nom de Gary et, derrière le rideau d'une fenêtre, Gary lui répondait qu'il l'aimait, de la voix hésitante d'un type qui ne s'en sortira pas vivant. Sa présence sembla empirer les choses.

Trent Bauer se tenait un peu plus loin, dans la faible lumière du plafonnier d'une voiture de police, et un autre flic assis en travers, les jambes en dehors de la voiture, parlait avec animation à la radio, quand brusquement Gary apparut, vêtu d'un short et d'un débardeur, complètement défoncé.

Bauer cria le nom de Gary, Gary se retourna brusquement en pointant son fusil sur la voiture de police. Bauer réagit aussitôt, il sortit son arme et répliqua par un tir de barrage en fauchant Gary qui s'effondra dans ce qui ressemblait à une mort au ralenti.

Il fit une embardée en avant et s'arrêta tout d'un coup, en se tournant vers la voix gémissante de Kim. Elle se libéra des mains des flics et atteignit Gary au moment où il s'écroulait.

Ryder n'avait pas eu le temps réagir ou, plus exactement, il était resté à l'écart en observant ce qui se passait et en saisissant l'éclair de vengeance dans l'œil de Gary quand il avait vu Bauer, une réaction viscérale de Gary prêt à tirer.

Difficile de dire qui avait été le premier dans l'échange de coups de feu. Bauer sortit de derrière la voiture de police, son arme toujours braquée sur Gary effondré dans les bras de Kim, au moment où elle levait les yeux et hurlait d'une voix hystérique en direction de Bauer : « Pourquoi ? » et elle répéta le mot jusqu'à ce que Bauer s'arrête, baisse son arme alors que les autres flics se dirigeaient prudemment vers Gary ; d'un coup de pied, l'un d'eux écarta son fusil loin de lui.

La vie n'avait aucun sens dans l'enchaînement des choses, pas une vie comme celle de Gary Scholl en tout cas, seuls les cris de Kim Jewel disaient qu'un être humain venait de mourir.

On avait du mal à croire qu'en un instant l'homme soupçonné depuis longtemps du meurtre d'Amber Jewel avait pu être abattu comme ça et que la perspective de son interrogatoire avait disparu.

Tout ce qui s'était passé pendant toutes ces années avait abouti à cette impasse, une nouvelle humiliation pour Ryder, un autre présage pour lui dire qu'il devrait être ailleurs. La mort de Scholl était une fin inévitable qui n'aurait pas pu avoir lieu autrement, en tout cas ce fut ce que se dit Ryder malgré les échecs qu'il avait connus jusqu'ici dans cette affaire.

Alors que Ryder retournait vers sa voiture confronté à cette réalité, il vit le visage de l'enfant qui se tenait plus loin, vêtue d'une doudoune rose au col de fausse fourrure bleu électrique, une enfant avec le visage d'Amber Jewel. Il s'arrêta net.

Ryder ne savait rien de la ressemblance que présentait la fille de Kim Jewel avec la petite Amber Jewel assassinée, et il ne fit pas le rapprochement. Pour lui, ce fut une apparition, le signe qu'il avait recherché sur les lieux où l'on avait enterré le corps d'Amber Jewel.

Mais elle se trouvait là et le regardait.

Il la salua d'un mouvement solennel de la tête et elle cligna des paupières. Il n'avait pas bien dormi depuis plusieurs jours, et cela contribua peut-être au fait qu'il ne dit rien, il passa lentement devant elle, il lui sourit même tendrement, heureux de voir qu'elle avait repris son apparence d'autrefois, car il savait qu'il s'agissait de sa véritable essence, et non de la petit pute inquiète de treize ans qu'elle deviendrait.

Quand Ryder mit sa voiture en route, l'enfant resta sur le côté sans le quitter des yeux, et il hocha la tête. Il ressentait de nouveau le poids du destin qu'on lui avait envoyé dans ses rêves, et il se souvint de ce jeu de cour de récréation de la réunion des âmes, dans lequel il avait rêvé des yeux sombres et souriants d'une morte, Venetia Goretti, fixés sur lui.

33

Lorsque Ryder arriva au commissariat, un fax l'attendait sur son bureau, donnant la liste de toutes les personnes contactées, en relation avec les informations des registres de l'imprimerie Jacobs & Fils, mais aucune n'avait conservé le renseignement original. Un additif manuscrit informait Ryder que les enquêteurs exploraient d'autres pistes, ils cherchaient en particulier à savoir si une bibliothèque avait acquis un exemplaire de la première édition du *Cri*, en gardant dans ses archives la date de l'achat. On suivait cette piste de papier afin de découvrir la preuve définitive dont le procureur avait besoin pour poursuivre Pendleton actuellement dans le coma.

L'incertitude persistante qui entourait la date d'impression du roman perturbait Ryder, surtout maintenant que Trent avait abattu Scholl.

Était-il possible que Pendleton ait circulé sur des routes de campagne sans que personne le remarque, non seulement une fois, mais deux? Des preuves indirectes suggéraient qu'on avait tué Jewel ailleurs puis qu'on l'avait déposée dans le champ d'Henderson, bien après que les équipes de recherche aient abandonné. C'était un scénario inquiétant, qui différait aussi du roman, dans lequel le meurtre avait lieu immédiatement, une agression sexuelle horrible, un cadavre découpé et enterré dans ce qui devait se révéler être le champ d'Henderson.

Ryder s'arrêta, ses tempes battaient sous la pression de l'affaire et de sa vie familiale. Il pensa appeler Gail mais il n'en fit rien, il se passa seulement la main dans les cheveux, sans pouvoir détacher ses pensées de ce qui s'était passé plus tôt ce soir.

Tout en buvant trois tasses de café noir, il essaya de ne plus penser à Bauer et visionna des bandes de caméra de surveillance et des films d'information sur l'enquête Jewel pendant plus d'une heure, comme s'il recherchait *quelque chose* sans savoir quoi, avec une sensation d'épuisement alors qu'il luttait pour demeurer éveillé.

On voyait surtout de nombreuses personnes du coin, essentiellement des notables, Sam Henderson au moment du transfert du corps de Jewel, mais aussi auparavant, quand elle avait disparu, Henderson, avec sa sempiternelle salopette, un épouvantail devant le collège local, quand on avait organisé les premiers groupes de recherche. Alors, pourquoi cette longue histoire racontée par Henderson sur la façon dont il avait découvert le corps plusieurs mois plus tard, quand il aurait dû savoir tout de suite ou du moins se douter de ce qu'il venait de trouver ce printemps-là ?

Le soir déclinait et Ryder fouilla dans le dossier où l'on avait rangé les éléments matériels relatifs à l'affaire Jewel. Rien n'indiquait qu'on ait jamais considéré Henderson comme un suspect dans les notes des différents enquêteurs, pourtant Ryder relut la déclaration détaillée d'Henderson, un récit qui reprenait presque mot pour mot ce qu'il lui avait dit dans leur premier entretien.

Ryder en revint à sa première impression sur Henderson, ou plus exactement sur sa maison, sa religiosité austère, le décor dépouillé, à part les croix que sa femme avait faites au crochet pendant toute sa vie, c'était ce qu'il lui avait dit, des croix comme seul ornement clouées partout dans la maison, les fenêtres sans rideaux, révélant l'intérieur, ou inversement laissant voir tout ce qui se passait à l'extérieur. Henderson n'aurait-il pas pu remarquer quelque chose, une activité dans le champ d'à côté ?

Ce qui l'avait vaguement gêné lors de leur conversation devant la maison, avant d'aller dans le champ, avait été l'absence de photos d'enfant, pas de descendance, un fait troublant auquel Ryder réfléchissait à présent. Quelle sorte d'existence sublimée avait menée Henderson, un fermier sans enfant à qui transmettre sa terre ? Cela avait-il été une décision fondée sur des bases religieuses, ou autre chose ?

En feuilletant les notes, il tomba sur une référence à la femme d'Henderson, morte d'un cancer l'automne où Amber avait été assassinée. Il laissa la coïncidence faire son chemin dans sa tête, en pensant à la douleur qu'avait dû endurer un homme resté seul dans un monde cruel et sans pitié, un veuf récent, dont la foi était mise à l'épreuve, en train de regarder ce qui se passait chaque jour devant chez lui, un bus scolaire transportant les amies d'Amber, la dépravation de la famille Jewel, leur vie sordide à côté de ce qu'il avait tenu comme sacré pendant toute son existence.

Ryder leva les yeux. Cela pouvait conduire n'importe où, ce sens de la supposition, des « et si », mais d'une certaine façon, en cet instant, il était plus facile d'imaginer des gens comme Sam Henderson en train de tuer Amber Jewel, plutôt que Bauer ou Pendleton, de s'attarder sur l'aspect gothique et surréaliste de la vie rurale incarnée dans des films cultes comme *Les Enfants de l'horreur*.

En fait, sa fascination devant le crime et la psychologie des tueurs en série remontait à des endroits comme celui-ci, la quintessence du film d'horreur américain, *Psychose* d'Hitchcock, inspiré des horreurs réelles commises par un fermier du Wisconsin, Ed Gein, le fils psychologiquement traumatisé d'une fanatique religieuse autoritaire, qui conservait le corps de sa mère dans sa ferme, transformée en abattoir humain, où étaient suspendus des torses de femmes, un homme devenu cannibale et nécromancien. Même le personnage de *Massacre à la tronçonneuse*, Leatherface, rendait hommage à l'appétit de Gein pour la chair humaine.

Ryder se versa un autre café, et continua à visionner le film, les mêmes visages ne cessaient d'apparaître alors qu'il repassait la bande, cherchant et essayant d'oublier l'image de ce qu'il avait vu plus tôt, une Amber Jewel fantomatique qui le regardait, l'implorait, en tout cas c'était ce qu'il ressentait maintenant dans cette nuit qui n'en finissait pas.

En plus d'Henderson, Bauer apparaissait tout au long du film, ainsi que Wright, avec son appareil photo lors de la découverte du corps de Jewel, envoyé par le journal, observant attentivement la foule, le clic rapide avec le clignement de l'œil de l'objectif, saisissant le triste spectacle de ce qu'un être humain avait infligé à un autre être humain – dans ce cas, le dépeçage d'une fillette de treize ans, une pensée qui fit frissonner Ryder à tel point qu'il éteignit le projecteur comme si ce simple geste pouvait effacer ce qui s'était passé il y avait si longtemps.

Dans la pièce d'à côté, Ryder trouva ce qu'il avait attendu toute la nuit : Bauer. Il était assis à son bureau et téléphonait. À la façon dont il secouait la tête d'avant en arrière, la conversation semblait personnelle.

En apercevant Ryder il mit brusquement fin à sa communication, et Ryder sut que Bauer l'attendait, il vit comment son regard croisa celui d'un autre flic avant qu'il se lève.

Sous un ciel clair et froid, sur les marches du commissariat, Ryder alluma une cigarette et en offrit une à Bauer, qui la prit et inhala une longue bouffée qu'il garda dans les poumons avant de la souffler par les narines.

Ryder décida de jouer la familiarité et la solidarité. « Écoute, je me fous pas mal de Gary et de ce qui s'est passé tout à l'heure, d'accord ? En ce qui me concerne, tu as empêché Gary de descendre des tas de gens... C'est comme ça que je vois les choses. »

Bauer fit tomber la cendre de sa cigarette. « J'apprécie... J'ai vu quelque chose dans ses yeux... quelque chose de désespéré... »

Ryder prit son temps, il secoua lui aussi sa cigarette, aspira de nouveau une bouffée en regardant la lumière vaguement rouge à cause de la pollution au-dessus de la ville, et il montra le ciel avec le bout incandescent de sa cigarette. « Tu sais, il y a des centaines de milliards d'étoiles qu'on ne peut pas voir, et si on sort de la ville on voit que le ciel en est plein, mais ça n'est rien à côté des milliards qui sont toujours hors de vue. Je suppose que ce que je dis est vrai, il y a des choses que l'on sait ou que l'on sent, mais qu'on ne voit jamais. »

Bauer dit : « Comme la gravitation ? »

Ryder tendit sa cigarette. « Ouais, comme la gravitation... tout à fait, ou comme l'énigme des attractions... pourtant, comment ça se fait que l'attraction ne marche pas toujours comme la gravitation, quand il s'agit de relations humaines ? »

Bauer regardait droit devant lui, vers la lueur rougeoyante qui surplombait l'université Bannockburn. Il tira une bouffée pour dissimuler son trouble. Il faisait froid maintenant et sa respiration se transformait en buée. Il dansait d'un pied sur l'autre.

Ryder le regardait du coin de l'œil. « Je veux dire, si l'on croit ce que dit la science, nous sommes composés d'environ quatre-vingt-quinze pour cent d'eau, avec une goutte de neurotransmetteurs chimiques. Fondamentalement, nous sommes des systèmes de signaux qui essaient de se connecter. Par exemple, comment ça se fait que tu étais attiré par

Kim mais qu'elle n'a jamais répondu à tes sentiments ? D'un point de vue scientifique j'entends, ça n'a pas de sens, hein ? »

Bauer déglutit. Il dit simplement : « Oui, je crois. » Il porta sa cigarette à ses lèvres et elle rougeoya dans la nuit en éclairant son visage un bref instant.

« Tu faisais quoi ce soir, Trent ? »

Bauer fit un geste mais Ryder éleva la voix : « Je veux dire, quand tu as tué Gary... Tu as rendu la monnaie de sa pièce à Kim à cause de ce qu'elle t'avait fait ? »

Bauer se raidit mais ne partit pas.

« On m'a dit que tu voyais Kim l'année où Amber a été tuée... Gary était en taule. À sa sortie Kim s'est remise avec lui. »

Bauer fit un bruit pour exprimer son dédain. « À qui avez-vous parlé ?

— Tu le nies ?

— Vous n'avez pas compris... je faisais attention à elle, c'est tout.

— Tu étais amoureux d'elle ?

— Je me renseignais sur elle ! On se connaît depuis toujours.

— C'est vrai... depuis toujours. J'ai entendu parler du *bal du lycée* !

— Le bal du lycée ! C'est comme dans une autre vie. Je vois, vous essayez de me coller ça sur le dos, quelque chose dans ce genre-là ?

— Je ne te colle rien sur le dos. Je m'intéresse seulement à ce que les gens d'ici disaient de toi quand Amber a disparu. »

Bauer se retourna. « Les gens disent n'importe quoi. C'est pas pour autant que c'est vrai ! J'ai suivi une piste, voilà ce que j'ai fait ! Vous pensez que je ne savais pas que forcer Kim à propos de Kline allait me péter à la figure, avec tous les regards braqués sur moi... mais je l'ai fait quand même. J'ai fait mon boulot.

— Pas de double langage avec moi, Trent. Je sais que tu as gardé la photo de Kim avec Kline. »

Bauer baissa la tête. « Wright... vous lui avez parlé ?

— C'était quoi, Trent, tu voulais faire preuve d'un travail d'enquête consciencieux, écarter tout soupçon... tu voulais faire courir les enquêteurs derrière Kline pour rien... ou est-ce que tu voulais te venger de Kim parce qu'elle t'avait rejeté ? »

Bauer releva la tête. « Si vous avez une vraie question, posez-la, sinon foutez-moi la paix ! »

Puis il fit demi-tour, jeta d'une pichenette sa cigarette qui dessina un arc dans l'obscurité, laissant Ryder seul, mais pas avant que Ryder lui crie : « Je sais ce que j'ai vu ce soir, Trent ! Tu as abattu Gary, pourquoi ? »

34

Pendant les deux jours de son hospitalisation volontaire, Adi Wiltshire n'avait pas encore été interrogée sur l'endroit où elle se procurait la drogue ni sur la façon dont Pendleton s'était injecté son overdose. La mort de Gary Scholl avait eu la priorité, ses derniers instants ayant été captés par la télé ainsi que l'image tragique de Kim Jewel courant vers son corps effondré. Même Adi l'avait vue tôt ce matin.

Comme l'enquête en cours pour chercher à établir la date du premier tirage du *Cri* n'avait pas été révélée au public, le drame restait centré sur la façon dont la vie de Gary Scholl et de Kim Jewel avait été détruite au cours des années douloureuses sous le poids du soupçon d'avoir assassiné Amber Jewel.

Tout cela formait un scénario, une histoire avec d'anciennes séquences, le journaliste en studio et le reporter local sur place, tous deux dix ans plus jeunes, avec des coupes de cheveux d'époque et des vêtements absolument démodés.

Ces récits donnaient le sens de la continuité et de l'histoire à ces coins retirés.

Vêtue d'une chemise d'hôpital, Adi se tenait devant la chambre de Pendleton, un goutte-à-goutte portable à roulettes à côté d'elle.

Un flic gardait la porte.

Adi n'était autorisée qu'à regarder dans la chambre par la petite fenêtre ronde. Sa respiration embuait la vitre. Elle avait l'impression de fixer un miroir, de voir quelque chose de profond et de lointain, quelque chose de très vieux.

La chambre se trouvait dans la partie la plus ancienne de l'hôpital, fondé de façon ironique par l'émigré russe qui avait également fondé Bannockburn, c'était là qu'on avait transporté les brûlés de l'incendie de l'usine de vêtements, plus d'un demi-siècle auparavant.

Adi entendit une voix derrière elle. Quand elle se retourna, Wright l'observait de l'autre bout du long couloir que des rais de lumière et d'ombre découpaient de place en place. C'était le petit matin.

Adi prononça son nom dans un souffle, presque soulagée de le voir, mais tandis qu'il s'approchait lentement, elle vit son nez enflé et l'observa fixement.

Wright tenait un bouquet de roses blanches. Il le tendit à Adi, et désamorça le côté emphatique de son arrivée en disant : « Comment va le professeur ? »

Dans sa robe d'hôpital, Adi ressemblait à un fantôme. Elle secoua simplement la tête. « Je ne sais pas. Ils ne veulent rien me dire. »

Wright lui posa la main sur l'épaule dans un geste paternel et Adi baissa les yeux vers l'aiguille plantée dans son bras, avant de le regarder de nouveau. « Je crois qu'on ne connaît jamais vraiment quelqu'un, non ? »

Wright évita de répondre. « Je suis venu maintenant parce qu'on dit qu'ils vont allumer les feux ce soir à l'université. Il faut que j'y aille. Le conseil va piquer une crise. Il n'a pas besoin de ce spectacle avec tout ce qui se passe, mais vous savez comment sont les étudiants, le respect de la tradition. Je pense que ce qui arrive en ce moment sera éclipsé par ce que signifie Bannockburn. Ils ne veulent pas renoncer à la tradition. »

Adi approuva d'un signe de tête.

Wright s'apprêtait déjà à s'en aller, comme s'il n'avait rien à ajouter.

Elle lui rendit son sourire, et l'accompagna vers la sortie, puis elle s'arrêta la tête baissée.

Wright hésita. « Ça va ? » Il ne quittait pas des yeux la chemise d'hôpital d'Adi qui avait glissé sur son épaule et laissait voir le creux entre son cou et sa clavicule.

Adi murmura : « J'ai honte... » Elle regardait les rais de lumière du couloir. « Cela semble si loin, vous savez, Robert, l'université, tout. On a cette sensation ou est-ce... la drogue ?

— Comment dit-on dans la Bible : “Ceci aussi passera.”

— Et après ? »

Wright ne répondit pas. Ils arrivaient à la sortie quand Allen Horowitz s'arrêta brusquement sur le parking couvert de gravier. En voyant Adi il cria son prénom. Adi rencontra le vide là où, quelques instants auparavant, se trouvait Wright, comme s'il avait tout simplement disparu, la laissant avec au plus profond d'elle-même un étrange désir triste.

Dans la lumière grise du petit matin, la cafétéria de style ancien proposait des petits déjeuners campagnards avec du gruau de maïs, des œufs brouillés et des chapelets de saucisses, servis par une femme au visage de pleine lune, les cheveux pris dans un filet, qui passerait la meilleure partie de sa vie à faire ce travail.

Quand il revint avec son plateau, Horowitz ouvrit un petit carnet et nota quelque chose, puis il leva les yeux et dit : « Ce sont des femmes comme elle qui me poussent à comprendre les questions essentielles : "Pourquoi sommes-nous ici ?" "Quelle est la nature de l'existence ?" »

Adi renonça à dire quelque chose d'important. Horowitz était la dernière personne qu'elle avait envie de voir, avec sa personnalité autoritaire qui reprenait le dessus.

Il continua de parler de la serveuse.

Adi avait froid et n'était pas d'humeur à entretenir la conversation, mais elle regarda la femme qui servait les petits déjeuners aux patients, faisant la queue avec un plateau. Elle dit : « C'est peut-être pour cela qu'elle existe, pour que des gens comme vous se posent des questions, Allen. Tout le monde ne peut pas être *exceptionnel*... » Et, alors même qu'elle parlait, elle regretta d'avoir dit cela.

Horowitz leva la main et répondit avec sa fougue habituelle : « Hé ! Je ne lui tape pas dessus. Dans les milieux de la psychologie je crois qu'on les appelle des *faciliteurs.* »

Son petit déjeuner fumait, un ange passa et Adi pensa qu'elle avait échappé à une longue conversation, mais Horowitz reprit, d'un ton inquisiteur, sans lever les yeux : « De quel côté êtes-vous ? »

Adi répondit malgré elle : « Je ne comprends absolument pas votre question. »

Horowitz la vit par-dessus le bord de sa tasse et lui dit : « Êtes-vous parmi les *faciliteurs* ou à la recherche de l'exceptionnel ?

— Je crois que vous connaissez la réponse. Que pourrais-je avoir de si *exceptionnel* ? »

Elle regarda Horowitz puis le bouquet de fleurs que lui avait donné Wright.

Horowitz parut faire une pause quand il prit un biscuit familial, qu'il beurra, le regard perdu entre Adi et les fleurs ; mais il n'en dit rien, à la place il tendit son couteau et remarqua : « Peut-être y a-t-il plusieurs degrés dans l'exceptionnel. Je pense que reconnaître ce qu'il y a d'exceptionnel chez quelqu'un peut être en soi un signe de l'exceptionnel. Les êtres exceptionnels ne se connaissent pas et ne se comprennent pas toujours eux-mêmes. Ils peuvent être d'un égocentrisme répugnant. Monstrueusement cruels. Parfois, l'exceptionnel a besoin d'un avocat ou d'une interprétation. Parfois, l'exceptionnel a besoin d'un *faciliteur exceptionnel.* »

Adi sentit qu'Horowitz la poussait inlassablement à lui faire part de ses intuitions, même en ce moment. Elle ne lui répondit pas directement. Elle avait simplement envie de s'en aller, mais elle n'en fit rien.

« C'est ce que je suis, Allen ? Un faciliteur ? »

La farine du biscuit qu'il mangeait restait accrochée dans sa barbe de deux jours, ce qui le rendait plus vieux qu'il n'était.

Adi tendit le bras en travers de la table, l'intraveineuse fixée par les bandes de gaze croisées en X sur sa main, et toucha la main d'Horowitz comme pour exprimer toute sa relation avec Pendleton. Ses veines prirent une teinte iodée quand elle serra la main d'Horowitz.

« Dites-moi qu'il s'agit d'un grand livre, Allen. Dites-moi que nous ne nous sommes pas trompés. » Et ses yeux brillèrent quand la lumière du matin éclaira le mouvement parallèle du lent goutte-à-goutte et de ses larmes solitaires.

Horowitz laissa la main d'Adi sur la sienne. « Vous lui avez donné plus qu'il n'avait jamais rêvé. »

Elle sentit sa gorge se nouer.

Il ajouta : « Vous devriez manger. »

Il avait perdu un peu de son assurance. Il détourna le regard et fit couler un cercle de sirop visqueux et lent sur ses crêpes.

Près d'une minute passa, puis, sans même la regarder, il dit : « Permettez-moi de vous demander quelque chose. »

Elle leva les yeux vers lui.

« Quand avez-vous su que Bob avait tué la fille ? »

Elle ne broncha pas. « Je ne l'ai pas su... avant que tout le monde l'apprenne.

— Écoutez, je suis de votre côté. J'ai simplement besoin de savoir où on en est. Je ne vous juge pas, vous comprenez ? Je sais que vous tenez à cette thèse plus qu'à toute autre chose. Je sais que les gens accomplissent des actes désespérés, prennent des décisions qu'il est difficile de justifier, mais je ne juge pas, jamais ! Pour moi la condition humaine n'est rien que la survie des mieux adaptés. Si l'on applique un raisonnement moral à n'importe quelle situation, il y a des chances que ça aille contre ses propres intérêts. Vous savez que les préceptes moraux de notre soi-disant époque moderne nous viennent des anciens, de types comme Platon, qui a passé sa vie dans une humeur poétique tout en baisant ses étudiants. »

Elle l'interrompit brusquement : « Pouvez-vous arrêter, Allen, essayer, ne serait-ce qu'une fois, d'être vous-même ?

— Je suis comme ça. »

Elle sentait qu'elle tremblait, la dépendance se réveillait.

« Il doit bien y avoir quelque chose dans les notes de Bob, une référence à ce qu'il a fait, une *preuve*. Les écrivains n'écrivent pas dans le vide. »

Elle le regarda droit dans les yeux. « Il n'y avait aucune note. Rien à découvrir, il n'y en a jamais eu... ou Robert a tout détruit longtemps avant sa tentative de suicide. C'est son dernier livre publié, une édition quasiment à compte d'auteur, et il n'a pas été diffusé. Il n'a plus jamais publié ensuite. Voudriez-vous qu'on vous rappelle cet échec ? Il n'y a *aucune note* !

— J'ai tout fait pour vous, je vous ai donné de l'argent, j'ai mis ma réputation dans la balance. Je suis autant dans le coup que vous ! »

Elle répondit sans élever la voix : « Je le sais. Ce que nous... non, ce que *vous* avez fait, Allen, avec votre argent et votre notoriété, a consisté à *faciliter* la publication d'un livre véritablement exceptionnel. »

Il y avait dans sa voix une légère trace de mépris contenu. « Il faut vous en contenter, Allen, on se souviendra de vous en même temps que de Bob. »

Il se leva. « Pourquoi ne me faites-vous pas confiance ?

— Je pourrais vous poser la même question. » Son nez froid coulait.

« Regardez-vous, vous n'êtes qu'une pauvre droguée ! Dites-moi, vous et lui, où allez-vous vous cacher maintenant, sans vos drogues ?

— Dans la même obscurité où nous plonge la mort. Ouvrez les yeux, Allen ! » Et alors qu'Adi tournait la tête, elle vit Ryder assis à une table derrière eux.

Ryder se leva lentement, sans savoir s'il avait été le témoin d'une dispute mise en scène, et, en regardant Adi droit dans les yeux, il dit : « Vous êtes en état d'arrestation pour obtention illégale de prescriptions médicales. »

35

Malgré la tension apparente créée par le sevrage, Adi Wiltshire semblait considérer Ryder avec mépris et un air de défi grandissant pendant la première partie de l'entretien, alors que Ryder posait une série de questions de procédure, en lui demandant son nom, son âge et sa profession pour le dossier.

Puis Ryder lui dit sans détour : « Pensez-vous que Pendleton a tué Amber Jewel ? »

Adi répliqua sèchement : « À cet instant, j'aimerais invoquer mon droit d'exiger un avocat.

— Je vous demande seulement votre opinion d'experte à propos de Pendleton, ce que vous pensez, il l'a tuée ou il ne l'a pas tuée ? »

Adi regarda vers la fenêtre miroir de la salle d'interrogatoire, et dit calmement : « Je veux que l'on sache que j'ai actuellement le sentiment que mes droits constitutionnels sont violés. »

Ryder se pencha au-dessus de la table métallique. « Ce que je ne comprends pas, c'est pourquoi vous croyez que Pendleton a fait ça – sauf si vous avez une preuve. Avez-vous une preuve ? »

Elle ne répondit rien.

« Et si je vous disais qu'on a volé le microfilm du journal local à la bibliothèque ? Vous n'êtes pas au courant ? »

Ryder se pencha sur le côté et prit dans sa serviette un exemplaire du livre sur Leopold et Loeb. « Nous avons aussi retrouvé vos empreintes sur ceci. Vous saviez qu'il avait commis un assassinat inspiré d'un autre assassinat. »

Elle tourna les yeux vers la fenêtre miroir de la salle d'interrogatoire et dit calmement : « Je veux que l'on sache que j'ai actuellement le sentiment que mes droits constitutionnels sont ignorés.

— Tout le monde est un aigle juridique aujourd'hui, mais avant d'invoquer vos droits constitutionnels, vous ne voulez pas savoir comment nous avons pu reconnaître vos empreintes digitales ? Vous n'avez pas de dossier, n'est-ce pas, Miss Wiltshire ? »

Ryder montra une photo d'identité d'Adi, et exposa lentement ce qu'il avait découvert sur son passé.

« Laissez-moi vous rafraîchir la mémoire. Il y a quatre ans, vous avez été condamnée pour vol à l'étalage. J'ai ici une déclaration sous serment que m'a donnée le personnel de sécurité du magasin, je cite : “La suspecte, une femme blanche, a été vue agissant de façon louche à l'étage des vêtements féminins. La sécurité l'a suivie, la suspecte a emporté différents vêtements dans une cabine d'essayage et la vidéo de surveillance a commencé à contrôler l'activité de la suspecte. Elle a été filmée en train d'enlever les étiquettes et le dispositif antivol d'une robe qu'elle a ensuite fourrée dans un sac à dos avec différents bracelets et bijoux, définis par la suite comme un collier composé de cubes de zirconium et de boucles d'oreilles assorties." »

Adi, le regard vide, regardait au-delà de Ryder qui prit une autre feuille de papier à en-tête de l'université Bannockburn et, avec un grand geste, il se lécha le pouce.

« J'ai ici les commentaires d'un membre de votre jury de thèse concernant vos progrès universitaires. Je cite : "Miss Wiltshire, doctorante, continue à patauger dans un vide éternel de recherche qui doit encore aboutir à une enquête universitaire correcte. L'effet à long terme de ce genre de maladie universitaire chronique crée un précédent fâcheux. Miss Wiltshire entame sa sixième année de troisième cycle. Je recommande que le renouvellement de sa demande d'aide soit examiné avec soin et lié à des étapes précises." Fin de citation. »

Ryder siffla entre ses dents. « C'est une sacrée évaluation de votre potentiel universitaire. »

Adi attendait, le visage figé.

« Ceci est extrait d'une lettre datée du 5 janvier 1984, la première année où vous avez suivi un cours de théorie avec le professeur Pendleton. Était-ce l'année où vous avez lu son roman, l'année où vous lui avez dit que vous saviez ? »

Adi se contenta de regarder Ryder.

« J'ai vérifié par recoupement, Pendleton a eu une attaque cérébrale deux mois après votre inscription à son cours. Avez-vous essayé de le faire chanter ? »

Adi secoua la tête. « Pourquoi m'aurait-il légué sa succession littéraire, *à moi* ? »

Ryder leva les mains. « D'accord. Bien. Vous parlez enfin. Vous m'avez eu ! Vous voyez, je n'ai rien à répondre à ça. »

Ce brusque changement dérouta Adi. Elle hésita, but une gorgée d'eau, reposa le verre et tourna les yeux vers la fenêtre miroir, mais cette fois elle ne demanda pas d'avocat.

« Nous savons qu'Horowitz a envoyé de New York la bande magnétique qui a révélé l'affaire. Nous avons analysé le cachet de la poste. Qu'est-ce que vous en pensez ? »

Elle ne répondit pas. Son cou rougissait. Avec ses questions posées au hasard, Ryder essayait de la déboussoler, comme s'il ne voulait lui indiquer aucune ligne directrice.

« On peut s'occuper des amendes pour les fausses ordonnances, vous savez. Tout ce que je veux, c'est que vous soyez franche avec moi. Horowitz et vous, vous étiez tous les deux dans le coup. Commençons par là. »

Il posa le fax sur la table, avec les mots « N'avouez rien ! » griffonnés sur toute la page. « L'un ou l'autre doit parler le premier. »

Adi but une nouvelle gorgée d'eau, les mains autour du verre, et elle sentit une légère pression entre ses épaules. Elle ne dit toujours rien.

« Écoutez, je sais que vous ne me faites pas confiance, que vous me *haïssez* ! À cause de ce que je vous ai fait dans la bibliothèque ? Mais si vous aviez un enfant et qu'on assassine cet enfant, vous ne voudriez pas que quelqu'un fasse tout pour découvrir ce qui s'est passé, pour découvrir qui a fait ça ? Vous le voudriez ! Vous voyez, Adi, je ne faisais que mon boulot. »

Adi acquiesça à l'évocation d'Amber Jewel, elle ferma les yeux un instant, puis les rouvrit. « Je ne sais quoi vous dire. Que voulez-vous ?

— Pendleton a laissé des choses. Des notes, des brouillons du livre... »

Elle regarda Ryder. « Vous avez l'édition originale du livre. Vous savez qu'il a tué Jewel. Que cherchez-vous encore ? Vous m'avez entendue à la cafétéria dire à Horowitz qu'il n'y avait pas de notes. » Elle parlait presque dans un souffle. « Mais personne ne me croira... » Elle but de nouveau, sa lèvre intérieure tremblait, la dépendance attendait. « Il n'a rien laissé. Je pense qu'il a effacé ce livre de son esprit, qu'il a détruit tout ce qui était en relation avec lui.

— Mais pas le roman ? »

Les épaules d'Adi s'affaissèrent légèrement. « Non...

— Pourquoi ?

— Je pense qu'il savait qu'il contenait quelque chose d'exceptionnel.

— Alors pourquoi n'a-t-il pas retiré le meurtre du livre, ou changé l'intrigue, avant de le republier ? On dirait que personne ne l'a lu. »

Adi regarda Ryder. « Vous connaissez le nombre de livres qui sont publiés et que personne ne lit ? La question n'était pas de se faire prendre ni de changer quoi que ce soit. Tout se passait entre Dieu et lui. Peut-être que parfois on n'écrit que pour soi... »

Ryder l'interrompit. « Alors on ne fait pas imprimer si on n'écrit que pour soi !

— Vous ne cessez de me demander ce qu'il pensait. Je le connaissais à peine ! Tout ce que je peux vous dire, c'est ce que je pense depuis que j'ai lu ses autres œuvres. Sur la voie du désespoir absolu, il y a peut-être un dernier cri. Pendant toute sa carrière, il a essayé d'exprimer l'ineffable, une impression. Cela ne donne pas matière à une intrigue, à l'emploi du langage de la vie ordinaire. » Elle s'arrêta un instant. « Ce n'est pas le genre de truc qu'on met sur la quatrième de couverture. » Elle promena l'index sur le bord de son verre. « Je suis désolée... Je ne me souviens même plus de votre question.

— Pourquoi a-t-il gardé le roman ?

— Simplement pour savoir qu'il *existait.* Je pense que c'était suffisant. » Elle but et reposa le verre sur la table.

Ryder se passa la langue sur les dents. « Revenons-en au microfilm dont vous vous êtes débarrassée. Vous étiez au courant du lien avec Amber Jewel. »

Elle se raidit, sans savoir si elle devait avouer avoir pris le microfilm. Elle regarda Ryder. « Je n'ai trouvé que des coupures de journaux sur le meurtre d'Amber Jewel, j'ai pensé que Pendleton s'en était servi pour un autre de ses livres, *Salade de mots*, un roman sur l'effondrement psychologique d'un professeur d'université.

— Il y avait aussi une fille assassinée dans ce livre ?

— Non... non... C'était sur quelqu'un qui harcelait un professeur en lui envoyant des menaces de mort.

— Et ?

— Apparemment, à la fin du roman, le professeur s'était envoyé les lettres à lui-même. Mais à l'hôpital, les lettres continuaient à arriver. Ce n'était pas lui qui les avait envoyées.

— Il les avait peut-être fait suivre, il s'était arrangé pour qu'on les lui envoie. »

Adi fronça les sourcils. « Je crois qu'on peut aussi l'interpréter en ce sens. » Elle leva les yeux. « Le véritable mystère est peut-être là, tout est susceptible d'interprétation quand on ne peut être sûr. » Elle prit une grande respiration. « Je ne vois pas ce que je pourrais vous dire de plus.

— Je n'ai pas compris comment les coupures de presse étaient en relation avec *Salade de mots* ?

— Je n'ai pas dit ça. »

Ryder secoua la tête comme si sa patience était à bout. « Vous l'avez dit !

— Non... J'ai parlé des lettres qu'il avait reçues, pas des coupures de presse.

— Quelles lettres ? »

La blancheur de la pièce sembla se refermer sur elle. « *Les lettres !* Robert était traqué à un moment.

— Dans sa vie réelle ou dans *Salade de mots* ?

— Dans *la vie réelle* ! Pourquoi vous payez-vous ma tête ?

— Mais je ne me paie pas votre tête.

— Robert avait eu une altercation avec un étudiant qu'il avait humilié en cours.

— Une de ces *prima donna* de Bannockburn ?

— Non. Un étudiant en formation permanente. » Elle fixa Ryder. « Vous le connaissez.

— Moi ?

— Le photographe Henry James Wright, vous lui avez cassé le nez. Wright a suivi un cours de Pendleton, et ils n'avaient pas d'atomes crochus. »

Ryder ferma à demi les paupières. Ses chaussures grattèrent le sol de la salle d'interrogatoire.

« Comment savez-vous que c'était Wright ? Il ne les a pas signées.

— Non, elles étaient anonymes. Wright est venu un soir et me l'a dit, quand Robert était rentré chez lui. Je faisais des recherches pour ma thèse. Wright a vu les lettres étalées sur la table. Il m'a simplement dit que c'était lui. Il avait accepté celui qu'il avait été. Cela s'était passé très longtemps auparavant. Wright était la seule personne qui venait encore voir Robert. Ses collègues avaient renoncé, il m'a dit ça un soir alors qu'il s'en allait. Je pense qu'il ne se sentait pas coupable.

— Coupable ?

— Wright a pris une photo de Robert et de moi dans la maison quand Robert a fait sa tentative de suicide, Horowitz a insisté pour qu'on la publie dans *Times* au moment de la réédition du *Cri*. Sur cette photo, Wright a saisi quelque chose du désespoir avec lequel Robert avait vécu si longtemps. Comme s'il avait capté son âme. » Elle secoua la tête. « Je ne sais pas comment tout cela est devenu si compliqué. J'ai découvert le livre, j'ai vu quelque chose dedans, j'ai demandé à Horowitz de le soumettre de nouveau à un éditeur, c'est tout. C'était censé représenter un cadeau pour Robert, un témoignage de son génie, ce que j'avais trouvé dans la cave. Je n'ai pas compris ce qu'il avait fait avant de lire le microfilm. Je le jure, seulement quelques semaines avant la sortie du livre. C'est comme ça que la drogue et la dépendance ont commencé. Vous pouvez vérifier dans les dossiers que vous avez contre moi concernant les ordonnances. C'est arrivé quand je finissais ma thèse. J'ai pris le microfilm pour éliminer tous les documents relatifs à l'affaire que je devais ajouter à ma thèse... »

Ryder lui coupa la parole. « Et comment Horowitz a-t-il su ?

— Je ne sais pas. Il ne m'a jamais rien dit.

— Mais il pensait que vous le saviez. Il a agi le premier. Il a dévoilé ce que Pendleton avait fait. »

Adi se mordit la lèvre sous l'émotion créée par l'accusation et à cause de ce qu'Horowitz lui avait fait. « Est-ce que vous allez m'arrêter maintenant ? »

Ryder se leva. « Non, vous pouvez partir... pour l'instant. »

Elle hésita et tourna les yeux vers le miroir.

Ryder attendit et ajouta : « Vous savez, ce que je ne comprends pas, c'est que vous vous soyez envoyé le texte de William Carlos Williams à votre bureau, puis que vous ayez écrit cette citation sur la glace de l'hôpital. Qu'étiez-vous en train d'essayer de faire, établir des éléments en vue d'une défense fondée sur des facultés psychologiques atténuées ? »

Adi le regarda d'un œil dur. « Pourquoi me faites-vous ça ? J'ai été loyale envers vous. Je vous ai dit ce que vous vouliez savoir. Vous étiez complètement perdu quand vous êtes venu à la bibliothèque. Vous ne m'avez pas lâchée. Vous avez écrit ce texte. C'était *vous*!

— Moi ? Et qu'est-ce que je connais à la poésie ? »

36

Sur les marches du tribunal du comté, Adi Wiltshire, vêtue d'un pantalon de survêtement gris, d'un sweat-shirt Bannockburn trop grand de la même couleur et de chaussures montantes, semblait réunir toute la pauvreté de l'existence moderne. Sa tenue lui avait été procurée par Henry James Wright, qui avait pris la liberté de lui acheter des vêtements et de les lui donner au commissariat. Ils portaient encore les étiquettes des prix.

Un soleil pâle avait atteint le zénith à midi, faisant monter la température autour de zéro degré, un froid vif typique du mois de novembre.

La lumière faisait mal aux yeux.

Wright attendait sous le clocher, en tenant entre ses mains une tasse de café et en dansant d'un pied sur l'autre, avant d'aller retrouver Adi. Malgré la tenue que Wright lui avait fournie, elle avait espéré voir Horowitz.

Adi se contenta de regarder Wright qui comprit aussitôt.

En s'éloignant du tribunal en voiture, Wright n'exerça aucune pression sur Adi, il se dirigea simplement vers Bannockburn et rejoignit la file de voitures qui étaient allées chercher de la bière et qui rentraient chargées de tonnelets et de caisses d'alcool de grain, et les klaxons et la musique retentirent dans ce début d'après-midi alors que le cortège franchissait le pont-levis, en saluant les gardes qui ressemblaient à des soldats de plomb, prêts pour les feux de feuilles qu'on allumerait plus tard dans la soirée.

La vie continuait malgré tout.

Wright regarda Adi : « Il faut que je m'assure que tout est en ordre pour tout à l'heure, d'accord ? » Ce qui supposait qu'il ne la déposerait pas à l'université, mais qu'elle allait rester avec lui.

Adi hocha la tête. « Bien sûr. »

Wright traversa le pont dans la cohue des étudiants. Certains portaient déjà des costumes d'époque, les Lucy et les Iosif barbus se dirigeaient vers le réfectoire où l'on buvait dans d'énormes gobelets en plastique. La plupart étaient saouls ou en passe de le devenir. Mais de façon non officielle, il n'y aurait bien sûr pas de cours demain, le temps de se remettre des gueules de bois.

Adi regarda par la fenêtre alors que la voiture faisait lentement le tour du campus. Elle vit l'étudiant en biologie de son cours de poésie, que le président avait assuré pendant son absence, il était sur une voiture et gonflait le torse en montrant du doigt un groupe de Lucy qui portaient toutes des talons hauts et ressemblaient plus à des prostituées qu'à ce qu'avait probablement été la petite Nell Lucy Bannockburn.

Cela lui paraissait si loin d'elle, si étranger à ses préoccupations, même avec ce vague sentiment de distance, un endroit où elle avait passé plus de sept ans de sa vie sans jamais se sentir dans la réalité, un sentiment qu'elle avait entendu exprimer par des collègues en décalage par rapport à la soi-disant vie normale, séquestrés à Bannockburn, d'anciennes personnes de gauche qui avaient lentement succombé à la sécurité de la titularisation. Les emplois se trouvaient ici et les pensées d'Adi l'entraînèrent vers Pendleton et vers *Le Cri* parce qu'il avait capté cet horrible sentiment destructeur de capitulation.

Combien de fois avait-il assisté à ce spectacle ? En un sens, Adi trouvait étonnant qu'il n'y ait pas plus d'enseignants qui finissent par capituler ; elle pensait bien sûr à elle-même, à ce qu'elle était devenue.

Elle n'avait pas écrit les notes. Elle devait se le répéter sans cesse.

Wright sortit son matériel du coffre.

Adi attendait, sans bien savoir pourquoi elle se trouvait ici ni ce qu'elle allait faire, elle regardait simplement la brutalité habituelle de Wright portant une veste de jean et un tee-shirt, avec un pansement de gaze sur son nez cassé. Était-ce le choix qu'on lui offrait après tout ce qu'elle avait vécu ?

Pourtant, Adi sortit de la voiture.

C'était un après-midi froid mais clair, et cependant on annonçait de la neige dans la journée, d'où l'urgence des feux de feuilles, cet événement précédant une autre tradition de Bannockburn, la bataille générale de boules de neige qui marquait l'arrivée de l'hiver à l'université.

Adi suivit Wright qui marchait sur le sentier conduisant en dehors de l'université, le long d'une voie ferrée de service sur laquelle on apportait des montagnes de charbon à la chaufferie de Bannockburn avec son lac artificiel de refroidissement d'eau fumante. On avait construit délibérément la chaufferie sur les ruines de l'usine détruite, une sorte de terrain impie où l'on avait retrouvé les restes calcinés de dix-huit femmes, toutes brûlées au point d'être méconnaissables.

C'était le genre d'histoire dont l'université ne voulait pas, et dans les années soixante-dix le centre ancien de ce qui avait été l'empire de Zhvanetsky avait fini par faire partie d'une histoire refoulée, le site original fut abandonné aux roseaux et à une bordure d'arbres qu'on avait laissé pousser en contraste avec les ensembles très soignés qui définissaient la réincarnation de Bannockburn.

Une simple plaque malencontreuse rappelait les événements tragiques qui avaient eu lieu très longtemps auparavant.

Adi s'arrêta pour regarder cette plaque en attendant. Wright avait continué son chemin et elle était heureuse d'avoir quelques instants de répit.

Comment faire pour se débarrasser de lui ? Elle ne voulait pas se l'avouer mais, dans le calme de ce moment de réflexion, elle sut qu'on lui avait demandé quelque chose et que sa réponse était

« non ». Mais comment le lui dire ? Elle redoutait la perspective d'aller jusque chez lui, de se retrouver seule avec lui.

Elle revint vers la maison natale de Zhvanetsky, un vestige surréaliste que l'on avait préservé – sa *véritable* maison natale sortie de Russie en contrebande, morceau par morceau, après la révolution communiste, et reconstruite en Amérique. Zhvanetsky avait tenu à ce qu'elle reste quand il avait légué le terrain et l'argent pour la fondation d'une université.

Adi ressentit une faiblesse.

Moins de quarante-cinq minutes plus tôt, on l'interrogeait dans un commissariat, on étalait devant elle les détails de sa vie ratée, comme preuve de son échec personnel. Elle sentit le froid qui l'entourait et elle claqua des dents.

Devant elle, la maison de Zhvanetsky ressemblait à la maison des trois ours installée de façon absurde devant la chaufferie, ce qui n'était toutefois pas plus absurde que ce que Zhvanetsky avait envisagé, quand il l'avait démontée pierre à pierre et sortie sous le nez des communistes, son hommage personnel au rêve américain, son enfance posée à côté de ce qu'il avait réalisé, son empire glorieux entouré d'eau, car des hommes nés paysans avaient continué à changer le monde.

Dans la petite maison étaient ensevelis les restes supposés de ses parents bien-aimés, exhumés et sortis eux aussi en fraude avec la maison et, aujourd'hui, Adi se trouvait beaucoup plus affectée qu'autrefois par cette triste tentative d'immortalité.

Elle aperçut Wright qui rangeait son matériel dans la petite maison, avec l'intention de s'en servir plus tard.

À l'intérieur, il y avait l'horrible mannequin de cire à l'image d'un Zhvanetsky barbu et squelettique, que les étudiants utilisaient pour l'immortaliser en costume, assis à un bureau, plongé dans un livre de comptes ; le mannequin de cire avait acquis une sorte de notoriété nationale au début des années quatre-vingt, quand l'enseignement était devenu une plaisanterie, quand les étudiants avaient volé Zhvanetsky pour le photographier dans toute l'Amérique, dans des endroits comme le Hoover Dam sur le Colorado, les chutes du Niagara, le mont Rushmore, Daytona, le derby du Kentucky à Louisville et la course automobile des 500 milles d'Indianapolis. Pour ces escapades, Bannockburn avait fait le *Tonight Show* et avait été élu trois années de suite la meilleure fête d'école d'Amérique.

En fin de compte, il n'y avait aucun moyen de contrôler sa destinée et, debout dans les rafales de vent froid, Adi contemplait l'effigie de Zhvanetsky, l'ironie sinistre de son pathos nostalgique d'immigré, devant ce que l'enquête qui avait suivi l'incendie l'avait accusé de faire, en enfermant ses *moulins à paroles*, les femmes qu'il employait, pour une plus grande efficacité, sans leur accorder de pause pour aller aux toilettes.

Il s'agissait d'une folie morbide, essentielle et nécessaire pour réussir, l'incongruité entre l'idéalisme égalitaire et le pragmatisme économique, entre la façon de penser et la façon d'agir. Sans vraiment réfléchir, en sentant presque la présence des victimes de Zhvanetsky, Adi se retourna et se mit à courir comme si sa vie en dépendait, elle revint vers le campus, où elle tomba sur Horowitz qui avait suivi la voiture de Wright.

Elle ne prononça que son nom avant qu'ils s'en aillent tous les deux en voiture, laissant Wright seul avec son matériel.

37

Ni Adi ni Horowitz ne dirent un mot alors qu'il roulait sans but, avant de prendre la direction du vieux quartier historique, de suivre la rivière obscure et de se diriger vers la maison de Pendleton.

Les rubans jaunes de la police voletaient encore entre les colonnes romanes de l'entrée. Une voiture banalisée était garée dans l'allée. Dans le bureau de Pendleton deux ombres se chevauchèrent et se séparèrent, sans aucun doute des enquêteurs. La maison restait toujours la scène d'un crime.

Horowitz regarda sa montre.

Le soleil avait disparu à l'horizon dans des teintes saumon, les lampadaires antédiluviens de la rue diffusaient déjà leur halo jaunâtre. Au-delà de la rivière, le dôme doré de Bannockburn prenait des reflets cuivrés, un avant-poste solitaire devant l'immensité du pays.

Horowitz parla le premier. « Si vous voulez, je peux appeler Ryder pour savoir quand on vous autorisera à récupérer la maison. »

Adi secoua la tête et dit d'une voix calme : « Ce n'est pas ma maison. Elle ne l'a jamais été. »

Horowitz attendit quelques instants. « Vous voulez retourner à l'hôpital ?

— Non... J'ai réglé ma note. » Elle avait une expression très dure. « Ils m'ont donné des cachets pour supporter le manque.

— Où habitez-vous exactement ? »

Elle mit un moment avant de répondre : « Nulle part... Je suis sans domicile fixe. » Puis elle éclata en gros sanglots, le visage dans les mains.

Horowitz s'apprêtait à quitter le bord du trottoir mais il s'arrêta quand un homme cria brusquement le prénom d'Adi depuis la maison voisine.

Adi releva la tête, elle vit Porterfield, portant son habituelle chemise de flanelle Paul Bunyan et des bretelles, une hache à la main. Elle hurla comme une folle : « Démarrez ! » Mais Porterfield avait déjà traversé la rue et se trouvait devant la voiture. Il posa son énorme main sur le capot, plissa les yeux pour voir à travers le pare-brise et hurla : « Nous avons votre lapin. Il s'est échappé quand la police est entrée. On a eu du mal à l'attraper. »

Adi put seulement cacher qu'elle avait pleuré.

Horowitz gara la voiture et, en un instant, la solitude qu'il avait espéré maintenir et dont il avait pensé tirer profit avec Adi disparut.

L'extérieur de la maison de Porterfield, de style colonial avec palissade, contredisait la crypte garnie de panneaux de bois sombre où résidait son intérêt professionnel, le Sud d'avant la guerre de Sécession, même si sa véritable passion concernait les guerres civiles en général, dans le mépris et la vengeance du familier, en tout cas c'est ce qu'il dit en guise d'introduction alors qu'il conduisait Horowitz dans une cave-musée où étaient installées des armes anciennes et modernes, sur un fond vert comme un tapis de billard, et des images sépia de massacres à travers les âges, depuis la Révolution française et la guerre de Sécession jusqu'aux pogroms de Staline et aux tueries africaines à la machette.

La reproduction d'un champ de bataille occupait le centre de la pièce.

Porterfield dit : « Laissons-les ensemble quelques minutes. Les femmes savent se parler. Je suis sûr qu'elle a besoin de se confier à quelqu'un. » Il eut l'air d'attendre qu'Horowitz dise quelque chose.

Ce dernier se retourna et contempla un drapeau et un uniforme confédérés dans une vitrine de musée. Il regarda sa montre alors que Porterfield se versait une rasade de whisky dans un verre. Il ne pensait qu'à s'en aller.

Porterfield désigna l'uniforme. « Depuis quelques années, je participe à une reconstitution de la guerre de Sécession à chaque printemps, sur le campus. Il est étonnant de voir le nombre de personnes qui veulent se mettre du côté confédéré. Cette nation est toujours divisée. » Il but une gorgée et hocha la tête. De façon déroutante, il avait gardé la hache coincée sous le bras. Il montra un portrait de Lincoln.

« Croiriez-vous que le soi-disant Grand Libérateur a été le premier militaire de l'histoire à passer commande d'une mitrailleuse ? Il s'est tourné contre les siens. Il y a eu plus de morts pendant la guerre de Sécession que pendant la guerre d'Indépendance et toutes les autres guerres que nous avons faites. »

Horowitz haussa les sourcils. « Je ne le savais pas... à propos de la mitrailleuse.

— Peu de gens le savent... Vous savez, là-bas, à l'université, on a réduit notre budget. C'est lamentable, depuis quelques années, la reconstitution de la guerre de Sécession s'est dégradée pour devenir une véritable farce, et maintenant elle se résume à des combats de catch dans la boue et à des courses de chariots, depuis que la traversée du campus par des membres du KKK en tenue a été interdite. C'est devenu une histoire d'amour à l'université. Nous ne voulons pas reconnaître les réalités historiques de classes et de races. En tant que département, nous avons été supplantés par l'échappatoire malsaine du psycho-jargon freudien postmoderne et par la sublimation de nos peurs et de nos désirs les plus obscurs dans le domaine du dérèglement sexuel, pour savoir si nous avons été nourris au sein trop longtemps ou non. Je n'ai pas raison... ? »

Porterfield semblait chercher le prénom d'Horowitz.

Ce dernier se sentit obligé : « Allen, et je pense que vous n'avez pas tort ! »

Porterfield dégageait une douce odeur d'alcool. « Avoir raison ne signifie plus rien. Avoir raison, c'est comme pisser dans un violon à l'université. Prenez-vous pour une réponse satisfaisante que les guerres napoléoniennes n'étaient que le résultat du fait que Napoléon avait une petite bite ?

Aujourd'hui, c'est le genre de thèse que je suis amené à diriger. Les études interdisciplinaires font fureur. Je vais vous dire, Allen, si à une époque nous étions sexuellement réprimés, le pendule est passé de l'autre côté. Nous avons quitté une conception matérialiste marxiste de l'histoire. Nous ne reconnaissons plus le poids des circonstances historiques. Nous ne nous considérons plus comme un ensemble gouverné par des forces économiques. Est-ce que vous savez que le mot “bite” ne figure pas dans le *Manifeste communiste* ? C'est un fait. »

Horowitz sourit malgré lui, alors que Porterfield secouait la tête. On entendait, venant d'en haut, le son sinueux du violoncelle de son fils Clément.

Porterfield montra la photo de pygmées à gros ventre chasseurs de têtes, qui levaient plusieurs têtes coupées de victimes. « Un peuple soi-disant primitif qui situait l'âme dans la tête, pas dans le cœur... Maintenant c'est une thèse ! »

À côté de la photo, il y avait la fenêtre rectangulaire du sous-sol, la seule source de lumière. On apercevait la maison de Pendleton. Porterfield dit : « Vous savez, c'est étrange, j'ai parlé à Bob par cette fenêtre pour la première fois à l'automne 1976. »

Horowitz regarda à son tour par la fenêtre. La nuit était presque tombée.

Porterfield reprit : « Simone finissait sa maîtrise dans l'Est. Nous nous sommes séparés provisoirement cet automne-là. Elle voulait élever Clément en France. Je suis venu ici, méfiant, tout seul, je ne connaissais personne. Bob m'a traité en ami. »

Porterfield se retourna et montra le champ de bataille installé au centre de la pièce. « Ce que j'aimais faire à l'époque, c'était mettre deux armées en position, avoir une vue d'ensemble, comprendre la perspective des combats, voir avec les yeux des généraux. Je lisais les comptes-rendus des engagements, je buvais, et je les relisais. Cet été-là, j'ai fait un voyage dans le Sud, j'ai enregistré les reconstitutions des batailles, les tambours, les charges à la trompette, le grondement des canons jusqu'aux rugissements des centaines de soldats qui se jettent dans la mêlée, et les cris plaintifs des agonisants. Bob ratissait les feuilles ou quelque chose comme ça. Il a cru que c'était l'enfer là-dedans. »

Porterfield sourit en se souvenant des détails. « Il s'est arrêté et il est apparu à la fenêtre, comme un géant, qui contemplait le petit champ de bataille. »

Porterfield écarquilla les yeux au-dessus de son verre et il en inhala les parfums. Avant de le finir d'un trait il dit : « Vous voyez, c'est comme ça que j'ai connu Bob, il regardait avec une omniscience étrange, dehors et dedans simultanément. *Le Cri* doit se lire comme ça, en tout cas c'est comme ça que je l'ai lu, curieusement détaché, une sorte de reportage autobiographique. »

Horowitz tourna les yeux vers Porterfield. « Vous l'avez lu quand il est paru la première fois ?

— À ma grande honte, non, je ne l'ai pas lu ! J'ai un exemplaire dédicacé, mais je ne l'ai pas lu, jusqu'à... enfin, jusqu'à ce que tout soit découvert. Je me souviens qu'un jour Bob est venu ici et l'a pris sur l'étagère. Il s'est mis en colère parce que je ne l'avais pas lu. Je lui ai dit que j'attendais qu'il sorte en édition de poche, que je gardais les premières éditions en parfait état. J'essayais que les choses ne s'enveniment pas entre nous. »

Porterfield remplit de nouveau son verre. « Le problème avec les livres c'est qu'il faut les lire, non ? » Il haussa les épaules. « Vous avez connu Bob à l'université, non ? Il était toujours aussi passionné ? »

Horowitz approuva d'un signe de tête et vit les pieds d'Adi sur les marches qui conduisaient au sous-sol.

Porterfield fit tourner son verre avant de boire et claqua les lèvres.

« Écoutez, je reconnais tout à fait que je n'ai jamais vraiment compris Bob, pas sur le plan intellectuel, mais ce qu'il essayait de faire. Il m'a aussi offert un exemplaire d'*Un trou sans milieu,* en me disant que c'était quelque chose comme une œuvre antieuclidienne, opposée à la notion axiomatique de preuve, au connaissable. Un autre soir il est venu ici et il a voulu savoir ce que je pensais du principe d'incertitude d'Heisenberg et ce que signifiait à un niveau humaniste qu'une vérité objective n'existe pas. Il me parlait comme si je comprenais tout ce que cela signifiait, ou, ce qui semblait plus important, comme si cela m'intéressait. Qu'est-ce qu'on peut bien dire de cette sorte de trucs ? Nous étions collègues, voisins et amis, mais on aurait pu aussi bien appartenir à des univers parallèles... »

Horowitz sourit : « C'était tout à fait Bob.

— Vous savez, on avait l'habitude de discuter. Mais pas question d'accepter tout ce qu'il disait. Quand il s'est lancé dans ses conneries sur Heisenberg, je lui ai dit : “Je suis un socialiste de la vieille école, Bob. Pour moi, c’est simple. Je divise le monde entre les riches et les pauvres!” Je lui ai dit : “Tu sais que le salaire minimum n’a pas augmenté depuis six ans? Tu sais que les syndicats sont en déclin, qu’on est loin d’assurer le bien-être quoi qu’en dise le Dow Jones?”

« Bien sûr, Bob détestait l’économie. Je crois que notre seul point d’intérêt commun se trouvait quelque part au dix-neuvième siècle avec Dostoïevski, mais pas pour les mêmes raisons. Comme je l’ai dit à Bob : “Tu veux une révolution prolétarienne, alors donne au monde un étudiant sans ressources comme Raskolnikov, une vieille usurière comme Alena Ivanovna, ajoute une hache et hop, tu as quelque chose avec une importance historique. C’est un schéma pour une révolution, le portrait tacite de la misère noire.”

— C’est pour ça que vous avez une hache, Lee? »

Le visage de Porterfield brillait à cause de l’alcool. Il ne répondit pas à la plaisanterie.

« Je pense qu’à une époque où le crédit est si facile, où l’on peut s’endetter jusqu’au cou simplement pour survivre, vers quoi peut-on se tourner quand tout fout le camp, quand on ne peut même pas trouver d’usurière à tuer, quand on se retrouve face à une bureaucratie sans visage? »

Horowitz dit pour le calmer : « Kafka.

— Kafka! » Porterfield leva les yeux. « Opter pour le surréalisme, se réveiller en cancrelat dans sa chambre. Vous voyez, je ne souhaite pas qu’on fasse ce bond historique, qu’on saute par-dessus le réalisme pour retomber dans le surréalisme et l'absurde. Je pensais plus en termes pratiques et réels à ce que font les gens quand ils se retrouvent sans le sou aujourd'hui, comme se suicider, en tuant peut-être leur famille par-dessus le marché, mais en fin de compte, ça revient un peu au même que le cancrelat de Kafka : la solitude, l'aliénation. Vous êtes écrivain, Allen, c'est exactement la quintessence de Kafka, non, le sentiment d'étrangeté ? Je ne crois pas que ce soit de bon augure pour la révolution, cette sorte d'intériorité, cette dissociation d'avec les masses.

— Vous vous attendez à ce que cette révolution ait lieu ici, dans l'Indiana, Lee ?

— Ouais ! Je suis bon pour la maison de fous. »

Porterfield tourna les yeux vers la fenêtre du sous-sol. Il faisait tout à fait nuit.

Simone, la femme de Porterfield, apparut en haut de l'escalier et dit avec un mépris incrédule dont seuls sont capables les Français : « Oh, c'est ici que vous vous cachez ? En train de boire, *mais* bien sûr. »

Adi descendit dans le sous-sol avec la femme de Porterfield. Simone avait la délicatesse d'oiseau d'une Parisienne, mais elle avait aussi la présence et une silhouette faite pour du Chanel et non pour le jean délavé qu'elle portait.

Porterfield fit un clin d'œil à Horowitz et s'adressa à Simone : « Tu vois, ma chère, je disais à Allen que j'avais eu beaucoup de mal à t'empêcher de faire cuire le lapin, qu'il était à deux doigts d'être mangé. »

Simone répliqua aussitôt : « Il ment, bien sûr. Je préfère la viande de cheval. »

Horowitz sourit, en essayant de franchir le champ de mines de l'acrimonie conjugale. « Nous parlions de Bob en réalité, Bob votre voisin.

— Ah, oui, ce fou de Bob ! Je dis à Lee qu'il se peut qu'il ait bu avec Bob le soir où il a tué cette fille, non ? Ils étaient très amis, cette année-là. »

Porterfield roula les yeux. « Tu exagères l'étendue de notre amitié, surtout que tu n'étais pas ici cette année-là ! »

Alors qu'Horowitz et Adi traversaient la rue et se dirigeaient vers la voiture, ils entendirent le ronflement d'un moteur qui se mettait en route derrière eux. Les pleins phares s'allumèrent, une lumière si violente qu'Horowitz et Adi en furent aveuglés un instant, et Horowitz insulta le conducteur.

Puis une musique s'éleva, *Chantilly Lace*, de Big Bopper.

Le moteur ronfla de nouveau et, dans le crissement des pneus, la voiture démarra et fonça droit sur eux avant de tourner brusquement au dernier moment. L'espace d'un instant, Adi reconnut ce qu'elle savait déjà, le visage de Wright derrière le volant, sorti d'une sorte de vengeance gothique à la Stephen King.

38

Kim Jewel et Sandi Kellogg formaient un couple étrange, unies par l'amour qu'elles portaient à un homme que la plupart des gens considéraient comme une ordure, ainsi que le montrait le faible nombre de personnes qui assistaient à l'enterrement de Scholl – quelques rares membres de la famille avec des têtes longues comme un jour sans pain, qui faisaient penser à celle de Gary Scholl.

C'était une matinée très froide. On voyait de la gelée blanche sur les brins d'herbe entre les tombes, de longues écharpes de nuages et la lune encore visible, une bogue très pâle dans le ciel bleu de ce matin d'hiver.

Le cimetière se trouvait sur une pente, exposée à l'est, l'héritage de la tradition des pionniers, les morts tournés vers Jérusalem, vers la résurrection de la vie.

L'arrière-arrière-grand-père de Gary Scholl y était enterré. Une route portait le nom de la famille Scholl à l'époque de sa gloire dans les années 1860, quand les ancêtres possédaient une propriété de cinq cents acres et avaient eu l'intelligence commerciale de créer une coopérative pour gérer les intérêts des fermiers, tout cela avant la guerre de Sécession, avant que les six fils de Carter Scholl meurent en combattant l'armée confédérée. Au cours des cent années suivantes, les descendants anémiques des Scholl avaient fait de mauvais mariages, corrompant leur ascendance et tombant victimes de calamités, naturelles et autres – l'épidémie de grippe espagnole de 1917 et l'hécatombe des deux guerres mondiales –, à tel point qu'à la naissance de Gary, il ne restait plus rien de la propriété Scholl. Personne ne savait plus faire de conserves de tomates, de betteraves ou d'oignons, pétrir et cuire le pain, faire vieillir de la viande dans des caves, saler des jambons, ni même repriser ou coudre – personne ne possédait plus le savoir-faire qui permettait l'autosuffisance. Gary Scholl était le premier des Scholl d'Amérique à naître dans un appartement de location, au-dessus de la station-service de Lloyd Picket.

Ryder resta à l'écart pendant l'enterrement, sur un chemin de service boueux. Il observa attentivement la modeste réunion des membres de la famille, personne d'autre, à part un flic du comté qui couvrait l'enquête sur Scholl, et Wright qui lui fit un petit signe de reconnaissance alors qu'il se tenait en arrière et photographiait tout ce qui pouvait illustrer la mort de Gary.

Mais, inévitablement, le regard de Ryder croisa celui de ses deux femmes, c'est-à-dire essentiellement celui de Kim Jewel, même s'il refusait de le reconnaître.

Les deux femmes de Gary Scholl étaient physiquement à l'opposé l'une de l'autre : Kim, mince, Sandi, ronde avec une silhouette de rêve. Kim portait une veste de ski à la fermeture Éclair ouverte, une chemise blanche, un pantalon noir et des après-ski ; Sandi une veste de sport de l'équipe du lycée, un pantalon noir, et des après-ski de même style. Les deux femmes étaient censées travailler cet après-midi pour un salaire horaire minimum, Kim au Rite Aid, Sandi comme hôtesse au Ponderosa Steak House.

Le pasteur, un épouvantail solennel qui ressemblait à un spectre, continuait à débiter son panégyrique, le vent agitait son vêtement sacerdotal, un tas de terre noire se trouvait à côté de la fosse près de la dépouille de Gary dans un simple cercueil, tout ce qu'il disait se perdait dans le vent, dans le froid de la matinée.

Trent Bauer arriva pendant le service, en civil, dans un costume qui lui allait mal. Il faisait penser au personnage de Eb dans *Green Acres*, penaud de façon démodée. Il ne lui manquait que le chapeau.

Horowitz apparut quelques minutes plus tard, au milieu des pierres tombales recouvertes de mousse, se déplaçant lentement entre les tombes. De temps en temps il jetait un coup d'œil à Ryder, qui lui fit un petit signe rapide.

Ryder gardait les mains dans les poches, son col relevé cachait sa bouche. Il observait Bauer, et il vit Kim Jewel lever les yeux et l'apercevoir, alors elle se retourna vers le pasteur et il sut que quelque chose était passé entre eux ; mais Horowitz s'approcha de Ryder et sortit un petit carnet. Il parla à voix basse.

« Je voudrais m'excuser pour la façon dont je vous ai parlé l'autre jour. »

Ryder l'ignora, il ne quitta pas des yeux le tas de terre boueuse.

« Il m'est difficile de reconnaître que j'avais tort. J'ai connu Bob Pendleton pendant la plus grande partie de ma vie d'adulte. Je ne savais pas de quoi il était capable. J'ai tout bousillé. J'ai relu Nietzsche, Jon, pour essayer de comprendre le désespoir que Bob a dû connaître, comment son esprit s'est tourné vers lui-même. J'ai pensé que ceci convenait pour l'occasion, l'éloge de Nietzsche, pas pour un homme, mais pour une religion. » Il ouvrit un petit livre et commença à lire.

> Quand nous entendons les cloches anciennes bourdonner un dimanche matin, nous nous demandons : Mais est-ce possible ! Ceci, pour un juif, crucifié il y a deux mille ans, qui se disait fils de Dieu ? La preuve qui confirmerait une telle affirmation manque. C'est assurément une antiquité projetée dans notre époque depuis la nuit des temps ; et la foi dont jouit cette affirmation – alors qu'autrement on se montre si sévère dans l'examen des prétentions – est peut-être la marque la plus ancienne de cet héritage. Un Dieu qui engendre des enfants avec une mortelle ; un sage qui ordonne aux hommes de ne plus travailler, de ne plus rendre la justice, mais de guetter les signes d'une fin du monde imminente ; une justice qui accepte que l'innocent se sacrifie pour les autres ; quelqu'un qui ordonne à ses disciples de boire son sang ; des prières pour des interventions miraculeuses ; des péchés perpétrés contre un Dieu, et expiés par un Dieu ; la forme de la croix comme symbole dans un temps qui ne sait

plus ni la fonction ni l'ignominie de la croix – quel frisson d'horreur nous vient de tout cela, comme un souffle exhalé par le tombeau d'un passé primordial ! Peut-on croire que l'on croit toujours pareille chose ?

Horowitz leva les yeux. « Je pense que Nietzsche a vu la crise de la modernité, un monde dans lequel l'ordre ancien de l'autorité spirituelle ne contrôlerait plus l'humanité. Ce qu'il redoutait le plus, c'était la crise imminente du doute. Le Surhomme était censé triompher de ce doute, discréditer la lointaine préhistoire du christianisme, et vivre dans le monde temporel d'après les lois établies grâce à un discours rationnel, et non la superstition. »

Ryder ne quittait pas des yeux le petit groupe de l'enterrement. Il dit calmement : « Partez.

— Je vais être honnête avec vous, Jon, je suis consterné. Je vous considérais comme quelqu'un chez qui je pouvais trouver un sentiment d'espoir et d'intégrité, un rempart contre le chaos de la vie. Je pensais que le roman policier pouvait exposer certaines vérités indéniables. Je voulais que vous soyez mon protagoniste, mais ça ne marchait pas et ce n'est pas une offense contre vous. Vous êtes immanquablement un personnage obsolète et pitoyable, une matière pour littérature de gare. Si vous représentez quelque chose, c'est la fragilité humaine de la loi, son inefficacité. »

Ryder enfonça le menton dans le col de sa veste, bien décidé à ne pas répondre. Au loin, il aperçut Wright à la limite de sa vision, qui fixait son objectif sur lui et Horowitz et saisissait tout l'échange dans une séquence rapide.

Inconscient de ce qui se passait, Horowitz continuait de parler. « Je vois bien que vous prenez ça personnellement, Jon. Laissez-moi tenter une autre approche. Quelle était la véritable signification de l'affaire de Jack l'Éventreur ? Pensez-y ! Je crois qu'elle représentait la réalité de la métropole, de la modernité, le phénomène mathématique d'un nombre exponentiel de suspects éventuels, impossibles à mettre en corrélation. Ces meurtres représentaient une ligne de faille mathématique, un jeu de probabilités, et Jack l'Éventreur a gagné. »

Horowitz s'approcha encore de Ryder. « Vous voyez, c'est ce que Nietzsche craignait, l'effondrement du christianisme, du bien et du mal. Autrefois, la société était *fermée*. Il n'y avait que trop de coupables. Une femme restait assise chaque jour derrière sa fenêtre, et elle remarquait quelqu'un qui passait. Elle savait l'heure exacte parce qu'elle prenait son thé à trois heures, juste avant que les enfants sortent de l'école. Le facteur le remarquait aussi parce qu'il passait par la même ruelle. Il voyait mieux. Et ainsi de suite. Vous comprenez où je veux en venir ? »

Ryder l'ignora.

« C'est important pour nous tous. Nous avons perdu un passé dans lequel régnait la véritable omniscience, un nombre connaissable, définissable, déductible et donc *juste*, qui affirmait la loi, la foi et, par conséquent, l'omniscience de Dieu. C'est ainsi que je voulais vous utiliser, Jon, en tant que principe divinatoire, en tant que *loi*. Mais nous ne sommes plus dans un monde fermé. Ce que redoutait Nietzsche, c'était cette perte de la *loi*, l'ambiguïté du crime *sans* châtiment, quand le criminel ne craint plus l'arrestation ! Ce que Nietzsche a anticipé, c'est la psychopathologie du crime moderne comme quête spirituelle, le désenchantement des criminels, les don Quichotte à l'assaut des moulins à vent... »

Ryder regarda Horowitz droit dans les yeux : « Je veux que vous fichiez le camp ! »

Horowitz leva la main : « Écoutez-moi, Jon ! Dites-moi, ne vivons-nous pas l'époque la plus dégradée ? Nous avons besoin que la médecine légiste progresse, que les probabilités mathématiques se mettent au service des victimes, nous avons besoin de retrouver cette omniscience, cette peur de se faire prendre, la peur du châtiment. J'ai beaucoup réfléchi à tout cela. Je considère que le clonage redonne un sens à la notion de damnation et de châtiment éternels. Imaginez qu'on clone une personne, pendant des millénaires, l'horreur d'une mort et d'une résurrection perpétuelles à l'intérieur d'une cellule de prison, en anticipant sa propre exécution avec chaque nouvelle naissance. Je pense que ce n'est qu'à ce moment-là que le spectre de l'omniscience, la véritable perspective de la damnation éternelle, régnera de nouveau avec le pouvoir des temps anciens. »

Wright se trouvait à quelques mètres de Ryder quand Horowitz le vit. « « Ah ! Le poursuivant attitré ! J'aimerais porter plainte pour conduite dangereuse, Jon. Cet homme a essayé de nous écraser, Adi et moi, hier soir ! »

Ryder se retourna vers Wright qui regardait Horowitz d'un air méchant.

Wright dit : « Je ne vois vraiment pas ce qu'elle vous trouve. »

Horowitz sourit. « Comptons... Attendez, six best-sellers, cinq doctorats *honoris causa*, un appartement en terrasse à New York, une maison sur la plage à Miami et à Maui et "une pie dans le poirier"... Pendant combien de temps croyez-vous qu'elle va continuer à manger de la vache enragée, Henry ? Regardons les choses en face, vous êtes né avec la poisse, mais pour compenser, faites-vous aussi les mariages ? Je vais peut-être annoncer bientôt quelque chose d'important. »

Ryder se plaça entre Horowitz et Wright. « Laissez-le tranquille, Henry ! Il n'en vaut pas la peine. Ce n'est qu'une merde. »

Des personnes qui avaient assisté à l'enterrement s'en allaient et Wright recula pour revenir à sa profession. Il mit son appareil devant son œil, prit de nouveau des photos en se déplaçant de côté, il photographia Kim Jewel qui marchait entre les tombes et se dirigeait droit sur Ryder comme si elle venait l'affronter.

Ryder hésita.

Kim Jewel tremblait. On voyait la naissance de ses seins. Une petite croix d'or reflétait la pâle lumière d'hiver. Et elle fit quelque chose d'étrange. Elle posa la main sur le bras de Ryder et dit d'une voix douce : « Ce n'est pas votre faute. Bien avant votre arrivée ici, j'avais rompu avec Gary. Je croyais qu'il avait tué ma sœur... » Elle s'essuya le nez avec la paume de la main, renifla et s'éloigna vers la porte du cimetière au bout de la longue descente, où un responsable de Rite Aid, qui portait une blouse de pharmacien sous son manteau, l'attendait.

Ryder le reconnut, Whitey Whitmore, un type entre deux âges, avec qui il avait travaillé pour coincer Kim. Whitmore la prit dans ses bras. Elle s'écroula contre lui. Le vent emporta ses sanglots et Ryder baissa les yeux.

Sandi Kellogg s'arrêta derrière Ryder. Elle dit calmement : « Je veux vous dire quelque chose, inspecteur. »

Ryder ne broncha pas. Kim Jewel était toujours dans les bras du responsable du magasin.

« Gary... Il n'a pas tué cette femme ! »

Ryder se retourna. Il avait une lueur de scepticisme dans les yeux.

« J'ai une *preuve*.

— Quelle preuve ?

— Une vidéo. »

Ryder se concentra. « Où est-elle ? »

Sandi hésita. « Chez... chez moi.

— Pourquoi m'en parler maintenant ? Pourquoi est-ce que vous ne l'avez pas donnée à la police ? »

Sandi baissa la tête. « Quand vous saurez ce qu'il y a dessus, vous comprendrez. J'ai tenu à enterrer Gary avant. Je voulais qu'il ait un peu de dignité. »

39

Dans le journal du matin, le soleil se couchait officiellement à 17 h 02, mais la nuit était tombée bien avant, et on avait l'impression qu'il s'était passé beaucoup de temps depuis l'enterrement de Gary Scholl, qu'il n'avait pas eu lieu seulement ce matin, quand Ryder sortit du bureau exigu qu'on lui avait aménagé dans le petit commissariat. Il avait le sentiment troublant que l'on éprouve en entrant dans un théâtre éclairé et en sortant dans l'obscurité, une impression de creux, de froid, de vide, comme si la vie n'était pas réelle.

Pendant la plus grande partie de l'après-midi, il avait visionné la bande que Sandi Kellogg avait déposée au commissariat. Il comprit son hésitation à révéler cette preuve. Il s'agissait d'un film de caméscope d'une des frasques de Gary et d'elle, la nuit même où Mrs. Blaine avait été tuée.

La vidéo montrait Gary sniffant des lignes de cocaïne, une frénésie de drogue et de sexe, Gary agitant sa queue devant la caméra, Sandi à quatre pattes attendant de se faire baiser. Pendant tout ce temps, dans l'angle supérieur droit de l'image, une horloge numérique enregistrait la date et l'heure, et Gary Scholl se trouvait entre les jambes de Sandi Kellogg quand avait eu lieu l'assassinat de Mrs. Blaine.

Il ne semblait pas vraisemblable que Sandi ait pu trafiquer la bande et, en plus de la preuve fournie par la pendule, une station de radio jouait en arrière-plan, une liste de chansons qu'on pouvait vérifier à la station afin d'établir l'heure sans risque d'erreur. Apparemment, Gary Scholl n'avait pas tiré la balle qui avait tué Mrs. Blaine.

Le dossier de Scholl était sur la table. Ryder le prit, le feuilleta en essayant de comprendre comment il s'était laissé descendre aussi bêtement, étant donné qu'il avait un alibi. Il avait fait deux ans sur les quatre de mise à l'épreuve et, même s'il ne respectait pas sa parole en se droguant, il aurait pu bénéficier de circonstances atténuantes avec un bon avocat qui aurait mis en avant les éléments de cette journée au cours de laquelle il avait finalement été innocenté du meurtre d'Amber Jewel.

En consultant son dossier, Ryder se rendit compte que Scholl n'était même plus en liberté sur parole. Son dernier séjour en prison avait pris fin plus de dix ans auparavant, le 12 août 1976, l'année de l'assassinat d'Amber Jewel et à l'époque où Bauer s'était immiscé dans la vie de Kim.

Ryder parcourut encore quelques pages, les transcriptions des interrogatoires de Scholl par la police, au total douze séances, et vit une note manuscrite en haut de la transcription du neuvième interrogatoire, datée du 12 mars : « Suspect profondément affecté par naissance de sa fille. »

Le téléphone sonna quelques minutes plus tard. C'était Gail. Elle parla brusquement, en maintenant la froideur de leur conversation précédente. « J'ai parlé avec June, la femme de ton patron. Elle m'a dit que l'affaire était mise en attente et que tu rentrais. »

Ryder hésita, à cent lieues de ces problèmes. « Écoute Gail, j'ai encore plusieurs détails à régler ici. J'en ai pour quelques jours.

— Quels détails ? June m'a dit que c'était le professeur qui avait fait le coup. »

Ryder releva la tête et sentit de nouveau une douleur dans l'épaule. « Est-ce que tu es en train de me dire comment je dois faire mon boulot ? Trois personnes sont mortes... et la mémoire d'une enfant profanée. »

Gail répliqua : « Ça ne fait pas partie de ton enquête.

— Tu sais comment je dois faire mon travail, Gail ? On dirait que c'est toi l'expert !

— Je te répète ce que Ken a dit à June. Il ne veut plus rien dépenser dans cette enquête. Il dit qu'il t'a téléphoné et que tu ne l'as pas rappelé.

— Il a appelé une fois.

— Alors qu'est-ce que tu fais là-bas maintenant ?

— L'assistante de Pendleton *savait*.

— Son assistante, tu veux parler de cette femme qui est passée sur toutes les télés ? S'il te plaît. Tu es pitoyable, tu sais ? Pourquoi tu fais ça ?

— Je fais quoi, Gail ? Ne joue pas au plus malin. Est-ce que tu te rends compte que je travaille pour gagner ma vie, que c'est mon métier ? Si tu as un complexe d'insécurité, ce n'est pas de ma faute. »

Gail répliqua d'une voix méchante : « Je me moque pas mal de toi. J'ai appelé simplement pour te dire que Taylor est rentrée. »

Ryder ferma les yeux et posa la main sur sa tête. « Merde, pourquoi est-ce que tu ne m'as pas dit ça tout de suite ?

— Je te le dis maintenant. J'ai reçu un coup de téléphone de l'école. Taylor s'est présentée à un rendez-vous avec un conseiller. Je suis allée la voir. Elle accepte de rentrer à la maison. Je lui ai dit que tu allais revenir. »

Ryder demanda sèchement : « Où est-elle ?

— Devant la table de la cuisine, elle fait ses devoirs. » Elle ajouta à voix basse. « Il s'est passé quelque chose. »

Ryder cria : « Elle est blessée ?

— Non, pas ça. C'est son air. Je crois qu'elle a appris quelque chose. Les femmes ont besoin de souffrir au moins une fois. »

Ryder dit brusquement : « Je veux lui parler. »

Il entendit Gail s'adresser à Taylor, qui répondit au loin, puis le bruit d'une chaise grattant le sol, la cuiller contre le bol et Gail dit doucement : « Je m'en occupe. Vas-y maintenant. »

Puis elle fit un commentaire : « Elle va te prendre dans la chambre. »

Ryder ne répondit pas.

Il vit en esprit le rose bonbon de la chambre de Taylor, le lit et le ciel de dentelle, le tiroir de la coiffeuse dans lequel étaient rangés ses poneys aux couleurs de l'arc-en-ciel avec des crinières synthétiques, et, en sentinelle, les poupées aux grands yeux qu'il lui avait achetées tout au long des années. Évidemment, il avait surcompensé, en essayant de lui récupérer son enfance, et elle avait gardé ses poupées dans leur emballage, minutieuse et méticuleuse, en séparant bien ce qui appartenait à ses demi-frères de ce qui lui appartenait, des poupées un peu terrifiantes, enfermées dans une enveloppe en plastique.

Il y eut un clic sur la ligne. Taylor décrocha.

Ryder entendit son lit grincer sous son poids.

Taylor brisa le silence : « Tu veux savoir ce qu'elle fait pendant que tu n'es pas là ? »

Ryder savait que Gail n'avait pas raccroché.

« Taylor... écoute-moi.

— Elle fait du café très fort, elle prend un magazine, elle s'assied à la table de la cuisine, remonte les genoux, sépare ses orteils avec des feuilles de papier-toilette et se met du vernis sur les ongles. Elle peut faire ça pendant des heures et des heures. Elle ressemble à ces reptiles à sang froid qui sortent se chauffer au soleil dans le désert. »

Ryder sentait la présence de Gail. Elle poussa un soupir de mécontentement que Taylor entendit. Il voulut lui crier de raccrocher mais il n'en fit rien.

« Ça va, Taylor ?

— Je voudrais aller dans une université en dehors de l'État. Je crois que c'est un bon choix pour moi. J'en ai parlé avec un conseiller aujourd'hui. Bien sûr, ça va coûter les yeux de la tête jusqu'à ce que j'aie une place en résidence, mais ça vaut sans doute le coup de recommencer. »

Ryder dit d'un ton magnanime : « Ne t'inquiète pas pour l'argent. L'argent n'est pas un problème.

Écoute, tu restes là jusqu'à mon retour. À mon avis, tu as fait le bon choix, une université dans un autre État. L'idée me plaît beaucoup. »

Ryder attendit que Taylor raccroche.

La ligne ne se coupa pas.

Gail parla d'une voix sévère. « Ne fais pas des promesses que tu ne pourras pas tenir, Jon. Tu dois penser à tes autres enfants, tu m'entends ? »

Elle prononça ces mots comme une menace avant de raccrocher.

40

Ryder regarda à l'endroit où Trent Bauer s'asseyait d'habitude. Son bureau était vide. Quand il se retourna pour s'en aller, un autre flic lui dit : « Il a téléphoné ce matin pour prévenir qu'il était malade. »

Ryder quitta le commissariat, mit sa voiture en route, respira l'air glacé qui sentait l'éthanol en provenance de la raffinerie locale et partit sur une mince couche de verglas. Il n'avait pas encore appelé son supérieur ni l'inspecteur en chef du comté. L'alibi de Scholl allait diriger l'attention sur Kim Jewel ou une personne proche d'elle. Motivation : la vengeance.

Il doubla un chasse-neige qui projetait du sel devant les restaurants le long de la nationale, et il pensa rentrer chez lui. Il pouvait y arriver en moins de quatre heures, mais à la place il alla dans sa chambre de motel, se doucha et se rasa, en sachant inconsciemment qu'il n'avait fait cela que parce qu'il allait voir Kim Jewel. Il avait le trac comme pour un premier rendez-vous, qu'il essaya de dépasser et d'associer à la peur qu'il ressentait pour sa fille, mais au fond de lui-même il savait pourquoi il n'était pas rentré chez lui.

Gail avait raison, même si elle s'était trompée de femme.

Sur le parking, Ryder se dirigea vers sa voiture, et dans la lumière froide du restaurant, il vit Wright et Wiltshire assis à une table, Wiltshire avait le visage pâle et crispé.

Ryder entra et commanda un café, simplement pour qu'on sache qu'il était là.

Il était évident que Wright lui faisait des avances pour la dernière fois. Ryder ne put s'empêcher de se sentir désolé pour lui, parce qu'il avait perdu devant Horowitz. Pas besoin d'être psychologue pour savoir que ça ne marcherait jamais, mais qui a jamais pensé de façon rationnelle dans une histoire d'amour ?

Ryder se tourna devant le présentoir des tartes en attendant son café et, assis là tout seul, il se souvint de l'époque où il allait dans des restaurants semblables avec Tori, au début de leur relation instable. Au bout de quelques années, Tori était sortie avec d'autres types derrière son dos, les dénégations, puis les confessions et les réconciliations. Tout en attendant il repensa à la façon dont elle aimait se pencher sur lui dans la voiture, il se souvint avec un frisson comment le centre de son existence enflait dans l'obscurité de la bouche de Tori, elle avait des haut-le-cœur et il lui posait la main sur la nuque pour la maintenir là, tout cela contre l'angoisse personnelle d'une rupture, Ryder espérant continuellement des jours meilleurs. Et dans ses cauchemars, après sa disparition, quand il rêvait de la voiture, quand il regardait dans le rétroviseur, au moment de l'éjaculation, il ne voyait pas son propre visage mais celui d'un inconnu que Tori suçait.

La caissière posa un café devant lui et Ryder revint à la réalité, dans la lumière froide du restaurant, devant la femme énorme qui lui avait servi son petit déjeuner quelques jours plus tôt.

Sur le parking, Ryder ressentit un froid intense et frissonna. Il se dirigea vers sa voiture. Au second niveau de la galerie du motel, il aperçut la braise d'une cigarette qui tremblait et il sut intuitivement qu'il s'agissait d'Horowitz, puis il vit sa voiture de location. Il monta dans sa propre voiture et attendit qu'Horowitz rentre dans sa chambre.

Ryder augmenta le volume de la radio et tout le reste disparut. Il se sentait perdu comme il ne l'avait pas été depuis longtemps.

Il entendit les résultats des matches de football américain à travers les parasites de la FM. Il écoutait pour tout oublier, ces équipes puissantes de joueurs professionnels, la bouche aplatie, en pleine forme, courant pendant des kilomètres, les Bears, les Lions, les Vikings et les Packers, avec les avantages des rencontres à domicile dans les journées sombres de fin d'automne, par un froid glacial, attendant d'écraser le jeu aérien des équipes bronzées sous le soleil du Montana et de Marino. Dans les bars, des écrans géants de télévision tremblotaient, et Ryder eut l'impression que s'il baissait sa vitre, il entendrait la lointaine rumeur des supporters, la fierté locale que forgeaient ce provincialisme et cet isolement. Toute sa vie, il avait lutté pour les perdants.

Il appuya sur un autre bouton de la radio préprogrammée et passa de station en station pour entendre les dernières phrases sur la circulation ou la météo à huit ou à dix minutes de chaque heure, répétant encore et encore les résultats des matches tous les quarts d'heure, comme un mantra prophétique. Il avait fait ça pendant des années, un truc qui lui avait conféré une sorte de mystique étrange au début de sa carrière, peu de temps après les circonstances mystérieuses qui avaient entouré la disparition de sa femme.

Un dimanche soir, alors qu'il parlait avec un informateur dans sa voiture, il s'était arrêté et avait commencé à donner les résultats. Cet épisode avait fini par être connu parmi les criminels et les forces de l'ordre, un de ces curieux incidents d'aveuglement qui avaient conduit Ryder à se souvenir du jeu de la réunion des âmes dans la cour de récréation de son enfance, et à sa renaissance spirituelle comme un des Frères, à l'époque où il avait commencé à porter un long trench-coat noir avant d'être finalement muté dans la rue parce qu'il avait brutalisé un type suspecté du viol et du meurtre d'une fillette de dix ans.

Une demi-heure plus tard, alors qu'il se rendait chez Sam Henderson, Ryder passa devant un centre commercial et devant plusieurs lotissements de maisons neuves dans des ensembles fermés, portant des noms comme The Berkshine, The Commons et English Turn, des communautés fières de posséder des lacs artificiels et des parcours de golf, la démographie de l'Amérique rurale se modifiant avec ce qu'on appelait d'un euphémisme, l'« exode blanc ». Des protestants fondamentalistes aisés avaient élu domicile, littéralement, dans les champs de maïs à la suite de la dégradation de la vie urbaine avec l'argot des Noirs et le disco, et il se dit que tout cela était bien loin du monde dans lequel Amber Jewel avait vécu et était morte dix ans plus tôt.

Qui aurait jamais pensé que c'était ici que se retirerait l'Amérique, et à nouveau cela ne fit que marginaliser Ryder, être arrivé à son âge aux derniers souffles de la vie ouvrière. Il ne posséderait jamais une de ces demeures, et cela le rendit amer.

La maison de Sam Henderson se trouvait au-delà du pâle éclat de ces nouveaux lotissements, et la solitude de la lumière de cette maison semblait encore plus grande la nuit que le jour.

Mais Ryder ne fit que passer devant avant de s'arrêter pour regarder le champ plongé dans les ténèbres où l'on avait découvert le corps d'Amber Jewel, comme si, en attendant ici, il pouvait évoquer son esprit.

Les yeux fixés dans les ténèbres, il murmura : « Que t'est-il arrivé, Amber ? »

Et comme si elle lui avait répondu, un détail, qui n'avait cessé de le harceler toute la nuit, le frappa.

Ryder se gara sur le parking du Rite Aid. Kim rangeait des paquets de cigarettes derrière le comptoir quand il entra. Elle leva machinalement les yeux mais reprit aussitôt son travail. Elle ne l'avait pas vu, pourtant Ryder apparaissait sur un écran de surveillance, un système de télévision en circuit fermé alimenté par plusieurs caméras disposées dans tout le magasin.

Il hésita devant la silhouette en carton d'un bonhomme de neige tout joyeux dans une vitrine de pelles en aluminium et de sacs de sel, de médicaments contre le rhume et de préparations pour chocolats chauds. De l'autre côté de l'allée, il y avait une vision de la vie de compétition, une vitrine de la Ligue nationale de football américain avec deux pom-pom girls bien en chair, dans des costumes de Père Noël et des bottes fourrées, buvant du schnaps à la menthe devant un gril avec de faux charbons et des rubans censés représenter la fumée.

La partie pharmacie était fermée. Les grilles l'arrêtèrent. Adi Wiltshire était venue ici avec sa fausse ordonnance. Elle avait peut-être acheté quelque chose d'autre, payé et reçu sa monnaie de la main de Kim Jewel. Leurs mains s'étaient peut-être même touchées pendant un bref instant au cours de ce simple échange.

Dans un miroir de surveillance convexe, Ryder vit l'image déformée de Kim Jewel qui rangeait toujours des cigarettes derrière le comptoir.

Il attendit un peu et partit dans une autre allée. Il se retrouva devant une étagère remplie de suppositoires contre les hémorroïdes et de crèmes contre les démangeaisons anales. En fait, il n'y avait pas de bonne allée, une qui n'évoquerait pas la fragilité du corps humain, depuis les baumes contre les verrues jusqu'aux désodorisants pour les pieds, jusqu'aux produits contre les champignons, la mauvaise haleine et les pellicules.

Au moment où il allait partir, le directeur du magasin sortit de son bureau et l'appela par son nom. C'était Whitey Whitmore. Il revenait de la chambre froide où l'on stockait les bouteilles. Il s'avança, enleva un gant et salua Ryder, puis il lui posa la main dans le dos et le conduisit dans son bureau dont il ferma la porte.

« Elle a tenu à venir travailler. » Whitmore ajouta : « Elle n'a pas l'habitude de rester chez elle. »

Une sonnerie retentit dans le bureau.

Whitmore se retourna et, sur un petit écran de contrôle, il vit Kim en train de vérifier la carte d'identité d'un gamin qui voulait acheter un pack de bière. Le gosse s'en alla les mains vides et Kim regarda vers la caméra pour montrer que tout allait bien.

Whitmore quitta l'écran des yeux. « Certains ne trouvent leur voie que tard dans la vie. Kim est de ceux-là. Je lui ai dit qu'elle devait devenir qui elle était vraiment – tout de suite. » Il posa un doigt contre son front. « Elle est en passe de faire une directrice de magasin. Elle n'a besoin que d'un premier cycle. »

Sur le mur, il y avait un tableau indiquant les objectifs et les noms des employés, et le bureau était recouvert de factures.

Ryder dit : « Je ne savais pas que vous étiez ensemble. Vous ne m'en avez rien dit quand je vous ai parlé. »

Whitmore haussa les épaules. Avec sa chemise blanche et sa cravate, il ressemblait à un type qui joue au chirurgien. « Hé, je suis comme un ancien joueur à l'extérieur du terrain – je ne cours plus après les balles mais si on m'en lance une, je l'attrape. »

Ryder sourit aimablement à la plaisanterie, mais il remarqua que Whitmore n'avait pas répondu à sa question. Il dit : « Vous devriez peut-être vous en aller quelque temps quand tout sera terminé. Une cabane au nord, loin de tout le monde, pour pêcher et chasser. »

Ryder le regarda droit dans les yeux. « Vous chassez, non ? »

Whitmore perdit son sourire. « On en a fini ? »

Un téléphone sonna dans le brusque silence.

C'était Kim. Elle fixait la caméra de sécurité.

« L'inspecteur est avec toi, Whitey ? Est-ce que je peux prendre une pause de cinq minutes pour fumer une cigarette ? »

Elle parlait fort et Ryder pouvait l'entendre dans le téléphone.

Sous la lumière rouge de l'enseigne de Rite Aid, Kim Jewel plaça les mains autour de la flamme qui dansait, alluma sa cigarette et aspira profondément avant de commencer à parler.

« Je devrais vous détester... vous le savez ? Whitey, il m'a dit ce que vous avez fait, pour me coincer, mais ça doit être votre boulot, alors je ne vous en veux pas. J'espère seulement que je ne ressemble pas à quelqu'un qui pourrait avoir commis quelque chose de terrible, quelqu'un qui aurait vécu avec un pareil secret. »

Kim se passa la main dans les cheveux. « Écoutez, je suis désolée. Vous n'avez pas besoin de me répondre ! » Elle leva les yeux. Elle portait sa blouse bleue sous son manteau, avec un corsage blanc boutonné.

« Si vous êtes venu m'apprendre que Gary n'a pas tué cette femme dans la maison du professeur, je le sais déjà. Sandi, elle m'a téléphoné. Elle m'a dit pourquoi elle avait attendu. C'est quelqu'un de bien. Il faut que vous vous en souveniez avant que tout le monde apprenne ce qu'il y a sur le film avec elle et Gary, hein ? »

La respiration de Ryder se transformait en buée dans la lumière de l'enseigne. « Bien sûr. »

Kim dansait d'un pied sur l'autre, et elle tira une dernière fois sur sa cigarette. Elle était menue, mais avec ses chaussures plates elle paraissait encore plus petite, et plus épaisse. « Est-ce que vous êtes venu me demander où j'étais cette nuit-là ?

— C'est nécessaire ? »

Kim glissa une main dans la poche de sa blouse. Il faisait très froid. « Est-ce que vous allez me croire si je vous dis que j'ai dépassé la vengeance depuis belle lurette ? Ça a duré pendant la plus grande partie de ma vie d'adulte. J'ai fini par vivre avec... Non, ce n'est pas ça. La vérité c'est que je suis devenue quelqu'un d'autre. »

Ryder essayait de comprendre si Kim l'entraînait quelque part ailleurs. Il dit tout d'un coup : « On soupçonne que la femme Blaine a été prise par erreur pour l'assistante de Pendleton, que ce n'était pas elle la cible. »

Kim ne répondit pas.

« Vous n'avez aucune idée de qui a pu faire ça ? »

Kim se mordit la lèvre inférieure, et tourna lentement la tête. « Non... » Puis elle leva la main, la porta à son cœur et serra le poing, déterminée à empêcher Ryder de lui poser des questions trop précises, ou c'est ce qu'il ressentit quand elle conclut d'une façon intime et pénétrante : « Ma vie... elle s'est arrêtée il y a des années, c'est comme ça que je la vois... »

Ryder attendit.

« Vous savez, pendant très longtemps j'ai pensé que Gary avait tué Amber, parce qu'elle répétait à tout le monde ce qu'il lui faisait, il fallait toujours qu'elle l'ouvre et qu'elle écrive tout dans son journal, mais je n'arrivais pas à y croire. Je suis restée avec lui pendant un an, j'ai eu un enfant, un jour je croyais qu'il l'avait tuée, le lendemain je me disais que c'était impossible. Tout ce que je pouvais faire c'était lui écrire des lettres, lui assurer que j'étais désolée. Je les postais, sans adresse. Il fallait que ça sorte. Et je n'avais personne à qui parler, personne à protéger. »

Elle tenait sa cigarette à la hauteur de sa cuisse. « Maintenant, les gens qui doivent affronter des choses comme ça, on les aide. C'était différent à l'époque. Je sais qu'écrire ça fait partie de la souffrance. C'est ce qu'ils disent aujourd'hui ; moi, je l'ai découvert toute seule. Vous savez, les choses s'étaient très mal passées entre Amber et moi. Comme j'ai gardé le bébé, les gens croyaient que j'étais amoureuse de Gary, je l'étais peut-être, au début, mais je ne pouvais pas tuer le bébé que j'avais en moi, surtout parce que Amber me manquait tellement. Je voulais seulement que tout redevienne comme avant, alors j'ai eu le bébé. Puis je me suis endurcie, contre elle. J'ai pensé qu'elle avait fait une fugue. Gary n'arrêtait pas de me le répéter. Il affirmait qu'il ne l'avait pas tuée. Il le jurait. Ça le rendait fou qu'on l'accuse. Un jour, il a pris son couteau et s'est coupé le poignet, profondément, en disant : “Tu veux que je m'entaille l'autre, Kim ? Parce que je vais le faire, si tu m'aimes plus !” Je voulais le croire, sinon la vie n'avait plus de sens. Je tenais le bébé dans mes bras, et son poignet saignait, il me criait dessus, le bébé pleurait, et je criais aussi et pendant un moment, j'ai pensé qu'on était à deux doigts de mourir. »

Kim redressa les épaules. « Mon Dieu, Gary était complètement fou, il hurlait que je ne l'aimais pas. Il avait des haut-le-cœur comme s'il allait vomir. Maintenant, je sais *pourquoi.* » Elle reprit : « Gary s'était entaillé profondément. Ce n'était pas du cinéma. Il avait essayé de me montrer qu'il était innocent, et pendant un moment j'ai vraiment pensé qu'il l'était. Amber était violente et folle, je la croyais bien capable d'avoir fugué, alors je me suis endurcie contre elle. D'autant plus que je savais qu'elle pouvait faire quelque chose simplement pour me blesser, pour que je craigne le pire. Puis ils l'ont retrouvée. Ça a été la fin pour Gary et pour moi. »

Kim prit une autre cigarette et l'alluma, un petit cercle de lumière éclaira son visage. « Merde, il fait froid. »

Ryder ne la quittait pas des yeux, il vit sur sa lèvre supérieure les petites lignes verticales de la fumeuse. Dans les années qui viendraient, elle ferait partie de ces femmes que les hommes regardent, mais cela serait visible, l'incongruité, le visage contre le corps. C'était vraiment triste de vivre avec ça, en particulier pour une femme qui avait eu une autre apparence.

Kim souffla sa fumée vers le ciel obscur. Elle n'avait rien à ajouter. Elle avait les yeux grands ouverts mais ne pleurait pas. Elle s'éclaircit la gorge, fit tomber la pointe brillante de sa cigarette et garda ce qui restait.

Ryder n'avait vu personne faire ça depuis très longtemps.

Kim conclut : « Je n'ai que dix minutes de pause. »

Ryder s'avança d'un pas. « Je voulais encore vous demander quelque chose.

— Quoi ?

— La fureur de Gary... ce que vous venez de me raconter, est-ce que c'était parce que Gary savait que le bébé n'était pas de lui ? »

Kim regarda au-delà de Ryder, elle ne répondit pas, et remit sa cigarette entamée dans le paquet.

« Gary est sorti de prison en août 1976, Kim, et le bébé est né huit mois plus tard. »

Kim le dévisagea durement : « Gary *était* son père ! Qu'est-ce que vous voulez ? Vous croyez que je ne vous ai pas vu me lorgner quand vous êtes arrivé ici, comme un pervers qui traîne dans les ruelles, et ce soir. Je connais bien la lueur que je vois dans vos yeux ! »

Ryder répondit calmement : « On va peut-être continuer au commissariat.

— Non ! Je ne peux pas… Je n'ai pas les moyens de perdre une nuit de paye ! Essayez donc de vivre avec un salaire minimum. »

Une voiture s'arrêta brusquement sur le parking, le rythme d'une basse vibra violemment dans la nuit et devint une musique éclatante quand une portière s'ouvrit.

« Il faut que j'y aille. Ne me rendez pas les choses plus difficiles.

— Je ne cherche pas à vous rendre les choses plus difficiles. Je voudrais comprendre. Trent a descendu Gary. Vous avez vu ce qu'il a fait. »

Kim secoua la tête. « Non… ce n'est pas ce qui s'est passé…

— Allons ! Vous et moi, nous savons ce qui s'est passé là-bas. Ça remonte à plus loin. Comment est-ce que Trent a réagi quand vous avez rompu avec lui au moment où Gary est sorti de prison ? »

Kim se recula. « Pourquoi est-ce que vous vous mêlez de ma vie privée ? Tout ça ne ramènera pas Amber.

— Si vous n'êtes pas impliquée dans ce qui est arrivé à Mrs. Blaine, et Gary non plus, alors qui avait une raison de le faire, Kim ? Le meurtre de Mrs. Blaine était un coup monté pour faire porter les soupçons sur Gary. Quelqu'un savait comment ce dingue de Gary réagirait si on l'accusait de meurtre.

— Laissez-moi tranquille… Je ne peux pas vous aider. J'ai perdu tout ce que j'aimais sur terre. Il ne me reste que Whitey. Il faut que je m'y accroche. Ne gâchez pas ça ! »

Dans la lumière des néons, Ryder vit Kim Jewel retourner dans le magasin avec un air de défi, et refuser de vendre à un gamin le pack de bière qu'il avait posé à côté de la caisse.

Le gosse discutait, visiblement saoul. Il voulait qu'elle lui rende sa carte d'identité, il tendit la main au-dessus du comptoir et essaya de la reprendre, Kim gardait une main sur le pack de bière et tenait la carte d'identité de l'autre.

Whitey Whitmore arriva. Le gosse s'en alla, il se dirigea dans le parking et montra le magasin en criant à ses copains : « Hé, les mecs ! C'est Kim, Kim Jewel ! »

Il serra le poing, avec lequel il mima un mouvement de va-et-vient en direction de sa bouche ouverte, en faisant chaque fois un bruit étouffé, et sa langue gonflait ses joues quand il avançait le poing.

À une autre époque, Ryder aurait attrapé le gosse et lui aurait mis le canon de son revolver contre la gorge, mais plus maintenant. Il ne faisait plus ce genre d'erreurs. Il s'agissait de l'univers dans lequel Kim Jewel passerait la plus grande partie de ce qui lui restait à vivre, comme directrice stagiaire, en vérifiant les cartes d'identité, gardienne de l'adolescence, son destin et son passé scellés dans les rumeurs de la ville, mais à présent elle détenait un secret de plus que les gens ignoraient, du moins pour l'instant.

41

Il était plus de minuit, près d'une heure était passée depuis que Wright avait quitté le restaurant, et Horowitz avait vu Ryder rentrer dans son motel. Adi semblait s'être mis en tête d'attendre dans le restaurant que le jour se lève, apparemment elle n'avait pas l'intention de rejoindre Horowitz, alors il avait fini par traverser le parking gelé au moment où des flocons de neige commençaient à tomber.

Adi leva les yeux et dit tout net : « Je vais prendre un bus Greyhound pour retourner chez mon père dans l'Ohio. »

Horowitz s'assit et attendit qu'une serveuse vienne lui servir du café d'un geste négligent, sans rien lui demander. Il y ajouta de la crème et le tourna lentement en regardant fixement Adi.

« Écoutez, je veux comprendre tout ce que vous savez. Vous n'avez rien dit à Ryder. Bob est au centre de tout, pas vous. Je veux recommencer si vous me laissez faire. Quoi que vous ayez appris, et quel que soit le moment, vous étiez coincée. Je vois les choses comme ça. Ce qui est sûr, c'est que Bob est devenu fou à un certain âge. Il a assassiné une enfant de treize ans, pour quoi, pour l'*art* ? »

Adi ne réagit pas.

« Je pense que toute sa vie, Bob a eu le potentiel de tuer, un sens mégalomaniaque de lui-même. Il a créé son propre monde, il s'est marginalisé, il s'est nourri de son aliénation et de son désespoir grandissants. Vous pensez qu'on l'a conduit à la folie. C'est l'idée populaire de l'artiste, mais Bob est devenu fou tout seul. Je l'ai su dès le début, à l'université. C'était un choix conscient, un numéro d'acteur. Le genre conventionnel ne lui convenait pas. Il n'était pas aussi exceptionnel qu'il le pensait, mais ce qu'il a fait a été de créer cette aura de différence, il a exploité un style postmoderne par pur besoin de fuite. Et il l'a fait sans aucune véritable sensibilité artistique. »

Horowitz prit sa tasse. « Écoutez, je vois bien que vous n'avez pas envie que je vous raconte ça, mais ce sont les faits. Je sais que vous détestez ce que j'écris, mais je me suis battu, j'ai travaillé à l'intérieur du système. On n'obtient pas si facilement un succès commercial. Ce n'est pas simple de *liquider le stock* – c'est bien la formule péjorative qu'on emploie ? Je voudrais savoir comment les gens comme vous se laissent séduire par la notion d'un relativisme artistique qui élève un manque de rigueur et une soi-disant ouverture à une forme d'art ? La stupidité artistique séduit-elle parce que tout devient relatif ? Cette médiocrité relative est-elle attirante ? »

Horowitz attendit quelques instants. « Avez-vous déjà réfléchi au fait que cette époque est peut-être la première dans laquelle il n'y a pas de génie, que tout l'art moderne est une imposture ? Peut-on vraiment comparer les boîtes de soupe Campbell d'Andy Warhol au plafond de la chapelle Sixtine, ou alors pourquoi ne pas faire des meurtres de la famille Manson du pop art, et les élever au niveau d'un Andy Warhol, ou vice versa ? »

Adi prit son temps avant de répondre. « Pourquoi est-ce que vous déformez tout ? Je ne suis pas une soi-disant relativiste. Je suis à l'opposé. Êtes-vous en train de me dire que vous n'avez rien vu dans *Le Cri*, c'est ça que vous me dites ?

— Voilà ce que je pense : sans moi il n'y aurait pas eu de livre, pas au sens où *Le Cri* existe aujourd'hui. Je l'ai créé ! Connaissez-vous le nombre de personnes qui parlent du livre simplement par ouï-dire ? Combien ne le liront jamais ?

— Pourquoi me racontez-vous ça, pour vous tirer d'un mauvais pas ? Pour que je vous aime, ou juste pour que je vous comprenne ? »

Horowitz se déplaça sur sa chaise. « Si vous me haïssez, vous devriez aussi haïr Bob. C'est peut-être tout ce que j'espère. En réalité, Bob m'a invité sur le campus simplement pour se suicider, il n'avait pas d'autre moyen pour vous obliger à lire son livre.

— Vous vous trompez ! Ce n'était pas prévu ! On m'a associée au comité d'accueil au dernier moment. C'était l'idée du président, pas la mienne, ni celle de Robert. J'avais apporté un exemplaire du premier roman de Robert. Je n'avais jamais rien lu de lui. C'est *moi* qui ai précipité le débat sur sa vie et sur son œuvre, pas lui. Je lui ai dit qu'il était un écrivain infiniment plus important que vous. C'est ainsi que les choses ont commencé. »

Le visage d'Horowitz s'empourpra.

« Vous voulez de prétendus faits, eh bien, les voilà, Allen. Après toutes ces années passées à l'université, quelqu'un a simplement reconnu la valeur de ce qu'il avait fait. J'ai vu ça sur son visage, cette brusque réaction de dignité. C'est pour cela qu'il a tenté de se tuer, pour échapper au lendemain et au jour suivant. Cela n'a rien à voir avec vous ni avec moi. Il n'avait qu'une intention, mourir, et rien d'autre. Il ne m'a donné que ses œuvres *publiées*, pas ce qu'il avait caché dans la cave. »

Adi regarda la fenêtre du restaurant. Elle y vit le reflet de son visage, mais le monde extérieur apparaissait encore dans des halos de lumière, dans les voitures qui passaient sur la route.

Horowitz dit calmement : « Dites-moi, pourquoi êtes-vous disposée à fermer les yeux sur le fait que Bob a assassiné une fillette de treize ans, alors que vous ne pouvez rien voir en moi ? »

Adi ne répondit pas à la question.

À deux heures du matin, le téléphone sonna dans la chambre de Ryder. Il lui fallut du temps pour se dégager du désordre des draps. Il posa l'appareil sur son oreille et une voix étouffée murmura : « Mettez-moi en terre consacrée. Vous le ferez pour moi, s'il vous plaît ? »

Ryder se redressa brusquement dans l'obscurité.

« Qui est-ce ? »

La voix était à peine audible, rauque : « Je suis ta femme... »

Puis on raccrocha, et Ryder resta seul dans la nuit. Il alluma la lampe de chevet posée sur la table de nuit à côté de bouteilles de bière renversées et d'un petit flacon de whisky qu'il avait bu pour chasser sa mélancolie après avoir parlé avec Kim Jewel.

Un repas chinois à emporter, auquel il n'avait pas touché, suintait à travers le carton et empestait dans la chambre, mais les beignets de crevettes enveloppés dans des papiers disant la bonne aventure avaient été ouverts.

Malgré l'heure tardive, sans bien savoir si le coup de téléphone n'avait été qu'un rêve, Ryder appela la réception, et tira le gardien de nuit de son profond sommeil, pour qu'il lui dise s'il lui avait transmis un appel téléphonique dans sa chambre.

Le type ne lui avait rien transmis.

42

Dans le silence du petit bureau, Ryder se frotta les yeux et essaya d'oublier ce rêve au motel qui ne ressemblait pas à un rêve, tandis que sur le mur devant lui, une vidéo amateur montrait Amber et Kim faisant des culbutes sur un trampoline, vêtues d'un soutien-gorge et d'un short, par une chaude journée d'été, avec un commentaire de Gary Scholl brouillé par les parasites.

À un moment, Gary apparaissait sur l'image, une séquence où il se filmait lui-même, et sur laquelle il tirait la langue entre le V formé par ses deux doigts alors que les corps irréels d'Amber et de Kim bondissaient en l'air.

Ryder sentit ses jambes trembler quand il se leva et il descendit le couloir jusqu'aux toilettes puis revint dans le bureau. Il remit le film de Gary et Sandi Kellogg, regarda Gary sniffer une ligne de coke, la table sur laquelle se côtoyaient des boîtes de bière et une bouteille de whisky, et, de nouveau, il regarda la date et l'heure incrustées dans l'angle inférieur droit.

Il reposa le dossier en sachant que l'enquête sur le meurtre de Mrs. Blaine serait centrée sur le premier interrogatoire de Kim Jewel et de Whitey Whitmore, tous deux faisant des suspects évidents, la crise de colère de Kim ayant été filmée par les stations locales de télévision. N'avait-il pas remarqué l'air consterné de Whitmore quand il lui avait demandé s'il chassait ?

Ryder changea de bande, et visionna le film de Kim Jewel souriant à la caméra, vêtue d'un débardeur. On voyait ses seins et il pensa à la façon dont elle l'avait accusé de la harceler, dont elle s'accrochait à son instinct de conservation, après avoir piégé Gary comme elle l'avait fait. Il sentit ses lèvres former les mots « sale garce », et une colère monter au plus profond de lui parce qu'elle lui avait parlé comme ça, une femme qui avait baisé avec une racaille comme Gary avant de le larguer.

Ces gosses avaient tout compris intuitivement, Kim Jewel, la reine de la pipe avec ses chaussures plates et sa blouse, en train de vieillir, jusqu'à ce que plus personne ne veuille d'elle.

Il fallait que Ryder s'en aille. Il le savait. Il avait fini par s'enliser dans le bourbier des spéculations, en ne lâchant pas Bauer d'une semelle pour quelque chose qui n'avait pas nécessairement de rapport avec le meurtre d'Amber Jewel. Et si Bauer était le père de l'enfant de Kim ? Cela ne faisait pas partie de l'affaire non classée qu'il devait résoudre.

L'affaire Pendleton était dans l'impasse. Ryder reconnut cette simple donnée. Quoi qu'ait fait, ou pas, Pendleton. Il était maintenant dans le coma. Il ne représentait plus une menace. L'enquête parallèle concernant la date du premier tirage finirait par fournir une réponse et établirait si Pendleton avait eu connaissance le premier de l'endroit où l'on avait déposé le corps d'Amber Jewel, cela prouverait sa culpabilité, ou dirait si Wiltshire et Horowitz avaient organisé une machination très élaborée en envoyant la bande magnétique de New York.

Ce n'était plus qu'une question de temps. Quelque chose finirait par remonter à la surface.

Ryder vérifia l'heure à sa montre et regarda audehors le monde mort. Il faisait encore nuit, il neigeait. Il se retourna vers le film muet de Kim et d'Amber qui jouaient. C'était l'heure de partir ; son obsession pour Kim avait envahi une part de son passé dans lequel il ne voulait pas se replonger. Il se sentait encore bouleversé par son rêve.

Tout ce qu'il avait à faire, c'était écrire un rapport très bref, en citant ce qu'il avait découvert : le livre sur Leopold et Loeb au-dessus du bureau de Pendleton, une preuve indirecte qui laissait penser que Pendleton avait fini par désirer mettre la notion de Dieu à l'épreuve. Si l'on pouvait établir que Pendleton avait assassiné Amber Jewel, la justification perverse se trouvait là.

Pourquoi ne pas en rester là et se retirer de l'affaire ?

Pendant un moment il posa la tête sur la table, épuisé, en acceptant le fait que son implication dans l'enquête était en attente, et le sommeil lui apporta un soulagement avant qu'il retrouve son cauchemar de quelques heures plus tôt : le téléphone sonna de nouveau.

Il se réveilla complètement perdu, il avait froid comme cela ne lui était pas arrivé depuis longtemps. Le téléphone sonnait toujours. Il finit par décrocher, avec l'impression d'être encore dans son cauchemar.

Il y eut un silence, Ryder attendit, et une voix dit : « Il y a quelqu'un ? »

Ryder hésita. « Que voulez-vous ?

— Je voudrais parler à l'inspecteur Jon Ryder.

— Vous êtes ?

— Ed Kline... »

Ryder serra le téléphone. « Qui est-ce ?

— C'est une plaisanterie ? Je réponds à un appel de l'inspecteur Jon Ryder... »

Ryder sentit que l'autre était prêt à raccrocher. « Attendez ! Donnez-moi votre numéro. Il va vous rappeler. » Il nota le numéro, il ne connaissait pas l'indicatif régional et vérifia dans un annuaire – Santa Fe. Il rappela.

On décrocha. « Oui... ? »

C'était la même voix.

Ryder coinça l'appareil entre son oreille et l'épaule et feuilleta le dossier concernant le meurtre d'Amber Jewel. L'interrogatoire de Kline par la police était classé dans l'ordre alphabétique, un document qu'il n'avait pas consulté. Il vit que l'adresse de Kline était bien à Santa Fe. Toujours incertain de ce qui se passait, il dit, pour essayer de gagner du temps : « Vous travaillez sur quoi en ce moment, Ed ?

— J'enseigne... » Il hésita. « Écoutez, je ne veux pas avoir d'ennuis. Qu'est-ce que vous voulez ?

— Qu'est-ce que je veux, à *votre* avis ? »

Kline répondit : « J'ai rappelé par politesse... Rien ne m'y obligeait.

— D'accord, je parie qu'un contrôleur judiciaire vous souffle dans le cou... Alors pourquoi est-ce que j'appelle, Ed ?

— L'affaire... l'affaire Amber. J'ai lu ce qui était arrivé avec ce professeur.

— Voilà ! La tournure des événements vous étonne ?

— Je ne connais pas les faits.

— Bon, étant donné les faits à l'époque...

— J'étais parti quand Amber a disparu. Je ne sais rien sinon que j'ai habité là-bas, et que j'avais un alibi.

— Un *alibi* ! Vous parlez comme tous les coupables que j'ai rencontrés, Ed.

— Essayez de vous mettre de l'autre côté de la loi. »

Ryder continua de feuilleter le dossier. « Je vois que vous avez changé de nom, ou devrais-je dire que vous avez utilisé un pseudonyme quand vous étiez recherché ? Ça ressemble à quelqu'un qui se cache.

— J'ai fait une erreur.

— Laquelle ?

— Kim.

— C'est-à-dire ?

— Elle me plaisait... on se plaisait. Ce n'était pas une passade. J'avais prévu de divorcer pour qu'on s'en aille ensemble. »

Ryder lisait la transcription de l'interrogatoire. « Je ne vois rien de tout ça dans votre déposition à la police... une *liaison* avec Kim. »

Kline répondit avec brusquerie. « Ça n'y est pas.

— Pourquoi ?

— À l'époque, j'ai pensé que je pouvais être extradé de l'État pour avoir été avec elle. Je ne connaissais pas le statut des limitations, alors je n'ai rien dit de ce qui pouvait m'incriminer.

— Vous n'avez rien dit de ce qui pouvait vous incriminer ! Attendez une seconde, Ed... J'ai sous les yeux une photo de vous avec Kim, là dans votre dossier. Je connais l'histoire !

— C'est-à-dire ?

— Que vous êtes un pervers, Ed. Vous avez fait quelque chose à un nouveau, et Kim et ses copains ont décidé de se débarrasser de vous. Kim est venue vous voir et vous avez mordu à l'appât. Il n'y a eu qu'un seul rendez-vous, un piège. C'est pour cela que vous vous êtes sauvé. »

Kline poussa un long soupir. « Je pensais que vous aviez déjà arrêté l'assassin ?

— Ce qui signifie ?

— Simplement, qu'est-ce que vous me voulez ? En quoi est-ce que ça me concerne aujourd'hui ?

— Je vérifie toutes les pistes, Ed, exactement comme dans les films. Revenons-en à vous. Pourquoi vous êtes-vous sauvé si vous étiez amoureux de Kim, si ce n'était pas un coup monté ? »

Kline posa la main sur l'appareil pour parler à quelqu'un, puis il dit : « Écoutez, vous n'avez pas compris. Kim a menti à mon sujet. Il n'y a jamais eu d'incident avec un nouveau. Ils ont tout inventé.

— *Ils ?*

— Trent... Trent Bauer. »

Ryder sentit son visage s'empourprer et il frissonna. « Comment savez-vous que c'était Trent ?

— Je le sais, c'est tout.

— Ça ne suffit pas, Ed. »

Kline attendit. « D'accord... Kim... elle m'a dit que c'était Trent qui avait envoyé le photographe. Je lui ai téléphoné une fois après mon départ. Je voulais savoir pourquoi tout avait mal tourné entre nous.

— Et ?

— Kim m'a dit que Trent lui avait raconté ce que j'étais censé avoir fait... Elle m'a avoué qu'elle avait eu l'impression que je l'avais trahie, qu'elle avait fait ça pour se venger.

— Voilà ce qu'on gagne à sortir avec des lycéennes, ce genre de passion.

— À mon avis... Écoutez, je vous parle de ce qui est arrivé... J'ai retenu la leçon, d'accord ? Chaque professeur de lycée éprouve ce genre de béguin, jusqu'à un certain point s'il sait rester raisonnable. Ça arrive, c'est tout. Je ne cherche pas d'excuses, mais ça m'a dépassé. Ce n'était pas vraiment à cause de moi ! Trent était obsédé par Kim.

— Comment ça ?

— Il lui manque une case... L'année où on a commencé à se voir, Kim m'a raconté que Trent avait eu une voiture pour ses seize ans, et il venait à l'arrêt du bus tout fier pour qu'elle monte avec lui. Amber y montait mais pas Kim... et elle restait à attendre dans le froid tandis qu'Amber s'en allait avec Trent. Et il ne pouvait pas virer Amber. Ça a continué comme ça, Trent suivait le bus, Amber assise à l'avant, à côté de lui. Il suivait le bus sur la route. C'est là qu'a commencé l'animosité d'Amber envers Kim. À la fin, Trent a repris le bus. Amber a reçu un savon... Kim ne parlait que de ça quand on était ensemble, sa peur que Trent découvre tout.

— Elle avait peur de lui ?

— Je ne sais pas, elle avait peur, elle le craignait... je n'ai jamais su. Pour Kim, c'était une fois oui, une fois non, avec Trent, je n'ai jamais compris. Il lui faisait des cadeaux, tout allait bien quand il se montrait plus tendre que... *psychotique*. De toute façon, au bout d'un certain temps, il a cessé de prendre le bus quand on a été ensemble. Alors Amber s'est mise à fouiner, elle n'est plus revenue en bus elle non plus, elle a suivi Kim, et tout de suite après, Trent est resté à l'école lui aussi... alors Kim a repris de nouveau le bus et elle a cessé de me voir après être rentrée chez elle. C'est devenu compliqué... mais je me suis accroché... et cette fois Trent nous a vus ensemble. Il attendait dans sa voiture avec Amber, en haut de la route où on avait l'habitude de se retrouver. Il m'a fichu une pétoche bleue. J'ai voulu qu'on arrête tout.

— Qu'est-ce qu'il s'est passé ensuite ?

— Kim... elle n'avait pas envie qu'on arrête, et pourtant à ce moment-là, Trent a tout fait pour la récupérer, il l'a invitée à danser. Ça a été la goutte d'eau pour Kim... mais elle a accepté d'y aller et tout est venu de là, Trent ne la quittait pas, en un mot il lui faisait du chantage. À la fin, elle a monté un coup pour mettre fin à tout ça – dans un drive-in. »

Kline s'éclaircit la gorge. « Trent... il avait un problème d'éjaculation précoce. À mon avis, les filles parlent des garçons au lycée. C'était un grand sujet à propos de Trent, tout le monde savait. Malgré sa psychose, quand il est allé au cinéma avec Kim, il a seulement voulu qu'ils se tiennent la main. Mais dans le drive-in, Kim lui a fait le grand jeu. Ça a été fini tout de suite. Il était totalement humilié, et Kim a joué à la catastrophée... Elle lui a dit qu'il lui plaisait mais qu'elle ne pensait pas qu'il pourrait lui donner ce dont elle avait besoin.

« Trent a arrêté aussitôt, Kim est sortie de la voiture et a quitté le drive-in à pied. J'étais là, garé à côté d'eux. Ça a marché pendant un temps, jusqu'à ce que Trent recommence à la surveiller, il nous a vus ensemble, et a décidé de se venger sur elle.

— De se venger sur *vous* ?

— Sur *moi*... non, ça ne me concernait pas. C'était lui et elle. C'est la raison pour laquelle je n'ai pas dit qu'on était ensemble au moment où la police a appelé quand Amber avait disparu. Je ne comprenais rien à ce qui se passait, je ne savais pas si je pouvais encore faire confiance à Kim. J'ai simplement suivi leur enquête, et personne n'a jamais posé de question sur le fait qu'on avait une relation... » La voix de Kline s'éteignit.

Ryder se pinça l'arête du nez.

« Alors, pourquoi est-ce que vous m'en parlez maintenant ?

— Je ne sais pas... je crois que cette partie de ma vie est si loin dans le passé que maintenant je peux reconnaître les choses.

— Kim vous a demandé de me téléphoner ? »

Kline éleva la voix. « Quoi ? Non... Vous m'avez contacté. Vous avez donné ce numéro à ma femme ! C'est pour ça que je vous ai appelé.

— Quel que soit votre jeu, Ed, je peux continuer à jouer, d'accord ? »

Kline ne répondit rien.

« Écoutez, est-ce que quelqu'un d'autre est au courant de ce que vous m'avez dit de Trent, les raisons de votre départ ?

— Je n'en sais rien. Demandez à Kim. Quand j'ai reçu la photo, je me suis sauvé, c'est tout. »

Ryder dit : « Je vous suis reconnaissant de m'avoir contacté. »

Kline semblait hésiter à parler, le fait que Ryder nie l'avoir appelé le premier le démontait. « J'espère que je peux avoir confiance en vous, que vous êtes bien qui vous dites, et qu'on n'aura plus à se parler. Je mène une vie tranquille ici, j'enseigne dans une école privée. Je ne suis plus le même homme qu'autrefois. Je veux simplement que vous le sachiez. »

Il raccrocha et Ryder reposa lentement le téléphone.

Il faisait jour de l'autre côté de la fenêtre.

43

Le matin semblait immobile dans le silence de 6 heures, quand Horowitz déposa Adi devant l'hôpital, la laissant seule avec Pendleton. Puis il se rendit au bord de la rivière, là où il était venu avec Adi et Pendleton deux ans plus tôt, et il ressentit le poids du temps, de tout ce qui s'était passé entre eux.

Dans ce calme mélancolique, Horowitz alluma la radio pour écouter les informations. On donnait la liste des écoles fermées, une tempête étant prévue en milieu de matinée. On parlait rapidement de l'affaire Pendleton, à propos de l'enterrement de Gary Scholl.

Horowitz se massa la nuque. Il avait profondément intégré les détails sinistres de ce que Pendleton avait fait à Amber Jewel. Aucun moyen d'ignorer la brutalité de l'assassinat d'Amber. Ce n'était plus un jeu, et en roulant dans le calme de la matinée, Horowitz regretta d'avoir téléphoné à Ryder au milieu de la nuit, d'avoir ajouté son sentiment médiocre de vengeance à tout le reste.

La petite émotion avait disparu. Il n'aurait pas dû demander à son agent à New York d'engager un détective privé pour enquêter sur Ryder, mais il l'avait fait après que Ryder l'eut accusé d'avoir envoyé la bande depuis New York. Comme il s'y était attendu et en avait eu l'intuition pendant l'entretien, la référence de Ryder aux amours perdues, à la trahison, avait effectivement une base. En quelques heures, le détective avait réuni toute une série de charges sur la vie privée de Ryder. Une assistance conjugale avait été ordonnée par le tribunal. Ryder ne s'était pas exécuté. Un jugement avait été prononcé contre lui et la garde de leur fille avait été confiée à sa femme deux mois seulement avant sa disparition.

Horowitz savait qu'il aurait dû ignorer cela, éviter de rencontrer Ryder, mais il n'en avait rien fait et s'était obstiné à cause du comportement de Ryder à son égard. Son orgueil l'avait empêché de ne pas savoir.

C'était ce qui l'avait défini comme écrivain, un sens sublimé de la vengeance derrière chaque chose qu'il écrivait, malgré l'aisance apparente de sa prose.

Bob et lui n'étaient pas tellement différents après tout. Il s'était toujours montré agressif dans sa poursuite de gloire et de revanche. Son enfance avait tourné autour de son absence de prétention physique, ou plutôt, pire, autour de sa *faiblesse*, un Juif new-yorkais qui avait hérité de la pâleur et de la maigreur de ses ancêtres. La puberté était arrivée tard, sa conscience refusant l'indignité de rester à la traîne en sport, affrontant le cauchemar de la sélection des équipes de gymnastique au lycée, les *bien vêtus* et les *voyous*, restant là avec les *ectomorphes* et les *endomorphes* contre les prouesses et le physique épanoui des Italiens et des Noirs *mésomorphes*, affrontant l'hostilité des autres dans les cours de gym et dans les douches, tout étant déterminé contre l'apparence physique.

Il se souvenait qu'on l'avait attrapé nu dans une douche, qu'on lui avait plongé la tête dans la cuvette des toilettes, il s'était débattu en retenant son souffle et on ne lui avait retiré la tête qu'au moment où il allait se noyer, avec les demi-érections de ses bourreaux à quelques centimètres de sa bouche ouverte et haletante.

Horowitz frémit. Rien de tout cela ne figurait dans son autobiographie, *Le Grand Mensonge*, comme il l'avait titrée.

À l'université Bannockburn, Horowitz ralentit quand un gardien à l'âge de la retraite lui fit signe. Horowitz s'arrêta, sortit une carte temporaire de stationnement sur le campus et franchit le pont-levis sonore pour pénétrer sur l'île artificielle.

Ryder le préoccupait toujours. À l'enterrement, il l'avait vu observer Kim Jewel non pas comme un flic, mais comme une personne profondément affectée, quelque chose qu'Horowitz ne connaissait que trop bien – le désir d'un homme plus âgé pour une jeune femme.

Il se gara sur une place libre et prit une grande respiration. Il en avait presque fini, sa dernière matinée. Il regarda les lueurs rose saumon qui montaient à l'est, le campus dormait encore, une vie facile, et on sentait dans l'air l'odeur de feuilles et de bois brûlés au cours des feux de feuilles.

Ce n'était pas si mal d'avoir de l'argent, et pendant quelques instants, Horowitz contempla le parking éclairé, rempli de voitures coûteuses, manifestement celles d'étudiants laissées ici pour le week-end, ce qui faisait réfléchir. Rien n'équivalait l'orgueil des riches, cette vie si éloignée de l'existence ordinaire, et il essaya de chasser cette mélancolie passagère.

Il avait réussi. C'était ce sur quoi il devait se concentrer, le positif, tout ce qui était si différent des bas quartiers où il avait grandi. Il avait réussi tout seul. Telle était la vérité essentielle, la raison pour laquelle les gens achetaient ses livres, pour comprendre, peut-être pour apprendre quelque chose de lui ; pourtant, s'il avait dû recommencer sa vie, il ne savait plus à ce moment s'il aurait répété exactement les mêmes choses.

Horowitz frissonna de nouveau et bougea pour chasser la froidure du petit matin. Une écharpe de brume recouvrait toute la surface de la longue cour solitaire, et la faible lumière jaune du réfectoire. Il était maintenant bien intégré à ce circuit de lectures dans les universités, chargé du discours programme au début, disposant d'un budget royal pour une simple soirée, cinq fois docteur *honoris causa*, administrateur rémunéré du service des bourses pour nécessiteux, presque toujours cité de façon troublante après les morts ou les presque morts, mondain insupportable auprès des épouses des riches, membre de la L. Myrtle Schwartz Foundation for the Arts, de la Kathryn S. Breedlove Grant, de l'Amaryllis Grubb Endowment, du nom d'Amaryllis Grubb, une héritière octogénaire dure d'oreille qu'il avait dû dorloter au cours de nombreux dîners pour obtenir des fonds, une femme qui avait perdu la capacité de péter en silence.

En réalité, certaines de ces écoles l'avaient rejeté quand il avait posé sa candidature pour des postes vacants d'enseignant alors qu'il terminait le troisième cycle. En fait, Bannockburn comptait parmi les nombreuses institutions qui ne lui avaient pas offert d'emploi, la mémoire sélective des enseignants les plus âgés était évidente le soir où il était venu parler à l'université, le soir où il avait joyeusement empoché leur argent, le soir où Pendleton avait tenté de se suicider.

Il avait gardé ces humiliations, ces affronts personnels au plus profond de lui, que Pendleton aurait découverts s'il avait pris la peine d'attendre un peu afin de connaître la véritable histoire d'Allen Horowitz, les parties de sa vie passée sous silence, expurgées de son autobiographie optimiste et irrévérencieuse.

L'ironie voulait qu'il n'ait échappé à la folie de E. Robert Pendleton que parce qu'il n'avait même pas eu la possibilité de s'y frotter.

Le vent se renforça, une bise glaciale qui annonçait de la neige, alors qu'Horowitz entrait dans l'atrium des sciences de la terre, un bâtiment ancien relié à la nouvelle bibliothèque. La salle avait un plafond voûté de cathédrale, le sol était une vague émeraude de marbre froid, avec comme pièce centrale la statue d'un Hercule musclé portant sur ses épaules un énorme bloc de bronze, et le contraste avec la cour désolée à l'extérieur était si frappant que même un homme sarcastique et blasé comme Horowitz fut pris au dépourvu.

Il avait lu quelque part que les excès colossaux des arcs-boutants des cathédrales médiévales avaient été conçus pour créer de tels contrastes entre l'existence des paysans et la demeure dorée de la récompense céleste éternelle, bien que ce bâtiment fût différent et que son but fût terrestre, un lieu sacré du savoir, décoré de phénomènes naturels peints sur les murs : des images de volcans en éruption, de coulées de magma, de failles de tremblements de terre, de plateaux continentaux, de stalagmites au fond des cavernes, de canopées de forêts humides, de glaciers, d'une lune dans le désert, d'une coupe transversale du globe, avec au centre une boule en fusion, une table périodique géante des éléments, tout cela exécuté dans des couleurs Art déco, jaune, olive, orange, et les dessins rappelaient ceux du *World Book Encyclopedia Yearbook* que le père d'Horowitz, un immigrant, lui avait offert chaque année quand il était petit.

Horowitz se souvint brusquement de l'appartement familial dans le Queens et il en eut la gorge serrée : enfant, il regardait son père en vêtements de travail installé à la table de la cuisine qui lui lisait des passages de l'encyclopédie.

Il leva les yeux et, au-dessus de lui, vit une représentation où les neuf planètes du système solaire tournaient autour du soleil dans un mobile extrêmement compliqué.

En quittant l'atrium, Horowitz aperçut une petite statue, une humble silhouette qui se révéla être celle du fondateur, pas du tout un Anglais comme son nom le suggérait, mais un immigré russe. Sur le piédestal de la statue, il y avait une citation : « Le succès par l'industrie est un idéal de paysan. »

Le hall d'entrée de la bibliothèque était moins impressionnant, abandonné à la modernité, occupé conceptuellement et spirituellement avec l'espace et l'ouverture sous toutes leurs formes. La statue d'obsidienne solitaire d'un *Penseur* approprié et stupéfié trônait au milieu du hall et semblait être le seul élément permanent.

Il y avait une exposition de fortune organisée par des étudiants modernistes, qui allait depuis des blocs de polystyrène expansé placés au hasard et représentant l'*Entropie*, si l'on devait croire le titre de la composition, jusqu'à une autre pièce sous des sacs-poubelle noirs, intitulée *Possibilités*, apparemment destinée à être développée, bien qu'en y regardant de plus près Horowitz ne put s'empêcher de penser au corps mutilé d'Amber Jewel dans des sacs-poubelle semblables.

Malgré cette pensée mélancolique, le souvenir d'un père et d'une vie qu'il avait systématiquement exorcisée de son autobiographie, Horowitz monta jusqu'au sixième étage en ascenseur, et quand il sortit, il franchit la porte de secours et gravit deux étages par l'escalier de ciment simplement pour être sûr qu'on ne l'avait pas suivi.

Au huitième étage, en suivant les indications d'Adi, il trouva le CD qui contenait sa thèse, là où elle lui avait dit l'avoir mis, inséré dans un texte monastique transcrit au Moyen Âge, à couverture stylisée dans des labyrinthes et des croix celtiques, une époque où l'histoire de la civilisation occidentale s'était réfugiée sur les rivages battus des vents de l'Irlande, que l'avant-propos appelait « la terre des saints et des savants ».

44

Bauer arriva avant le lever du soleil, portant une veste fourrée par-dessus son uniforme, et tenant dans les bras un sac de papier et une pomme. Ryder l'appela depuis la porte de son bureau, où il projetait de nouveau la vidéo sur le mur, celle d'Amber et de Kim faisant des cabrioles sur le trampoline.

Le regard de Ryder alla de Bauer à la vidéo. « Ça te fait quoi ? »

Bauer ne répondit pas et ne s'approcha pas. Il se dirigea vers son bureau.

Ryder s'avança dans le faisceau du projecteur et éleva la voix. Il y avait deux autres flics. « Je veux dire, être proche de Kim et la perdre une nouvelle fois à cause de Gary. Ça ne t'a pas rendu fou ? »

Le regard de Bauer s'arrêta sur Ryder. Il franchit la distance qui les séparait en quelques secondes et entra. « Vous êtes complètement dingue. »

Ryder jeta un coup d'œil par-dessus l'épaule de Bauer, vers la porte ouverte. « Tu as l'intention de garder ça secret, Trent ?

— J'évite qu'on se ridiculise.

— Merde, tu es magnanime, Trent, je te l'accorde, tu t'inquiètes pour ce qui peut m'arriver. »

Bauer referma la porte derrière lui. « Qu'est-ce que vous voulez ?

— J'ai eu une discussion avec Ed Kline. Tu te souviens du photogénique Kline ? »

Bauer eut une moue de mépris. « Ed Kline le satyre ! Vous perdez votre temps avec celui-là. Vous n'avez qu'à vérifier au lycée pour savoir ce que Kline fabriquait. Allez-y. Si vous ne le faites pas, je m'en charge. » Et il tendit le bras comme s'il allait décrocher le téléphone, mais Ryder leva la main.

« Je le ferai au bon moment, Trent. À mon avis, ce que je vais découvrir, c'est qui tu es vraiment.

— Qui je suis ? »

Ryder se retourna pour prendre un dossier. « Qui tu es. Pour commencer, tu es le père de la fille de Kim. »

Bauer secoua la tête.

« Écoute-moi, Trent. Kim était enceinte quand Gary est sorti de prison. J'ai vérifié les dates. Il n'a pas pu la mettre enceinte, je ne veux pas rentrer dans la biologie de tout ça, mais fais-moi confiance. » Ryder leva les yeux et tapota sur le dossier. « Mais dis-moi, qu'est-ce que tu as ressenti quand Gary est revenu dans la vie de Kim alors qu'elle et toi vous étiez ensemble ?

— Il y a des femmes qui tombent enceintes tout le temps.

— C'est un aveu ?

— Vous connaissez la réputation qu'avait Kim, ce qu'elle a été pendant des années ?

— C'est assez désobligeant, Trent... mais revenons-en aux faits. Voici l'amour de ta vie, qui porte ton enfant, quelque chose dont tu as toujours rêvé. Merde ! Je deviendrais cinglé si quelque chose venait se mettre en travers de tout ça. »

Bauer répliqua : « J'avais une femme ! Comme je vous l'ai dit, vous vous égarez ! »

Il se retourna pour s'en aller mais Ryder hurla : « Je n'ai pas fini, Trent. Il s'agit d'une enquête en bonne et due forme. Tu piges ? Je dois poser ces fichues questions ici, d'accord ? » Il prit un autre dossier dans une enveloppe en papier kraft. « Voici le dossier scolaire d'Amber Jewel. En octobre, elle a été surprise en train de fumer de la dope derrière l'école. On a téléphoné à la police. C'est *toi* qui as répondu. Le principal a tout noté ici, tu es venu au collège, tu l'as interrogée. Le problème c'est qu'aucune charge n'a été retenue contre elle. Pourquoi ?

— Tout le monde fume de la dope.

— C'est une bonne attitude, Trent. Je pense que le collège aimerait savoir comment tu en es arrivé là... Que s'est-il passé entre Amber et toi ?

— Rien... Je lui ai dit de ne pas toucher à la drogue.

— D'accord. C'était ta confidente, Trent, exactement comme elle t'a tout raconté sur Kline. Je suis au courant de tous les voyages que tu as faits en voiture avec elle, pour traquer Kim.

— Pas la traquer... pour qu'on ne lui fasse pas de mal. C'est un crime pour vous ? Quoi que j'aie fait, c'était pour séparer Kim de Kline.

— Tu sais, pour un connard, tu as tout prévu.

— C'est tout ce que vous avez, Ryder, des insultes ? »

Ryder ignora la question. « Amber t'a parlé d'elle et de Gary ?

— Elle n'en a pas eu besoin. Tout ce que Gary lui faisait, elle s'en vantait. Elle s'en servait contre Kim. Tout le monde savait qu'elle allait avec tout le monde. Amber était une...

— Une quoi ? Vas-y, dis-le !

— Allez vous faire foutre, Ryder ! »

Ryder leva les mains. « Ce n'est plus le gentil Trent que je connais et que j'aime... Je pense qu'Amber a regretté d'avoir parlé de Gary, elle a commencé à nier, en essayant de revenir sur ce qu'elle avait dit, mais tu n'étais pas d'accord pour laisser passer l'occasion. Écoute, je sais comment pense un salaud comme toi, Trent. Amber était mineure. Gary était en liberté conditionnelle. Tout ce que tu avais à faire c'était de l'amener à reconnaître ce que lui faisait Gary, comme ça on l'enfermerait de nouveau. »

Bauer se détendit, un sourire apparut sur ses lèvres minces. « Qu'est-ce que vous dites comme conneries, vous le savez ? »

Ryder reprit : « Un jour, tu as suivi Amber chez elle, à partir du moment où elle est descendue du bus. C'était ta méthode, hein... suivre les gens en voiture, comme au temps du lycée, quand tu poursuivais Kim. Les choses ont commencé comme ça, en suivant Amber. Mais elle n'a pas voulu aller avec toi ! »

Bauer encouragea Ryder à continuer : « Je suis tout ouïe ! »

Ryder lui prit le bras et ils tournèrent dans une sorte de valse maladroite. « Je connais toute l'histoire, Trent, et même tes problèmes d'éjaculation précoce... Que s'est-il passé dans le drive-in ? Tu as désigné Kline comme suspect quand Amber a disparu, et tu pouvais montrer à tout le monde la photo de Kim avec lui. D'une pierre deux coups. C'est ainsi que tu voulais rendre à Kim la monnaie de sa pièce... ruiner sa réputation, et mettre Gary en fureur. »

Bauer avait une lueur folle dans le regard. « Vous dites encore une chose sur moi... sur tout le monde... sur la gosse de Kim qui serait de moi, vous racontez n'importe quoi, et je vous poursuis en justice, je le jure devant Dieu ! Si vous essayez de faire dire à Kim ce qui vous convient à propos de sa gosse, de toute façon... elle refusera !

— Elle l'a déjà dit !

— Vous mentez ! Je la connais. Il y a Whitmore à qui elle s'accroche. Tout ce qui sert ses intérêts, c'est comme ça que ça marche avec elle. Qu'est-ce que vous cherchez vraiment ?

— La vérité. »

Bauer secoua la tête. « C'est ce que tout le monde dit ici. Il y a quelque chose qui ne va pas en vous. On sait que vous avez le béguin pour Kim. C'est la seule raison pour laquelle vous n'êtes pas encore parti. »

45

Le faible *sssss* d'un sifflement emplissait la petite chambre d'hôpital. Un double tuyau d'oxygène coincé dans les narines de Pendleton faisait se soulever et s'abaisser lentement sa poitrine. Il était redressé à angle droit, toujours inconscient.

Adi se tenait près de la fenêtre. De gros flocons de neige tombaient et recouvraient le monde d'un blanc impérial d'hiver. Elle portait ce sweat-shirt gris de Bannockburn que Wright lui avait acheté. Elle n'avait rien récupéré dans la maison de Pendleton.

De l'autre côté de la route, l'île domaine de Bannockburn semblait figée dans le paysage.

Sur la neige immaculée, l'université ressemblait à un vague croquis au fusain, sans substance.

En bas, dans le parking de l'hôpital, Horowitz, revenu de Bannockburn, attendait dans sa voiture de location. Adi n'avait pas voulu qu'il monte la rejoindre. C'était son au revoir définitif à Pendleton, bien qu'elle ne l'eût dit à personne.

Sa disparition allait mettre fin à une relation qui avait duré plus de deux ans.

Adi vit Horowitz regarder sa montre et lever les yeux vers elle. Elle secoua la tête pour lui indiquer que Ryder n'était pas là, et Horowitz lui répondit d'un signe. Il indiqua de nouveau sa montre du doigt comme pour lui dire qu'elle devait descendre. Il tendait le CD qui contenait tout son travail, la seule preuve de ce qu'elle avait écrit pendant plus d'un an.

Adi lui avait demandé de le récupérer au cas où Ryder la convoquerait de nouveau, elle regrettait d'avoir reconnu qu'elle avait pris le microfilm, d'avoir cédé si facilement.

Elle quitta la fenêtre. En tout cas, maintenant, elle allait s'enfuir apparemment sans confrontation.

Un flic, assis en face de Pendleton, regardait un petit écran de télé fixé au plafond.

La consigne était qu'Adi ne pouvait pas entrer en contact avec Pendleton. Il était accusé de meurtre.

Adi avait conscience que son départ se déroulerait dans un silence triste comme presque toute sa vie avec Pendleton. C'était déprimant de le voir là, après le long voyage qu'ils avaient partagé depuis sa première tentative de suicide, la publication du *Cri*, jusqu'à cette dernière rencontre.

Le Cri était toujours en tête de la liste des best-sellers du *New York Times*, mais la réputation de Pendleton était ruinée à jamais, et maintenant on interprétait le roman comme le récit d'un assassinat brutal commis de sang-froid, la lettre ouverte d'un psychopathe. Les universitaires aux intérêts convergents qui avaient favorisé le génie existentiel de Pendleton restaient maintenant silencieux, le jury du National Book Award ne pipait mot à propos de la crise qu'avait déclenchée la culpabilité présumée de Pendleton.

Le *New York Times Book Review* avait finalement posé la question suivante : Un roman fondé sur un incident réel pouvait-il être considéré comme une fiction ? L'article se demandait si, par essence, *Le Cri* n'était pas une autobiographie.

Il semblait tout à fait évident que, sur ces bases, *Le Cri* serait disqualifié.

L'opinion publique était devenue amère ; d'anciens étudiants d'écoles de commerce, d'ingénieurs, ou de médecine se bousculaient dans les émissions nocturnes pour fustiger les couillonnades insupportables qu'ils avaient dû subir pour devenir « bien équilibrés ».

Comme le disait un auditeur qui avait téléphoné tard dans la nuit : « Comment obtenir un A en chimie organique et un C moins en poésie romantique néoclassique ? Ma moyenne générale *foutue* ! Je n'ai pas été admis en médecine à cause de *La Boucle dérobée* [1] ! Expliquez-moi ça ! »

S'il n'y avait pas eu de flic, Adi aurait peut-être dit quelque chose, essayé de communiquer avec Pendleton, mais, dans ces instants de séparation, la dénégation énigmatique de Pendleton lui revint en mémoire et la troubla, ses dernières paroles : « Ce n'était pas moi... »

1. Œuvre d'Alexander Pope (1688-1744). (*N.d.T.*)

L'avait-il dit de façon métaphorique ? Elle avait voulu le croire.

Elle répéta ce qu'avait dit Pendleton : « Ce n'était pas moi... », et ses pensées la ramenèrent à Porterfield. Il avait l'air tellement maniaque, ses déclarations sur le sexe et la politique étaient tellement troublantes, que maintenant, dans ces minutes ultimes avec Pendleton, elle se demanda si Porterfield s'était trouvé par hasard derrière sa fenêtre ce soir-là ou s'il n'avait cessé de l'observer.

Et qui était-elle pour croire que Porterfield et Pendleton étaient amis l'année où Amber Jewel avait été assassinée, l'année où Pendleton vivait une crise professionnelle et personnelle, une année également où Porterfield avait reconnu avoir traversé une crise conjugale, quand tous deux passaient les soirées d'été dans une solitude partagée, en buvant pendant le carnage des jeux de guerre et en parlant sans aucun doute d'amours perdues et de trahisons ?

Elle sentit un frisson la parcourir. Il n'y avait pas de réponse, aucune.

Elle regarda Pendleton une dernière fois, le pansement en croix qui tenait la canule de la trachéotomie dans le creux de la gorge, les poils gris qui dépassaient de son pyjama de coton aux couleurs passées, mais ce qui la frappa le plus, ce furent ses mains posées sur son bas-ventre vide, ses grandes mains osseuses qui semblaient d'une grosseur monstrueuse malgré son corps décharné. Tout était sorti de ces mains-là, l'enchaînement des mots liés les uns aux autres, les conduits entre l'intériorité de la pensée et les mots sur la page.

Elle ne saurait jamais avec certitude quelle avait été l'implication de Pendleton ni comment il avait su où l'on avait déposé le cadavre d'Amber Jewel. Cela s'enracina en elle et, lorsqu'elle baissa les yeux, elle sentit qu'il était temps de faire ce qu'Horowitz espérait depuis si longtemps, qu'ils disparaissent tous les deux pour recommencer une nouvelle vie ailleurs. Quand elle se tourna vers Pendleton, elle eut conscience des rires enregistrés de la télé, à peine audibles, qui brisaient le silence assourdissant du petit matin, la télé UHF de Chicago, et du flic qui souriait légèrement.

Sur l'écran, Samantha de *Ma sorcière bien-aimée* suppliait sa mère aux cheveux carotte et à l'humeur changeante de retransformer Darren de bouc en homme. Darren avait déjà dévoré le rembourrage de l'accoudoir du canapé. Samantha le tenait par les cornes. Elle portait une minijupe et des bottes à mi-mollet comme celles que Nancy Sinatra avait rendues célèbres en marchant sur les pieds des hommes.

L'intrigue se nouait quand Larry, le patron de Darren, arrivait avec un client pour écouter le résumé d'une publicité pour une soupe.

Adi s'arrêta, ramenée à son enfance, les relations explosives de ses parents, la série favorisant la vision féministe sur l'absurdité et l'égocentrisme désespérés de l'univers masculin, dans lequel les maris passaient leur temps à tenter d'empêcher leurs femmes d'utiliser leurs pouvoirs. Là se trouvait la grandeur du feuilleton, métaphore et humour, à une époque où une nation regardait un génie se débattre pour servir son maître mais aussi pour sortir de la bouteille.

Adi s'en alla sans un autre regard pour Pendleton.

Pendant la plus grande partie de la soirée, Horowitz roula vers l'est sur la nationale I-80, en direction de l'Ohio, en traversant la monotonie de deux États, dans lesquels la neige de fin d'automne tombait jusqu'en Pennsylvanie, avant d'arriver l'après-midi suivant dans le vaste complexe de l'université d'État où Adi était née et où elle avait grandi, il y avait des années, l'époque du Vietnam, de l'amour libre et des manifestations pour la paix, l'enfant de deux étudiants de troisième cycle idéalistes qui, autrefois, avaient voulu changer le monde pour le rendre meilleur, et qui avaient échoué.

Troisième partie

Indétermination

46

L'appel inévitable arriva au bureau de Ryder à 9 heures du matin, venant de son patron, Ken Orton, un ami de longue date, fumeur invétéré avec la respiration sifflante d'un asthmatique et un dentier jaunissant qui ressemblait à un vieux portemanteau.

Sa secrétaire prit la ligne. Ken serait là dans une minute.

Ryder attendit.

Peu de gens peuvent attribuer leur décès à une seule cause, mais Ken Orton le pouvait, lui ; sa femme June participait déjà à un recours collectif en justice contre le tabac, et Ken, obligeamment, continuait à fumer et parlait de temps en temps devant une caméra vidéo 8 mm de sa dépendance au tabac, sur le conseil de son avocat afin que son décès soit d'autant plus puissant et émouvant devant un tribunal.

Une fois, il avait dit à Ryder : « J'aurais dû braquer des banques. Je me suis trompé dans l'existence. J'ai mis tous mes espoirs dans un cancer des poumons. »

Ken était direct et précis avec Ryder, car il connaissait les détails de sa vie familiale autant que Ryder connaissait l'histoire de la vie de Ken. June et Gail bavardaient beaucoup ensemble.

L'affaire était en suspens, en attendant un changement dans le statut médical de Pendleton.

Ken dit : « Je ne peux pas te payer pour que tu continues à te cacher là-bas, Jon.

— Ils n'ont rien trouvé pour la date du premier tirage ? »

Ken toussa pour s'éclaircir la gorge. Sa voix devint presque un murmure. « Nous avons peut-être quelque chose... »

Il y eut un silence.

« Tu n'as qu'à demander qu'on me transmette l'information, Ken.

— Écoute, Jon, je ne sais pas combien de temps je vais pouvoir te couvrir. On a porté plainte contre toi.

— Bauer, hein ?

— Il menace de te poursuivre si tu continues à affirmer qu'il est le père de la petite Jewel. Qu'est-ce que ça veut dire ?

— C'est une longue histoire, Ken. Disons simplement qu'il se passe autre chose ici. Pendleton *n'a pas tué* Amber Jewel.

— Tu peux le *prouver* ?

— J'y travaille.

— Écoute, les choses en sont arrivées... »

Ryder éleva la voix. « J'ai un renseignement selon lequel Gary Scholl n'a pas tué cette Mrs. Blaine. Sa petite amie m'a donné un film vidéo qui lui fournit un alibi en béton. Il ne l'a pas tuée ! Mais tu sais qui s'est pointé juste après le meurtre ? Bauer ! Il a eu une sacrée histoire avec Kim Jewel, tu n'en croirais pas tes oreilles !

— Depuis combien de temps as-tu cette preuve ?

— Sur Bauer ?

— Non... Le film vidéo. Merde, Jon ! Tu n'es pas là-bas pour enquêter sur Gary Scholl, tu m'entends ? »

Ryder parla plus près de l'appareil. « Gary était un suspect valable pour le meurtre d'Amber Jewel. Comment peux-tu dire qu'il n'est pas au centre de l'enquête pour connaître la vérité sur l'assassinat d'Amber Jewel ?

— Ce n'est pas le moment de jouer au loup solitaire.

— Et si je te dis que la police est dans le coup... au moins Bauer. Il a descendu Gary Scholl de sang-froid. J'y étais.

— Dans une *fusillade*, nom de Dieu, qu'est-ce qui t'arrive ? Tu ne peux pas faire des allégations aussi flagrantes, comme ça. Scholl est sorti avec un fusil. J'ai le rapport sous les yeux, des témoins oculaires disent qu'il tirait partout, qu'il représentait un danger imminent.

— Je sais ce que j'ai vu... C'est un moyen d'étouffer l'affaire. Il y a plein de choses qui ne collent pas, la façon dont le corps de Jewel n'a pas été découvert pendant les premières recherches, des questions sur l'état de son visage qui est resté intact pendant des semaines de temps doux, avant l'arrivée de l'hiver. Jewel a été déposée dans ce champ longtemps après sa mort.

— Et alors ?

— Alors, ça ne colle pas avec ce qui se passe dans le roman de Pendleton, où on tue la victime et où on l'enterre tout de suite après. Ça ne s'est pas passé comme dans la réalité.

— Le rapport du médecin légiste fait état de certaines de ces anomalies ?

— Merde... L'enquête a été menée en dépit du bon sens. C'est notre boulot, Ken, on découvre les anomalies. Je ne fais que mon travail ici. Je ne pense pas qu'on ait pris les mesures appropriées pour établir quoi que ce soit quand c'est arrivé.

— Écoute, je ne peux pas parler de tout ça au téléphone. Tu me fais un compte-rendu, Jon, et tu rentres. On réexaminera tout ça avec un peu de distance et de perspective.

— Pourquoi maintenant, Ken ?

— Parce que je te le dis.

— Ils veulent me mettre sur la touche, hein ? Ils t'ont contacté.

— Tu vois, tu parles comme quelqu'un qui est à bout.

— *Tu vois...* Qu'est-ce que ça veut dire *tu vois* ? Ça signifie que quelqu'un t'a parlé de moi. Tu ferais mieux de le reconnaître, Ken. Ne les laisse pas te faire ça. »

Ken écarta le téléphone pour tousser.

Ryder n'ajouta rien, il entendit Ken boire un peu d'eau et respirer en sifflant. « Écoute-moi bien, Jon. Je comprends que tu sois sous pression. Je ne voudrais pas affronter ce qui t'attend chez toi en ce moment, mais ne cherche pas d'ennuis ailleurs, en t'inventant des excuses pour rester là-bas. »

Ryder ne répondit pas.

« Personne ne veut t'écarter de l'affaire. Je ne te reproche rien. J'essaie de t'empêcher de te conduire comme un imbécile avec cette... Kim Jewel. »

Ryder ferma les yeux.

« Certains parlent.

— Qui ? Bauer ? Pourquoi est-ce qu'il ne parlerait pas ? Il veut que je m'en aille. Réfléchis ! Il est impliqué dans l'assassinat d'Amber Jewel, je le sais !

— Jon, écoute-moi une bonne fois. Il se trouve qu'un inspecteur a interrogé une ancienne employée de l'imprimerie qui savait sur quoi on enquêtait. Elle est venue me dire qu'elle se souvient très bien que le roman a été imprimé le jour de la Saint-Valentin, elle a dit qu'elle s'en souvenait à cause de la contradiction étrange avec le titre du livre.

— C'est vraiment trop commode ! Allez, Ken, les gens racontent toutes sortes d'histoires pour essayer de se faire remarquer, tu le sais.

— Ce n'est pas la première venue. Elle a travaillé là-bas près de trente ans. J'appelle ça une piste crédible, voilà comment j'appelle ça !

— D'accord, d'accord... Écoute, j'ai des pistes parallèles. Je ne te demande que quelques jours de plus. Tu peux bien t'arranger.

— Je ne peux pas. Nous avons commencé l'enquête de façon prématurée. Je veux d'abord et avant tout qu'on établisse la date de la première impression. Ça définira l'étendue et la direction de ce que nous traitons. Je te donne un ordre, Jon. Remets ce film vidéo à Clevenger et reviens. À partir de maintenant tu es en congé administratif.

— On m'écarte de l'affaire, c'est ça ?

— Je veux que tu fasses une pause, que tu règles tes problèmes avec ta femme et tes gosses, d'accord ? »

Ryder ne dit rien.

« C'est un ordre, Jon. Réponds-moi, remets le film et rentre chez toi. »

Ryder s'éclaircit la voix. « Je vais le remettre.

— Très bien... Je veux que tu partes dans la matinée, pigé ?

— Comme tu veux, Ken. Bien sûr. »

Ryder raccrocha en sachant que son accès aux informations concernant l'affaire s'achèverait dans quelques heures et qu'il serait mis à l'écart pour de bon.

Dans une dernière tentative désespérée, il appela Kim Jewel chez elle, tomba sur un répondeur mais ne laissa pas de message. Il appela ensuite le magasin Rite Aid.

Whitmore répondit.

Ryder lui dit de but en blanc : « Kline m'a téléphoné. »

Whitmore répondit aussi sec : « Kim n'est pas là. »

Ryder porta la main à son visage. Il était assis, les jambes écartées. « D'accord, va te faire foutre, Whitey. J'en ai marre de t'utiliser comme intermédiaire. Je veux parler à Kim, tout de suite. Je sais qu'elle est là ! C'est entre nous, ça ne te concerne pas de toute façon ! Tu n'es qu'un connard de canot de sauvetage auquel elle s'accroche. C'est ça la réalité, Whitey ! »

Whitmore répondit d'une voix sincère : « Je tiens à vous informer que toutes les communications téléphoniques qui arrivent au magasin sont enregistrées. Maintenant je vais raccrocher et si vous rappelez, je préviendrai la *vraie* police.

— Je suis la *vraie* police. »

Il y eut un bruit étouffé. Kim prit l'appareil.

Ryder sut qu'elle avait pleuré.

« Je ne peux pas vous aider plus que je ne l'ai déjà fait... » Elle s'interrompit.

Ryder l'entendit prononcer le prénom de Whitey ainsi que le choc de l'appareil qu'elle reposait. Elle s'éloigna et sa voix s'éteignit. Ryder attendit, il distingua des bruits de pas qui s'estompaient puis qui se rapprochaient.

Kim reprit le téléphone et parla d'une voix hystérique. « Vous voyez ce que vous avez fait, à téléphoner comme ça, les problèmes que ça crée ? Vous n'avez pas le droit de parler à Whitey comme ça. Il ne supporte pas qu'on s'adresse à lui comme à un enfant. C'est la *direction*. Vous avez pigé ? Il m'a demandé de ne pas me laisser entraîner. Regardez ce que vous avez fait. »

Il y eut un clic sur la ligne comme si l'on avait décroché un autre appareil.

Ryder se leva immédiatement, il alla jusqu'à la porte et ouvrit. L'autre bureau était vide. Il resta dans l'entrée, regarda autour de lui et dit : « Vous avez demandé à Whitey de se faire passer pour moi et d'appeler Kline. Pourquoi ? »

Kim ne répondit pas, un silence qui valait un aveu, et Ryder, saisissant l'occasion, dit : « Je n'avais pas l'intention de vous coincer. Je pense que vous le savez maintenant. »

Kim répondit d'une voix plus calme : « Je sais...

— Pourquoi est-ce que vous ne m'avez pas parlé vous-même de Kline ?

— Eh ben... Vous savez, toute ma vie les gens m'ont regardée comme de la crotte... Je n'arrivais pas à dire ce qui s'était passé entre Mr. Kline et moi... »

Ryder remarqua le « Mr. » qu'elle avait utilisé pour parler de l'ancien professeur. Il fallait remonter loin pour comprendre toutes les ambiguïtés de sa personnalité, sa dureté mais aussi sa crédulité.

Quelqu'un parla au téléphone : « Nous ne voulons pas entendre dire que Trent est le père de la gosse de Kim. » C'était Whitey. « Kim n'a pas besoin qu'on lui fasse encore du mal.

– Je suis de votre côté, d'accord, Whitey ? Je m'excuse pour ce que j'ai dit.

— Ça ne répond pas à ma question. »

Avant que Ryder ait eu le temps de dire quoi que ce soit, Kim parla avec une obséquiosité que Tori utilisait parfois pour renforcer les différends après une dispute. « Tu ne te tracasses plus pour moi, Whitey, d'accord ?

— D'accord... »

Kim chuchota : « Vous voyez quel petit trésor j'ai là, inspecteur ? » Elle déglutit et poussa un soupir. « Je veux simplement que le passé arrête de me poursuivre, une bonne fois pour toutes. »

Ryder referma la porte, s'éloigna de l'entrée et revint s'asseoir à son bureau. « Ça va peut-être arriver maintenant. Alors, pourquoi est-ce que vous avez demandé à Kline de m'appeler ?

— Je voulais que quelqu'un d'autre vous dise à propos de Trent. Je pense que vous aviez raison.

— À quel sujet ?

— Trent... Quand il a tué Gary, comme vous avez dit, devant chez Sandi.

— Alors, pourquoi est-ce qu'il a fait ça ?

— À cause de ce qui s'est passé entre nous, que j'ai eu un enfant de lui. Il n'arrêtait pas de me téléphoner, il voulait que je quitte Gary, que j'aille avec lui, il me disait qu'il n'avait jamais aimé Dawn... que c'était fini entre eux. Quand je lui ai dit que je ne quitterais pas Gary, il a voulu que j'avorte. C'est à ce moment-là que je ne lui ai plus répondu au téléphone. Il a mis Amber dans le coup pour me harceler. »

Ryder sentit son cœur battre plus vite en entendant prononcer le prénom d'Amber.

« Trent a donné de l'argent à Amber pour que j'avorte. Il lui en a aussi donné en lui disant qu'il pouvait l'aider à démarrer. Quand Amber n'est pas rentrée à la maison cet après-midi-là, j'ai pensé qu'elle avait filé avec ce qu'il lui avait donné. J'avais peur de parler de Trent, de ce qu'il y avait entre nous. Il est arrivé pour l'enquête et je n'ai pas su comment prendre ça, quand il réunissait des gens pour la rechercher.

« Je ne pensais pas qu'Amber était partie pour de bon. Je croyais qu'elle allait revenir avec Gary et moi, que Trent l'aidait à se cacher quelque part pour qu'on soupçonne Gary de sa disparition. Trent savait que je n'avouerais jamais que je portais son enfant. Il savait ce que Gary pouvait me faire. »

Des sanglots montèrent dans sa voix. « Vous n'avez pas connu Amber, de quoi elle était capable. Je pensais toujours qu'elle allait revenir. Je le jure. J'avais l'espoir... ou la peur qu'elle revienne et qu'elle détruise tout pour Gary et moi. Les jours sont devenus des semaines, on a appelé Kline, et je me suis sentie comme engourdie à l'intérieur, j'ai perdu le sens de ce qui se passait autour de moi. »

Ryder dit avec une lenteur délibérée : « Vous pensez que Trent a tué Amber ? »

Kim resta muette en entendant une question aussi directe.

Elle murmura : « Je ne sais pas... Je jure devant Dieu que je n'en sais rien. » Puis sa voix disparut. Elle raccrocha.

Whitey dit : « Vous êtes toujours là, Ryder ?

— Oui...

— Ce que je redoute le plus c'est qu'elle se suicide, n'oubliez jamais ça. Elle ne veut pas que sa gosse sache que Trent est son père, pas si on découvre... Si Trent a tué Amber. » Il se tut une seconde. « Je sais que vous ne pouvez pas faire de promesse comme ça. Je voulais que ça finisse après que vous avez parlé avec elle devant le magasin, mais elle s'est effondrée la nuit dernière. Tout lui est revenu, le cauchemar de cette époque. Je ne me fais pas d'illusions sur moi. C'était Gary qu'elle aimait. C'est ce qui la fait souffrir. Pas Amber, pas vraiment, si on dit les choses comme elles sont. J'ai fait une erreur en appelant Kline, mais c'était pour elle. Je ne pense pas qu'il y ait quelque chose d'honorable chez un homme qui a fait des choses comme ça avec Kim. Je n'ai pas l'intention d'enfreindre la loi, ce que vous faites, mais d'après moi, au bout d'un moment il y a des secrets qu'il vaut mieux ne révéler qu'après la mort. »

47

L'effet produit par la vidéo de Gary Scholl avait diminué depuis longtemps pour Ryder, et il demeura grave et silencieux tandis qu'un collègue enquêteur notait les titres des chansons qui passaient à la radio en fond sonore pour authentifier provisoirement l'heure à laquelle le film avait été tourné, mais étant donné le caractère explicite des images et le fait que Sandi Kellogg avait fourni elle-même la bande, tout laissait penser qu'il n'y avait aucun doute.

À la fin, Tobias Clevenger, l'inspecteur qui dirigeait l'enquête sur le meurtre de Mrs. Blaine, releva les stores et la violente lumière du jour emplit brusquement la pièce, un monde au-delà des fenêtres, un centre-ville de briques rouges comme un accessoire devant l'intérieur du bureau.

Le neige tombait en gros flocons et, dans le calme, troublé seulement par le bruit d'une machine à écrire dans la pièce d'à côté, Clevenger resta silencieux pendant quelque temps, il desserra sa cravate et se versa un verre d'eau.

Il avait le visage rouge d'un type qui va avoir une attaque cardiaque. Il dit assez fort, autant pour lui-même que pour Ryder : « Je suis impatient de voir ce que les médias vont en faire », et il reposa son verre sur la table, d'un geste ferme, et continua à regarder le monde extérieur en se grattant la hanche avec la main gauche.

Ryder se rendit compte que Clevenger était plongé dans ses pensées, qu'il réfléchissait à sa propre survie, aux implications dévastatrices d'un point de vue juridique et public. Gary Scholl avait été abattu par la police.

Quand Clevenger se retourna, Ryder dit : « Si vous voulez enquêter sur quelque chose, demandez donc à Trent Bauer pourquoi il a tué Gary Scholl. »

Clevenger répliqua illico : « D'accord », mais sur un tel ton que Ryder sut qu'il mentait.

Ryder insista : « Mieux encore, commencez par demander à Bauer quel est son alibi pour la nuit où l'on a assassiné Mrs. Blaine. »

Clevenger s'adressa au flic qui s'occupait du projecteur. « Jon pense qu'on est des vrais ploucs. À mon avis tu devrais regarder sous tes chaussures. » Et lui-même fit semblant de chercher de la bouse sous ses semelles, puis il s'arrêta. « Va chercher Trent, qu'on lui pose des questions. » Et il s'adressa de nouveau à Ryder : « On a bien noté, Jon. Autre chose qu'on devrait savoir avant que vous nous *quittiez* ? »

Ryder secoua la tête. « Je vais faire un rapport sur ce que j'ai déjà découvert. »

Clevenger prit un fax posé sur son bureau. « Ça devrait vous intéresser. C'est le FBI qui vous l'a envoyé. Ça concerne Cassie DuMont. Ils disent qu'on l'a localisée à Amarillo, au Texas, mariée, avec trois enfants. » Clevenger tendit le fax à Ryder assis en face de lui. « Vous voulez appeler sa mère ? »

Ryder se leva et posa la feuille sur son bureau. « C'est vous qui allez l'appeler. »

Clevenger se tourna de nouveau vers la fenêtre. « Vous savez, j'entraîne une équipe de gosses et la première chose que je dis à mes gars c'est qu'ils ne peuvent pas marquer à tous les coups. C'est un jeu de patience et de pourcentages. Il faut connaître le score. À quel autre moment de la vie est-ce qu'on peut marquer un deux cent cinquante et être une star ? Le base-ball nous en apprend beaucoup sur nos espoirs, sur l'imprévu qui nous attend. On se trompe plus souvent qu'on n'a raison. La vie tourne en fonction de la façon dont on traite la réalité. Sur ce coup-là, vous marquez un cinq cents, Jon. Vous êtes en tête de la partie. »

Ryder resta immobile plus longtemps qu'à l'ordinaire. En bas, dans la rue, la neige avait tout adouci et il voyait dans une boutique les gens qui se déplaçaient dans la fausse lumière des allées, comme s'il s'agissait du début d'une nouvelle journée, et il entendit, venant de plus loin, le bruit étouffé d'un cortège de voitures qui se formait près d'un silo à grain, et un feu orange clignotait sous la neige, tout cela définissait la médiocrité dans laquelle Clevenger maintenait n'importe quel gosse de sept ans qui tenait une batte dans cette ville.

Assis tout seul dans son bureau, Ryder entendait des voix dans l'autre pièce. Le dossier de l'affaire

Jewel était posé devant lui, il avait mis de côté les dossiers des deux autres personnes disparues qu'il avait lus au début.

Il prit celui de l'affaire DuMont, contempla le visage d'une jeune fille de quinze ans qui avait disparu dix ans plus tôt pour des raisons inconnues ; l'instinct viscéral des flics travaillant sur ce cas les avait amenés à la considérer comme une fugueuse, abandonnant trois frères et une sœur, cherchant à effacer le passé pour tout recommencer.

Comment fait-on pour garder ce silence, cette amertume, les jours d'anniversaire et pendant les vacances, pendant la joie qu'on éprouve quand on donne naissance à un enfant ? Bien sûr, il pensa à Tori, aux gens suffisamment décidés et qui ne voulaient pas qu'on les retrouve.

Dans un répit éphémère de ses ressentiments à son égard, il appela Gail. C'était peut-être lui le problème, et pas elle. Il n'obtint pas de réponse, il l'imagina dans sa pause-café, en train de parler de lui, Gail qui fournissait des petits pains, des chaussons aux pommes et des brownies faits à la maison, qui séduisait les gens et racontait l'histoire de sa vie à qui voulait bien l'entendre.

Il trouva difficile d'accepter la façon dont ils s'étaient séparés la dernière fois, son esprit l'entraîna comme si souvent en ce moment vers Kim Jewel, vers l'idée qu'elle avait fini par céder à quelqu'un comme Whitey Whitmore, que plus on vieillissait moins on avait de choix et plus le désespoir déterminait chaque action.

Ryder reposa le dossier DuMont et ouvrit celui de Witter, ses yeux s'attardèrent sur la photo d'Elizabeth Witter, la beauté toute simple d'une enfant adoptée qui avait enduré tant de choses pendant sa courte vie. Il relut les détails de sa disparition, les dépositions de ses parents adoptifs, jusqu'à la lâcheté du suicide d'Enoch Witter en prison.

En revenant sur ce dossier pour la seconde fois, il eut l'impression de connaître cette jeune fille, une intimité qu'il n'avait pas ressentie depuis des années, et un peu avant 10 heures du matin, alors que la neige tombait dru, il entoura un simple fait d'un trait de crayon, la mention d'une voiture blanche qu'on avait remarquée alors qu'elle suivait le bus scolaire dans les jours qui avaient précédé la disparition d'Elizabeth Witter, un fait qui contredisait ce que Kline et Kim avaient déclaré à propos de Trent poursuivant Kim en voiture.

Ryder examina le dossier d'Amber, en se souvenant de quelque chose qu'il retrouva dans un interrogatoire, un témoin signalant une voiture qui suivait le bus quelques jours avant la disparition d'Amber, une voiture tirant sur le blanc. Cela corroborait ce que Kim lui avait dit sur Trent qui essayait d'influencer Amber.

Ryder entoura les mots « blanche » et « tirant sur le blanc ».

Il sentit son cœur battre et ne put s'empêcher de repenser à ce que Trent avait fait au bal des étudiants, qu'il avait pénétré Dawn avec le doigt, et qu'il l'avait fait sentir à tout le monde en prétendant que c'était Kim. Pouvait-on vraiment attribuer un tel comportement à des hormones juvéniles devenues folles ? Pouvait-on aller au-delà d'un geste aussi malade et tordu ? Ou Bauer avait-il effectivement baisé Dawn ainsi, ce monstre ingérable, en lui substituant une image de Kim, ou *avec* Kim ?

Trent était marié quand il avait mis Kim enceinte. Il n'avait jamais cessé de la poursuivre. Cette infidélité, cette façon opportuniste de s'imposer dans la vie de Kim en l'absence de Gary, tout cela dissimulait-il d'autres aventures sexuelles, le besoin de trouver une personne différente de sa femme ?

Ryder se leva en pensant rappeler Kim pour l'interroger sur les autres maîtresses de Trent, mais il n'en fit rien. Il sentit qu'au plus profond de lui-même, il sublimait ce que Ken lui avait dit, qu'une ancienne employée de l'imprimerie s'était présentée volontairement et avait situé l'impression du roman de Pendleton le jour de la Saint-Valentin, plus de six semaines avant la découverte du corps d'Amber.

Cependant Ryder persista, il prit l'annuaire téléphonique, le feuilleta jusqu'à Bauer, Trent et Dawn, et nota l'adresse. Trent habitait English Turn, le lotissement du lac artificiel devant lequel Ryder était passé en se rendant chez Henderson. Il avait réussi à s'insinuer dans ce monde, où il était maintenant coincé, n'habitant là que grâce à l'argent de la famille de Dawn. Tout cela ajoutait une touche de désespoir à la vie de Trent, avec cette question : quel prix avait-il dû payer pour supporter une femme qu'il n'avait jamais désirée ?

Ryder appela le service des immatriculations et demanda une recherche sur les véhicules enregistrés aux noms de Trent et de Dawn, en remontant jusqu'aux années où avaient eu lieu les meurtres d'Amber et d'Elizabeth, y compris Dawn au cas où Trent aurait utilisé sa voiture.

Ce fut son dernier acte officiel dans une affaire qui ne le concernait plus.

Sur le parking de la police, il gelait quand Ryder mit sa voiture en route et laissa le moteur chauffer. Il essuya de sa main gantée la neige accumulée, en tapant des pieds, et quand il eut fini, il se retourna, regarda le voile silencieux de la neige et vit, dans le bureau à l'angle du second étage, Clevenger qui téléphonait, debout devant la fenêtre.

Leurs regards se croisèrent un instant et Clevenger s'éloigna.

Cela ajouta quelque chose de menaçant à ce qui s'était passé en ville, en tout cas ce fut ce que ressentit Ryder, ou peut-être n'était-ce qu'une justification pour ce qu'il ferait ensuite.

Le lendemain matin, dans une petite pièce froide du tribunal du comté, Ryder se tenait devant une table métallique, il portait des gants et examinait les indices matériels relevés après l'assassinat d'Elizabeth Witter. Clevenger avait le bras long, mais il n'allait pas jusqu'au tribunal du comté.

Parmi les objets retrouvés sur Elizabeth, il y avait une culotte démodée, manifestement déjà portée par sa mère, avec des traces de sperme et de sang, du groupe O et du groupe A qui correspondaient à ceux d'Elizabeth et d'Enoch.

En jetant un regard au rapport, Ryder vit que le suicide d'Enoch avait brutalement interrompu l'enquête. On avait cessé de mettre le dossier à jour une semaine après le suicide. Au cours des années suivantes, la supposition qu'Enoch avait tué sa fille avait prévalu et malgré les progrès de la police scientifique, sans la demande de la famille exigeant une réponse définitive pour savoir qui avait réellement assassiné Elizabeth, les enquêteurs n'avaient pas cherché à explorer d'autres pistes. Cela faisait de nouveau partie des affaires non classées, dans lesquelles tant de vies avaient été éclipsées et oubliées, des affaires mises en sommeil pour faire de la place aux nouvelles victimes.

Dans l'autre bureau, Ryder remplit les formulaires ad hoc pour demander des tests de laboratoire, en espérant que les traces de sperme étaient encore utilisables, que cela fournirait une empreinte génétique au-delà des années et établirait si Enoch Witter avait eu des relations sexuelles avec sa fille adoptive.

Avant de partir, il composa le numéro de Ruth Witter depuis un téléphone public. Il l'avait relevé dans le rapport de police. Il voulait connaître sa version de l'histoire, espérant que, peut-être, le passage des années aurait affaibli sa détermination, qu'une nuance dans sa voix dirait si elle avait accepté ou non ce qu'avait commis son mari. C'était un dernier effort rationnel de sa part pour tenter de ne pas respecter l'ordre de Ken lui enjoignant de rentrer chez lui.

S'il obtenait une simple confession, il résoudrait non pas l'affaire pour laquelle il était venu enquêter mais deux. Étant donné ce qui s'était passé suite à la pression exercée sur Bauer, il pensait qu'il lui fallait réaliser quelque prouesse, prouver qu'il n'avait pas complètement perdu la raison.

Une femme répondit, une voix plus jeune qu'il ne s'y attendait.

Il dit d'un ton brusque : « Ruth Witter ?

— Non... Ruth n'habite plus ici.

— Sauriez-vous où elle est allée ? »

Il y eut brusquement de la méfiance dans la voix de la femme. « C'est à quel sujet ?

— Je suis de la police. »

La femme fit : « Oh... », apparemment interloquée. Elle parla à quelqu'un.

Une voix d'homme lui répondit.

La femme répliqua : « Irving, tu m'entends, prends la ligne. Il y a un policier qui veut contacter Ruth. »

Un clic signala qu'on avait décroché un second appareil, sans doute Irving. Il parla d'une voix forte comme s'il n'avait pas l'habitude du téléphone « Pourquoi est-ce que vous avez besoin de contacter Ruth ?

— Vous la *connaissez* ?

— Qu'est-ce que vous voulez ?

— Vous dites son prénom comme si vous la connaissiez bien.

— Enoch était mon cousin. Pourquoi est-ce que vous avez besoin de la contacter ?

— Je ne suis pas autorisé à le dire.

— Ne me racontez pas d'histoires. *Pas autorisé*, c'est une autre façon de me dire que ça ne me regarde pas ! Alors, c'est à propos d'Elizabeth, hein ? »

Ryder répéta : « Je ne suis pas autorisé à le dire. »

Irving sembla vexé. « J'ai l'impression que c'est comme une enquête, voilà ce que je crois. Mais pour ce que ça vaut, Enoch n'a pas tué Elizabeth. »

Ryder attendit qu'un type en chemisette, avec une poche protège-stylo, passe dans le couloir, accompagné d'une secrétaire qui parlait d'une voix énervée. « Alors pourquoi est-ce qu'Enoch s'est suicidé ? »

Il y eut un instant d'hésitation, puis Irving répondit, moins sûr de lui : « Il n'a pas su protéger sa fille, voilà pourquoi. Ils l'avaient prise pour la sauver quand elle était bébé et ils faisaient de leur mieux avec elle, mais elle a commencé à leur échapper.

— C'est une motivation suffisante pour la tuer... un sentiment déplacé d'échec.

— Si c'est ce que vous pensez, alors pourquoi est-ce que vous téléphonez, après toutes ces années ?

— Vous savez qu'il est contraire à la loi de cacher des preuves ou des informations au cours d'une enquête. Alors que dites-vous exactement ?

— J'ai vécu plus de mauvaises années qu'il ne m'en reste de bonnes. Je n'aime pas beaucoup qu'on me menace. Si vous voulez en savoir plus, allez voir Ruth. Je suis pas du genre à rapporter des choses par ouï-dire, c'est le terme légal qu'on emploie dans un tribunal, non ? »

Pour régler sa note, Ryder attendit avec son sac qui contenait ses vêtements. Dans la tristesse de cette fin d'après-midi, il avait appelé Taylor mais Gail avait intercepté le message qu'il avait laissé sur le répondeur.

Gail avait décroché brutalement quand il lui disait qu'il ne rentrerait pas avant quelques jours.

Il n'avait même pas essayé de rappeler.

Le type de la réception lui compta une nuit de plus. Il ne protesta pas, même si le parking était déjà recouvert d'un pied de neige et pratiquement vide. Un panneau éclairé au néon disait : *Chambres libres.*

Ryder remarqua que la voiture d'Horowitz ne se trouvait plus là au moment où une imprimante démarrait. Sur une télé noir et blanc dont on avait coupé le son, le présentateur météo montra une carte avant d'y placer un flocon de neige et Ryder ne put s'empêcher de penser à Henderson.

Un front de nuages tournoyants, qui descendait du Canada, recouvrait tout le bas du lac Michigan. Au moment où il s'en allait, le type de la réception lui dit : « Oh, à propos de l'autre nuit. Vous avez demandé si quelqu'un avait appelé. »

Ryder se retourna.

« J'ai vérifié dans le registre. Il y a eu un appel de chambre à chambre.

— Qui ? »

Le type regarda Ryder. « À mon avis, comme vous êtes flic et tout ça, je peux vous le dire. Chambre A, Allen Horowitz. »

Sous la neige et dans l'obscurité, Ryder se dirigea vers l'ouest, vers Chicago, puis vers le nord en suivant la berge, puis il passa devant la base militaire de Waukegan, là où Scholl avait fait ses classes, il continua dans un pays désolé, de fabriques de fromage du Wisconsin et d'oasis de pornographie, au bord de la route I-94, confronté à l'étrange incongruité de la vie passée et présente.

48

À une heure aussi matinale, le zoo était encore fermé, les kiosques où l'on vendait de la nourriture condamnés pour l'hiver par des volets de tôle ondulée, les tristes expositions à l'extérieur presque toutes fermées, les trappes métalliques bouclées, et les affleurements de rochers entourés de douves profondes recouverts de neige. Un loup solitaire creusait un chemin dans son domaine enneigé, allant et venant en silence, sous le regard noir d'une femelle pelotonnée dans une grotte.

Horowitz se tenait sur le côté, épuisé, en dansant d'un pied sur l'autre, sa barbe de deux jours couverte de givre, il regardait Adi qui téléphonait à quelqu'un dans un bâtiment en préfabriqué. Deux nomades qui erraient sur les routes nationales dans ces jours d'indécision, alors que les choses touchaient à leur fin.

Très tôt ce matin, il s'était réveillé, avait quitté le motel et était sorti seul pour aller prendre un café. Il avait appelé son agent et avait appris que, plus tard dans la journée, lors de sa réunion hebdomadaire, le jury du National Book Award prendrait une décision concernant la controverse philosophique pour savoir si *Le Cri*, étant donné son caractère apparent d'autobiographie, satisfaisait aux conditions du prix.

Quand son agent lui avait demandé s'il voulait faire une déclaration, Horowitz lui en avait fourni deux, une pour chaque conclusion, sans savoir exactement comment voterait le jury, mais tout en espérant et en croyant secrètement qu'il ferait durer la controverse en retirant le livre de sa liste.

L'obscurité semblait imminente pour Pendleton et par conséquent pour Horowitz aussi, il avait décidé de tirer sa révérence, ce qui entachait sa propre carrière d'un sentiment de retraite mélancolique. Mais d'une certaine façon il pensait que ce serait une bonne chose. Sa carrière s'en trouverait tronquée, ses motivations enveloppées de mystère. La meilleure sortie possible en tout cas, croyait-il.

Son implication dans *Le Cri* avait devancé son déclin vers une décennie de « beaux livres », dans laquelle il aurait fini par se mépriser. Au moins, maintenant, il pourrait consacrer ses dernières années à l'écriture de ses mémoires dans une maison du New Hampshire, à la limite de quelque pays sauvage, à la fois réel et métaphorique. Il représenterait toujours un intérêt tenace pour les doctorants, en répondant à leurs lettres et à leurs questions, et en suscitant des interrogations renouvelées sur sa vie et son engagement auprès de Pendleton. Il imaginait un avenir dans lequel il se liait d'amitié avec une famille de cerfs grâce à un bloc de sel... lui, un sage, personnage replié sur lui-même dans la brume diaphane du matin, frissonnant, tandis que derrière lui sa jeune femme énigmatique, son fils et quelques doctorants en visite regardaient à distance respectueuse cette vie sur son déclin.

Il n'avait pas encore dit à Adi qu'il pensait que *Le Cri* serait vraisemblablement disqualifié, bien conscient qu'au fond d'elle-même et en dépit de tout ce qui s'était passé, elle restait accrochée à la récompense qui établirait le génie durable de l'œuvre de Pendleton, et que son rejet tacite l'ébranlerait. Malgré cette tristesse inévitable, et la sombre journée qui l'attendait, Horowitz s'était contenté de suivre Adi, en la laissant remonter dans son passé.

Elle avait voulu revenir sur ces lieux.

Adi s'avança derrière lui et dit : « Elle est ici. Nous pouvons la voir. »

Tandis qu'ils traversaient le carrefour sous un soleil pâle, la neige poussée par le vent tourbillonnait dans une couleur éphémère. On attendait d'autres chutes de neige en fin d'après-midi.

L'entrée du pavillon des primates imitait les arbres d'une forêt tropicale, avec des plantes grimpantes moussues dissimulant des ventilateurs tournant lentement et qui ne faisaient que brasser la chaleur rendue fétide par les déchets animaux.

Horowitz regardait une représentation grandeur nature de l'évolution des hominidés, avec des dessins d'une colonne de singes marchant le dos voûté, bipèdes au nez écrasé et au front fuyant, dans un tableau chronologique de cinq millions d'années, depuis le simiesque *australopithecus anamensis* encore à quatre pattes et doté d'os épais, en passant par l'*Homo erectus*, qui fabriquait des outils, possédait un langage, faisait du feu et mangeait de la viande, jusqu'à l'*Homo neandertalensis* au front proéminent, pour en arriver enfin à l'*Homo sapiens*.

L'entrée en forme de tunnel conduisait à l'habitat des primates, un enclos fermé comme une serre, qui puait la luzerne mûre, la pisse et les excréments.

L'animal le plus remarquable était un gorille dos argenté des basses terres de l'ouest, accroupi, les bras croisés. Il avait l'air de s'ennuyer mortellement comme les gens qui ont perdu leur emploi.

Le gorille respira profondément et croisa le regard d'Adi avant de l'ignorer aussitôt.

Horowitz la rattrapa et regarda deux jeunes gorilles qui se balançaient sur un vieux pneu de voiture, l'un d'eux laissait pendre son long bras crochu pendant que, sur une litière de paille, une mère surveillait son petit qui buvait à un filet d'eau sur lequel flottaient des carottes et des feuilles de salade, un filet d'eau qui sortait simplement d'un tuyau dissimulé sous des pierres.

De l'autre côté de l'enclos, Donald Simms, un homme maigre comme un clou, vêtu d'une salopette et de bottes de caoutchouc, aussi poilu que ses pensionnaires, portait un seau rempli de fruits. Quand il vit Adi, il sourit, posa son seau et sortit de l'enclos par une petite porte.

Simms avait été un compagnon de la mère d'Adi, une relation amoureuse qui allait et venait, il avait vieilli comme la plupart des hippies, assez mal, avec des cheveux gris filasse attachés en queue-de-cheval qui tiraient son visage fatigué et ses yeux humides. Il avait un petit ventre rond et pas de fesses.

Une photo de lui jeune le montrait à côté d'un autre homme et, entre eux, une femme qui ressemblait à Adi.

Horowitz suivit le regard d'Adi, comme Simms qui sourit et dit : « Ça fait plaisir de savoir que tes parents sont toujours tes parents, non ? Alors, tu as déjà vu ton père ?

— Nous sommes arrivés en retard. »

Simms comprit aussitôt. « Je t'aurais fait faire le grand tour mais il n'y a plus grand-chose à voir ici. De la science pure, des techniciens en blouse blanche, des prises de sang, des échantillons passés à la centrifugeuse, des empreintes ADN. La plupart des installations de recherche sur le comportement de l'université ont fermé. Ils ont envoyé les animaux ici. »

Quand Simms s'arrêta de parler, Adi lui demanda d'une voix calme : « Tu leur parles toujours avec le langage des signes ? »

Simms secoua la tête, but une gorgée de café et s'essuya la bouche d'un revers de main. « La révolution conceptuelle... Toutes les subventions gouvernementales pour la recherche ont été supprimées à la fin des années soixante-dix. Diane Fossey et Jane Goodall nous ont bousillés. Aujourd'hui, la seule recherche légitime, c'est sur le terrain. Avant que la nouveauté s'épuise, on pouvait avoir autant de unes de *Life* et de *National Geographic* qu'on voulait sur le langage des signes chez les primates. Mais ce n'était peut-être qu'un cirque domestiqué. À mon avis, si on vit assez longtemps, tout ce en quoi on croyait vraiment, on finit par comprendre que ce n'était qu'une mode. »

Sur une affiche collée derrière lui, on pouvait lire : « Si l'homme descend du singe, pourquoi y a-t-il toujours des singes ? »

Horowitz regarda l'affiche et Simms remarqua sa présence pour la première fois. « Ce dont nous avons besoin c'est d'un avocat comme vous, quelqu'un qui sache vraiment écrire. »

Il laissait ainsi clairement entendre qu'il était au courant de la controverse qui entourait l'engagement d'Adi auprès de Pendleton.

« Il faut que vous voyiez toutes les données archivées que nous avons sur Adi et Phoebe, de vieux rouleaux de films et des vidéos. Toutes deux avaient moins d'un mois quand l'expérience a commencé, un projet qui a duré presque cinq ans, un des projets de socialisation entre espèces les plus rigoureux et les mieux documentés jamais entrepris, une socialisation entre espèces en immersion totale. »

Horowitz s'inclina silencieusement devant Adi, qui montrait un front soucieux. Elle dit : « Je ne me souviens de rien en réalité. »

Simms hocha la tête. « Eh bien, tout est là, si jamais tu reconsidérais les choses. Alors, tu veux la voir ? »

Adi répondit doucement : « Bien sûr. »

Simms se retourna pour leur indiquer le chemin. « On nous l'a transmise avec les autres de l'époque expérimentale, chacun séparé dans sa propre section. Leur utilisation du langage des signes a fini par créer des problèmes de socialisation quand on les a réintroduits. Elle a été prise pour un documentaire qu'on n'a jamais projeté. Un truc épouvantable, un soi-disant reportage de non-intervention sur la resocialisation des chimpanzés communiquant avec le langage des signes dans une communauté ne connaissant pas ce langage, des techniques de réintroduction très stressantes, et à cause d'elles, Bobo, le mâle dominant, est devenu fou. Il a serré les poings en se frappant la poitrine et en faisant des bruits qu'on ne lui avait jamais entendu faire, pour montrer sa dominance. L'équipe du film adorait ça, et ils ont insisté pour que la pression de la réintroduction continue. Trois jours d'expérimentation, et Bobo a craqué, il a foncé sur Phoebe, il lui a arraché son bébé des mains et l'a battu à mort, puis il a traîné le corps pendant plusieurs jours avant de l'abandonner. »

Adi baissa la tête et, alors que Simms tournait la clef pour entrer dans l'enclos, elle dit : « Ça te dérange si j'y vais seule ? » Et elle prit la main d'Horowitz.

Loin du reste de la population des singes, au bout d'un couloir de pavés beiges d'institution, dans un enclos en ciment, Phoebe se trouvait en compagnie de trois autres chimpanzés sur un rocher plat, ils s'épouillaient avec un soin simiesque, leurs doigts soulevant avec dextérité les poils hérissés, en faisant une moue d'angoisse ou de bonheur. Difficile à dire.

Phoebe semblait affreusement vieille. Ses glandes mammaires flasques étaient réduites à des tétins gros comme des bonbons gélifiés. Son visage, ses mains et son cul sans poil avaient pris une teinte brun clair.

Horowitz ne dit rien et se contenta d'observer.

Adi s'appuya contre la vitre. Elle dit sans se retourner : « Ma mère a grandi à une époque où tout le monde était confronté à la dissolution de la famille nucléaire, la guerre entre les sexes pour l'autonomie. La question était : que faisait-on d'enfants non voulus, ou d'enfants dont on ne voulait pas s'occuper ? J'imagine que ce fut la crise morale inconsciente de la vie de ma mère. Elle luttait contre la notion d'instinct maternel inné. Elle avait avorté trois fois avant ma naissance. Elle avait défendu la théorie de Freud sur la diminution induite de l'attachement, en soutenant que l'amour trouvait son origine simplement dans l'attachement à celui qui pouvait satisfaire la nécessité de s'alimenter. Cela semblait valider les soins quotidiens, ou l'attribution arbitraire de l'amour à qui répondait le mieux aux besoins de l'enfant.

« Puis elle s'est retrouvée de nouveau enceinte et il lui a été impossible d'avorter une quatrième fois. Elle a eu une sorte de révélation, un moment fortuit pendant lequel elle a fini par valider sa grossesse avec son intérêt pour la recherche. Celle sur le langage des signes avec des primates venait de commencer. Ma mère avait suivi ce cours en option. Elle avait toujours eu le coup pour s'intéresser aux choses au bon moment. Alors elle a demandé une bourse pour étudier et corréler les étapes du développement entre chimpanzés et humains, des trucs séduisants et populistes que les administrateurs et les magazines ont gobés. À la naissance, on a enlevé Phoebe à sa mère, et elle est venue vivre avec nous un mois après ma naissance. Il y a des photos de nous dans le même berceau, des vidéos alors qu'on nous nourrissait, mon père et ma mère nous tenant dans des tenues assorties. »

Adi se retourna. « Dis-le, Allen, de la fausse science, des conneries de béhaviourisme animal. »

De petites gouttelettes brillaient dans la barbe d'Horowitz. « Je pense que tu es trop dure avec tout le monde. Tu dois prendre en compte le contexte de l'époque, ce qu'on essayait d'atteindre.

— Qui était ?

— Je ne sais pas exactement. Laissons cela aux historiens. Ce que je sais en revanche, c'est que l'anthropologie sociale devrait s'affirmer pour ce qu'elle est, une politique de libération sexuelle et pas se faire passer pour une science. Je pense que c'est un point fondamental sur lequel nous, qui sommes de l'autre côté de la science, devons nous mettre d'accord. Définissons-nous comme quelque chose d'autre que la science. Qui a dit : “Il ne fait aucun doute qu'un petit groupe de citoyens réfléchis et engagés peut changer le monde”, Margaret Mead, non ? Si cela n'a pas un petit relent de rhétorique politique, alors je ne sais pas ce qui en a. »

Adi regarda Horowitz. « Tu as tout lu, n'est-ce pas ?

— Tout sauf la *Revue de bricolage*. »

Elle le fixa droit dans les yeux pour la première fois depuis des jours. « Pendant combien de jours allons-nous continuer à parler comme ça ? »

Horowitz répondit doucement : « Aussi longtemps qu'il le faudra. »

Adi se tourna de nouveau contre la vitre. « Tu sais ce dont je me souviens le plus à propos de Phoebe, c'est quand a débuté le rut. Elle s'est mise à piquer des crises à la maison, en revenant à son instinct animal, elle sautait sur les gens qui venaient chez nous. Elle portait encore des robes de petite fille, elle transportait sa boîte à sandwich, elle montait en voiture, mais elle puait à cause des phéromones. Elle enlevait sa culotte à la garderie, et courait partout avec sa robe sur la tête. Elle avait le cul tout rouge. »

Adi avala sa salive. « Cela a mis fin à l'expérience. Ensuite, mes parents ont suivi la procédure de la recherche, ils ont laissé tomber le doctorat. Ils ont pataugé dans les films d'archives, en essayant de discerner certaines étapes de développement chez l'homme et le chimpanzé, mais la masse de documents filmés était trop importante. D'une certaine façon tout était mort. Ma mère rêvait d'une autre vie. Elle a mis un peu d'ordre dans ses affaires, elle a abandonné la contre-culture hippie du temps de la vie étudiante. Elle a fini avec un visiteur médical de haut vol. Mon père a toujours dit que c'était elle la véritable expérience sociale.

— Et toi ?

— Moi ? »

Un ange passa.

Phoebe sembla reconnaître Adi, elle s'avança en dandinant le corps entre le berceau de ses longs bras mais elle prit seulement de l'eau dans le creux de sa main et but, et tandis qu'elle regardait Adi, son menton rond ressemblait à la moitié d'une noix de coco.

Adi s'adressa à elle dans le langage des signes.

Phoebe découvrit ses gencives dans un moment de contemplation perplexe. Elle se gratta le menton avant de s'approcher de la vitre et de la toucher.

Adi fit comme elle et elles se regardèrent par-delà la distance d'un si grand nombre d'années.

Phoebe enleva sa main de la vitre et parla par signes avec le moka blanchi de ses doigts qu'assombrissaient des taches de vieillesse. Ses petits yeux enfoncés avaient une expression lointaine et Adi se mit à pleurer au fur et à mesure que les lettres se formaient dans son esprit.

Horowitz demanda doucement : « Que dit-elle ? »

Et, sans se retourner, Adi murmura : « Au secours ! »

49

Ruth Witter vivait dans une maison de retraite proche de son lieu de naissance, à côté de Boscobel dans le Wisconsin, la patrie de la bible Gédéon. L'histoire de Gédéon était imprimée au dos du menu du restaurant de la ville, comment le 14 septembre 1898, deux voyageurs de commerce, à qui l'on demanda de partager la même chambre dans un hôtel archicomble qui accueillait une convention de bûcherons, découvrirent que tous deux étaient de fervents chrétiens, ils prièrent et lurent la Bible ensemble avant de se coucher. Le nom de Gédéon avait été choisi dans le livre des Juges de l'Ancien Testament, en référence à un homme bien décidé à faire tout ce que Dieu lui demanderait.

Ryder sentit qu'il était ce genre d'homme. Il n'avait pas dormi depuis plusieurs jours, aussi pour lui, il ne s'agissait pas d'une simple coïncidence. Il y vit un signe, quelque chose de prophétique.

De temps en temps, il regardait dans sa tasse, un peu comme les diseurs de bonne aventure d'autrefois qui lisaient dans les feuilles de thé, et son visage se reflétait dans le cercle sombre. Il sentit qu'on le conduisait au cœur d'un mystère qui s'opposait à ses propres souffrances.

L'appel énigmatique d'Horowitz imitant Tori avait remué et réveillé quelque chose de suicidaire en lui, cela lui avait rappelé que, pendant des années, on avait réuni contre lui un ensemble préjudiciable de preuves psychologiques. Un dossier contenait les transcriptions de ses entretiens volontaires quand, des années plus tôt, Tori avait disparu, de son analyse psychologique et son acceptation de la psychothérapie. Horowitz avait eu accès à ce dossier.

En réalité, tout le monde croyait qu'il avait tué sa femme. C'était quelque chose que Ryder avait sublimé, tout comme il avait ignoré les accusations et les regards prudents de ses collègues, et c'était ainsi qu'il avait pu continuer. S'il y avait une chose qu'il connaissait parfaitement c'était l'incertitude qui s'agrippe, qui tue l'âme de celui qui reste après une disparition, un sentiment qui avait défini sa vie et son travail.

Dans la pénombre d'un couloir étroit qui conduisait aux toilettes, Ryder appela une nouvelle fois chez lui. Il n'obtint pas de réponse, et il n'en avait pas obtenu de toute la nuit quand il avait téléphoné depuis différentes aires de repos. Gail était sans doute chez sa mère, un sanctuaire de longue date contre les hauts et les bas de leurs relations conjugales.

Au cours des années, Ryder avait parfois souhaité que Taylor ne fût jamais née, non parce qu'il la haïssait, mais parce que sa présence avait toujours déclenché ses griefs envers Gail. Il s'était remarié pour retrouver un sentiment de normalité, pour les apparences extérieures, il ne s'était jamais intéressé véritablement à ses fils et, à la place, il s'était plongé dans son travail avant même leur naissance. Ils étaient les fils de Gail, ses *vrais* enfants. Il ne l'aurait jamais reconnu publiquement, mais au moment de la postadolescence, Taylor était moins sous sa responsabilité, bientôt une femme adulte.

Leurs relations s'étaient normalement détériorées, remplacées par de nouveaux engagements, de nouvelles amours.

Ryder bâilla et ses yeux s'emplirent de larmes. Il sentit une froideur, un engourdissement dans ses parties génitales, les premières étapes de son déclin personnel. Une opération, ou selon un euphémisme, une *procédure*, le menaçait, la bombe à retardement de la prostate. Il se souvint de son dernier check-up, à genoux comme un chien sur une table, avec une odeur de lubrifiant dans l'air, quand il avait senti un index dans le cul, gigotant dans ses entrailles, la prémonition de sa mort. On avait des cancers de la prostate dans sa famille.

Ryder téléphona chez la mère de Gail, car il voulait conclure une trêve.

Le répondeur se déclencha et, debout dans le couloir, Ryder se souvint d'un passage qu'il avait entendu à l'église pendant une autre période agitée avec Gail, alors qu'il enquêtait sur une affaire non classée de disparition d'enfant. Matthieu 4, 19 : Le Seigneur dit à ses futurs disciples, de pauvres pêcheurs de Galilée : « Suivez-moi, et je vous ferai pêcheurs d'hommes. »

Ce qui avait toujours frappé Ryder dans ce passage, c'était que le Seigneur leur demandait implicitement d'abandonner leurs familles.

On ne peut servir qu'un maître.

Ryder retourna s'asseoir, remplit sa tasse de café et se sentit nerveux à cause de l'attente et de la fatigue. Il était remonté loin dans le Nord, en dépit des instructions de Ken Orton, en suivant ce qu'il savait être une piste ténue, la possibilité que Trent Bauer soit potentiellement un tueur en série.

Il avait ostensiblement disparu. Au fond de lui, il savait que cette affaire était son dernier combat.

La maison de retraite n'acceptait les visites qu'après 10 heures. Il était un peu plus de 9 heures, et pourtant la ville, loin des routes fréquentées, semblait à peine réveillée. De l'autre côté de la rue, un type avec un tablier des années cinquante salait son trottoir comme s'il donnait du grain à des poulets.

Ryder le regarda et attendit, mais au bout d'un moment, il remonta la rue en direction de l'hôtel où les deux voyageurs de commerce qui avaient fondé les Gédéon s'étaient agenouillés pour prier, la chambre étant inscrite au registre historique national, ou c'était ce que disait le menu.

Tout en haut de la rue, au sommet d'un mémorial, le soleil levant était embroché sur la baïonnette d'un jeune soldat en bronze de l'Union, le regard fixé vers le Sud. Dans une sorte de rêve, Ryder contourna le piédestal de marbre et, malgré son soi-disant don, il n'eut aucune intuition de la profonde signification que ce monument avait dans le cœur de la femme qu'il venait voir, Ruth Witter. Il ne savait pas que le nom d'un de ses ancêtres était gravé sur la plaque de la guerre d'Indépendance ni que, par un jour ensoleillé de 1941, on avait ajouté le nom de son jeune frère bien-aimé, Frank, à la liste des morts, au cours d'une cérémonie pour les soldats tombés au champ d'honneur.

Il ignorait tout cela, toute cette histoire ; ainsi que le fait que cette même année maudite de 1941, avant même que Ruth Witter ait appris que son frère avait été tué, elle avait trouvé sa voie, à l'âge invraisemblable de trente et un ans, et avait été arrachée à l'obscurité de la vie rurale pour aller travailler dans une usine d'armement à Sauk Prairie, dans le Wisconsin. Pendant quelque temps, elle avait reçu son chèque, fréquenté les bals, elle s'était tracé sur l'arrière des jambes de fausses coutures de bas avec un crayon à paupières, tout cela avant que la nouvelle de la mort de son frère ne l'atteigne, avant qu'elle ne recule devant l'horreur de la guerre, avant qu'elle ne tombe amoureuse d'un objecteur de conscience, religieux fervent, Enoch Witter, qui avait dix ans de moins qu'elle, avant qu'elle ne se retire avec lui dans une relation chaste, en s'engageant par des vœux déclarés à ne jamais mettre au monde un nouvel être humain, tout ceci avant que Ruth Witter ne vieillisse et supplie son mari d'adopter un enfant.

Comment Ryder arriva-t-il réellement à la maison de retraite, il ne s'en souvenait plus. Il se retrouva en train de suivre une infirmière dans un couloir ciré qui brillait, avec la timidité des portes entrouvertes laissant voir les silhouettes solitaires des impotents dans leur lit. Un désinfectant institutionnel, sentant le pin et piquant les yeux, fit office de sels et réveilla Ryder.

Ruth Witter se trouvait dans le solarium. Quelqu'un était allé la chercher, c'est ce que lui dit l'infirmière, une femme corpulente portant un uniforme amidonné et des chaussures blanches, alors qu'elle marchait dans le couloir en jetant des coups d'œil à Ryder. « À mon avis, c'est une femme qui sait prendre des décisions et s'y tenir. »

Cette affirmation attendait une question mais Ryder ne mordit pas à l'hameçon.

À l'évidence, tout le personnel connaissait l'histoire de Ruth Witter, et une question brûlait les lèvres : Pourquoi quelqu'un était-il venu si loin dans le Nord pour lui rendre visite après toutes ces années ?

Dans sa petite chambre, on pouvait voir sur la table de nuit toute une constellation de photos qui avaient constitué l'univers de Ruth Witter.

Ryder évita d'en dire plus à l'infirmière qui s'attardait dans la pièce. Il prit une photo de Ruth jeune, dans un cadre ovale. Elle avait un nez épaté, qui donnait l'impression que ses yeux étaient très écartés. Elle ne semblait pas particulièrement séduisante. Cela frappa Ryder, l'absence de nostalgie devant la jeunesse perdue, qu'on éprouve si souvent en regardant de vieilles photos. Elle portait une robe de grosse toile bise à pois, du même motif que les rideaux derrière elle, et posait avec raideur à côté d'une table recouverte d'une nappe blanche en dentelle, avec comme milieu de table un ensemble de fruits peints. L'étroitesse de sa taille était bien visible, même si une esthétique puritaine prévalait sur le cliché. Ses mains abîmées étaient remarquables, avec des articulations anormalement gonflées. Elle avait vingt-deux ans, la date était griffonnée au dos avec un stylo à encre bleue, mais elle paraissait délibérément plus âgée, comme les vedettes de cinéma à une époque où la maturité et la sécurité signifiaient tout.

Ruth Witter apparut à la porte de sa chambre.

Ryder se retrouva face à une version plus âgée et aux couleurs criardes de la Ruth d'autrefois, devenue lourde et molle, ses grosses jambes et son énorme poitrine moulées par son ensemble veste et pantalon bleu pastel en tergal. Elle avait les sourcils faits, comme ceux d'un clown. Ce n'était pas la faible femme qui craignait l'Église à laquelle il s'attendait. Il y avait quelque chose de dur en elle.

Au moment où Ruth s'assit, l'infirmière lui parla d'une voix forte comme le font les gens quand ils s'adressent à une personne âgée. « Ce sympathique monsieur est venu vous rendre visite, Ruth. »

Ruth ne répondit pas mais Ryder aperçut aussitôt une répugnance dans ses yeux. Il dit : « Je suis un ami du cousin Irving. Il vous envoie toutes ses amitiés.

— Irving, celui qui a acheté notre ferme ? Il nous doit encore de l'argent. Vous l'avez apporté ? »

Cette fois, Ryder ne répondit pas.

L'infirmière attendit qu'il croise son regard et elle comprit à contrecœur.

Ryder la regarda s'en aller, puis il reposa la photo sur la table de nuit, mais ne se retourna pas aussitôt. C'était son unique chance. Il dit sans détour : « Écoutez, je comprends que c'est difficile. Personne n'a envie de remuer de vieux souvenirs, mais j'ai besoin de votre aide. »

De nouveau, il ne rencontra que le silence.

« J'enquête sur le meurtre d'une adolescente. Nous pensons qu'il peut y avoir une relation avec la *disparition* d'Elizabeth. »

Il se tut et attendit pour voir si l'expression de Ruth avait changé. Il n'en était rien. Il reprit plus lentement. « Nous essayons de savoir s'il y a toujours quelqu'un là-bas... Si cela pourrait se reproduire. C'est pour ça qu'il est très important que vous me parliez. »

Ruth se retourna et fixa le regard au-dehors, sur l'amoncellement de neige. Elle secoua la tête et dit tranquillement : « Je ne peux pas vous aider. »

Ryder n'avait pas prévu la froideur et la sécheresse de sa résistance. Il posa la question autrement : « Êtes-vous en train de me dire que l'opinion la plus répandue correspond bien à ce qui s'est *effectivement* passé ? »

Ruth ne répondit pas.

La lumière du soleil matinal était comme une présence dans la chambre. Il commençait à faire chaud comme dans une serre. Il suait sous son manteau. L'effet de la caféine avait disparu en le laissant épuisé. Il sortit une photo d'Amber Jewel qu'il plaça devant les yeux de Ruth Witter.

« Je n'ai rien contre Enoch ni contre vous. J'ai simplement besoin que vous m'aidiez. » Il montra du doigt la photo d'Amber. « C'est une des victimes... »

La respiration de Ruth s'accéléra légèrement. Elle dit : « Vous êtes venu au mauvais endroit.

— Qu'est-ce que ça veut dire, le "mauvais endroit" ? Êtes-vous en train de me dire qu'Enoch a tué Elizabeth ? Vous pensez que vous pourrez vous réconcilier dans l'autre vie, c'est ça, Ruth ? »

Elle déglutit et serra les poings sur ses genoux. Une voix crachotante annonça dans la sono intérieure que la séance de thérapie commençait à 11 heures. Il était 10 h 50, la trotteuse noire d'une pendule tournait d'un mouvement fluide et continuel au-dessus de la porte. Ruth dit : « Il faut que j'aille à la thérapie. » Elle appuya sur un bouton et la voix d'une infirmière résonna dans l'interphone.

Ruth se tourna une nouvelle fois vers les photos. Derrière toutes les autres, il y avait un polaroïd aux couleurs passées, représentant Enoch, il se tenait fièrement aux côtés d'Elizabeth, lui en salopette, elle en uniforme de majorette avec des bottes blanches à pompons, tous deux près d'une table sur laquelle un panneau peint à la main disait : « Collecte de fonds pour le Maple Oak Junior High Band ! » La photo avait été prise à l'entrée du centre commercial local. On jouait *Les Dents de la mer* au théâtre. C'était un an avant l'assassinat d'Elizabeth Witter.

Ryder s'attarda sur la photo. Elle représentait son dernier espoir. Il dit doucement en se retournant : « De quel instrument jouait-elle ? »

Il s'agissait d'une question banale qui éveilla une tristesse enfouie pendant tant d'années, les yeux brillants de Ruth trahirent un secret qu'elle portait depuis plus de dix ans, mais elle ne répondit pas directement.

Son regard croisa celui de Ryder. Quand elle parla, sa voix avait quelque chose de lointain. « Elle a collecté chaque penny pour s'acheter cet uniforme toute seule, elle faisait cuire ses propres cookies et ses Rice Krispies. Enoch l'a conduite au centre commercial trois week-ends de suite, et il est resté à côté d'elle. Si vous ne lui achetiez pas quelque chose, c'était à vos risques et périls. Enoch avait une façon particulière de regarder les gens. » Elle se mit à respirer difficilement par le nez.

« Je pense toujours qu'Elizabeth est là-bas, qu'elle a grandi avec sa propre famille. Elle a quatre beaux enfants, trois filles et un garçon. Elle aimait jouer à la grande, elle a joué avec ses poupées pendant des années, elle pouvait rester des heures toute seule. »

L'infirmière qui l'avait conduit dans la pièce apparut à la porte, mais Ryder plissa les yeux et elle s'effaça discrètement.

Ruth laissa s'écouler tout un flot de souvenirs, plus pour elle-même que pour Ryder, elle pensait simplement à haute voix.

« Enoch lui a construit une grande maison de poupées, pour le deuxième Noël qu'elle a passé avec nous. Elle lui avait redonné un optimisme contre lequel il avait lutté toute sa vie. Je ne l'avais jamais vu comme ça, cette gentillesse de cœur. On croit connaître quelqu'un depuis toujours et on découvre qu'on ne le connaît pas vraiment. Tout s'est passé comme ça dès qu'elle est venue vivre avec nous. Elle avait huit ans cette année-là. »

Une larme glissa sur sa joue. Elle l'essuya du revers de la main.

Ryder ne disait rien, fondu dans le décor. Il la laissait parler et voyait la pâle lumière du soleil dans ses yeux.

« Elle aimait beaucoup Enoch, elle le faisait s'asseoir pour jouer à prendre le thé. Elle lui demandait de couper des morceaux de papier avec des ciseaux et il l'aidait à suspendre des napperons qui ressemblaient à des flocons de neige dans le grenier. C'était un vrai spectacle de le voir assis sur un tabouret avec des poupées et des nounours sur les genoux, pendant qu'Elizabeth lui servait un thé imaginaire dans un service rose. Enoch n'était pas du genre à rester inactif, mais il jouait avec elle, il l'appelait "Miss Elizabeth", ce qui la faisait toujours rayonner de fierté. Elle voulait toujours qu'on l'appelle par son prénom, Elizabeth, jamais de diminutif. »

La lumière du matin tombait en oblique dans la pièce. Ruth hochait la tête toute seule, mais sa voix changea et s'estompa de façon sinistre quand elle dit : « Ils s'entendaient vraiment bien, et depuis si longtemps, mais voilà, on ne sait jamais à qui on a affaire quand ce n'est pas votre sang. On n'en sait rien. »

Pour la pousser dans cette direction, Ryder dit : « On m'a parlé du bal où les filles invitaient les garçons. »

Elle hésita mais comme elle avait commencé elle continua de parler, en libérant des années d'émotion gardées secrètes. Elle regarda Ryder. « Enoch, il était protecteur d'une façon que les gens ne comprenaient pas beaucoup. Nous appartenions à une autre génération, plus âgée, quand les gens faisaient des choses comme de ramener leurs enfants à la maison contre leur gré. Ça s'appelait être de vrais parents, sauver une personne d'elle-même jusqu'à ce qu'elle soit en âge de savoir.

— Et de l'enfermer dans un abri contre les tornades ?

— Plus on vieillit, plus on a peur, plus on sait ce qu'il y a dehors. Les temps ont tellement changé. Elizabeth était nourrie, habillée et tenue décemment. Tout ce qu'on lui demandait c'était de réfléchir sur la vie et aux dons qui lui étaient faits. Le monde était tel qu'on ne pouvait plus s'entendre penser, la radio et la télé tout le temps, l'émission *Samedi matin* montrait des petites filles qui semblaient avoir dix ans de plus qu'en réalité, toutes maquillées. »

Ruth s'arrêta. « Vous avez des enfants ? »

Il répondit : « Une fille.

— Vous pouvez peut-être comprendre par quoi on est passés. Elizabeth elle aussi en avait connu de dures, à cause de sa naissance. Née dans le péché. Tout ce qu'on a fait a été de la protéger de ses inclinations, de la mettre en garde contre elle-même. Enoch priait avec elle la nuit dans l'abri souterrain, on priait tous les deux. Elle était aimée. Ce n'était que nous, en train d'essayer de la maintenir hors de danger, de la guider dans le droit chemin. »

Ryder sentit que sa chemise lui collait au dos sous son épais manteau, en sachant que l'inévitable tournant de l'histoire approchait, que Ruth Witter s'avançait vers l'ancienne vérité que tous les gens connaissaient depuis qu'ils avaient quitté la ferme : Enoch Witter avait tué sa fille. C'est à regret, contre sa propre conscience, que Ryder se sentit plus désolé pour lui-même que pour la victime de seize ans, Elizabeth Witter, quand il dit d'une voix calme : « Où est Elizabeth ? »

Ruth baissa la tête et Ryder reposa sa question, mais elle ne répondit pas. Elle avait gardé son secret pendant dix ans. Elle mourrait avec. Elle leva les yeux et dit : « Je veux que vous vous en alliez maintenant ! »

50

Le père d'Adi habitait dans une partie ancienne du campus, un ensemble bas, fonctionnel, construit en parpaings gris, dans un style de motel, caractéristique de l'architecture utilitaire des années cinquante, consacré désormais au logement social. Cela ressemblait à un abri atomique, un bunker renforcé contre un fatalisme selon lequel la fin du monde était proche.

Adi fut peinée de voir ce qu'il était advenu de son père, et le contraste avec l'existence de sa mère lui parut d'autant plus spectaculaire.

Horowitz ne dit rien et se contenta de lui poser la main sur l'épaule.

Le père d'Adi habitait au deuxième étage, auquel on accédait par un escalier métallique, tout à fait dangereux et qui parut devoir s'écrouler dès qu'ils commencèrent à monter. Les fixations s'étaient détachées du mur qui s'effritait. Le tapis du couloir était d'un orange industriel, ignifugé et puant les produits chimiques.

Une vieille dame voûtée, une voisine, cachée derrière une porte retenue par une chaîne, regarda dans l'entrebâillement et dit, après qu'Adi eut frappé plusieurs fois : « Vous pouvez arrêter. Ils sont partis. »

Le « ils », autant que le mot « partis », étonna Adi.

« Je cherche Richard Wiltshire. Je suis sa fille. Vous savez quand il reviendra ?

— Pas.

— Pas quoi ?

— Ils ne reviendront pas. Ils sont partis à Reno la semaine dernière.

— À Reno ? »

La femme hocha la tête. « Ça faisait longtemps qu'ils en parlaient, et Rae a touché une indemnité à la suite d'un accident qu'elle a eu l'an dernier, elle s'était cassé le poignet sur une propriété municipale. Je ne pensais pas qu'ils partiraient, mais l'argent vous donne parfois un sentiment de liberté qu'on ignorait avoir en soi. »

Adi se tenait dans le courant d'air du couloir. « Vous savez où à Reno ? »

La vieille femme enleva la chaîne. Son appartement sentait les ordures ménagères, et les stores baissés lui donnaient l'allure d'un labyrinthe obscur. Sur la table, il y avait une boîte de pâtée pour chat entamée, l'impitoyable réalité de ce qui attend de l'autre côté du succès.

Adi en eut un frisson.

Il n'était pas encore 14 heures mais déjà les néons de l'enseigne du motel clignotaient au rythme du pouls humain, ou telle fut l'impression d'Adi, alors qu'un feuilleton de mi-journée remplissait le vide gris derrière les rideaux tirés de la chambre du motel. Il neigeait de nouveau.

Horowitz se doucha pendant très longtemps dans des nuages de buée qui rendirent la pièce humide.

Vêtue d'un tee-shirt trop grand et d'un slip, les cheveux tirés en arrière, Adi, assise en tailleur sur le grand lit, avec des lunettes à monture noire, ses verres de contact trempant dans une solution, parlait au répondeur automatique de l'appartement de son père à Reno.

Elle dit : « Je suis heureuse que tu aies rencontré quelqu'un. Tu le méritais. Je ne sais pas si tu as appris quelque chose en écoutant les informations, mais je vais bien. Je veux te voir assez vite. » Elle termina en disant : « Je t'aime pour tout ce que tu as fait pour moi. Je veux que tu le saches. »

Elle raccrocha avant d'avoir envie de pleurer.

Horowitz sortit de la salle de bains, enveloppé dans une serviette, il ne dit rien, comme s'il n'avait pas entendu, et il continua à s'occuper de ses affaires. Il laissa tomber sa serviette de ses hanches avec la familiarité qu'on acquiert dans un couple qui a dépassé depuis longtemps le stade du désir, et il enfila son slip. La lumière de la salle de bains l'éclairait de façon peu flatteuse.

Adi le regardait sans éprouver d'émotion particulière, sinon qu'Horowitz avait obtenu ce qu'il voulait. Il était ici, avec elle, cet homme en manque d'amour, avec sa poitrine de poulet et son cul plat. Elle l'observa fouiller dans sa valise à la recherche d'une paire de chaussettes.

Quand il se retourna et vit qu'elle le regardait, il se contenta de lui adresser un petit sourire et il dit : « Tu as l'air très digne. » Il l'observa quelques instants, puis ajouta en claquant des doigts : « Les lunettes, c'est ça. Tu ressembles à un mélange de cette chanteuse grecque, Nana Mouskouri, et de Gloria Steinem. Ça te va bien. »

Plus tard dans la soirée, après une pizza et du Coca-cola dans la chambre du motel, une soirée qualifiée par Horowitz de « vie à la dure », alors qu'Adi commençait à s'endormir sur son lit, la télévision interrompit ses programmes pour un flash d'information, en direct de la maison de Pendleton et de la caravane des reporters puis de la propriété en désordre de Sandi Kellogg, devenue un personnage public à cause de l'alibi de Gary.

Sandi parla en direct de chez elle, elle pleurait, essayait de convaincre les journalistes qu'elle avait donné un film vidéo à la police montrant Gary et elle en pleine action, à peu près à l'heure du crime.

Quand Adi s'assit sur son lit, Horowitz avait déjà monté le volume du son avec la télécommande.

Un inspecteur apparut sur l'écran, qui confirma que Gary Scholl n'était plus suspect pour le meurtre de Mrs. Blaine. Malgré les questions en cascade, l'inspecteur refusa de donner de plus amples détails, sinon que la police explorait de nouvelles pistes.

Un des journalistes cria : « D'après une fuite, la police n'a pas réussi à déterminer la date exacte de la première impression du roman *Le Cri*... mais une employée qui a travaillé il y a très longtemps chez

Jacobs & Fils s'est présentée spontanément et elle se souvient que le roman original de Pendleton a été imprimé le jour de la Saint-Valentin de 1977, des mois avant qu'on retrouve le corps de la victime. »

L'inspecteur répliqua sèchement : « Nous ne répondons ni aux spéculations ni aux rumeurs. L'enquête continue. »

Un rappel sommaire par un présentateur mit fin au flash, qui céda la place à une publicité pour moquettes, thibaude et pose gratuites, garanties en quelque sorte par des guirlandes de ballons, des confettis et un drapeau américain.

Horowitz coupa le son et reposa la télécommande.

Adi alla jusqu'à la fenêtre et murmura : « Je comprends maintenant...

— Quoi ?

— La raison pour laquelle Ryder voulait les notes de Robert. Il essayait d'établir que Robert avait décrit l'endroit où l'on avait déposé le corps d'Amber avant qu'il ne soit découvert. »

Dans la faible lumière, Horowitz regardait la délicatesse des longues jambes d'Adi que son T-shirt trop grand et retroussé découvrait jusqu'à son slip, frappé par cette image, sentant que tout le chemin parcouru auprès d'elle était sur le point de disparaître s'il avouait ce qu'il éprouvait, mais il dit quand même : « Je ne comprends pas. La citation de Williams... le truc sur le miroir à l'hôpital... ça rimait à quoi ?

— Ce n'est pas moi qui l'ai écrit ! »

Horowitz parla plus fort qu'il ne l'avait voulu : « Tu assurais ce *bon Dieu* de cours sur William Carlos Williams, Adi ! Qui y avait-il d'autre à l'hôpital qui pouvait écrire ce truc ? »

Horowitz attendit. « J'ai tout fait pour toi, Adi. Je sais que tu as essayé de me faire porter le chapeau de l'envoi de la bande. Je sais que tu l'as fait poster de New York.

— Comment ?

— Je n'y ai pas vraiment réfléchi... Je t'ai donné de l'argent, Adi. »

Elle se retourna. « Pourquoi est-ce que je t'aurais fait une chose pareille, pourquoi est-ce que j'aurais tout détruit pour moi ? C'est toi qui as envoyé la bande.

— Moi ? Il y a les faits, Adi. Tu as dit que le carton de livres dans la cave n'était pas ouvert, c'est ce que tu m'as dit... Je m'en souviens très bien. Les cartons contiennent les factures... C'est la façon habituelle de procéder. »

Adi tressaillit.

Horowitz la regardait. « Tu ne peux pas le nier. Tu as trouvé et détruit la facture. Pourquoi ? »

Adi se retourna de nouveau, en clignant des yeux et en adaptant sa vue à la grisaille de la chambre. Sur la petite table de nuit, les chiffres du réveil brillaient. Elle s'avança au milieu de la pièce.

Horowitz se dirigea vers la porte. « Merde ! Arrête ! Tu t'imagines que Bob et tout le reste m'intéressent encore ? Nous sommes seuls dans un motel de l'Ohio, et rien devant nous. Je fais ce sacrifice, rester seul avec toi. Et pas l'inverse. Je veux que tu t'en rendes compte, arrête un peu...

— Arrêter... Comment ? »

Ses cheveux humides restaient collés sur sa tête. Elle se voyait dans le miroir près du lit. Elle dit, d'un ton très simple, plus une constatation qu'autre chose : « Tu ne sais rien de moi, qui je suis vraiment. » Elle posa la main sur sa poitrine et son corps tremblait légèrement. « Je veux une chambre pour moi toute seule. Je ne veux pas te retenir, Allen, porter atteinte à ta réputation. »

Horowitz se leva en regardant fixement Adi, et il essaya d'atténuer ce brusque ultimatum. « Écoute, laisse tomber. Excuse-moi. »

Dans le silence qui suivit, alors qu'une neige épaisse tombait au-dehors, dans le tremblement de la lumière des néons qui tournait autour de l'enseigne du motel, Adi répondit calmement : « Je ne veux plus courir, c'est tout. Je veux rentrer, récupérer ce qui m'appartient chez Robert et recommencer ma vie ailleurs. »

51

Ryder s'attarda dans l'ombre fraîche du couloir de la maison de retraite, écoutant le tintement de la vaisselle qu'on lavait, le bruit d'une radio dans la cuisine. Il secouait la tête avec un sentiment de refus, repensant à ce que lui avait dit Irving, avec une telle franchise, qu'Enoch n'avait pas pu tuer Elizabeth.

Un objecteur de conscience qui viole et tue sa propre fille, ça ne collait pas.

Ryder plongea son visage dans ses mains, et sentit la lassitude et même une sorte d'épuisement s'emparer de lui, avec l'impression que tout lui échappait. Il bâilla et ses yeux s'emplirent de larmes. Il devait quitter cet endroit. Ça ne concernait pas son enquête! Les mots se formèrent sur ses lèvres, et il se répéta cette phrase plusieurs fois. Comment avait-il fait pour s'éloigner autant de son enquête, pour se retrouver dans le Nord, seul, avec cette impression désespérée de toucher le fond?

Il ne lui restait plus qu'à appeler Ken. Personne n'avait besoin de savoir où il se trouvait exactement. Il hocha la tête en murmurant ces mots. Il pourrait dire qu'il était coincé dans un motel à cause de la neige, sans rien ajouter.

Ken était discret. Il lui suffisait de téléphoner, de faire semblant que tout allait bien. Ken le couvrirait. Il pourrait s'en tirer. S'il partait maintenant, il serait chez lui dans sept ou huit heures.

Demain, à la même heure, ce serait comme s'il n'était jamais venu ici.

Il n'avait qu'un coup de fil à passer, pour au moins éclaircir le mystère de ce qu'Enoch avait fait.

L'analyse provisoire du sperme d'Enoch était toujours en cours, un passage à la centrifugeuse qu'un technicien entreprit d'expliquer à Ryder au téléphone.

Ryder l'interrompit : « Ça va prendre encore combien de temps ?

— Un petit peu. »

Ryder allait raccrocher quand le technicien lui dit : « Ne quittez pas, mon chef veut vous parler. »

Il fut surpris d'entendre une voix de femme. Il s'attendait à un homme.

« Je crois comprendre que vous vérifiez le statut de l'échantillon que vous nous avez confié. »

Ryder attendit qu'elle continue.

« Il y a une sorte de raté administratif avec ce dossier. Rassurez-vous, l'échantillon est intact, ce n'est pas cela ! C'est une erreur administrative. Par inadvertance, on nous a adressé le nom et le dossier médical du sujet en même temps que l'échantillon. Techniquement, pour des raisons confidentielles, nous devrions retourner l'ensemble pour qu'on demande l'analyse à un autre laboratoire. Nous pouvons le faire, mais je vais peut-être vous faire gagner du temps.

— Comment ?

— Le dossier médical indique que le suspect a été opéré de la prostate en 1972. Après une prostatectomie totale, l'éjaculation du sperme est rétrograde, ce qui signifie que le sperme est dirigé vers la vessie au lieu de sortir par le pénis. En termes simples, c'est un "orgasme sec". »

Ryder s'adossa au mur en se pinçant l'arête du nez. « Qu'est-ce que vous dites ?

— Que le sujet ne peut avoir produit l'échantillon qu'on a retrouvé sur le sous-vêtement. »

Ruth se trouvait dans une serre en belvédère aux fenêtres embuées en compagnie d'autres résidents, et elle regardait un dessin animé à la télévision : l'octogénaire sénile et mal voyant, Mr. Magoo, conduisait allègrement son vieux tacot sur les poutrelles d'un gratte-ciel en construction. Le volume du son était réglé très bas et on n'entendait que les rires enregistrés.

Le calme du milieu de matinée s'était transformé en léthargie somnolente, longtemps associée à la surmédication des personnes âgées. Il s'agissait après tout des mères et des pères de différentes personnes. Une odeur de crème au menthol emplissait l'air. On avait distribué des gobelets en carton avec des pilules et des carrés de gelée de citron.

Ruth leva les yeux vers Ryder. Quelque chose avait changé dans son visage. Il l'aida à quitter son fauteuil.

Dans le couloir, Ryder vit leur image sur un écran de télévision en circuit fermé, ils descendaient lentement le couloir, Ruth Witter s'appuyant sur sa canne. Une autre caméra les prit quand ils tournèrent au coin du couloir en pente douce qui conduisait à une annexe en préfabriqué où le sol recouvert d'un tapis rebondissait un peu sous le pied, comme si la gravité avait été légèrement modifiée.

Quand ils arrivèrent dans la chambre de Ruth, elle dit de façon énigmatique : « Est-ce que je suis en état d'arrestation ? »

Ryder lui posa la main sur l'épaule. « Je veux que vous vous asseyiez. »

Elle semblait ne plus savoir quoi faire, mais elle finit par obtempérer. Son comportement avait changé, comme si elle devinait que Ryder avait appris quelque chose de nouveau.

Il commença lentement. « Je veux vérifier une nouvelle fois les choses avec vous, à propos de ce qui est arrivé à Elizabeth. Je viens de téléphoner. Nous savons que votre fille a eu un rapport sexuel volontaire ou qu'elle a été violée. »

Les mains de Ruth Witter se refermèrent sur sa canne.

« Je vous dis cela parce que pendant des années, on a conservé la culotte d'Elizabeth, dans l'espoir que les progrès de la science pourraient nous dire d'où venait le sperme. Je viens d'obtenir les résultats. »

Ruth dit le prénom de son mari et murmura : « Mon Dieu », le regard fixé sur l'amoncellement de neige dans les collines devant sa fenêtre. Sa voix lointaine avait quelque chose de suppliant. « S'il vous plaît, je ne veux pas que les gens apprennent tout cela sur Elizabeth, après toutes ces années. *Je ne veux pas!* Ce sont *nos* affaires, les gens n'ont pas besoin de les connaître. Elle est morte. Nous ne pouvons pas la ramener. C'est au Seigneur de les juger. »

Le mot « les » frappa Ryder. Il allait la corriger, mais il n'en fit rien, en se rendant compte que Ruth Witter restait sous l'impression que l'échantillon de sperme correspondait à Enoch.

Elle regardait toujours les collines, le corps tremblant, et Ryder essaya de la guider de nouveau, pour tenter de mettre en relation le fait que quelque chose de terrible avait eu lieu sur la ferme avec ce qui était arrivé à Elizabeth.

Ryder ne perdait pas le meurtre de vue. « Dites-moi ce qui s'est passé le jour de la disparition d'Elizabeth. »

Ruth baissa la tête, les yeux noyés sous ses paupières flasques. « On travaillait dans les champs quand on a vu le bus scolaire s'arrêter sur la route. C'est comme ça qu'on a su qu'Elizabeth était descendue. Le bus ne s'arrêtait que pour elle. C'était un des derniers arrêts. Elizabeth allait toujours à la maison, elle prenait son goûter et venait nous retrouver si l'on n'était pas à l'intérieur. C'était l'époque de la moisson. On avait besoin d'aide dans les champs. C'était l'arrangement, comme ça elle avait son argent, en nous aidant à la ferme. Elle avait ses corvées. Je lui avais préparé quelque chose ce jour-là. Le bus s'était déjà arrêté depuis une demi-heure. Enoch attendait. Il regrettait ce qui s'était passé au bal. »

Ruth tourna les yeux vers Ryder. « Enoch en était arrivé à un point, il disait, où il ne pouvait “rien faire sinon espérer”. On en était là avec elle. “Nous étions de vieux parents”, c’est ainsi qu’Enoch l’expliquait à Elizabeth. Il disait qu’il allait devoir “lutter contre ses propres inclinations”. Enoch voulait tellement arranger les choses avec elle, tellement, que d’une certaine façon, je pense qu’il me reprochait de ne pas avoir eu d’enfants, de ne pas avoir insisté quelques années plus tôt. Nous étions à la croisée des chemins. Il était devenu fou d’Elizabeth et elle de lui. »

Ruth hésita. « Alors, nous lui avons laissé un peu de temps et de distance. Pendant des années, je me suis demandé ce qui serait arrivé si j’y étais allée plus tôt, si Enoch n’avait pas capitulé devant elle, s’il ne lui avait pas donné un peu de liberté ? Une heure est passée et on travaillait. Enoch sur le tracteur, regardant vers la maison. La journée allait bientôt se terminer. J’ai vu les yeux d’Enoch. Il m’a regardée me diriger vers la maison. La dernière chose qu’il m’a dite a été : “Ne la vexe pas”, comme si j’étais la cause de la division dans la famille, et pas elle...

« Quand je suis entrée dans la maison, j’ai vu que quelque chose n’allait pas. J’ai su qu’elle était là, ou qu’elle était venue. La porte moustiquaire battait contre le montant, Enoch lui avait demandé d’y faire attention. Elizabeth mettait toujours la radio très fort en notre absence, mais là elle était éteinte. Je l’ai appelée. Pas de réponse. On n’avait pas touché à la nourriture sur la table. J’ai vérifié dans sa chambre. Personne. »

Ruth se tut, penchée sur sa canne, et les articulations noueuses de ses doigts ressortaient.

« Je le dis malgré moi, mais j'ai espéré qu'elle se soit enfuie. Elle s'était mise entre nous, entre Enoch et moi. Je me suis dit : "Il y a des filles qui fuguent tous les jours. Laissons-la se sauver." C'est la dernière chose que j'ai ressentie avant de voir ses pieds suspendus en l'air, quand je suis arrivée à la moitié de l'escalier qui conduisait au grenier. »

Le corps de Ruth se raidit. « Le temps... s'est arrêté. Je dois avoir hurlé pendant très longtemps parce que brusquement j'ai vu Enoch à côté de moi. Il m'a redescendue dans la cuisine. Puis il est remonté. Tout était sombre à l'extérieur et il faisait froid dans la maison. »

Le souvenir la fit frissonner.

« J'ai entendu Enoch bouger là-haut, je l'ai entendu vomir dans les toilettes. C'est à ce moment-là que j'ai su que tout était bien réel, que je n'avais pas rêvé. Enoch est resté là-haut longtemps. Je n'ai pas osé monter. Je savais qu'Elizabeth était morte. Je n'arrivais pas à chasser de ma tête l'image de ses jambes. Enoch lui avait acheté des chaussures neuves après ce qui s'était passé au bal.

« Quand il est redescendu, il n'est pas venu vers moi. On ne s'est plus jamais entendus depuis ce moment-là. Enoch ne m'a rien dit. Il pleurait, mais il avait une présence comme jamais auparavant, une froideur qui ne l'a plus jamais quitté. Je crois que c'est ce qu'on appelle un choc. Il est remonté, il l'a enveloppée dans un drap et il est redescendu en la tenant dans ses bras. J'ai essayé d'aller vers elle, mais il m'a arrêtée. »

Ruth mit la main devant sa bouche. Son rouge à lèvres criard s'était étalé.

« Il est parti avec elle sur son tracteur. J'ai simplement regardé la lumière des phares dans l'obscurité. Il est allé chez son cousin Irving. Il est resté absent quelque temps, il est rentré avant 7 heures, il est monté au grenier où il a travaillé pendant un petit moment. Puis il est redescendu et il m'a dit : “Elle n'est jamais rentrée de l'école. On l'attendait mais elle n'est jamais venue dans les champs”, et c'est tout ce qui a été dit entre nous. Je savais qu'il me tenait pour responsable du suicide d'Elizabeth. Puis il a appelé la police. Tout s'est passé si vite, les interrogatoires, les accusations, la découverte de la culotte d'Elizabeth tachée, derrière la commode. Trois jours plus tard, Enoch s'est pendu. »

Ruth se tut et chacun resta silencieux jusqu'à ce qu'elle dise calmement : « Je suis désolée. Je vous l'avais dit, vous n'êtes pas venu au bon endroit. »

Ryder éprouva une sorte de vertige quand il essaya de comprendre tout ce qui s'était passé.

Quelqu'un avait violé Elizabeth Witter, et ce n'était pas Enoch Witter. Il s'accrocha à ce fait incontestable. « Avez-vous vu quelque chose, une voiture, une voiture blanche cet après-midi-là ? Quelqu'un a bien dû la rencontrer ! Réfléchissez ! Ce qui lui est arrivé a eu lieu entre sa descente du bus et votre maison, huit cents mètres plus loin. »

Ruth hésita. « Qu'est-ce que vous voulez dire, ce qui lui est arrivé ? Je vous ai tout raconté. »

Ryder secoua la tête. « L'analyse du sperme ne correspond pas à Enoch. Quelqu'un d'autre a eu une relation sexuelle avec Elizabeth. »

Cette révélation frappa Ruth Witter avec une telle force qu'elle se referma, baissa les paupières et ne dit plus un mot pendant un long moment, tête baissée, avant de parler de nouveau.

Une sorte de colère perçait dans sa voix. « Il ne m'a jamais reparlé après l'avoir découverte... *rien*, il m'a laissée sans rien pour espérer... avec le péché le plus noir qu'un être humain ait dû porter. »

D'une certaine façon, elle n'avait pas encore vraiment intégré le fait que quelqu'un d'autre ait violé Elizabeth, cela n'avait pas remplacé ce qu'elle avait cru pendant plus de dix ans, une existence arrêtée, brisée. Elle reprit la parole : « *Moi*, je n'ai jamais été très croyante. *Lui*, il m'a pris ma vie, voilà ce qu'il a fait, il m'a abandonnée. Je ne pourrai jamais dire ce que j'ai cru, ce qui s'était passé entre eux. Ce qu'il voulait, c'était que je le suive de l'autre côté. »

Elle se pencha en avant. « C'est ce qu'il voulait. Je le sais. Il a toujours été un peu fou, toujours à penser à l'au-delà, même quand je l'ai rencontré. Il avait ses opinions à lui, la tête continuellement plongée dans la Bible. »

Ruth releva la tête et les fanons de son cou frémirent. « Pendant toutes les années que j'ai passées avec lui, j'ai vécu en sachant que je ne signifiais rien pour lui. Toujours en train de me mettre à l'épreuve. Je ne pouvais pas commettre l'acte final. Me suicider, ça ne me ressemblait pas... »

C'est au moment où Ryder reprenait la photo d'Amber Jewel qu'il avait oubliée par inadvertance lors de leur première rencontre que Ruth sembla enfin comprendre qu'elle s'était trompée sur son mari pendant toutes ces années. Un inconnu avait violé sa fille.

Elle dit d'une voix calme : « Je suis désolée, je ne peux pas vous aider. » Puis elle tendit la main et demanda : « Je peux voir ? »

Il s'agissait d'un portrait d'Amber Jewel pris de façon stylisée, avec un doublement de la photo dans le coin supérieur droit.

Les yeux de Ruth s'emplirent de larmes. Elle renifla et s'éclaircit la gorge en touchant à l'image de la jeune fille. « Elizabeth, elle avait des photos comme ça, prises plus tôt, pendant l'automne. On en avait beaucoup. Elle insistait, me faisait payer sans le dire à Enoch. Il ne croyait pas à la vanité des photographies. Elizabeth en était fière. Le photographe disait qu'elle avait "un visage que les magazines pouvaient vendre". Les filles ne résistent pas à ce genre de chose. Elizabeth emportait ses photos partout avec elle. Elle était belle. Les gens disent toujours ça de leurs enfants, qu'ils sont beaux, mais elle était vraiment belle. Elle économisait pour se faire faire d'autres photos. »

Ruth montra la table de nuit. « Je les ai ici. Elle était comme ça quand elle a disparu. Je veux que vous voyiez à quoi elle ressemblait, ce qu'on a perdu. »

Ruth s'appuya sur sa canne et ses articulations devinrent blanches.

Ryder ouvrit un tiroir de la table de nuit et sortit une planche-contact de sous une pile de sous-vêtements et de combinaisons.

Ruth essaya de retrouver ses souvenirs.

« Je me rappelle seulement que la police a fouillé son cartable et les a trouvées, et c'était comme l'image d'un fantôme, cette double image, comme si elle avait déjà quitté son corps. » Puis, en regardant Ryder, Ruth frissonna et demanda : « Est-ce que vous croyez aux fantômes, inspecteur ? »

Mais Ryder ne répondit pas, il regardait les photos.

52

Quand Horowitz vit le panneau qui annonçait à mille mètres la sortie de Bannockburn, les parasites de la station de la radio de l'université locale disparurent tout d'un coup, et il entendit de nouveau le nom de Pendleton. Adi dormait la bouche entrouverte, appuyée contre la vitre.

Horowitz monta le son.

La radio de l'université était reliée à une filiale de la chaîne NPR de Chicago. Il était 15 h 50, mais avec une heure de décalage, à New York, après son long déjeuner hebdomadaire, le jury du National Book Award avait publié un communiqué annonçant sa décision unanime de maintenir *Le Cri* dans la liste.

La petite phrase avait été enregistrée sur un arrière-plan d'applaudissements et de sifflets. À la fin du communiqué, le présentateur lut une déclaration de l'agent d'Horowitz faite en son nom, concernant sa réaction devant la décision du jury, « une attitude courageuse et sans précédent montrant un esprit d'indépendance, qui s'oppose aux caprices du sentiment populaire et de la populace. C'est une victoire pour l'art. »

Horowitz trouva étrange de s'entendre citer, de voir qu'un sentiment grandiloquent, formulé deux jours plus tôt, alors qu'il se trouvait, pas rasé et seul, dans un restaurant de bord de route, était devenu une déclaration incisive et grave, qui avait terminé à la radio.

Apparemment Adi ne dormait pas tout à fait. Elle ouvrit les yeux et demanda : « Tu as vraiment dit ça ?

— C'est à la radio, alors j'ai dû le dire. »

Elle se redressa, remonta les genoux contre sa poitrine et bâilla si fort que sa mâchoire claqua. « Quand ?

— Dans l'Ohio, au motel, pendant que tu dormais, je suis sorti et j'ai appelé mon agent. Il m'a dit que le jury allait bientôt publier un communiqué.

— Pourquoi ne m'as-tu pas dit qu'ils allaient voter pour maintenir le livre sur la liste ?

— Je ne savais comment ça allait se passer. Il y a quelques jours, je ne croyais pas qu'ils allaient le maintenir. Mon autre déclaration disait à peu près : “Le vote d'aujourd'hui est un recul lâche et sans précédent, une façon de céder devant les caprices du sentiment populaire et de la populace. C'est un jour sombre pour l'art.” »

Adi regardait le profil d'Horowitz et il sut qu'elle l'observait. Il dit : « Le pire dans une situation semblable c'est de rester silencieux, de donner l'impression qu'on se défile. »

Adi répondit : « Je pensais que tout était terminé.

— Ça l'est. » Horowitz s'arrêta au stop, au bout de la rampe. « Écoute, il va y avoir une armée de journalistes devant la maison, avec la révélation concernant les Jewel. On ne peut pas descendre là-bas. Nous devrions patienter une journée, pour que les choses se tassent, avant de demander que tu récupères tes affaires dans la maison. »

Horowitz n'attendit pas la réponse, il tourna vers les motels et les restaurants qui se succédaient de chaque côté de la route couverte de neige sale. Il sentit que la tristesse s'abattait de nouveau sur Adi et il lui expliqua : « Malgré ce qui se passe, tu sais que tu peux être fière. Tu as découvert le livre, tu as vu qu'il était génial. Bob en parlait déjà à l'université, il voulait remporter le National Book Award. Naïvement ou non, l'argent ne l'intéressait pas. Écrire un roman, c'était... »

Adi finit sa phrase : « ... transcendant. »

Le présentateur lut une citation, en introduction d'un débat autour de la décision du jury de maintenir le livre de Pendleton sur la liste. « "Vous êtes un gentleman, avaient-ils l'habitude de lui dire, vous n'auriez pas dû assassiner des gens avec une hachette ; ce n'est pas une occupation de gentleman." Le premier auditeur qui appelle pour nous donner le nom de l'auteur et le titre du livre gagne un exemplaire du roman *Le Cri* de E. Robert Pendleton. »

Horowitz s'écria : « Dostoïevski ! *Crime et Châtiment* ! »

Adi regarda son profil et ajouta : « Je ne cesse de me dire que tu n'es pas ce que tu sembles être, tu te dissimules au fond de toi, au plus profond tu es quelqu'un de différent. »

Horowitz roulait lentement et un bloc de sel éclata sous les roues de la voiture. Il y avait du verglas à certains endroits que le soleil n'avait pas pu atteindre pendant la journée, à l'ombre des maisons et des bennes à ordures.

Déjà, derrière eux, à l'est, le ciel avait cédé la place à l'obscurité, c'était presque le crépuscule, on voyait la lumière cireuse des phares de la voiture sur la route, l'aura couleur sanguine des centres commerciaux.

Devant eux, à l'ouest, le ciel se colorait de pourpre.

Horowitz s'était un peu détendu ; le compliment implicite d'Adi lui avait apporté une satisfaction momentanée. Il se pencha vers le pare-brise et regarda l'immensité du ciel. « Je crois que j'aimerais ne pas avoir d'adresse fixe pendant quelques années, un camping-car ce serait peut-être bien, se réveiller sur les aires de repos, aller de place en place. Il doit y avoir une sorte de vertu là-dedans, dans le fait de se perdre pendant quelque temps. Je pense que cela me conviendrait tout à fait. »

La voiture passa devant le Rite Aid.

Adi regarda le car de télévision sur le parking, dans l'éclat de la lumière artificielle, une journaliste interviewait une employée en blouse bleue. Cela était sans aucun doute en rapport avec Kim Jewel qu'on avait emmenée pour interrogatoire, et brusquement Adi sentit le froid la pénétrer à cause du manque de sommeil.

Elle dit d'une voix grave : « Comment se fait-il que la vie paraisse si irréelle, si dépourvue de signification ? Tu sais, je pense que j'ai perdu quelque chose en route... La *réalité* de la réalité, je l'ai laissée enfermée avec mes livres, toutes ces années perdues, à décortiquer les choses, à les démonter, à traquer les fausses structures de pouvoir, sexuelles, économiques et autres, non pas par une sorte de nihilisme mais en croyant que ce qu'on avait à faire consistait à transcender l'ordinaire pour arriver au *profane*. Il y avait quelque chose de permanent et de transcendant à l'université... depuis les bâtiments couverts de lierre jusqu'à ses enseignants vieillissants. »

Elle respira profondément, frissonna de nouveau. « L'université existait en dehors de la vie réelle. Elle s'opposait à la nature transitoire et à l'échec de tout ce que j'avais vécu. Mais aujourd'hui, je ne sais pas comment concilier cette vie-là avec celle de l'extérieur. J'ai ce sens superficiel de la conscience de moi-même. Je me vois comme un simple personnage qui passe en voiture. Je me vois comme *rien*. »

Horowitz ralentit à un croisement. « Je trouve que tu parles comme tout détenu libéré sur parole après une condamnation à perpétuité. Je crois que tu dois te montrer moins sévère envers la société. La vie à l'extérieur est une technique qui s'apprend. »

Adi ne répondit pas, elle tourna la tête vers le Rite Aid qui s'éloignait alors qu'Horowitz redémarrait. « Ce que je *veux* c'est me sentir désolée pour Kim *ici*. » Elle se toucha la poitrine avec le poing. « Et je veux ressentir la terreur absolue qu'a éprouvée Amber. Je pense que si je pouvais effectivement *ressentir* cette terreur, ce serait une sorte de découverte capitale, cela me permettrait de dépasser la métaphore abstraite. Je veux en revenir au *littéral.* Je veux ressentir la chair et le sang au niveau viscéral. Je veux connaître la terreur de pacotille d'un film de série B. Je veux entendre cette sorte de *cri* ! »

Elle reprit après quelques instants : « Merde, écoute-moi, je ne peux même pas mettre un poids émotionnel dans ce que je dis ! Ce ne sont que des paroles. Je peux parler, parler, et ça ne change jamais. »

Horowitz répondit en choisissant bien ses mots : « Tu fais peut-être trop d'efforts. Je ne pense pas que les changements qui modifient vraiment la vie se passent au niveau conscient. Ils ont lieu quelque part plus en profondeur. Laisse agir le temps. »

Adi secouait la tête de temps en temps. « Je ne sais pas si je crois que les gens changent jamais vraiment, ni même si nous avons la capacité de changer. Tu sais, depuis que Simms m'a dit ce que Bobo avait fait au bébé de Phoebe, je garde en esprit l'image de Bobo lançant le bébé, lui donnant des coups de poing. Il s'agit d'une fureur qu'on ne voit que chez les hommes qui n'ont pas évolué. Je le vois se calmer et redevenir violent, jeter la boule de fourrure noire, l'ensanglanter, sauter dessus... pousser des cris, se *défendant* ! Défendant, je ne sais pas, la *primauté* de la fureur, la seule vie qu'il connaissait, l'efficacité de ses cris et de ses grognements contre la suffisance de ceux qui parlent par signes. »

Horowitz roulait toujours. « Alors, tu es du côté des Bobo du monde, ceux qui prennent les choses au pied de la lettre ? »

Adi éleva de nouveau la voix. « Arrête ! Ne te moque pas de moi, Allen, arrête ! Merde, je reconnais librement et ouvertement que je ne sais plus de quoi je parle !

— Je ne me moque pas de toi. Je pense que tu te poses la vieille question de l'intentionnalité et, à un niveau plus élevé, celle du sens, avec un grand S ! L'épisode de Bobo me rappelle la théorie de la probabilité, selon laquelle si on met suffisamment de chimpanzés dans une pièce avec suffisamment de machines à écrire, ils finiront par écrire Shakespeare, tout Shakespeare, mais la question demeurerait : Serait-ce du Shakespeare ? Ce qui entraîne une autre question : Qui était Shakespeare de toute façon, un singe avec une plume ? Tu vois, je vous comprends, Bobo et toi, Adi, je comprends le côté circulaire de tels arguments ineptes qui peuvent consumer et achever toute une vie, et qu'il peut sembler superficiel de demander quelque chose de plus profond. Je crois honnêtement que des universitaires sont devenus fous et se sont suicidés sur de tels sujets. Mais je pense que ton Bobo a peut-être répondu au dilemme.

— Comment ?

— Ne mettez jamais de machines à écrire avec des singes ! »

Deux auditeurs avaient mal répondu à la question du présentateur quand Horowitz se dirigea vers une zone stylisée par un Big Boy des années cinquante près du motel. Il dit : « Bon, tu me laisses le temps de réserver la chambre, ensuite nous irons manger. Ne bouge pas. »

Horowitz alla réserver une chambre et revint sur le parking. « Tu ne vas pas me croire, ils ont une suite lune de miel. Tu sais, une de ces choses qui font de nous une grande nation, notre manque fondamental d'ironie. »

Adi essaya de sourire, sans succès.

Horowitz allait couper le moteur quand elle l'arrêta : « Non ! J'attends la réponse.

— Je te l'ai donnée, la réponse.

— D'accord, mais je ne suis pas encore prête. Attendons un peu. »

À la radio, un auditeur parlait de la priorité historique de la folie des génies, depuis l'automutilation de Van Gogh, le spectre morbide de Lord Byron, censé boire du sang de chauve-souris dans un crâne humain quand il écrivait, jusqu'au chef-d'œuvre artistique de Swift, *Une modeste proposition*, qui détaille les avantages économiques et les possibilités culinaires de préparer et de servir à table des bébés irlandais [1].

L'auditeur termina : « Dites-moi que ce type ne rêvait pas de manger des bébés irlandais ! »

Un autre auditeur posa une question plus ambiguë sur l'art et l'artiste, en se référant à l'antisémitisme affiché non seulement d'Eliot, mais aussi d'Ezra Pound, le soi-disant père du modernisme, en affirmant que la propagande incendiaire de Pound pendant la guerre avait participé au climat psychologique et à la rationalisation qui avaient conduit à l'extermination des juifs.

1. Jonathan Swift, *Modeste proposition pour empêcher les enfants pauvres d'Irlande d'être à la charge de leurs parents ou de leur pays pour les rendre utiles au public* (1729). (*N.d.T.*)

Horowitz dit : « Tu sais, je vais toujours penser à ce moment comme à un instant particulièrement existentialiste de Bob. Nous sommes au milieu de l'Amérique, assis dans la voiture, devant le Big Boy, en train d'écouter une discussion sur Ezra Pound. Je crois que Bob voulait que tout le monde parle tout le temps à ce niveau. Au fond de moi, je ne pense pas que Bob serait désolé de ce qu'il a fait, avoir tué cette petite fille. Honnêtement, je ne le pense pas. Après tout, qu'y a-t-il de plus intéressant, la conviction psychotique d'Abraham ou la docilité d'Isaac ? »

53

En roulant pendant quatre heures dans le blizzard à travers le Wisconsin, Ryder distança la tempête et arriva après trois heures de l'après-midi dans un monde au ciel dégagé piqueté d'étoiles. Il descendit de voiture sur une aire de repos, alla aux toilettes et prit un café à un distributeur.

Au calme, il regarda les initiales en script dans le coin en bas à droite de la photo d'Elizabeth Witter, le même *HJW*, avec des lettres dorées en relief, que sur la photo d'Amber Jewel, alors que diminuait sa conviction que Wright avait tué les deux jeunes filles, la coïncidence se résumant au fait qu'il y avait beaucoup de photographes dans le coin.

Qu'avait-il vraiment découvert, le secret immoral d'une jeune victime, une enfant adoptée par des fanatiques religieux dérangés ? Un garçon de son école avait couché avec elle. Elle avait un petit ami secret, le passage naturel à l'âge adulte, les peurs d'Enoch et de Ruth réalisées. C'est pour cela qu'ils étaient allés au bal, pour la surprendre.

Ce que l'analyse scientifique allait découvrir dans l'ADN serait l'histoire privée et lointaine d'une jeune fille et de son copain, et Ryder frémit à la pensée qu'une chose aussi intime ait survécu ainsi.

Il appela Ken Orton depuis un téléphone public, il obtint un répondeur, et dit simplement qu'il avait des problèmes de voiture. Cela lui faisait gagner une journée et, en reprenant vers l'autoroute, il ne cessait de se répéter qu'il s'en sortirait professionnellement tout en sachant que c'était trop tard pour son couple, qu'il était irrévocablement détruit. Gail n'avait pas décroché quand il l'avait appelée.

Le temps de la réconciliation était passé, en tout cas il n'avait pas envie d'essayer de recommencer, et dans le long silence de ce voyage, il sentit que quelque chose s'était installé entre eux depuis bien longtemps, une honnêteté et une finalité possibles de loin, mais qui n'auraient pas eu lieu s'ils avaient été face à face.

Dans l'espace qui séparait les différents endroits, il gardait les yeux fixés dans l'obscurité et il eut l'impression que ce n'était pas nécessairement une mauvaise chose, il se rappela leurs derniers moments d'intimité, ce qui était passé pour de l'amour, une routine sans passion après le bain des jumeaux, lui, mis en train par quatre ou cinq bières, attendant, la soirée tirant vers minuit, *The Tonight Show* terminé, Gail pliant du linge, préparant les sacs-repas et les vêtements assortis des garçons, montant pieds nus et en silence avec une infusion à la camomille et le magazine *People*, s'asseyant seule dans le halo du miroir de sa table de toilette, le visage recouvert d'un masque de crème verte et feuilletant la vie des stars.

Cela avait duré très longtemps, Gail attendant comme d'habitude qu'il sombre dans le sommeil, qu'il la laisse seule, et lui s'exécutant la plupart des nuits, mais pas cette fois-là, les yeux à demi fermés, attendant qu'elle s'effondre à son tour dans le lit, alors il tendit la main pour l'attirer vers lui si bien qu'elle avait le dos collé contre son ventre, puis il releva sa chemise de nuit pour dégager le bas de son dos, et sans une parole ni un baiser trompeurs, la main sous le poids de ses seins sentant le battement rapide de son cœur, il se soulagea dans l'obscurité de son ventre, dans la chaleur envahissante de son éjaculation en poussant un grognement, et Gail attendit puis s'éloigna, comme toujours, comme un bateau qui lève les amarres et quitte un quai, et elle glissa de son côté du lit.

Ryder le savait, c'étaient des crimes contre lesquels aucun tribunal ne pouvait se prononcer : le passage vers la séparation suivait ces longs rituels que l'on faisait durer, le contraire de l'amour, s'il y avait un nom pour cela, et dans les ténèbres de cette descente, il s'attarda sur son passé, simplement parce qu'il lui était impossible de connaître l'avenir.

Pour finir Ryder ne se dirigea pas vers un hôtel lorsqu'il prit la sortie vers Bannockburn, mais vers l'hôpital afin de parler au policier de faction qui se trouvait là, la nuit où l'on avait amené Pendleton dans le coma, parce que derrière tout cela, Ryder n'avait pas oublié Wright.

Cette nuit-là, Wright était entré seul dans la chambre de Pendleton. Ryder avait donné l'autorisation après l'avoir rencontré aux urgences. Ce souvenir était resté à un niveau inconscient, quelque part sur l'autoroute, cela et le fait que Wright avait suivi le cours de poésie de Wiltshire.

Par la petite fenêtre de la porte de la chambre, Ryder regarda le lit et les toilettes, pour comprendre comment Adi Wiltshire, plongée dans un profond sommeil sous l'effet de la drogue, avait pu rester endormie tandis que Wright entrait, prenait son rouge à lèvres et écrivait la question de William Carlos Williams sur la glace.

Vêtu d'une veste couleur prune de la marque « Réservé aux membres », d'un pantalon de travail noir et d'une chemise blanche, Henry James Wright était la caricature de tous les types du Midwest travaillant dans un commerce de vente au détail, qui essaient de s'en sortir avec un minimum de dignité. Wright n'était pas dans un centre commercial mais dans une classe à Bannockburn, dans ce qui avait été le cours d'Adi, « Introduction à la poésie », maintenant assuré par le président du département, qui lisait à haute voix.

Wright prenait des notes, la tête baissée. Il avait l'air beaucoup plus âgé et plus sérieux.

Ryder attendit l'annonce que Wright était demandé au département d'anglais pour voir son expression.

Il leva la tête vers le haut-parleur qui se trouvait au-dessus du tableau puis regarda vers la porte où attendait Ryder.

Il se contenta de sourire puis il sortit dans le couloir, en roulant les yeux et en disant avec un faux air de dégoût : « Poésie, premier cours du matin. Je pense que tout poète digne de ce nom ne se lève pas avant 9 heures. »

Ryder sourit lui aussi. « Je vois que c'est le président qui assure le cours. Il ne suit pas ce que faisait Wiltshire, hein ?

— Merde, on ne change pas comme ça le programme d'un cours, Jon, pas au prix qu'ils demandent pour les livres à la librairie. C'est une politique stricte de "aucun remboursement". Non, tout ce que fait le président, c'est une approche critique différente des mêmes œuvres. »

Il mit la main dans la poche de sa veste et en sortit une petite boîte métallique contenant des cigarettes roulées, il en alluma une, la main devant la bouche, comme s'il jouait de l'harmonica. Puis il regarda Ryder : « Vous en voulez une ? »

Ryder refusa d'un signe de tête. « Alors, ça vous plaît la vie à l'université ?

— Hé, je ne me fais aucune illusion sur moi, mais vous savez, découvrir certaines choses tard dans la vie, ça peut avoir une plus grande signification. Comment dit-on à propos de la jeunesse, que les jeunes la gaspillent ? Je ne pense pas qu'ils pigent la moitié de ce qu'on enseigne ici. Actuellement nous sommes sur les œuvres de Sylvia Plath et de Ted Hughes. Vous avez déjà entendu parler d'eux ? Des poètes pour série télévisée, en moins drôle. Comme les grands, Plath s'est suicidée, elle s'est mis la tête dans le four et elle est morte dans une relative obscurité. En pleine dépression, pratiquement sans un sou. Mais elle a fini par obtenir le prix

Pulitzer, posthume, vingt ans après s'être mis la tête dans le four.

— Vous voulez dire que vous êtes prêt à mourir pour l'art ? C'est ça le message ? »

Wright souffla la fumée au coin de sa bouche. « Disons que ça aide bougrement, Jon. C'est sûr que ça aide.

— J'imagine que ça met Pendleton en tête pour le National Book Award de cette année. C'est le seul à moitié mort de la liste. S'il meurt c'est du gâteau, non ? »

Le sourire de Wright s'élargit. « Ouais, c'est une façon de voir les choses ! Ça me plaît. » Il tendit le doigt en direction de la salle de cours. « Le grand truc, c'est de réhabiliter Pendleton, de positionner son œuvre. Aujourd'hui, le président comparait le désespoir de Plath à celui de Pendleton, vous voyez, *le président*, qui n'a jamais assisté à une seule de ses lectures sur le campus ! C'est le nouvel angle, l'angoisse existentielle de l'artiste, le cri de l'obscur. On vient de terminer *La Maison obscure* de Plath. Je pense que ça vous dit quelque chose, Jon, quelque chose qui s'est passé dans la tête de Pendleton. Je connais la première strophe par cœur » :

C'est une maison obscure, très grande.
Je l'ai construite moi-même,
Cellule après cellule d'après un coin tranquille,
En mâchant le papier gris,
En laissant suinter les gouttes de colle,
En sifflant, en remuant les oreilles,
En pensant à autre chose.

Ryder conclut, impassible : « Je ne peux pas dire que j'aie vraiment compris. C'est très loin de Stephen King. C'est pourtant lui que vous aimez ?

— King ! Il se trouve qu'on évolue. Cela fait partie de ce qu'un enseignement ouvert confère à quelqu'un, la capacité d'exercer son sens critique, de juger. Pour être honnête avec vous, j'aime beaucoup moins les choses que j'aimais auparavant. »

Finalement, Ryder s'avança. « Peut-être. En fait, je ne sais pas si ce poème conviendrait bien à un *miroir.* »

Wright esquissa un sourire. « Vous avez une façon de le savoir.

— Ce n'est pas une réponse.

— Y avait-il une question ?

— D'accord, pourquoi avez-vous écrit ce truc sur le miroir à l'hôpital ? »

Wright haussa les épaules. « Je ne sais pas exactement de quoi nous parlons, mais j'ai entendu dire que la poésie est un moyen de toucher le cœur d'une femme. Est-ce que ça vous convient, à un niveau général ?

— Vous avez un alibi pour la nuit où Mrs. Blaine a été assassinée ?

— Hé, n'y accordez pas plus d'importance que ça n'en mérite, Jon. J'ai sept alibis. J'ai passé toute la soirée dans un groupe d'étude. Je suis parti quand on a annoncé le coup de feu sur la maison. Mes alibis sont là, dans la classe. Vous voulez interrompre le cours ? Allez leur parler tout de suite, nous pouvons le faire. Hé, j'ai une idée, pourquoi ne pas interroger la classe en pentamètres iambiques, voilà qui serait enfin intéressant.

— Vous parlez de plus en plus comme un Horowitz de deuxième choix, vous le savez ? Mais j'imagine que ça a été le but. Je comprends maintenant. »

Wright fit tourner sa cigarette entre le pouce et l'index, la volute de fumée montait le long de son corps. « Il n'y a rien en particulier que vous voulez me demander, Jon, quelque chose de substantiel ?

— À propos d'un voyage à New York... Vous y êtes allé récemment ? Est-ce assez substantiel pour vous, Henry ? »

Wright fit tomber la cendre avec le pouce en essayant de dissimuler la brusque expression de son visage. Il la masqua avec un sourire. « Laissez-moi vous dire, je pense que tout le monde devrait voir la statue de la Liberté avant de mourir. Je ne suis plus si jeune.

— Vous êtes allé en avion de Chicago à La Guardia, et vous en êtes revenu vingt-quatre heures plus tard. Ce sont les faits.

— J'avais cours le lendemain. La seule présence au cours vaut trente pour cent du diplôme. J'ai le programme dans mon sac, si vous ne me croyez pas. C'est écrit noir sur blanc, présence obligatoire.

— Qu'avez-vous fait à New York ?

— *Fait*... Attendez, la dernière fois qu'on m'en a parlé, New York faisait partie du *monde libre*. Quelque chose m'échappe, Jon. J'ai fait du tourisme. »

Ryder s'arrêta net. « Allez, Henry, pas entre nous. L'humour n'est pas ce qui nous convient le mieux. Soyez franc avec moi. Nous avons retrouvé vos empreintes sur la bande. Pourquoi ne faites-vous pas tout de suite le lien avec Amber ?

— Franchement... »

Ryder attendit.

« Cela va vous sembler boiteux, Jon, mais vous avez vu ce que Wiltshire m'a fait au motel. Vous avez tapé dans le mille. J'ai un complexe d'infériorité. Je voulais être quelqu'un exactement comme Horowitz, si ça me permettait d'avoir quelqu'un comme Adi. Vous voyez, je pense que j'ai payé ce que je devais à ce pays. J'ai combattu dans cette putain de guerre quand les mecs se précipitaient dans la putain de garde nationale ou à l'université pour y chercher refuge ! J'ai risqué ma vie pour ce pays et qu'est-ce que j'ai obtenu ? Je ne veux pas faire de la guerre *une excuse*. Il y en a trop qui le font. C'est banal, je sais, mais banal ce n'est qu'un autre mot pour les gens qui ont vécu quelque chose d'honnête. On retombe sur les sentiments normaux. C'est tout ce que je suis, Jon, un homme normal. Je pense que plus de gens devraient y trouver un sentiment de dignité, si vous voyez ce que je veux dire. »

Ryder regarda Wright, il vit que ses yeux n'étaient pas si durs et sa mâchoire pas si serrée. Il pensait à autre chose. « Vous êtes allé où Amber a été tuée et, merde, quelque chose s'est passé autour de nous, Jon. Moi, Gary, Trent et toute une chiée d'autres, tous du même lycée. Aucun de nous n'a réussi dans notre ville, à l'endroit où nous sommes nés. Il nous est arrivé quelque chose. Vous voulez rechercher les personnes disparues, Jon ? Eh bien, j'ai les photos des classes de 1968 à 1979. Cherchez-nous et voyez ce que nous sommes devenus. »

Wright s'arrêta. Son visage brillait de sueur.

Des étudiants levaient les yeux depuis leur pupitre. Le président était descendu à l'autre bout de la classe et regardait Ryder qui lui tournait le dos.

Wright recommença à parler plus calmement. « Écoutez, je n'ai fait que me battre dans les mêmes termes que Wiltshire, dans son propre langage, c'est tout. J'imagine qu'elle sait depuis le début que je lui ai envoyé le poème de Williams. C'était une ouverture pour lui montrer que je pouvais être à ce niveau, et elle a laissé filer. Je pense que d'autres choses la préoccupaient. »

Des brins de tabac s'étaient libérés dans la bouche de Wright. Il les fit ressortir avec la langue. « Écoutez, tout sauf ça, et je ne sais pas. Je le jure devant Dieu. Je n'ai jamais été au courant de ses motivations en quoi que ce soit, si elle savait ce qu'avait fait ou pas fait le professeur. Elle a simplement posé le livre un jour, un exemplaire de lancement, et je l'ai lu. J'ai établi le lien. J'avais travaillé pour le journal. J'étais allé chez Henderson pour couvrir l'événement... » Il montra ses yeux avec le doigt. « J'ai le don pour voir les choses, la finesse des détails. C'est ce qui fait un photographe. »

Il baissa la tête et passa la langue entre ses dents d'un air anxieux. « Je ne sais pas si je réponds à votre question. Vous savez, chez Pendleton, j'avais l'habitude d'entendre Adi parler au téléphone avec Horowitz à New York. C'était un jeu pour Horowitz. On peut être très malin et ne pas voir ce qu'on a sous les yeux. Adi ne s'en rendait pas compte. Je crois que j'ai voulu faire d'une pierre deux coups, faire savoir aux gens ce que *Pendleton* avait fait, mais aussi faire croire à Adi que c'était *Horowitz* qui avait envoyé la bande, qu'il faisait ça pour liquider Pendleton. Vous savez, ils se détestaient mutuellement, n'est-ce pas ? C'est pour ça que Pendleton a essayé de se suicider, parce que la venue d'Horowitz sur le campus l'a humilié. »

Ryder vit que Wright détournait le regard en secouant très lentement la tête. Il prit son temps. « Alors, pourquoi allez-vous toujours voir Pendleton ?

— La vérité ? Pour le regarder souffrir à cause de ce qu'il a fait. »

La soudaineté de l'aveu arriva au moment où, dans la salle de classe, les étudiants se levaient. Wright tapota le reste de sa cigarette contre sa boîte métallique et en referma le couvercle comme si l'entretien était fini.

Ryder livra son dernier argument en regardant attentivement Wright. « Je crois que j'ai besoin de repos. Ces deux derniers jours j'ai rendu visite à Ruth Witter dans sa maison de retraite. »

Wright ne répondit pas.

« Vous vous souvenez sans doute de sa fille, Elizabeth, une jolie petite ? Elle a disparu en 1979, à l'époque où vous l'avez photographiée. Elle avait des tirages que vous avez pris d'elle dans son cartable. »

La pomme d'Adam de Wright disparut et réapparut. « Je ne peux pas dire que je m'en souvienne.

— Que vous ne vous souvenez pas de quoi, de la fille ou de *l'incident* ? »

Wright regarda vers la salle de classe. « *L'incident !* Écoutez, il faut que le président me donne le sujet de dissertation pour le prochain cours. Nous avons une interrogation jeudi. »

Une cloche sonna, comme à la fin d'un round lors d'un combat professionnel.

Wright retourna dans la salle de cours.

Ryder attendait sur un banc dans la cour et il vit Wright sortir du bâtiment des lettres, son sac à dos sur l'épaule. Il le regarda traverser et monter les marches du bâtiment des études commerciales.

Ryder connaissait l'emploi du temps de Wright : microéconomie jusqu'à 11 h 30.

Après avoir contemplé le bâtiment pendant quelques minutes, il se leva, monta en voiture et se dirigea vers la maison de Wright ; il avait une heure devant lui.

54

Les gosses attendaient le bus scolaire au bord de la route, juste avant le lever du soleil, et Adi se souvint de matins semblables, alors qu'Horowitz entrait dans le quartier ancien de Pendleton, les magnifiques maisons recouvertes de neige, certaines baignées dans la lumière des vitres colorées de chez Tiffany.

Horowitz s'était arrangé avec la police pour qu'Adi puisse prendre ses affaires dans la maison.

Au fond d'elle-même, Adi souffrait que cette vie et ce moment soient passés si vite, et aient fini si tragiquement.

Au-delà des arbres dénudés sur le talus escarpé, le fleuve serpentait comme un ruban sombre dans les fossés qui entouraient Bannockburn, une sorte de principauté dans la brume qui s'élevait de l'eau.

Adi, assise en silence, quitta des yeux Bannockburn pour voir une femme dont elle connaissait le nom, vêtue d'un pyjama, de chaussures après-ski et d'une doudoune qui se tenait à un croisement avec plusieurs enfants. Elle appartenait au groupe de mères inquiètes qui se relayaient chaque semaine pour chaperonner les enfants et s'assurer qu'ils arriveraient sains et saufs chez eux, des actes suffisamment nobles pour qu'elles abandonnent leur carrière ou, au moins, en repoussent le choix à plus tard. Quand elle vivait chez Pendleton, elle avait reçu le bulletin du quartier qui lui demandait de se porter volontaire pour ce genre de tâche, et qui l'invitait à prendre part aux réunions alarmantes des femmes attachées aux valeurs familiales et aux traditions, le dernier rempart.

En ce premier automne, le projet des mères avait été de collecter les couvertures de bébé des enfants du voisinage afin de les découper en petits carrés et de coudre ensemble différentes parties de différentes couettes pour composer un patchwork de souvenirs d'enfance.

Bien sûr, de tels choix de vie n'impliquaient pas d'argent mais, dans le petit matin, il était étonnant de voir comment une tendresse aussi évidente, une telle générosité, pouvaient recouvrir la réalité contre laquelle on se protégeait, l'horreur du croquemitaine qui avait fini par caractériser la vie américaine.

Un ruban de police entourait toujours la maison de Pendleton, mais apparemment le travail des enquêteurs était terminé. L'allée, dans laquelle la neige s'entassait, donnait aux lieux un air étrangement abandonné, malgré le sentier étroit qu'on avait dégagé jusqu'à la porte.

Quand Horowitz et Wiltshire arrivèrent, Trent Bauer se trouvait là, chaussé de bottes et vêtu d'un épais manteau fourré. Il écrasa sa cigarette et se dirigea vers eux par pure politesse.

Adi s'arrêta pour sortir le courrier de la boîte aux lettres archipleine et Horowitz le lui prit des mains, mais pas avant qu'Adi ait eu le temps de remarquer la grande enveloppe de papier kraft à l'en-tête de l'université Moore, un établissement interdisciplinaire, dans une petite communauté, à l'ombre pluvieuse des Olympic Mountains dans l'État de Washington, sur la frontière canadienne.

Adi ne dit rien mais elle sentit son cœur battre plus vite. Les grandes enveloppes de papier kraft étaient toujours de bon augure. L'université Moore avait été son premier choix.

Dans la curieuse alcôve formée par la neige amoncelée devant la porte, Bauer mit un certain temps pour faire tourner la clef dans la serrure gelée. Le ciel s'éclaircissait petit à petit.

Des journaux s'étaient entassés devant la porte. Le livreur, un gosse, avait obstinément continué à lancer le quotidien sous l'arche de Pendleton, livrant les nouvelles du jour à une maison inoccupée. Adi se souvint qu'elle avait payé trois mois d'avance.

Le papier déjà décoloré indiquait la nature transitoire des nouvelles, de tout en général, et l'esprit d'Adi revint à l'enveloppe de papier kraft, à l'université Moore, et elle se rappela le ratio étudiants-professeurs de dix pour un, et les photos des pelouses vert émeraude soigneusement entretenues, la brume descendant des montagnes couvertes d'arbres qui ne perdaient jamais leurs feuilles, des forêts qui descendaient jusqu'aux limites du campus, un endroit tempéré où il neigeait rarement. C'était un paysage tellement différent de celui des plaines.

Elle avait du mal à croire que la possibilité d'un nouveau départ pointait comme une réalité. Elle n'était pas aussi marginale qu'elle l'avait pensé. Des gens, là-bas, voulaient bien l'engager.

La maison était une boîte de lumière grise, où régnait un silence de mort, leur respiration se transforma en buée, le froid sortait de l'énorme cheminée de brique datant d'une époque où elle avait été la seule à fournir la chaleur de la maison ; mais non utilisée et abandonnée, elle était la source d'une poussière de neige suspendue dans les rayons de l'aube.

On avait aussi arrêté la chaudière, ce qui renforçait le froid. Bauer dit quelque chose à ce sujet, debout devant le thermomètre sur lequel il tapait.

Adi se retourna. « Il fait très froid quand il y a du vent. Il y a un courant d'air et une vitre cassée au sous-sol. »

Bauer regarda Adi. « Vous voulez qu'on remette la chaudière en route ? »

Adi répondit, sans émotion particulière : « Ce n'est pas ma maison. »

Pour Horowitz, ce fut un instant révélateur et important, en rapport direct avec l'histoire qu'Adi lui avait racontée concernant le jour où elle était descendue à la cave pendant un orage pour remettre la chaudière en marche, et avait découvert le carton de livres caché sous l'escalier.

Le regard d'Horowitz croisa celui d'Adi, elle se détourna puis sortit vers la remise pour aller chercher ses affaires.

La lumière du matin éclairait la fenêtre à claire-voie à côté du lit d'Adi, et apportait une chaleur radiante qui s'ajoutait au fait qu'il faisait chaud dans la remise. Elle avait sa propre chaudière à gaz, une kitchenette et une baignoire sabot, un confort élémentaire.

La conversion du garage en remise faisait partie d'une histoire qu'Adi avait découverte très tôt dans la correspondance personnelle de Pendleton, une série de lettres à sa mère, qu'elle avait retrouvées dans le bureau de Pendleton, et qu'il avait récupérées parmi les affaires de la vieille femme après son décès.

La mère de Pendleton avait passé ses dernières années dans un établissement de soins et, dans sa nombreuse correspondance, son fils faisait allusion à des occasions manquées dans sa jeunesse pour construire de véritables relations entre eux. Manifestement, pendant près de dix ans, au cours de ce qui était devenu un long déclin, il avait repoussé l'idée du mariage, ou telle était l'hypothèse d'Adi, jusqu'à ce qu'elle meure d'un cancer. Cela l'avait presque ruiné, à cause de la transformation du garage pour l'accueillir après une attaque, et des mensualités qu'il avait dû payer à l'établissement de soins où on l'avait admise.

Adi n'avait rien dit de tout cela à Horowitz. Ses rapports avec Pendleton avaient été très brefs mais, d'une certaine façon, très compliqués et personnels quand, après sa tentative de suicide, elle avait découvert sa vie en fouillant dans ses affaires.

Pendleton avait sacrifié dix ans de son existence à soigner sa mère, même s'il s'était débattu dans le cauchemar de son propre échec et s'il avait lutté pour garder son poste. Il était évident que son déclin avait accompagné, ou précipité, la crise universitaire et spirituelle de son fils. À un certain moment, il avait perdu. La réalité était la suivante : le jour où il avait assassiné Amber Jewel, il lui avait écrit un petit mot dans lequel il lui parlait des feuilles qui changeaient de couleur à l'automne et du premier froid de l'hiver.

Comment faisait-on pour rendre compte d'une telle inadaptation sociale ?

Les lettres racontaient une histoire bien plus compliquée, du moins elles ajoutaient à l'histoire textuelle de la vie d'écrivain de Pendleton un texte écrit parallèlement au *Cri*.

Selon toute vraisemblance, les lettres pourraient former un matériau publiable, un véritable trésor universitaire, quelque chose dont Adi aurait besoin pour sa nomination. Après tout, elle était la gardienne de l'héritage de Pendleton. Aujourd'hui, elle devait le saisir dans ses milliers de possibilités, le traiter comme un sujet, un objet, et l'oublier en tant qu'être humain encore vivant.

Dans la maison principale, sous le porche, Horowitz discutait avec Bauer, qui parlait de Kim Jewel en fumant une cigarette. Adi l'entendit alors qu'elle s'avançait vers l'escalier. Il avait un ton plaintif et Horowitz hochait la tête.

Pour la dernière fois, Adi monta calmement dans le nid d'aigle du bureau de Pendleton, au sommet de la tourelle. On n'avait pas effacé le contour à la craie du corps de Mrs. Blaine, le sang séché avait imprégné le tapis, ainsi que les empreintes sanglantes laissées par le lapin.

Les lettres étaient attachées par un ruban rose parfumé à la rose, œuvre de sa mère.

Quand Adi redescendit, Horowitz était revenu dans lc salon. Il avait sorti un des journaux de son enveloppe de plastique et l'avait ouvert. Adi rangeait le paquet de lettres dans sa valise quand Horowitz tourna la tête. « C'est ça ? »

Adi se redressa et releva ses cheveux de son visage. « Oui. » Elle s'avança vers la table. Le journal, jauni par le temps et l'humidité, était ouvert à une page du milieu sur laquelle il y avait la suite d'un article de la une. Une photo en couleurs d'Adi et de Pendleton à la fête annuelle de Bannockburn en occupait presque toute la moitié supérieure, la photo qui définissait leurs relations à propos de la publication du *Cri*, Adi stoïque, une main sur l'épaule du professeur. La légende disait : « E. Robert Pendleton et son assistante lors de jours meilleurs », allusion évidente aux jours moins bons qui avaient suivi.

Le regarda d'Adi s'attarda sur cette photo, qui illustrait sa vie pour toujours liée à Pendleton. C'était l'image indélébile qu'elle associerait éternellement à ce qu'elle avait le plus désiré dans sa vie, être l'avocate d'un génie, contrairement à la photo sinistre que Wright avait prise d'elle, tournée vers l'objectif, au-dessus du corps effondré de Pendleton, la nuit de sa tentative de suicide.

Elle avait découvert un chef-d'œuvre. Elle ne cessait de se le répéter. Le destin se présentait si rarement, l'existence vagabonde de l'échec menaçant toujours. Elle le savait aujourd'hui, elle l'avait vu dans la vie de ses parents et dans celle de la vieille femme à côté de l'appartement de son père, celle qui mangeait de la nourriture pour chat. Adi pensa à son existence d'avant, l'étudiante diplômée, faisant jouir entre ses seins les écrivains de passage, une seule nuit contre l'humiliation de la vie moderne de l'écriture, la dichotomie exaspérante des articles élogieux devant la réalité d'un public indifférent qui ne lisait pas. Et le souvenir de cette époque, qui lui donnait le frisson, suffit à lui rendre plus clairs les choix qu'elle allait faire.

Ce fut au moment où elle se retournait pour prendre le courrier sur la desserte qu'elle se rendit compte que l'enveloppe de papier kraft n'était plus là. Horowitz ne disait rien, sa valise à la main. Il se contenta d'un vague sourire et demanda : « On a tout pris ? »

Il s'agissait de l'ultime trahison qu'Horowitz pouvait lui faire, en lui refusant un avenir, en essayant de la retenir. Elle ne dit rien. Elle savait qu'elle allait le quitter et, hochant simplement la tête, elle sortit sous les nuages bas qui s'amoncelaient.

55

La maison d'Henry James Wright se dressait dans un champ couvert de neige, un terrain d'un demi-arpent qui se terminait contre le talus de l'autoroute de Chicago. On y accédait par un chemin parallèle à l'autoroute, une piste défoncée et boueuse, bordée d'une ligne à haute tension dont l'électricité craquante faisait vibrer l'air. Le coin le plus infect du comté.

Vingt-quatre heures sur vingt-quatre, des poids lourds passaient sur l'autoroute, d'énormes semi-remorques. Debout derrière la fenêtre de la cuisine, le regard fixé devant lui, Ryder sentait la vibration des camions qui faisaient trembler la maison.

Ryder avait forcé la porte de derrière qui semblait ne jamais être utilisée, et cassé la serrure, mais les petites flaques d'eau laissées par ses chaussures couvertes de neige étaient les signes révélateurs d'une entrée illégale.

Il faisait plus froid à l'intérieur qu'à l'extérieur, un froid de glacière. Sur les murs en parpaings, on avait cloué des bandes d'un matériau d'isolation jaunâtre, un travail commencé puis abandonné. Les seuls meubles importants étaient un vaisselier, un canapé et un lit clic-clac devant un poste de télévision neuf branché à un magnétoscope dont l'horloge clignotait.

Sur le vaisselier, on avait disposé des photos commerciales de Studebaker avec des femmes de différentes régions du monde dans des poses suggestives, à côté de voitures neuves étincelantes, une femme avec une jupe de tweed et des lunettes s'appuyait sur la Studebaker Champion de 1950 avec sa calandre pointue, une femme en bikini à côté des ailerons profilés de la Golden Hawk de 1957, et une fille dans une sorte de costume de *Star Trek*, assise sur le capot d'une Avanti futuriste datant de 1963, l'époque spatiale, l'année de l'assassinat de Kennedy.

Toutes les photos avaient été prises par le père de Wright et dédicacées à Dale Wright par les modèles qui posaient.

Dale Wright lui-même n'apparaissait que sur une seule photo, avec une chemise à manches courtes et une cravate, un autoportrait complexe pris dans le reflet de la salle d'exposition de la société, le jour où Studebaker avait fermé définitivement ses portes, un instantané capable de saisir l'essence d'un type qui avait vécu dans l'obscurité de son appareil photo, qui avait passé sa vie à manier une fiction romantique bon marché de voitures et de femmes. Une photo solitaire montrant qui il était à l'intérieur.

Ryder leva les yeux, debout dans cette maison tombant à moitié en ruine, la maison donnant le sens métaphorique et réel du déclin de gens comme les Wright et leur univers. Ryder savait qu'il pouvait se compter parmi eux, qu'une catastrophe terrible s'était abattue sur des gens comme lui, qu'il y avait quelque chose de perverti dans sa génération perdue. Ou était-il trop facile de tout attribuer au déclin de l'économie ?

Ryder regarda sa montre. La montée d'adrénaline n'était pas encore retombée depuis qu'il avait parlé avec Wright. Sa mauvaise volonté à admettre qu'il avait connu Elizabeth Witter l'avait convaincu qu'il cachait quelque chose. Elizabeth Witter était d'une beauté saisissante, incongrue dans les vêtements anciens que ses parents l'obligeaient à porter.

Wright s'en souvenait, Ryder en était convaincu. Il regarda la pendule du magnétoscope et les cassettes répandues sur le sol. Sur la desserte était étalé un ensemble de brochures sur papier glacé à côté d'une pile de cartes commerciales portant des lettres noires en relief ainsi que des étoiles dorées et argentées, les pièges essentiels pour l'ego de jeunes filles impressionnables cherchant à donner un sens à leur existence. Il prit le dépliant d'une agence de modèles, L.A. Casting, adressée à Wright en tant que soi-disant « recruteur de talents ». L'agence de casting, Ryder s'en rendit compte au premier coup d'œil, était une arnaque qui légitimait les photographes indépendants en leur donnant un « lien avec Hollywood ».

Le dépliant montrait un échantillon de clichés nécessaires pour soumettre un portfolio, ainsi qu'une liste détaillée de caractéristiques concernant des portraits et des photos en pied exigés pour ce qu'on appelait, dans le métier, une « carte composée ». Dans la brochure, les photos de l'échantillon étaient toutes d'adolescentes, et Ryder pensa à Elizabeth Witter qui économisait de l'argent pour ce genre de clichés.

Ryder appuya sur le bouton « play » du magnétoscope, le mécanisme se mit en route, de la neige envahit l'écran, puis, devant un drap blanc qui servait de toile de fond, une fillette de douze ou treize ans, assise sur un tabouret, sourit à une caméra vidéo fixe, arrêtée sur le simple cadre blanc. En suivant les instructions que Wright lui donnait, la fille adoptait aussitôt une série de poses bien sages, elle se tournait sur le côté, se passait la main dans les cheveux, se renversait en arrière en riant, et pendant tout ce temps, l'appareil photo de Wright prenait des clichés à la lumière du flash.

Puis Wright passait à une série de prises en situation où il se servait de la caméra vidéo, il zoomait pendant que la fille faisait semblant, sur l'instruction de Wright, tout d'abord de manger un bol de céréales en disant : « Je raffole de Cocoa Puffs », puis, assise par terre, les jambes repliées, elle caressait la crinière d'un poney imaginaire, et enfin une scène déconcertante dans laquelle Wright lui disait : « Maintenant, à volonté, Debbie, dis-moi, que ferais-tu pour une barre Klondike ? » Mais Ryder entendit une voix de femme « en off » et, alors que la séance se terminait, la mère, une version plus âgée de la jeune fille, vêtue d'un pantalon en tergal à sous-pieds et d'un tee-shirt, apparut à l'écran, un vanity case Samsonite à la main.

La neige envahit à nouveau l'écran, avant que ne commence une autre séance devant la même toile de fond.

C'était surréaliste à cause du côté amateur du tournage, avec une fille manifestement dénuée de talent, gaspillant son argent pour de soi-disant essais. En relevant la tête, Ryder aperçut la porte du vaisselier entrouverte et il l'ouvrit en grand. Il était rempli à ras bord de cassettes vidéo. Ryder calcula que des centaines de filles avaient dû poser pour Wright, Amber Jewel et Elizabeth Witter en faisant sans aucun doute partie, leur âme volée, prisonnière d'une de ces cassettes.

D'après ce qu'il avait vu jusqu'ici, il n'y avait malheureusement rien de répréhensible sur les films : des filles consentantes, une entreprise légale, même s'il s'agissait d'une arnaque. Cela ne prouvait rien, ni l'ADN retrouvé sur la culotte d'Elizabeth Witter, même s'il avait un lien avec Wright. Avoir une relation sexuelle avec elle ne constituait pas un crime au sens juridique du terme. Elle avait seize ans, l'âge du consentement.

En s'en allant de chez Wright, Ryder avait prévu de passer chez Sam Henderson, à moins de trois kilomètres. C'était une coïncidence suffisante pour lui. Wright avait tué Amber Jewel, peu importe qu'une femme de l'imprimerie accepte de dire que le livre de Pendleton avait été publié avant la découverte du corps d'Amber.

Elle se trompait.

Ce que Ryder voulait, c'était se passer des façons de faire des lois temporelles, revenir à l'Ancien Testament, à Moïse, « fracture pour fracture, œil pour œil, dent pour dent. Comme il a blessé l'autre qu'il soit blessé. » Une méthode plus brutale et plus honnête, un équilibre cosmique, douleur contre douleur, cri pour cri. Il ferait parler Wright pour exercer la simple justice et pour connaître la vérité, pour l'entendre se confesser avant de le tuer.

Ryder sentit une certaine légèreté s'installer en lui, en sachant ce qu'il allait faire. Ses instincts l'avaient servi. Il se sentait bien ; une forme d'euphorie, une exaltation spirituelle montaient en lui. Il était d'humeur à se réconcilier. Il réussirait à vaincre Gail. Il savait comment s'y prendre, une croisière d'une semaine en bateau, quelque chose avec des fleurs et du champagne, une boîte de chocolats, des roses, tout ce qu'elle aimait. Ce qu'il y avait d'extraordinaire avec elle, au bout du compte, c'était sa simplicité. Gail n'était pas un animal compliqué.

Bien sûr, Taylor était différente, mais Ryder avait décidé qu'elle devrait se débrouiller seule. Il n'allait pas ruiner sa vie. S'il pouvait l'aider, il le ferait, mais du pragmatisme et de l'honnêteté devraient peser sur leur relation. Il était marié maintenant, avec deux garçons, une situation que Taylor avait utilisée pour le séparer de Gail et obtenir ce qu'elle voulait.

Tout cela allait se terminer. Il serait un *vrai* père pour ses fils quand il en aurait fini ici.

Un ciel pommelé s'étendait jusqu'aux limites de l'horizon gris quand Ryder sortit de la maison, il gara sa voiture loin de chez Wright, derrière une grange, et fouilla dans son coffre. Dans la brume froide, il tombait une pluie qui avait tendance à se transformer en neige fondue. Ryder s'arrêta et regarda les phares d'un poids lourd sur l'autoroute dont le grondement sourd venait jusqu'à lui, porté par le vent. Puis il tourna les yeux une dernière fois vers la route du comté avant de revenir dans la maison avec son matériel.

Au bout d'un long couloir, il découvrit la chambre noire de Wright, une ancienne pièce aménagée. Il brancha un projecteur crime-scop et attendit qu'il chauffe. Puis il entra dans la chambre noire en laissant la porte ouverte.

Des tirages étaient étalés près d'un massicot, pour l'essentiel des portraits de lycéennes, le travail alimentaire dans la carrière de Wright, mais il y avait aussi des scènes à l'université Bannockburn, des gros plans d'étudiantes pris sans aucun doute avec un téléobjectif, les filles ne sachant pas qu'on les photographiait, marchant à grands pas avec des livres sous le bras, toute une série de photos qui isolaient des parties du corps, prises très rapidement, surtout la naissance des seins et les culs, des séquences entières sur une seule planche-contact.

Cela avait l'aspect effrayant des films noir et blanc des caméras de surveillance.

Le classement obsessionnel des bandes vidéo dans le living et l'inventaire des photos mettaient en évidence le besoin qu'avait Wright de revivre indirectement ces moments, quelque chose qui expliquait à Ryder pourquoi Wright devait avoir envoyé la bande de New York, son besoin pathologique de ressusciter et de revivre le mystère qui entourait le meurtre d'Amber Jewel, de ressentir la douleur et l'angoisse qu'éprouvaient ceux qui étaient impliqués.

La sonnerie du projecteur indiqua qu'il était prêt à fonctionner.

Ryder mit une paire de lunettes rondes de protection qui filtraient la lumière, puis referma la porte derrière lui en revenant dans la chambre noire. Tout fut plongé dans la nuit, il trouva l'interrupteur, régla la longueur d'onde et la gamme de fréquences jusqu'à ce que, sortant de l'obscurité, la pièce s'anime dans la lumière fluorescente, un cumulus sordide de désir, une histoire d'éjaculations, le sol de la chambre noire enduit de sperme luisant, étalé sur les murs et sur les pieds de la paillasse, sur une chaise et les fils électriques, la lumière pénétrant l'obscurité. Les énormes quantités de sperme étonnèrent même quelqu'un d'aussi expérimenté que Ryder.

Chaque fois qu'il arrivait à ce moment de l'enquête, il sentait qu'il y avait, de façon ironique, quelque chose qui s'affirmait spirituellement dans une méthode scientifique fière de ne s'appuyer que sur des faits. Car cette science de la lumière spectrale semblait prouver un principe fondamental des religions anciennes, que notre essence transcende le temps, qu'elle survit dans des endroits et dans les personnes que nous avons connus. C'était là, dans cette lumière fluorescente bleu-vert, comme si l'on dirigeait un projecteur sur une âme, ou, à un niveau plus spirituel, comme si l'on ajoutait foi à la notion religieuse de péché originel, cette tache indélébile, que rien ne peut effacer.

Ryder recula. Il était encore debout dans le sperme, la fantasmagorie de cet endroit confiné prenant le pas sur lui, comme un sarcophage, ainsi que l'odeur clinique des produits chimiques utilisés pour le développement des pellicules.

Il imagina la lueur rouge de la chambre noire rappelant la viscosité du sang dans un film d'horreur, Wright ici, tout seul, en train de se branler, faisant apparaître avec son autre main des images dans un bac de produits chimiques, les visages de jeunes filles émergeant comme des rêves.

Ryder tourna le réglage en essayant de concentrer la source de lumière sur la longueur d'onde du sang, mais il ne trouva rien.

Il ouvrit la porte de la chambre noire, sortit dans le long couloir, la lumière fluorescente diminuait, atténuée par celle du couloir. Il entendait tomber la neige fondue, des petits bruits métalliques sur le toit de tôle, comme de la grenaille de plomb.

Il leva la tête sans savoir que Wright se trouvait derrière lui.

Wright profita de l'occasion, il saisit Ryder par les cheveux et trancha son cou offert, d'un seul geste.

Ryder se dégagea quand la brûlure de la lame lui glissa de biais en travers de la gorge en lui coupant la veine jugulaire.

Il se débattit en gargouillant de façon inintelligible, il s'écroula contre le mur, faisant dégringoler le projecteur qui lança un pâle éclat bleu dans le couloir.

Ryder ressemblait à un extraterrestre avec ses lunettes rondes et le sang qui jaillissait de son cou en si grande quantité que, pendant une seconde, Wright hésita à se précipiter sur lui.

Dans cet instant infime, Ryder fit un geste désespéré, il tendit la main vers son étui à revolver, un 45, et il tira plusieurs fois de suite, à bout portant, dans le couloir étroit, vers la tête de Wright qui ouvrait la bouche sur un cri qu'il ne poussa jamais car son visage explosa et son corps recula contre les parpaings tandis que le bruit des coups de feu continuait à résonner dans les oreilles de Ryder.

Dans l'air glacé, Ryder parvint à gagner l'allée couverte de neige, il en ramassa une poignée qu'il s'appliqua sur la gorge et qu'il enfonça dans l'entaille profonde et béante. Sur la CB de sa voiture, il essaya de parler en tenant le micro entre le pouce et l'index et en l'appuyant contre son larynx, puis il s'efforça de répéter son nom avant que la réceptionniste lui demande qui il était et où il se trouvait.

Il s'effondra de nouveau pour attendre dans le froid glacial. Il remit un paquet de neige sur sa gorge pour essayer de rester en vie. Mais le froid pénétrant s'empara de lui, et il tomba à plat ventre dans la neige, sa respiration devint irrégulière avant de s'arrêter tout à fait. Le masque de la mort sur son visage rappelait celui d'Amber Jewel.

56

La vie personnelle tourmentée de Jon Ryder apparut lors de l'enquête officielle sur son accident professionnel, publiée un mois après sa mort, un rapport accablant suite à la découverte d'archives établissant que le roman de Pendleton, *Le Cri*, avait été imprimé en 1977, le jour de la Saint-Valentin.

Le conflit qui opposait depuis longtemps Ryder et sa fille, ainsi que le départ de cette dernière de la maison familiale, furent identifiés comme les éléments qui avaient sans aucun doute joué un rôle de catalyseur dans son comportement fantasque, en exacerbant ce que les psychologues décrivaient comme son sentiment violent d'échec personnel en tant que père, ressuscitant le souvenir latent de la disparition mystérieuse de sa première femme qui semblait l'avoir perturbé tout au long de l'enquête.

Sa seconde femme, Gail, raconta avec franchise la discussion mélancolique qu'il avait eue avec elle au téléphone depuis son motel au début de l'affaire, en disant qu'il avait donné une signification presque spirituelle au fait que l'assassinat de Jewel avait eu lieu l'année même de la disparition de Tori, en sentant que, d'une certaine façon, Tori le guiderait vers la *vérité* au-delà de la tombe.

Le rapport analysait aussi les pistes que Ryder avait explorées dans l'affaire Pendleton, les informations rassemblées au cours d'interrogatoires puisque Ryder n'avait laissé aucune note. Le rapport mettait l'accent sur le rejet tacite dès le départ de la culpabilité de Pendleton dans l'assassinat d'Amber Jewel, ce qui l'avait amené à imaginer que la réédition du roman faisait partie d'une machination minutieuse et que par conséquent le véritable meurtrier était toujours en liberté.

Parmi les rares papiers que Ryder avait laissés, il y avait le fax d'un rapport météorologique depuis le jour où Jewel avait disparu jusqu'au moment où la température était descendue en dessous de zéro, ce qui amenait à se demander comment le visage d'Amber Jewel avait pu rester intact pendant six semaines, un élément clef qui l'avait amené à supposer que le corps avait été abandonné longtemps après avoir été dépecé, et Ken Orton confirma que Ryder avait enquêté sur ce point.

Également, en réunissant des dossiers sur deux autres affaires de disparition dans le secteur et en remarquant que toutes ces personnes avaient disparu sur des chemins ruraux après être rentrées de l'école par le bus scolaire, il semblait que Ryder avait fini par se convaincre qu'il était sur la piste d'un tueur en série, quelqu'un du coin, capable de se fondre discrètement dans les zones rurales éloignées.

En bref, il apparaissait que Ryder avait fait preuve d'une certaine prouesse d'enquêteur en réévaluant les faits entrevus et établis de l'affaire, avec une perspective professionnelle extérieure. Cependant, un aspect plus sombre, et même maniaque, était apparu quand les enquêteurs avaient examiné l'implication personnelle de Ryder.

Adi Wiltshire, personnage central dans l'enquête de Ryder en vue de prouver que la réédition du *Cri* avait été une machination littéraire, donna des détails troublants, disant que Ryder l'avait harcelée jusque dans son bureau de la bibliothèque, vêtu d'un long manteau noir, qu'il l'avait perturbée émotionnellement et psychologiquement en glissant des mots sous sa porte, en écrivant une question avec du rouge à lèvres sur le miroir d'une chambre d'hôpital, une tactique qu'il avait niée catégoriquement tandis qu'il l'interrogeait. Son acolyte depuis la réédition du roman de Pendleton, Allen Horowitz, définissait le comportement de Ryder envers Wiltshire comme scabreux et sexuellement agressif – tout comme envers Kim Jewel elle-même, en tout cas c'était ce qu'il avait observé pendant l'enterrement de Gary Scholl.

Ed Kline, contacté après l'analyse des appels téléphoniques de Ryder, expliqua que ce dernier avait nié l'avoir appelé le premier, qu'il avait joué au chat et à la souris avec lui, un témoignage qui définissait en plus un comportement et des méthodes d'enquête en accord avec les déclarations de Wiltshire, selon lesquelles Ryder, d'après les psychologues de l'État, avait manifesté des tendances d'inadaptation sociale dans l'exercice de l'enquête.

Trent Bauer, l'objet de l'enquête parallèle et permanente de Ryder dans le but de démontrer que le meurtre d'Amber Jewel était relié à d'autres disparitions locales, décrivit le harcèlement et les tactiques d'intimidation qui comprenaient des accusations sans preuve et de simples conjectures, de soudains hurlements violents et des menaces physiques. Le service du personnel de la police confirma que Ryder ne cessait d'interpeller Bauer.

Le rapport que Ryder avait demandé au service des immatriculations sur Bauer et sa femme, un des rares documents laissés par Ryder, montrait que l'inspecteur avait activement poursuivi Bauer comme tueur en série potentiel. Dans l'affaire Witter, à côté de la mention d'une voiture blanche qui suivait le bus scolaire quelques jours avant sa disparition, Ryder avait écrit en caractères gras : « TRENT ! »

On découvrit la motivation sous-jacente de l'intérêt de Ryder pour Bauer dans la suite de l'enquête, des gens du coin révélant la sordide histoire des relations de Bauer avec Kim Jewel, depuis le tristement célèbre épisode du doigt au lycée, jusqu'à l'infidélité de Bauer qui avait fait un enfant à Kim Jewel l'année même où sa sœur avait été assassinée.

Mais cela ne figura dans le rapport officiel étant donné le caractère personnel et potentiellement diffamatoire de l'information.

L'enquête menée par Ryder sur Wright, dans un sens la plus honnête, fut établie immédiatement avec la découverte de photos d'Amber Jewel et d'Elizabeth Witter sur le siège de sa voiture, des photos prises par Wright.

Ruth Witter raconta en détail sa conversation avec Ryder, comment il lui avait dit qu'il enquêtait sur un possible tueur en série, en lui montrant la photo d'une victime, Amber Jewel. Au cours de sa discussion avec Ryder, Ruth Witter affirma qu'elle lui avait montré à son tour la photo d'Elizabeth qu'on avait retrouvée dans son sac à dos le jour de sa disparition, et elle affirma que cela avait eu comme effet de déconcerter Ryder et de le faire changer complètement d'objectif.

Dans un sens, cela montrait que Ryder avait vécu un épisode maniaco-dépressif, tout d'abord de façon agressive et fanatique en poursuivant Trent comme principal suspect, puis après un virage à 180 degrés, en se fixant sur Wright, sans prendre en compte qu'il n'y avait rien d'anormal à ce qu'un photographe local ait photographié les deux jeunes filles.

Les enquêteurs confirmèrent la spirale inquiétante d'événements qui se déroula dès que Ryder eut quitté le Wisconsin, depuis sa confrontation le lendemain matin avec un Wright sidéré, appelé en plein cours à la demande de Ryder, puis son entrée par effraction dans la maison de Wright, découverte grâce aux empreintes digitales laissées sur une serrure cassée, et enfin jusqu'à sa rencontre finale et fatale avec Wright.

Les inspecteurs reconstituèrent la scène du crime ; grâce au sang dans le couloir, l'angle de la trajectoire de la balle tirée par Ryder, et le fait qu'on avait retrouvé des cheveux de Ryder dans la main de Wright, ils établirent que Wright s'était précipité sur Ryder qui, vraisemblablement sortait de la chambre noire à reculons sans se méfier, et qu'il l'avait attrapé par les cheveux avant de lui trancher la gorge.

On avait très sérieusement enquêté sur les raisons qui avaient conduit Wright à un geste aussi définitif, étant donné l'immense catalogue de cassettes vidéo qu'il avait accumulées dans son travail parallèle de découvreur de talents, mais on n'avait rien trouvé d'irrégulier ou en rapport avec des personnes disparues.

On abandonna l'enquête quand l'analyse de l'ADN retrouvé dans l'affaire Witter, demandée au laboratoire par Ryder, arriva par courrier quinze jours plus tard sur son bureau vacant. L'échantillon ne correspondait ni à Wright ni à Enoch Witter.

Poussée par la révélation de l'innocence de son mari, Ruth Witter appela la police pour lui fournir la vérité sur le suicide de sa fille.

On exhuma le corps d'Elizabeth Witter au printemps, sur ce qui avait été l'immense propriété des Witter, une tombe sans nom, identifiée par quelques fleurs persistantes qui avaient fleuri chaque printemps depuis sa mise en terre, des fleurs plantées par Enoch Witter quand il avait enterré sa fille.

La décision de Ryder de ne pas demander de mandat de perquisition et d'exercer une vengeance personnelle contre Wright correspondait à toute une série d'allégations concernant les tendances troublantes d'autodéfense attestées depuis la disparition de sa femme. Beaucoup lui attribuaient un sentiment religieux latent et obsessionnel qui s'était réveillé en lui quand on l'avait désigné comme principal suspect dans le meurtre de sa femme, un mécanisme de défense ou d'affrontement. Une vie consacrée à l'expiation.

Dans son placard personnel, on découvrit une photo d'une secte européenne, les Frères de charité, une image obsédante de personnages en robe et cagoule, qui portaient un mystérieux cercueil, un document qui apparemment avait défini la façon dont Ryder avait fini par concevoir sa vie.

De nombreux suspects dans des enquêtes auxquelles Ryder avait participé avaient dit avoir été poursuivis par un personnage sombre et spectral, vêtu d'un long manteau noir. La déposition la plus notable était celle d'un violeur d'enfants en série, mort des suites de ses blessures, et qui avait décrit son agresseur comme une silhouette vêtue d'un *manteau noir*.

Aux obsèques religieuses d'Elizabeth Witter, qui eurent lieu au printemps – la jeune fille fut enterrée dans la même tombe qu'Amber Jewel –, quelqu'un arriva portant la robe et la cagoule des Frères de charité, un personnage solitaire et inconnu qui présida à l'inhumation d'Elizabeth Witter en terre consacrée, établissant ainsi l'héritage tourmenté de Ryder comme héros ou renégat, selon la façon dont on jugeait ses actions, l'image finale qui devint nationale dans le triste drame de l'implication de Jon Ryder dans l'affaire E. Robert Pendleton.

Épilogue

E. Robert Pendleton succomba à une pneumonie en 1995, par un après-midi de fin d'automne, mettant fin à une existence à la Rip Van Winkle [1]. Il ne se réveilla pas, il continua à dormir pendant que son livre recevait le National Book Award, pendant la chute du Mur de Berlin, pendant les tristement célèbres événements de la place Tianan men, pendant l'épuration ethnique et les fosses communes de l'ex-Yougoslavie, et pendant le génocide à la machette de 800 000 Rwandais.

La mort de Pendleton coïncida avec une nouvelle fête annuelle à l'université Bannockburn, et fut marquée par une dépêche de l'AP, avec les mêmes plaisanteries éculées de Bannockburn, décrivant le match « entre les non-croyants et les vrais croyants, dans lequel la tradition voit les étudiants de Bannockburn augmenter les scores du passé tandis que

1. Personnage d'une nouvelle de Washington Irving : Rip Van Winkle s'éveille après avoir dormi vingt ans et trouve le monde entièrement changé. (*N.d.T.*)

ceux de l'université Carleton augmentent le nombre de références aux Écritures ».

Adi apprit le décès de Pendleton dans son bureau, prise par ses conférences annuelles avec des étudiants qui suaient pour interpréter la signification profonde du texte de William Carlos Williams, « Simplement pour te dire » :

J'ai mangé
les prunes
qui se trouvaient
dans le réfrigérateur
et que
tu gardais
sans doute
pour le petit déjeuner

Pardonne-moi
elles étaient délicieuses
si sucrées
et si froides

Adi reporta ses conférences de la journée et, alors qu'elle prenait son manteau et quittait la bibliothèque, elle ne put s'empêcher de regarder dans les allées. Elle en eut un frisson, à part cela elle allait bien.

Les années qui s'étaient écoulées depuis lui avaient été favorables, en dépit de tout. L'attribution du National Book Award à Pendleton avait confirmé son héritage, et lui avait permis de mener une vie qui, sans cela, elle le savait, lui serait restée inaccessible. Sa thèse était devenue l'œuvre majeure sur le paroxysme moral au cœur de l'œuvre de Pendleton. Elle avait été titularisée au début de sa troisième année à l'université Moore, avec la publication des lettres de Pendleton, et était devenue l'enfant chérie de ce que l'on appelait désormais les *Pendleton Studies*.

Pendleton faisait fureur parmi les jeunes candidats au doctorat. C'était un *nouveau* matériau. Même ses œuvres secondaires connaissaient une renaissance avec l'apparition d'une nouvelle génération d'universitaires qui fouillaient dans l'expérimentation imparfaite de ce que l'on connaissait comme la période intermédiaire de Pendleton, illustrée par *Un trou sans milieu* ou *Salade de mots*, ce qui faisait naître un intérêt général pour un sous-genre dans l'expérimentation postmoderne de la fin des années soixante, philosophiquement opposée à la linéarité, aux narrations fondées sur des personnages, et l'arbitraire à la simplicité flatteuse d'une prétendue fin, ressuscitant en outre les œuvres épuisées d'écrivains qui voyaient maintenant leur écriture au centre de la recherche doctrinale.

Essentiellement, les *Pendleton Studies* prirent pied dans la critique en devenant une partie de la machinerie autonome de l'analyse critique que Pendleton avait ironiquement injuriée dans *Le Cri*. Mais ces approches critiques différentes et variées de son œuvre légitimèrent finalement les *Pendleton Studies* et permirent à Adi d'obtenir une bourse afin que les Presses universitaires de Yale publient *Les Cahiers trimestriels Pendleton*, en tandem avec la republication d'un volume annoté de 1200 pages de tous les écrits de Pendleton.

Adi revint superviser le moulage du masque mortuaire et celui des mains de Pendleton que l'université Moore avait commandés comme pièces centrales de la collection Pendleton qu'on inaugurerait bientôt.

Au service de crémation, une bien triste cérémonie, assistaient un prêtre peu enthousiaste et quelques anciens collègues de Bannockburn, pour la plupart des ennemis de Pendleton, dont le président du département d'anglais devenu une silhouette squelettique, en congé sabbatique et en train de mourir du sida. Cela replaçait dans son contexte la lettre qu'Adi avait reçue de Bannockburn l'informant que l'université envisageait de nommer quelqu'un à un poste vacant et réfléchissait à la création d'une chaire Pendleton, si un accord pouvait être trouvé pour accueillir la collection Pendleton à l'université.

Adi savait que Pendleton se serait étouffé de rire devant l'ironie d'une telle situation.

La cérémonie s'acheva de façon décevante, on se sépara en échangeant des poignées de main hésitantes qui n'en finissaient pas et des souvenirs nuls, avec des enseignants qui s'attardaient dans l'espoir d'un repas ou au moins d'un verre dans un lieu prévu à l'avance.

Adi restait méfiante, mais elle devait rencontrer le président pour récupérer le dossier de Pendleton concernant ses prétendus congés sabbatiques, car elle voulait soumettre un texte à un journal clinique de pédagogie, dans lequel elle établirait un lien entre instabilité mentale et séance devant une classe. Elle utiliserait les évaluations des professeurs par les étudiants.

Horowitz apparut sur le parking, à côté d'une jeune femme en manteau de fourrure. Il sourit à Adi et la fille attendit alors qu'il s'approchait avec sa familiarité habituelle.

Adi se raidit quand il la prit dans ses bras. « Je vais te dire, le Learjet 60 n'arrive pas à la cheville du Longhorn 29 pour la stabilité et le luxe d'autrefois. »

Horowitz était de nouveau en tête des best-sellers, sa série de « beaux livres », *Les Visiteurs*, marchait toute seule, malgré une première critique cinglante dans le *New York Times*, qualifiant le livre de « sorte de “Où est Charlie ?” pour adultes ». Un troisième volume de la série, *Les Visiteurs III : Des nouvelles d'une galaxie lointaine*, avait changé d'angle, les visiteurs mystérieux regardaient depuis leur hublot un paysage après l'Apocalypse, avec des images de forêts abattues et de cultures sur brûlis, depuis le spectacle désolé d'une terre à la Tchernobyl jusqu'à des images de famine en Afrique et de tanks, dans lesquelles la critique voyait maintenant « le génie étrange d'Horowitz donnant forme à une politique Gaïa-centrique dans le vide d'après guerre froide », même s'il était difficile de dire quelle était la véritable intention de l'auteur.

Les Visiteurs III étaient un livre sans texte.

Horowitz s'écarta d'Adi en lui tenant toujours la main. « Tu as l'air en forme. »

Elle répondit : « Toi aussi », en retirant sa main de celle d'Horowitz et en regardant vers le président qui attendait un peu plus loin. « J'ai peur d'être déjà prise, Allen. »

Horowitz sourit. « J'ai pensé à toi il y a un an ou deux, quand j'ai lu cet article sur la mort de Phoebe. Tu vois, curieusement, c'est ce dont je me souviens le plus du temps que nous avons passé ensemble. Dans l'article, on disait que des scientifiques allaient disséquer son cerveau pour voir quels chemins neuronaux l'acquisition du langage par signes avait pu engendrer. Tu sais s'ils l'ont fait ? »

Adi se contenta de secouer la tête et, alors qu'elle s'en allait, Horowitz lui dit : « Toujours la snob élitiste, hein, Adi ? Et moi je suis toujours l'intellectuel poids léger... »

Adi s'arrêta et le regarda : « Toujours ? Tu n'as jamais été autre chose. Pourquoi es-tu venu, Allen ?

— J'ai pigé ! Bob est tout à toi, les *Pendleton Studies* c'est ta création ? Et si je te disais que le prochain *Visiteurs IV : L'avenir qui est passé – les souvenirs d'un voyageur dans le temps* emprunte et élargit *Un trou sans milieu* de Bob ? Je pense que philosophiquement la non-linéarité est une vieille idée et pas seulement une foutaise littéraire postmoderne. Je pense qu'il y aura vingt pages blanches dans la partie centrale des *Visiteurs IV*, ou une sorte de résonance de l'inconnaissable, une interférence statique galactique, une interception cosmique, la linéarité retournée à l'envers. J'y travaille avec mon éditeur. C'est un concept élevé, ce vide que voulait exprimer Bob. J'essaie seulement de comprendre comment écrire à quoi ça ressemble. »

Bannockburn était inondé des feuilles rouges des érables et des sumacs quand Adi arriva dans le campus derrière le président. Le brunch traditionnel du dimanche, après le match du samedi, était servi sur des étals de fortune devant les dortoirs, l'odeur des crêpes, des saucisses et des pommes cuites se répandait dans le calme qui suivait la fête.

Adi descendit de voiture et traversa le campus, en regardant les étudiants dont la plupart portaient des sweat-shirts de Bannockburn avec la lettre *B* brodée sur la poitrine. En les revoyant, cela lui parut une allégorie étrange, le *B* brodé lui rappelant *La Lettre écarlate* d'Hawthorne ; mais elle n'aurait su dire de quoi ils étaient coupables.

Qui pouvait vraiment haïr ce spectacle, des étudiants entretenant le feu des braseros, quelque chose qui ressemblait à l'époque des pèlerins, quelque chose de calme et de familial dans la douceur du soleil, un moment où se forgeaient des amitiés qui dureraient toute la vie, quand le sentiment intangible d'appartenir à la famille de Bannockburn installait et définissait votre identité contre l'immense anonymat de la vie américaine, contre la prétendue démocratie ?

Quand Adi se retourna, le président la regardait avec le même air perdu ; c'était sa dernière année ici. Il semblait tout à fait déplacé dans ces lieux, un épouvantail solitaire et malade, un animal urbain de la scène gay de Chicago, avec sa moustache en guidon de vélo et son diamant à l'oreille, un type qui avait passé toute sa vie à aller et venir entre deux mondes trop différents.

Il n'avait que cinquante et un ans.

Au deuxième étage du département d'anglais, le président demanda à Adi de lui signer une décharge signalant qu'elle acquérait les papiers de Pendleton comme faisant partie de son domaine littéraire, et qu'aucun nom d'étudiant ne pourrait apparaître imprimé. Le président n'avait pas eu le temps de faire noircir les noms.

Les dossiers de Pendleton tenaient dans trois cartons.

Il pleuvait comme toujours dans l'État de Washington, l'université Moore était construite au milieu d'une forêt primaire, des clochers vert émeraude qui se dressaient parmi les collines derrière le campus, où des écharpes lumineuses de brume restaient jusqu'à midi et où, dans les creux obscurs des ravins et dans les escaliers qui conduisaient aux dortoirs, le brouillard ne se levait jamais pendant les mois d'hiver.

Adi, dans un sweater de pêcheur trop grand, se tenait devant la fenêtre de son bureau, une tasse de café à la main, tandis que la pluie tombait sans discontinuer depuis quatre jours consécutifs, rendant tout humide avec une odeur de moisi.

Le campus était désert pour Thanksgiving, et Adi goûtait un repos bien mérité avec l'arrêt de ses heures de cours. Il lui avait fallu presque deux mois pour s'attaquer au travail sur Pendleton. Elle n'avait terminé l'étude que d'un seul des trois cartons, un travail pénible pour une publication futile, qu'elle envisageait maintenant d'abandonner.

Désormais, elle n'avait plus besoin de se donner tant de mal. Un grand calme s'était installé en elle. Une semaine plus tôt elle avait appris que le président était mort du sida, la nouvelle lui était parvenue avec une proposition de poste à Bannockburn, proposition qu'elle avait refusée.

Sa vie était ici maintenant, au bord du continent américain, dans la ceinture pluvieuse d'une région sauvage qui ignorait la modernité. Le plus souvent possible, les gens se déplaçaient à bicyclette ou à pied. Une conscience écologique se répandait. On s'habillait décontracté, on recherchait la simplicité, le bio, les repas préparés à la maison et la vie d'une petite ville. La plus grande histoire de la région cette année-là était une controverse sur la chasse d'une baleine par des tribus indigènes américaines de la côte qui essayaient de retrouver et de redéfinir leur identité.

Adi elle aussi avait entrepris de se redéfinir, prête à partir pour le week-end de Thanksgiving avec un professeur âgé de passage à qui elle avait donné rendez-vous, un homme un peu dur, autonome, barbu, spécialiste de la Renaissance, archer et escrimeur accompli, Peter Holliman, un Anglais expatrié, titulaire d'un doctorat d'Oxford, en congé sabbatique à l'université Moore. Il préparait un livre sur les fantasmagories de l'art indigène américain de la côte, sur les poteaux totem et les masques de cérémonie, sa thèse étant que les sculptures déformées de l'art indigène étaient le produit d'une conscience définie en regardant sa propre image changeante dans les eaux sans cesse en mouvement de la côte pacifique.

Adi regarda sa montre, la pluie s'était renforcée, Thanksgiving était quelque chose de tout à fait différent de l'esthétique puritaine de la côte est ou du Midwest, avec la récolte du maïs, des coloquintes et des rutabagas, un congé qui marquait le changement discret de saison, entre la chaleur écrasante de l'été et le froid de l'hiver.

Ici, le climat tempéré ne permettait pas un inventaire aussi naturel et, si quelque chose lui manquait, c'était simplement ce sentiment du temps qui passe, de la succession des saisons.

Adi se détourna de la pluie et s'assit devant les cartons qui restaient, en se donnant l'après-midi avant de partir avec Holliman. En fin de journée, dans sa recherche d'éléments, alors que le jour s'assombrissait et qu'elle pensait avoir presque fini, elle tomba sur un conseil de discipline concernant l'altercation entre Pendleton et Wright, quand ce dernier assistait au cours de Pendleton, « L'art du roman », à l'automne de 1976. Le conseil s'était tenu mi-décembre, à la fin du semestre.

La simple mention du nom de Wright la fit frissonner.

Elle se releva et alluma la lampe de son bureau, une ampoule faible de quarante watts qu'elle avait choisie pour dissimuler le vieillissement de son visage avec le passage des années, car elle avait pris conscience de son âge. Elle n'était pas au-delà d'une certaine futilité et n'affrontait pas encore vraiment le fait qu'elle n'aurait sans doute jamais d'enfants, qu'elle était, dans un sens, trop égoïste, même si ce mot ne convenait pas exactement.

Elle revint s'asseoir à son bureau pour lire les doléances de Wright.

En cette année du bicentenaire de l'indépendance, le cours de Pendleton était centré sur la théorie, alors qu'il avait été annoncé sous le titre « L'écriture créative ». Il s'agissait du principal grief de Wright, d'après qui Pendleton s'accrochait à la théorie pour ne pas avoir à lire les travaux des étudiants ; et, lorsque Wright avait insisté pour qu'on critique son travail, ce qui avait été accepté, Pendleton s'était vengé en rejetant ce qu'il avait fait, le décrivant comme vague, non constructif et « manquant de toute rigueur universitaire ».

Adi feuilleta la plainte, le paquet de feuilles produites dans ce cauchemar bureaucratique qui définissait si bien l'université.

À la fin du dossier, il y avait un échantillon de dix pages agrafées du travail de Wright, le récit violent et rendu de façon amateur d'un vétéran du Vietnam devenu flic, harcelé par les démons du doute à propos de ce qu'il avait fait là-bas alors qu'il enquêtait sur la disparition mystérieuse de jeunes filles dans sa propre ville.

En lisant ce texte, Adi se sentit prise de vertige, comme si elle faisait la culbute. Elle leva les yeux des pages blanches, regarda fixement la ligne sombre des arbres devant sa fenêtre, la pluie qui tombait dru, et elle se souvint de la dernière dénégation systématique de Pendleton alors qu'elle lui faisait l'injection : « Ce n'est pas moi... »

Adi fouilla de nouveau dans les cartons pour essayer de retrouver le classeur correspondant aux évaluations du cours « L'art du roman » en 1976, et elle découvrit un autre échantillon de ce que Wright écrivait à l'époque.

Il s'agissait d'une demande pour assister au cours, une lamentation désespérée de deux pages, déclamatoire et cependant honnête, sur sa vie à ce moment-là, celle d'un vétéran du Vietnam travaillant comme photographe pour un journal local, couvrant les rencontres sportives des lycées et les crimes, un texte autobiographique accompagné d'une déclaration d'intention, dans laquelle il affirmait la volonté d'être un écrivain *publié,* situant de façon définitive Stephen King comme l'auteur gothique qu'il voulait le plus imiter, afin de capter la vie qu'il menait actuellement, ce qu'il appelait « le cauchemard hémmorrhagique d'une vie rêvé entre deux mondes, deux hémisphaires du cerveau, errant entre deux continents... où tout est inondé de sang ».

Adi vit les endroits où Pendleton avait entouré les fautes d'orthographe et mis des points d'interrogation à côté de titres que Wright admirait, *Cujo* et *Christine,* et il faisait ressortir sans pitié et de façon excessive les fautes de grammaire d'une phrase interminable dans laquelle Wright décrivait avec force détails insupportables la perte d'un camarade au cours d'un accrochage dans un village vietcong.

La sonnerie du téléphone fit sursauter Adi. Elle décrocha. Elle reconnut l'accent anglais de Holliman venant de très loin. Il achetait des pointes de flèches pour son arc, une conversation téléphonique surréaliste pour quelqu'un qui vivait au vingtième siècle, mais tel était le décalage social, des groupes qui pensaient tous pareil, un style de vie choisi. Ils avaient décidé, ou plus exactement Holliman avait décidé qu'ils n'achèteraient pas d'oie mais qu'il irait chasser une oie sauvage, qu'il tenterait sa chance, sinon ils se résigneraient, en cas de nécessité, à manger une soupe aux lentilles avec des oignons sauvages, du fromage, du pain sans levain, et des rayons de miel poisseux.

Adi répondit doucement qu'elle terminait.

Assise seule pour encore quelques minutes après avoir raccroché, elle repensa au sentiment obsédant de haine absolue que Wright avait exprimé au départ envers Pendleton, le courrier qu'il lui avait envoyé en imitant *Salade de mots*. Elle savait qu'enfouis dans son roman en cours, il y avait les détails de ce que Wright avait fait subir à Amber Jewel et que Pendleton avait involontairement supprimé les faits réels entourant ce meurtre.

Alors que toute la signification de ce qui avait dû se passer pénétrait dans la pensé d'Adi, elle comprit que le dilemme moral qu'avait affronté Pendleton avec la découverte révélatrice du corps d'Amber Jewel avait été contrebalancé par son dilemme professionnel.

Pendleton était un *plagiaire*, un glas de mort pour sa carrière. Peu importait qu'il n'eût plagié que de *simples fragments* et que son propre roman en cours ait été intellectuellement tout à fait différent.

Adi se leva et vit les phares de la Sunbaru de Holliman qui gravissait la côte menant à l'université. Elle allait éteindre la lampe de son bureau, mais elle s'arrêta.

Comment Pendleton avait-il pu s'accrocher à une carrière qu'il détestait tant, au point que cela l'avait conduit au suicide ? En gardant le silence, il avait dissimulé la preuve que Wright avait assassiné Amber Jewel, un fait qui rendait l'univers aussi froid et arbitraire que celui contre lequel Pendleton avait lutté dans *Le Cri*.

Elle secoua la tête, et referma la porte derrière elle. Alors qu'elle regardait dans sa boîte aux lettres, elle s'efforça de ne pas penser aux victimes. Elle ferma les yeux et vit Pendleton sur cette photo que Wright avait prise le soir de sa tentative de suicide.

À cet instant, ils avaient été tous deux liés inextricablement.

Adi frissonna de nouveau, en prenant conscience d'une vérité encore plus profondément enfouie : l'élément essentiel du roman *Le Cri* avait été le meurtre d'Amber Jewel, quelque chose qu'elle avait ressenti le premier soir où elle l'avait lu.

La force véritable du roman tenait au fait que Pendleton avait vécu l'authenticité extrêmement pénible de l'assassinat d'une enfant. Tout s'était très heureusement fondu dans son esprit parce qu'il avait été obligé de lire le roman en cours de Wright. L'univers chaotique, avec ses aspects hasardeux, cette crise spirituelle et existentielle qui l'avait poursuivi pendant si longtemps, avait finalement trouvé un réalisme à l'état brut dans le roman de Wright qui faisait le pendant à la nature métaphorique de son propre travail et donnait au roman le cri dont il avait besoin.

Quand Adi quitta la salle du courrier avec un paquet de correspondance intérieure et les derniers devoirs des étudiants, une question se forma dans son esprit. Comment pouvait-on définir le type d'influence que Wright avait eue sur *Le Cri* de Pendleton ? C'était une question qui allait droit au cœur de l'art du récit, des couches successives de narration.

Holliman en avait discuté avec elle, en rapport avec sa propre recherche, l'entremêlement des coutumes tribales, de l'histoire orale, la reconstitution et la transmutation du réel en artefact, en symbole, dans lequel la propriété de la vérité n'appartenait pas – autrefois, avant l'imprimerie – à une seule voix, mais au sujet sous-jacent de nombreuses histoires façonnées en saga, dans l'histoire d'un peuple et d'une époque.

Adi s'arrêta de nouveau dans le couloir désert du département. C'était quelque chose qu'Horowitz avait reconnu devant elle avec sa suffisance habituelle lors des funérailles, en cooptant et en élargissant la vision de la première œuvre de Bob. Cela avait peut-être toujours été son génie particulier.

Holliman klaxonna impatiemment, Adi leva les yeux et, dans ces derniers instants, alors qu'elle parcourait le couloir silencieux du département d'anglais, elle comprit que, comme de nombreux conteurs avant lui, Pendleton avait lui aussi instinctivement exploité les éléments sous jacents de sa culture, en interprétant le crime de psychopathe accompli par Wright comme la métaphore qui définissait un âge sans dieux. Elle se demanda : Que se serait-il passé s'il avait plus ressemblé à Horowitz, s'il avait partagé cette audace, ce sang-froid à toute épreuve ? Que se serait-il passé s'il avait défendu son plagiat apparent, s'il avait trouvé le moyen de s'affirmer contre la notion de primauté de l'auteur comme unique créateur... tout sauf ce qu'il *avait fait*, en se renfermant sur lui-même, en sacrifiant, peut-être pas seulement Amber Jewel, mais des victimes inconnues à cause de son silence, en enterrant avec elles sa propre œuvre ?

Cet ouvrage a été composé et imprimé par la
SOCIÉTÉ NOUVELLE FIRMIN-DIDOT
Mesnil-sur-l'Estrée
pour le compte de Christian Bourgois éditeur
en janvier 2007

Imprimé en France
Dépôt légal : mars 2007
N° d'édition : 1838 – N° d'impression : 83006